JOHN GRISHAM

John Grisham est né en 1955 dans l'Arkansas, aux États-Unis. Il exerce pendant dix ans la profession d'avocat, tout en écrivant des thrillers à ses heures perdues. Il publie en 1989 son premier roman, *Non coupable*, mais c'est en 1991, avec *La firme*, qu'il rencontre le succès. Depuis, *L'affaire Pélican* (1992), *Le couloir de la mort* (1994), *L'idéaliste* (1995), *Le maître du jeu* (1996) et *L'associé* (1999) ont contribué à faire de lui la figure de proue du *legal thriller*. Mettant à profit son expérience du barreau, il dévoile les rouages du monde judiciaire et aborde ainsi les problèmes de fond de la société américaine. Aux États-Unis, où il représente un véritable phénomène éditorial, la vente de ses livres se compte en millions d'exemplaires et ses droits d'adaptation font l'objet d'enchères faramineuses auprès des producteurs de cinéma (*La firme*, *L'affaire Pélican*). *L'accusé*, dont les droits d'adaptation cinématographique ont été retenus par George Clooney, est paru aux éditions Robert Laffont en 2007. Il a également publié chez le même éditeur *La revanche* (2008), *L'infiltré* (2009), *Chroniques de Ford County* (2010), *La confession* (2011) et son dernier ouvrage *Les partenaires* (2012).
Marié, père de deux enfants, John Grisham est l'un des auteurs les plus lus dans le monde.

Retrouvez l'actualité de John Grisham sur www.jgrisham.com

LE DERNIER JURÉ

DU MÊME AUTEUR
CHEZ POCKET

NON COUPABLE
LA FIRME
L'AFFAIRE PÉLICAN
LE CLIENT
LE COULOIR DE LA MORT
L'IDÉALISTE
LE MAÎTRE DU JEU
L'ASSOCIÉ
LA LOI DU PLUS FAIBLE
LE TESTAMENT
L'ENGRENAGE
LA DERNIÈRE RÉCOLTE
L'HÉRITAGE
LA TRANSACTION
LE DERNIER JURÉ
LE CLANDESTIN
L'ACCUSÉ
LE CONTRAT
L'INFILTRÉ
LA CONFESSION

LA REVANCHE
CHRONIQUES DE FORD COUNTY

THEODORE BOONE : ENFANT ET JUSTICIER

JOHN GRISHAM

LE DERNIER JURÉ

Traduit de l'américain
par Patrick Berthon

ROBERT LAFFONT

Titre original :
THE LAST JUROR

MIXTE
Papier issu de sources responsables
FSC® C003309
FSC
www.fsc.org

Pocket, une marque d'Univers Poche, est un éditeur qui s'engage pour la préservation de son environnement et qui utilise du papier fabriqué à partir de bois provenant de forêts gérées de manière responsable.

ISBN : 978-2-266-20483-5

Première partie

1

Après des décennies de mauvaise gestion et de laisser-aller consciencieux, le *Ford County Times* déposa son bilan. On était en 1970. Emma Caudle, la propriétaire et directrice de la publication de l'hebdomadaire, allait sur ses quatre-vingt-quatorze ans ; elle vivait attachée sur un lit, dans une maison de retraite, à Tupelo. Son fils, Wilson Caudle, âgé de plus de soixante-dix ans, était le rédacteur en chef ; il avait une plaque de métal dans le crâne, souvenir de la Première Guerre mondiale. Une greffe de peau sombre formant un cercle parfait recouvrait la plaque au sommet de son front fuyant ; tout au long de sa vie d'adulte, le surnom de Spot lui avait collé à la peau.

Au début de sa carrière, il couvrait les réunions municipales, les matches de football, les élections, les procès, les fêtes paroissiales, toutes les activités du comté de Ford. C'était un bon journaliste, doté d'un esprit méthodique et intuitif. À l'évidence, sa blessure à la tête ne l'empêchait pas d'écrire d'une plume alerte. Mais, peu après la Seconde Guerre mondiale, la plaque avait dû se déplacer : Spot s'était cantonné dans la notice nécrologique. Il adorait les nécrologies et passait des heures à les rédiger. D'une prose ample, il alignait les paragraphes pour reprendre par le menu la vie des défunts, même celle du plus humble habitant du comté. La disparition d'un citoyen en vue ou d'un membre d'une famille fortunée faisait la une ; Caudle ne laissait jamais passer pareille occasion. Jamais il ne manquait une veillée funèbre ni un enterrement, jamais il ne disait du mal de quiconque. Il prodiguait ses louanges à tous : il faisait bon mourir dans le comté de Ford. Spot avait le cerveau fêlé mais il jouissait d'une grande popularité.

L'unique crise de sa carrière journalistique avait eu lieu en 1967, à l'époque où, dans le comté de Ford, on commençait à entendre parler du mouvement des droits civiques. Le *Times* n'avait jamais montré jusqu'alors le plus petit signe de tolérance raciale. Jamais la photographie d'un Noir n'apparaissait dans les pages de l'hebdomadaire, sauf celle d'un délinquant avéré ou présumé. Jamais d'avis de mariage entre Noirs. Jamais d'étudiant qui se distinguait ni même d'équipe de base-ball composée de Noirs. Mais, en l'an 1967, Spot fit un beau matin une découverte qui le laissa pantois. Il prit conscience que des Noirs mouraient dans le comté de Ford et qu'il n'était pas rendu compte de leur décès. Constatant qu'il avait à portée de main une mine inépuisable de notices nécrologiques, Caudle s'aventura en terrain inconnu et périlleux. Le mercredi 8 mars 1967, le *Ford County Times* devint le premier hebdomadaire blanc du Mississippi à présenter l'avis de décès d'un Noir dans sa rubrique nécrologique. Le fait passa inaperçu de la plupart des lecteurs.

La livraison suivante contenait trois notices nécrologiques de Noirs ; on se mit à jaser. À la quatrième semaine, le boycottage commença : des abonnements furent résiliés, des annonceurs se retirèrent. Caudle savait de quoi il retournait mais il attachait trop d'importance à sa nouvelle position d'intégrationniste pour se préoccuper de choses aussi futiles que les ventes et l'équilibre financier de son journal. Six semaines après la parution de la nécrologie historique, il annonça – à la une et en gros caractères – sa nouvelle politique. Il expliqua à ses lecteurs qu'il publiait ce que bon lui semblait et que, si cela ne plaisait pas aux Blancs, il réduirait la taille de leurs notices nécrologiques.

Dans le Mississippi, pour les Blancs autant que pour les Noirs, mourir comme il faut est une étape importante de la vie. L'idée d'être porté en terre sans un adieu vibrant de Spot était insupportable à la plupart de ses lecteurs de race blanche. Et ils savaient qu'il était assez dérangé pour mettre sa menace à exécution.

Le numéro suivant contenait des notices nécrologiques de Noirs et de Blancs présentées par ordre alphabétique, sans discrimination. Tous les exemplaires furent vendus et une brève période de prospérité s'ensuivit.

La faillite était qualifiée d'« involontaire », comme si certains commerçants déposaient leur bilan de gaieté de cœur. La meute des créanciers était conduite par un fournisseur de Memphis à qui on devait soixante mille dollars ; certains n'avaient pas été payés depuis six mois. La Security Bank demandait le remboursement d'un emprunt.

J'étais arrivé depuis peu de temps mais j'avais déjà entendu des rumeurs. Assis sur le coin d'un bureau, dans la salle donnant sur la grand-place, je feuilletais une revue quand un nain chaussé de bottes à bout effilé a poussé la porte d'entrée et demandé à voir Wilson Caudle.

— Il est au funérarium.

Le nain n'allait pas renoncer aussi facilement. Sur sa hanche, à moitié caché par un blazer marine tout froissé, il avait un pistolet porté de manière à attirer les regards.

Il devait avoir un permis mais, dans le comté de Ford, en 1970, ce n'était pas vraiment nécessaire. Au vrai, le permis de port d'armes était assez mal vu.

— Il faut que je lui délivre ces papiers, reprit-il en agitant une enveloppe.

Je n'avais aucunement l'intention de me montrer obligeant, mais il est difficile de rudoyer un nain, même s'il a un pistolet à la ceinture.

— Il est au funérarium, répétai-je.

— Alors, je vais vous les laisser, déclara-t-il.

Même si je n'étais là que depuis deux mois et même si j'avais fait mes études dans le Nord, j'avais eu le temps d'apprendre un ou deux trucs. Je savais que les papiers qui apportent de bonnes nouvelles n'étaient pas remis par des intermédiaires. On les envoyait par la poste, on les expédiait, on les remettait soi-même, jamais on ne chargeait un intermédiaire de le faire. Ces papiers-là annonçaient des ennuis et je ne voulais pas m'en mêler.

— Je ne veux pas de vos papiers.

Les lois de la nature font des nains des êtres dociles, peu combatifs ; celui qui se tenait devant moi ne faisait pas exception à la règle. Le pistolet était une ruse. Il a fait le tour de la pièce du regard, un sourire aux lèvres ; il savait que c'était sans espoir. D'un geste théâtral, il a remis l'enveloppe dans sa poche.

— Où est le funérarium ? demanda-t-il.

Je lui ai indiqué la direction et il est sorti. Une heure plus tard, Spot a poussé la porte d'entrée et s'est mis à brailler d'une voix hystérique en agitant les papiers.

— C'est fini ! C'est fini !

Margaret Wright, la secrétaire, et Hardy, le typographe, sont arrivés de l'arrière et ont entrepris de le consoler. Assis dans un fauteuil, la tête entre les mains, les coudes sur les genoux, il pleurait à chaudes larmes.

J'ai lu à voix haute le jugement déclaratif de faillite pour que les autres sachent à quoi s'en tenir.

Wilson Caudle devait se présenter la semaine suivante au tribunal d'Oxford, devant le juge et ses créanciers. À l'issue de cet entretien, une décision serait prise pour déterminer si le journal continuerait de fonctionner sous la supervision d'un liquidateur judiciaire. Je voyais que Margaret et Hardy étaient plus préoccupés par leur emploi que par la crise de nerfs de leur employeur, mais ils restaient bravement à ses côtés en lui tapotant l'épaule.

Après avoir pleuré tout son soûl, Caudle s'est redressé.

— Il faut que je prévienne Mère, annonça-t-il.

Nous avons échangé un regard chargé d'inquiétude. Miss Emma Caudle avait depuis des années perdu tout contact avec la réalité ; son cœur continuait de battre juste assez pour la maintenir en vie. Elle ne savait pas de quelle couleur était la gelée qu'on lui servait en dessert et avait tout oublié du comté de Ford, sans parler de sa petite gazette. Aveugle et sourde, elle n'avait plus que la peau sur les os. Et Spot voulait parler de la faillite avec elle ! J'ai compris à cet instant qu'il était entré, lui aussi, dans un autre monde.

Il s'est remis à pleurer et nous a quittés en sanglotant. Six mois plus tard, j'ai rédigé sa notice nécrologique.

Comme j'avais fait des études et comme je tenais les papiers à la main, Hardy et Margaret se sont tournés vers moi pour me demander conseil. J'étais journaliste, pas avocat, mais j'ai dit que j'allais apporter les papiers à l'avocat de la famille Caudle et que nous nous rangerions à son avis. Avec un pauvre sourire, ils se sont remis au travail.

À midi, j'ai acheté un pack de bières dans la ville basse, la partie de Clanton où vivaient les Noirs, et je suis parti pour une longue balade dans ma Spitfire. On était en février mais il faisait un temps exceptionnellement doux pour la saison. J'ai décapoté la voiture et pris la direction du lac en me demandant encore une fois ce que je faisais là, dans le comté de Ford, Mississippi.

J'avais passé ma jeunesse à Memphis et poursuivi pendant cinq ans des études de journalisme à l'université de Syracuse, jusqu'à ce que ma grand-mère se lasse de m'entretenir. Mes notes étaient médiocres. Il me restait un an, un an et demi peut-être avant de décrocher mon diplôme. Ma grand-mère, BeeBee, avait de l'argent mais détestait le dépenser. Après cinq années d'études, elle estimait avoir suffisamment financé ma formation. J'avais été très déçu d'apprendre qu'elle me coupait les vivres, mais je ne m'en étais pas plaint, du moins directement. Elle avait des biens au soleil ; j'étais son unique petit-enfant.

Au début de mes études, j'aspirais à devenir journaliste d'investigation au *New York Times* ou au *Washington Post*. Je voulais sauver le monde en mettant au jour la corruption, en dénonçant les atteintes à l'environnement, le gaspillage des deniers publics, les injustices subies par les faibles et les opprimés. Le prix Pulitzer m'était promis. Après un ou deux ans de ces rêves empreints de noblesse, j'avais vu un film sur un correspondant de guerre qui parcourait le monde dans le sillage des conflits et séduisait des femmes d'une grande beauté tout en trouvant le temps d'écrire des articles récompensés par un prix. Il parlait huit langues, portait la barbe, des rangers et un pantalon kaki infroissable. J'avais aussitôt décidé de devenir grand reporter. Je m'étais laissé pousser la barbe, j'avais acheté la tenue, essayé d'apprendre l'allemand et tenté ma chance auprès de quelques jolies filles. Dans le courant de ma troisième année d'études, quand mes notes avaient commencé à baisser de manière continue, j'avais été séduit par l'idée de travailler pour la presse locale. Je ne puis expliquer cette attirance que par ma rencontre avec Nick Diener. Il venait du fin fond de l'Indiana où sa famille possédait depuis des décennies un journal fort prospère. Nick conduisait une petite Alfa Romeo tape-à-l'œil et avait toujours de l'argent plein les poches. Nous étions devenus inséparables.

Nick était un brillant sujet ; il aurait aussi bien pu faire médecine ou une école d'ingénieurs que du droit mais il n'aspirait qu'à retourner dans l'Indiana pour prendre les rênes de l'entreprise familiale. Cela me laissa perplexe jusqu'au soir où, ayant bu plus que de raison, il m'avait révélé combien le petit hebdomadaire tiré à six mille exemplaires rapportait chaque année à son père. Une mine d'or. Rien d'autre que les nouvelles locales, les publications de mariage, les réunions paroissiales, les événements sportifs, des photographies d'équipes de basket, quelques recettes de cuisine, des nécrologies et des pages de publicité. Un zeste de politique, en évitant soigneusement toute polémique. Et on faisait tinter le tiroir-caisse ; le père de Nick était millionnaire. C'était du journalisme pépère, sans pression et qui rapportait gros.

Cela me plaisait. À la fin de ma quatrième année d'études, celle qui aurait dû être la dernière mais ne l'avait pas été, loin de là, j'avais passé l'été en stage dans un petit hebdo des monts Ozark, dans l'Arkansas. J'étais payé avec un lance-pierre mais cela faisait plaisir à BeeBee que j'aie trouvé un emploi. Je lui envoyais toutes les semaines un exemplaire du journal, dont j'avais écrit une bonne moitié des articles. Le propriétaire – rédacteur en chef – directeur de la publication était un vieux monsieur adorable, ravi d'avoir un journaliste disposé à écrire. Il gagnait confortablement sa vie.

À la fin de ma cinquième année à Syracuse, mes notes m'ont condamné irrémédiablement à mettre un terme à mes études. De retour à Memphis, je suis allé voir BeeBee. Je l'ai remerciée de tout ce qu'elle avait fait pour moi et lui ai dit que je l'aimais. Elle m'a dit de trouver du travail.

À l'époque, la sœur de Wilson Caudle vivait à Memphis. Elle avait fait la connaissance de BeeBee à l'occasion d'une de ces réunions d'amateurs de thé chaud. Quelques coups de téléphone plus tard, on m'expédiait à Clanton, où Spot m'attendait avec impatience. Après un entretien d'une heure, il m'avait laissé libre de sillonner le comté de Ford à ma guise.

Dans le numéro suivant, il avait rédigé un petit article accompagné d'une photo pour annoncer mon arrivée au journal. À la une, les nouvelles étaient rares.

L'article contenait deux erreurs affreuses qui allaient me suivre pendant des années. La première, la moins grave, était que Syracuse, à en croire Spot, était entrée dans l'Ivy League – qui regroupait huit grandes universités du Nord-Est. Il informait ses lecteurs que j'étais diplômé de ce prestigieux établissement. Personne n'y ayant fait allusion pendant un mois, j'ai commencé à me dire que peu de gens lisaient le journal ou – pire encore –, que ceux qui le lisaient étaient parfaitement ignares.

La seconde erreur a changé ma vie. Mon nom complet est Joyner William Traynor. Jusqu'à l'âge de douze ans, j'avais harcelé mes parents pour savoir comment deux êtres censément intelligents avaient pu coller à un nouveau-né le prénom de Joyner. J'avais fini par apprendre que l'un d'eux – ils refusaient l'un comme l'autre d'en assumer la responsabilité – avait choisi Joyner pour se concilier un parent avec qui ils étaient en froid et que l'on disait riche. Je n'avais jamais rencontré celui à qui je devais ce prénom ; il était mort et, riche ou pas, ne m'avait rien légué d'autre. Je m'étais inscrit à l'université de Syracuse sous le nom de J. William, mais la guerre du Vietnam, les manifestations et l'agitation sociale m'avaient convaincu que c'était un nom trop conformiste, trop bourgeois. J'étais donc devenu Will.

Caudle m'appelait tantôt Will, tantôt William, tantôt Bill ou même Billy. Comme je répondais à tous ces noms, je ne savais jamais lequel il allait choisir. Dans l'article, au-dessous de mon visage souriant, j'ai découvert le nouveau avec horreur : Willie Traynor. Jamais je n'avais imaginé qu'on pourrait un jour m'appeler Willie. Pas plus dans mon école privée de Memphis qu'en fac à New York je n'avais connu de Willie. Je n'étais pas un brave petit gars du Sud. Je conduisais une Triumph Spitfire et j'avais les cheveux longs.

Comment expliquer cela à mes copains de fac ? Et à BeeBee ?

Après m'être terré deux jours chez moi, j'ai pris mon courage à deux mains pour aller demander à Spot de faire quelque chose. Je ne savais pas quoi exactement, mais la faute lui incombait : à lui d'y remédier. En entrant d'un pas décidé dans les locaux du journal, je suis tombé sur Davey Bass, surnommé « la grande gueule », le chroniqueur sportif.

— Salut, super Willie ! lança-t-il.

Je l'ai suivi dans son bureau pour lui demander conseil.

— Je ne m'appelle pas Willie.

— Maintenant, si.

— Mon prénom est Will.

— Vous allez faire un malheur ici. Un blanc-bec venu du Nord, avec les cheveux longs et une petite voiture de sport étrangère. On va vous trouver vachement cool, avec ce prénom. Pensez à Joe Willie.

— Qui est Joe Willie ?

— Joe Willie Namath.

— Ah !

— Un Yankee comme vous, originaire de Pennsylvanie ou je ne sais d'où. En arrivant en Alabama, il s'est fait appeler Joe Willie au lieu de Joseph William. Toutes les filles lui couraient après.

J'ai commencé à me sentir mieux. En 1970, Joe Namath était probablement le sportif le plus célèbre des États-Unis. J'ai fait un tour en voiture en répétant à voix haute : « Willie. Willie. Willie. »

Au bout de quinze jours, tout le monde s'y était fait. On m'appelait Willie et on semblait rassuré par ce nom tout simple.

J'ai expliqué à BeeBee que c'était un pseudo.

Le *Ford County Times* était un hebdomadaire qui ne comptait que quelques pages ; j'ai tout de suite compris d'où venaient les difficultés. Les nécrologies occupaient trop de place, l'actualité et la publicité étaient trop restreintes. Les employés n'avaient pas le moral mais ils restaient discrets et fidèles : pas facile, à l'époque, de trouver du travail dans le comté de Ford. Même pour le novice que j'étais, il ne faisait aucun doute que le journal ne pouvait être que déficitaire : les nécrologies sont gratuites, pas les annonces publicitaires. De son bureau en pagaille, où il passait le plus clair de ses journées entrecoupées de petits sommes, Caudle téléphonait au funérarium. Parfois on l'appelait. Ou bien, quelques heures à peine après que le cher disparu eut rendu le dernier soupir, des proches parents venaient lui remettre un long texte manuscrit au style fleuri qu'il saisissait avec avidité et portait délicatement dans son bureau. La porte fermée à double tour, il rédigeait la notice, la mettait au point, faisait des recherches et peaufinait sa prose jusqu'à atteindre la perfection.

Il m'avait informé que je couvrirais le comté tout entier. Notre petit hebdo n'avait qu'un seul autre journaliste, Baggy Suggs, un vieil ivrogne qui passait ses journées à traîner dans l'enceinte du tribunal pour glaner des bribes de renseignements – quand il ne descendait pas des bourbons avec une bande de copains, des avocats trop diminués par l'âge et l'alcool pour continuer à exercer. Comme je n'allais pas tarder à le constater, Baggy était trop cossard pour vérifier ses informations ou dénicher quoi que ce soit d'intéressant ; il n'était pas rare que son article en première page traite d'une contestation de limites de propriété ou de violences conjugales.

La secrétaire, Margaret, une bonne chrétienne, tenait la boutique. Mais elle était assez habile pour laisser Caudle croire qu'il était le patron. Elle avait passé le cap de la cinquantaine et travaillait depuis vingt ans au journal, dont elle était devenue le pivot, la cheville ouvrière ; tout tournait autour d'elle. Elle avait une voix douce. Je l'intimidais affreusement parce que je venais de Memphis et que j'avais fait cinq années d'études supérieures dans le Nord. Je prenais garde de ne pas trop en faire mais, en même temps, je voulais que ces péquenots du Mississippi sachent que j'avais reçu une excellente éducation.

Nous avons pris l'habitude, Margaret et moi, de faire la causette. Il n'a pas fallu longtemps pour qu'elle confirme ce que je soupçonnais : Spot était complètement givré et le journal se trouvait aux abois. Mais, toujours d'après Margaret, les Caudle avaient de l'argent de famille.

Il allait me falloir des années pour comprendre ce mystère.

Dans le Mississippi, l'argent de famille se différenciait

de la richesse ; il n'avait rien à voir avec le compte en banque ni les autres biens. L'argent de famille était une marque de prestige acquise par une personne de race blanche qui était venue au monde dans une grande maison avec un porche – de préférence entourée de champs de coton ou de soja, mais ce n'était pas obligatoire –, avait été élevée en partie par une nounou noire du nom de Bessie ou de Pearl, en partie par des grands-parents aimants auxquels les ancêtres de Bessie ou de Pearl avaient jadis appartenu, à qui, enfin, on avait seriné depuis le berceau les contraintes et les vertus propres à une caste privilégiée. Le Mississippi regorgeait d'héritiers désargentés de cette aristocratie. L'argent de famille ne se gagnait pas : il se transmettait de génération en génération.

Je me suis entretenu avec l'avocat des Caudle, qui m'a informé succinctement de la valeur réelle de leur argent de famille. « Ils sont pauvres comme Job », déclara-t-il tout de go. Du fond du vieux fauteuil de cuir où il m'avait invité à m'asseoir, face au large bureau ancien en acajou, j'ai levé vers lui un regard étonné. Walter Sullivan était associé dans le prestigieux cabinet Sullivan & O'Hara. Prestigieux, avec ses sept avocats, à l'échelle du comté de Ford. Il a étudié la demande de redressement judiciaire et continué de discourir sur les Caudle, sur leur fortune passée et la manière stupide dont ils avaient réussi à couler un journal qui faisait des bénéfices. Il savait de quoi il parlait : il les représentait depuis trente ans. À l'époque où miss Emma dirigeait la publication, il y avait cinq mille abonnés et des pages entières de publicités. Elle conservait à la Security Bank un certificat de dépôt de cinq cent mille dollars, une poire pour la soif.

Après la mort de son mari, elle avait épousé en secondes noces un alcoolique du coin, de vingt ans son cadet.

Ce quasi-illettré jouait les poètes torturés et se prenait pour un essayiste. Emma, qui tenait énormément à lui, l'avait nommé corédacteur en chef, un poste dont il profitait pour signer de longs éditoriaux dans lesquels il tirait à boulets rouges sur tout ce qui bougeait. C'était le début de la fin. Spot détestait son beau-père qui le lui rendait bien; l'affaire s'était terminée par une des plus belles bagarres de l'histoire de Clanton. Les deux hommes s'étaient expliqués sur le trottoir, devant les bureaux du *Times*, sous le regard d'une foule nombreuse. Les bonnes gens de Clanton étaient persuadés que le cerveau déjà fragile de Spot avait subi ce jour-là de nouveaux dommages. Peu après le pugilat, il avait voué son existence à ses fichues notices nécrologiques.

Le beau-père avait filé avec l'argent de miss Emma. Après quoi, le cœur brisé, elle avait vécu en recluse.

— C'était un bon journal, déclara Me Sullivan. Mais regardez ce qu'il est devenu : moins de douze cents abonnés, criblé de dettes. Le dépôt de bilan.

— Que va faire le tribunal de commerce ?

— Essayer de trouver un repreneur.

— Un repreneur ?

— Oui, quelqu'un le rachètera. Il faut un journal dans le comté.

Deux noms me sont aussitôt venus à l'esprit : Nick Diener et BeeBee. La famille de Nick était devenue riche grâce au journal local qu'elle possédait. BeeBee était pleine aux as et avait un seul petit-fils qu'elle chérissait. Mon cœur s'est mis à cogner dans ma poitrine : je flairais la bonne aubaine.

L'avocat m'observait avec attention : il savait à l'évidence à quoi je pensais.

— On peut l'acheter pour une bouchée de pain, glissa-t-il.

— Combien ?

J'avais posé la question avec l'assurance d'un jeune reporter de vingt-trois printemps dont la grand-mère a les reins solides.

— Dans les cinquante mille. Vingt-cinq pour le journal, vingt-cinq pour reprendre la publication. La majeure partie des dettes pourra être renégociée avec les créanciers dont vous aurez besoin pour continuer à faire tourner l'affaire.

Il s'est interrompu pour se pencher vers moi, les coudes sur son bureau. Ses épais sourcils poivre et sel frémissaient tandis qu'il se laissait emporter par son imagination.

— Ce journal peut devenir une mine d'or, vous savez.

BeeBee n'avait jamais investi dans une mine d'or, mais au bout de trois jours consacrés à lui présenter mon projet, j'ai quitté Memphis avec un chèque de cinquante mille dollars en poche. Je l'ai remis à Me Sullivan qui l'a versé sur un compte en fidéicommis et a demandé au tribunal de procéder à la vente du journal. Le juge, un fossile au sourire bienveillant, qui aurait eu sa place auprès de miss Emma, avait griffonné son nom au bas d'une ordonnance qui faisait de moi le nouveau propriétaire du *Ford County Times*.

Il faut être établi dans le comté de Ford depuis au moins trois générations pour être accepté. Quels que soient l'argent ou l'éducation dont on est pourvu, il est impossible de recevoir d'emblée la confiance de la population. Un épais nuage de suspicion flotte au-dessus des nouveaux venus ; je ne faisais pas exception. Les gens du comté sont excessivement chaleureux et courtois, au point de devenir presque indiscrets à force d'amabilités. Ils saluent tous ceux qu'ils croisent dans la rue et engagent la conversation. Ils s'enquièrent de leur santé, parlent de la pluie et du beau temps, les invitent à l'église. Ils rendent aussi volontiers service à un étranger.

Mais ils n'accordent pas leur confiance à celui dont ils n'ont pas connu les aïeux.

Quand la nouvelle s'est répandue qu'un blanc-bec de Memphis avait acheté le journal cinquante, peut-être cent, voire deux cent mille dollars, une vague de potins a submergé la ville. Margaret me tenait au courant. Comme j'étais célibataire, il se pouvait bien que je sois homosexuel. Comme j'avais fait mes études à Syracuse – autant dire au bout du monde –, je devais être communiste. Ou, pire encore, un libéral. Et comme j'arrivais de Memphis, j'allais propager des idées subversives dans le comté.

Pourtant, il fallait bien l'admettre, même du bout des lèvres : puisque j'avais la haute main sur la rubrique nécrologique, j'étais quelqu'un !

Le premier numéro du nouveau *Times* est sorti le 18 mars 1970, trois semaines seulement après la visite du nain. Avec ses deux centimètres d'épaisseur, il contenait plus de photographies qu'aucun autre hebdomadaire local. Groupes de louveteaux et de jeannettes, équipes scolaires de basket, clubs de lecture, d'amateurs de thé, de jardinage, groupes d'étude de la Bible, équipes de softball pour adultes, associations culturelles. Des dizaines d'images. J'avais essayé de ne laisser personne de côté. Et les morts étaient magnifiés comme jamais, les nécrologies si longues que c'en était embarrassant. Caudle devait en ressentir une grande fierté, mais je n'avais aucune nouvelle de lui.

L'actualité était traitée avec légèreté et il n'y avait pas d'éditorial. Les gens aiment les faits divers : j'ai inauguré la rubrique au bas de la une, colonne de gauche. Par bonheur, deux pick-up avaient été volés dans le courant de la semaine. J'ai couvert les deux affaires comme si Fort Knox avait été pillé.

Au centre de la première page, une assez grande photo de groupe présentait la nouvelle équipe : Margaret, Hardy, Baggy Suggs, moi-même, Wiley Meek, notre photographe, Davey Bass et Melanie Dogan, une étudiante employée à temps partiel. J'étais fier de mes collaborateurs. Nous avions travaillé jour et nuit pendant dix jours pour boucler notre premier numéro et nous avons été récompensés. Un tirage à cinq mille exemplaires, tous vendus. J'en ai envoyé quelques-uns à BeeBee, qui s'est déclarée impressionnée.

Au fil des semaines qui ont suivi, le *Times* a lentement pris forme tandis que je cherchais à déterminer quel journal je souhaitais. À la campagne, tout changement se fait dans la douleur ; j'ai décidé d'y aller petit à petit. L'ancien hebdo avait fait faillite parce qu'il avait fort peu changé en un demi-siècle. J'ai donc accordé plus de place à l'actualité, vendu plus d'espace publicitaire, publié toujours plus de photos de groupe aussi diverses que possible. Et je fignolais les nécrologies.

Jamais je n'avais pris plaisir à travailler comme un forçat mais un patron de presse ne compte pas ses heures. J'étais trop jeune et trop occupé pour avoir peur. À vingt-trois ans, avec de la chance, de l'opportunisme et une grand-mère fortunée, j'étais devenu du jour au lendemain propriétaire d'un hebdomadaire. Si j'avais hésité, étudié la situation sous tous les angles, demandé conseil à des banquiers et des comptables, on m'aurait certainement fait revenir sur terre. Mais, à vingt-trois ans, on est sans peur : celui qui n'a rien n'a rien à perdre. J'avais estimé qu'il faudrait un an pour que le journal devienne bénéficiaire ; au début, les recettes n'augmentaient que lentement. Jusqu'au jour où Rhoda Kassellaw a été assassinée.

J'imagine qu'il est dans la nature de notre profession de tirer profit d'un crime de sang, du moins de l'avidité des lecteurs pour ses détails. Deux mille quatre cents exemplaires sont partis la première semaine, près de quatre mille la suivante.

Ce n'était pas un crime ordinaire.

On vivait paisiblement dans le comté de Ford, où la population était composée de bons chrétiens ou prétendus tels. Il y avait bien quelques rixes, mais elles étaient le plus souvent le fait des bons à rien qui traînaient dans les bars. À peu près une fois par mois, un péquenot tirait un coup de fusil sur un voisin ou sur sa femme ; chaque week-end un ou deux Noirs recevaient un coup de couteau à la sortie d'un dancing. Ces actes de violence entraînaient rarement la mort.

J'ai été propriétaire du journal pendant une décennie, de 1970 à 1980. Dans ce laps de temps, nous avons rapporté très peu de meurtres. Aucun d'entre eux n'a été aussi révoltant que celui de Rhoda Kassellaw ; aucun n'a été prémédité aussi soigneusement. Trente ans plus tard, il ne se passe pas un seul jour sans que j'y pense.

2

Rhoda Kassellaw vivait à Beech Hill, un hameau situé à une vingtaine de kilomètres au nord de Clanton, dans une modeste maison en brique, au bord d'une étroite route de campagne pavée. Les parterres de fleurs disposés devant la façade étaient entretenus et arrosés tous les jours. Entre la route et la maison, s'étalait une longue pelouse à l'herbe dense et soigneusement tondue, coupée par une allée de gravier blanc. De chaque côté, des trottinettes, des ballons et des tricycles. Ses deux enfants, toujours dehors, n'interrompaient leurs jeux que pour regarder de loin en loin passer une voiture.

Le joli petit pavillon s'élevait à quelques dizaines de mètres de la maison des Deece, les plus proches voisins. Le propriétaire, un jeune camionneur, avait trouvé la mort dans un accident, sur une route du Texas ; son épouse, Rhoda, était devenue veuve à l'âge de vingt-huit ans. L'assurance sur la vie du défunt lui avait permis de rembourser les emprunts sur la maison et la voiture. Le solde, placé sur un compte bancaire, lui procurait un modeste revenu mensuel qui lui permettait de rester chez elle à dorloter les enfants. Elle passait de longues heures à cultiver son potager, planter des fleurs, désherber ou sarcler ses plates-bandes.

Elle ne fréquentait personne. Les dames mûres de Beech Hill la tenaient pour une veuve modèle : elle avait l'air triste et ne sortait que pour aller à l'église – trop peu, déploraient-elles à mi-voix.

Après la mort de son mari, Rhoda avait pensé repartir dans le Missouri, où vivait sa famille. Pas plus que son mari, elle n'était de la région ; ils s'étaient établis dans le comté de Ford pour des raisons professionnelles. Mais la maison était payée, les enfants s'y plaisaient, elle avait de bons rapports avec ses voisins, et sa famille s'intéressait trop à son goût aux indemnités versées par la compagnie d'assurances. Elle était donc restée en se disant qu'elle partirait un jour, sans jamais le faire.

Rhoda Kassellaw était belle quand elle en avait envie, ce qui n'arrivait pas très souvent. Son corps svelte et bien fait était en général camouflé sous une ample robe de coton délavé ou une grosse chemise à carreaux. Elle ne se maquillait presque pas et relevait en chignon ses longs cheveux blond filasse. Elle se nourrissait essentiellement des produits de son potager bio et avait le teint frais et sain. Une si séduisante veuve aurait dû attiser les convoitises, mais Rhoda ne fréquentait personne.

Après trois ans de deuil, elle commença pourtant à avoir des impatiences : le temps passait, sa jeunesse se fanait. Elle était trop jeune, trop jolie pour passer ses samedis soir à lire une histoire aux enfants pour qu'ils s'endorment. Il y avait certainement mieux à faire que de rester à Beech Hill où il ne se passait jamais rien.

Rhoda prit l'habitude de confier ses enfants à une baby-sitter, une jeune fille noire qui habitait tout près de chez elle, pour rouler jusqu'à la frontière du Tennessee, à une heure de route, où, disait-on, il y avait des bars et des dancings respectables ; là-bas, personne ne la connaissait. Elle aimait danser, elle aimait qu'on lui fasse la cour, mais elle ne buvait jamais et rentrait toujours tôt. Elle s'autorisait l'escapade deux ou trois fois par mois.

Peu à peu, ses jeans devinrent plus moulants, les danses plus endiablées, les soirées plus longues. On l'avait remarquée et on parlait d'elle dans les bars et les dancings, à la frontière du Tennessee.

L'homme l'avait suivie deux fois jusqu'à son domicile avant de la tuer. C'était le mois de mars ; les premières chaleurs laissaient entrevoir un printemps précoce. La nuit était noire, sans lune. Bear, le chien des Kassellaw, avait flairé sa présence quand il s'était glissé derrière un arbre du jardin. Le corniaud s'était mis à gronder et à aboyer avant de se taire définitivement.

Michael, le fils de Rhoda, avait cinq ans, deux de plus que Teresa, sa petite sœur. En pyjama Disney, les enfants étaient suspendus aux lèvres de leur mère qui, les yeux brillants, leur lisait l'histoire de Jonas et de la baleine. Quand Rhoda éteignit la lumière après les avoir bordés et embrassés une dernière fois, l'homme était déjà à l'intérieur de la maison.

Une heure plus tard, après s'être assurée que les portes étaient bien fermées, elle attendit Bear, qui ne revenait pas. Rien d'étonnant : le corniaud aimait chasser les écureuils dans les bois, et il rentrait parfois en pleine nuit. Il dormirait sous le porche arrière et ses jappements la réveilleraient au petit matin. Après avoir retiré sa robe de cotonnade légère, Rhoda ouvrit la penderie de sa chambre. C'est là qu'il l'attendait, dans le noir.

Il la fit pivoter en lui couvrant la bouche d'une grosse main moite de sueur.

— J'ai un couteau, souffla-t-il. Je peux te planter, toi et tes gamins.

Elle vit apparaître une lame luisante qu'il agita devant ses yeux.

— Compris ? siffla-t-il dans son oreille.

Elle inclina la tête, le corps secoué de tremblements ; elle ne voyait pas son visage. Il la jeta sur le sol de la penderie, face contre terre, ramena violemment ses mains derrière son dos. Il décrocha une écharpe de laine offerte par une vieille tante et l'enroula brutalement autour de son visage.

— Pas un bruit ! gronda-t-il. Ou je saigne tes petits !

Quand le bandeau fut en place, il la saisit par les cheveux pour la remettre debout et l'entraîna jusqu'au lit.

— Ne résiste pas, grogna-t-il en lui enfonçant la pointe du couteau sous le menton.

Il coupa la culotte d'un coup sec de la lame tranchante et le viol commença.

Il voulait voir ses yeux, des yeux magnifiques qu'il avait déjà admirés dans les bars. Et ses longs cheveux. Il lui avait déjà offert quelques verres et avait dansé deux fois avec elle. Quand il avait essayé de l'embrasser, elle l'avait rembarré.

— Essaie un peu de me repousser, ma jolie, souffla-t-il, juste assez fort pour qu'elle entende.

Depuis trois heures, il buvait du Jack Daniel's pour se donner du courage mais tout ce bourbon descendu commençait à l'hébéter. Il allait et venait lentement, prenant tout son temps, profitant pleinement du moment. Il marmonnait des mots sans suite, entrecoupés des grognements de satisfaction, comme un homme, un vrai, qui prend son plaisir quand bon lui semble.

Les relents d'alcool et de sueur donnaient la nausée à Rhoda, mais elle était trop terrifiée pour vomir. Elle ne voulait pas provoquer sa fureur, elle ne voulait pas qu'il se serve du couteau. Elle commençait à se résigner à l'horreur de la situation et son cerveau se remettait à fonctionner. Ne pas faire de bruit. Ne pas réveiller les enfants. Que ferait-il avec le couteau quand il aurait terminé ?

Ses mouvements s'accéléraient, ses grognements s'intensifiaient.

— Laisse-toi faire, souffla-t-il d'une voix rauque. Pense au couteau.

Le lit en fer grinçait. Il ne devait pas servir souvent ; cela faisait du bruit mais il s'en balançait.

Les grincements réveillèrent Michael qui fit lever sa sœur. Ils sortirent de leur chambre et traversèrent sur la pointe des pieds le couloir obscur pour voir ce qui se passait. Michael poussa la porte de la chambre et vit un inconnu allongé sur sa mère.

— Maman ! s'écria-t-il.

Surpris, l'homme s'immobilisa et tourna vivement la tête vers les enfants.

En entendant la voix de son fils, Rhoda fut horrifiée. Elle se redressa d'un coup de reins en lançant les deux mains vers le visage de son agresseur. Un de ses poings l'atteignit à l'œil gauche, assez fort pour l'étourdir. Elle mit cet instant à profit pour arracher le bandeau qui l'aveuglait tout en lançant de grands coups de pied. Il lui balança une gifle et s'efforça de l'immobiliser.

— Danny Padgitt ! s'écria-t-elle.

— Maman ! hurla Michael.

— Partez, les enfants ! cria Rhoda, sonnée par les coups de son agresseur.

— La ferme ! rugit Padgitt.

— Partez ! cria encore Rhoda.

Les deux petits reculèrent, puis ils se mirent à courir dans le couloir et sortirent par la cuisine.

Dès l'instant où Rhoda avait crié son nom, Padgitt comprit qu'il n'avait pas le choix : il fallait la faire taire définitivement. Il leva le couteau et frappa deux fois avant de descendre du lit en ramassant ses affaires.

Aaron Deece regardait avec sa femme un programme de nuit sur une chaîne de Memphis quand il entendit les cris de Michael, de plus en plus forts. Il se leva pour ouvrir la porte. Le pyjama du petit garçon était trempé de sueur et de rosée ; ses dents claquaient si violemment qu'il avait de la peine à parler.

— Il fait du mal à ma maman ! répétait-il. Il fait du mal à ma maman !

Dans la zone d'ombre qui séparait les deux maisons, M. Deece distingua Teresa dans le sillage de son frère. Elle semblait presque courir sur place, comme si elle avait voulu atteindre l'autre maison sans abandonner la sienne. Quand elle arriva enfin devant le garage, Mme Deece vit qu'elle suçait son pouce. Elle était incapable de parler.

M. Deece regagna précipitamment le salon pour prendre deux fusils de chasse, un pour lui, l'autre pour sa femme. Les enfants étaient dans la cuisine, sous le choc, paralysés par la terreur. « Il fait du mal à ma maman », continuait de répéter Michael. Mme Deece les serrait contre elle, les assurait que tout irait bien. Elle tourna la tête vers son mari ; il venait de poser un fusil sur la table. Après lui avoir fait signe de ne pas bouger, il s'élança vers la porte.

Il n'eut pas à aller loin. Rhoda avait presque atteint la maison des Deece. Elle s'effondra sur l'herbe mouillée, entièrement nue, couverte de sang. M. Deece la souleva, la transporta jusqu'au porche et cria à sa femme d'emmener les enfants dans une chambre. Il ne voulait pas qu'ils voient leur mère à sa dernière heure.

— Danny Padgitt, murmura Rhoda à son oreille

pendant qu'il l'installait dans la balancelle. C'est Danny Padgitt.

Il la couvrit d'un édredon et appela une ambulance.

Danny Padgitt roulait au milieu de la route à plus de cent quarante kilomètres à l'heure. Il était à moitié ivre, il avait la trouille, mais jamais il ne l'aurait avoué. Encore dix minutes et il serait en sécurité dans l'île, le royaume de sa famille.

Les deux gamins avaient tout foutu en l'air ; il y réfléchirait plus tard. Il prit la bouteille de Jack Daniel's, avala une grande lampée de bourbon et se sentit mieux.

C'était un lapin, un petit chien ou une autre bestiole. Il aperçut du coin de l'œil l'animal surgissant du bas-côté et n'eut pas le bon réflexe. Il écrasa instinctivement la pédale de frein, juste une fraction de seconde : il se foutait pas mal de ce qu'il allait écraser ; tuer un animal ne lui déplaisait pas. Mais il avait appuyé trop fort. Les roues arrière se bloquèrent, le pick-up fit une embardée. Avant même de s'en rendre compte, Danny Padgitt avait perdu le contrôle de son véhicule. Il donna un coup de volant du mauvais côté, et le pick-up mordit sur le gravier de l'accotement où il se mit à tournoyer comme un stock-car sur une piste. Le véhicule glissa dans le fossé avant de percuter un pin. Padgitt aurait dû y laisser sa peau, mais il y a un dieu pour les ivrognes, c'est bien connu.

Il sortit en rampant par une vitre fracassée et resta un long moment appuyé sur le capot à faire le compte de ses bobos, en envisageant la situation sous tous les angles. Une jambe raide, il grimpa le talus en clopinant pour rejoindre la route. Il comprit qu'il ne pourrait pas faire des kilomètres à pied. Il n'eut pas à aller loin.

La voiture de police pila avant qu'il ait eu le temps de la voir arriver. Un shérif adjoint bondit du véhicule tous gyrophares dehors et braqua une longue torche dans sa direction. D'autres feux clignotants apparurent sur la route.

Le policier vit le sang, reconnut l'odeur du whisky et saisit ses menottes.

3

La Big Brown River coule paresseusement au sud du Tennessee et suit sur cinquante kilomètres un cours parfaitement rectiligne au cœur du comté de Tyler, dans le Mississippi. À trois kilomètres au nord de la limite du comté de Ford, la rivière commence à décrire des sinuosités. À l'endroit où elle sort du comté de Tyler, elle ressemble à un serpent effrayé qui se tortille en tous sens. Ses eaux sont lentes et boueuses, souvent peu profondes ; la rivière n'est pas renommée pour sa beauté. Des bancs de sable, de vase et de gravier bordent ses méandres innombrables. Quantité de ruisseaux et de marécages l'alimentent en eaux paresseuses.

La rivière s'engage dans le comté de Ford sur une courte distance. Elle décrit dans l'angle nord-est une large boucle autour de huit cents hectares de terres avant de remonter vers le Tennessee. Cette boucle dessine un cercle presque parfait mais, au dernier moment, juste avant de former une île, le cours d'eau s'écarte en laissant une étroite bande de terre entre ses rives.

Cette étendue de terre émergée était connue sous le nom d'île des Padgitt. Un espace boisé, couvert de pins, de gommiers, d'ormes et de chênes entremêlés d'une multitude de marécages et de bayous, certains reliés, d'autres formant des eaux stagnantes. Une petite partie seulement de ce sol riche était déboisée. À part le bois, rien n'était récolté sur l'île que du maïs – en quantité, pour le whisky de contrebande. Et, plus tard, du cannabis.

Sur la langue de terre séparant les rives du cours d'eau une route pavée, toujours sous surveillance, commandait les entrées et les sorties. Elle avait été construite longtemps auparavant aux frais du comté mais rares étaient les habitants de la région qui s'y aventuraient.

L'île appartenait à la famille Padgitt depuis la reconstruction de l'Union. Rudolph Padgitt, un profiteur venu du Nord, arrivé un peu tard après la fin de la guerre de Sécession, quand les meilleures terres étaient déjà prises, avait prospecté sans rien trouver d'intéressant, jusqu'à ce qu'il tombe par hasard sur cette île infestée de serpents. Sur la carte, l'emplacement paraissait prometteur. Il avait rassemblé un groupe d'esclaves fraîchement libérés, les avait armés de fusils et de machettes et s'était lancé à la conquête de cette terre dont personne ne voulait.

Rudolph avait épousé une fille facile de la région et entrepris d'abattre des arbres. La demande de bois était très forte, à l'époque ; son commerce était vite devenu prospère. Son épouse se révélant particulièrement féconde, une ribambelle de petits Padgitt avait envahi l'île. Un des anciens esclaves avait appris l'art de la distillation. Rudolph ne consommait ni ne vendait sa récolte de maïs ; il la gardait pour produire du bourbon, un des meilleurs, disait-on, du Sud profond.

Rudolph avait fabriqué de l'alcool de contrebande pendant trente ans, avant de mourir d'une cirrhose en 1902. Les Padgitt formaient alors un clan déjà nombreux, spécialisé dans le commerce du bois et du bourbon. Une demi-douzaine de distilleries bien cachées, bien protégées, équipées de matériel dernier cri étaient disséminées sur l'île.

Les Padgitt étaient renommés pour la qualité de leur bourbon mais ils fuyaient la renommée. Secrets, fermés, ils vivaient repliés sur eux-mêmes dans la crainte que des éléments extérieurs, en s'introduisant dans leur petit royaume, portent atteinte aux profits considérables qu'ils engrangeaient. Ils se disaient bûcherons et tout le monde savait que leur commerce de bois était prospère. Les entrepôts de la Padgitt Lumber Company s'élevaient en bordure de la route qui longeait la rivière. La famille prétendait avoir des activités légales, payait ses impôts et envoyait ses enfants dans les établissements d'enseignement public.

Au long des années 20 et 30, pendant la prohibition, les Padgitt n'arrivaient pas à produire assez d'alcool pour satisfaire la demande. Mis en fûts, le bourbon traversait la rivière avant d'être transporté par camion vers le Nord, jusqu'à Chicago. Le patriarche, fils aîné de Rudolph, président, directeur de la production et de la commercialisation, était un vieux roublard prénommé Clovis. Il avait appris dès son plus jeune âge que les meilleurs profits sont ceux que l'État ignore. C'était la leçon numéro un. La leçon numéro deux consistait à se faire payer exclusivement en espèces. Le bruit courait qu'il y avait plus d'argent dans les poches des Padgitt que dans les caisses de l'État du Mississippi.

En 1943, trois agents du fisc avaient traversé la rivière en catimini pour découvrir la source de la fortune des Padgitt. Leur plan présentait de graves faiblesses, la plus flagrante étant l'idée elle-même. De plus, pour une raison indéterminée, ils avaient choisi de lancer leur expédition à minuit. Leurs corps démembrés avaient été ensevelis dans une fosse profonde.

En 1934, il s'était produit dans le comté de Ford un événement pour le moins curieux : un homme honnête avait été élu au poste de shérif. Koonce Lantrip n'était pas irréprochable mais il savait haranguer une foule. Il avait juré d'en finir avec la corruption, de faire le ménage chez les responsables de l'administration locale, de mettre sur la paille tous les trafiquants, les Padgitt comme les autres. De belles paroles qui avaient permis à Lantrip de l'emporter de six voix.

Ses partisans avaient attendu avec une impatience de plus en plus vive. Enfin, au bout de six mois, il avait rassemblé ses adjoints et traversé la Big Brown sur le seul pont donnant accès à l'île, un vieil ouvrage en bois construit en 1915 par le comté, sur les instances de Clovis. Les Padgitt l'utilisaient parfois au printemps, quand la rivière était en crue. Personne d'autre n'avait le droit de le franchir.

Deux adjoints avaient été abattus d'une balle dans la tête et le corps de Lantrip n'avait jamais été retrouvé. Il avait été inhumé au bord d'un marécage par trois nègres des Padgitt ; Buford, le fils aîné de Clovis, avait supervisé l'opération.

Le massacre avait fait couler beaucoup d'encre ; le gouverneur du Mississippi avait menacé d'envoyer les volontaires de la garde nationale. Mais la Seconde Guerre mondiale faisait rage et l'attention se portait sur d'autres fronts. Il ne restait d'ailleurs pas grand-chose de la garde nationale ; ceux qui étaient en état de se battre n'avaient guère envie de donner l'assaut à l'île des Padgitt. Les plages de Normandie leur paraissaient plus accueillantes.

Après avoir fait la noble expérience d'un shérif honnête, les braves gens du comté de Ford avaient choisi un successeur de la vieille école. Il s'appelait Mackey Don Coley ; son père avait occupé le même poste dans les années 20, au temps où Clovis avait la haute main sur le clan des Padgitt. Les deux hommes se connaissaient, et il était de notoriété publique que le représentant de la loi était devenu riche en laissant les coudées franches à Clovis. Quand Mackey Don Coley avait annoncé sa candidature, Buford lui avait fait parvenir cinquante mille dollars en espèces. Mackey avait remporté une victoire écrasante sur son adversaire, qui se présentait sous la bannière de la probité.

Il existe dans le Mississippi une idée répandue bien que rarement exprimée selon laquelle il faut être un peu malhonnête pour faire respecter la loi et l'ordre. L'alcool, la prostitution, les jeux d'argent font partie de la vie ; un shérif digne de ce nom doit y avoir goûté s'il veut en protéger efficacement les bons chrétiens. Ces vices ne pouvant être éradiqués, il doit être en mesure d'en coordonner la pratique. Pour récompense, il reçoit un petit supplément octroyé par les pourvoyeurs de ces vices. C'était dans l'ordre des choses, pour lui comme pour la plupart des électeurs. Un homme honnête ne pouvait vivre avec un si maigre salaire. Un homme honnête ne pouvait évoluer dans les eaux troubles de la pègre. Depuis la fin de la guerre de Sécession, pendant une centaine d'années, les shérifs du comté de Ford avaient été à la solde des Padgitt. Ceux-ci les achetaient directement, avec des espèces sonnantes et trébuchantes. Mackey Don Coley recevait ainsi – à ce qu'on racontait – cent mille dollars par an. Les années d'élection, il obtenait tout ce dont il avait besoin pour sa campagne. Et les Padgitt se montraient généreux avec les politiciens qu'ils savaient maintenir sous influence. Ils ne demandaient pas grand-chose, simplement qu'on les laisse vivre comme ils l'entendaient, sur leur île.

Après la Seconde Guerre mondiale, la demande d'alcool de contrebande avait subi une baisse continue.

Formés depuis des générations à vivre en marge des lois, Buford et son clan avaient diversifié leurs activités sans quitter l'illégalité. Le commerce du bois était ennuyeux, soumis aux aléas du marché et, surtout, il ne rapportait pas les sommes colossales auxquelles ils s'étaient habitués. Ils faisaient de la contrebande d'armes, volaient des voitures, fabriquaient de la fausse monnaie, achetaient et incendiaient des bâtiments pour toucher l'argent des assurances. Pendant vingt ans, ils avaient tenu une maison de passe prospère à la limite du comté, jusqu'à ce qu'un mystérieux incendie détruise l'établissement, en 1966.

Ils étaient inventifs et énergiques, toujours en train de comploter un mauvais coup, toujours à la recherche de nouvelles idées, toujours à l'affût de quelqu'un à dépouiller. Selon certaines rumeurs, parfois insistantes, ils auraient appartenu à la Dixie Mafia, une bande organisée de voyous qui, dans les années 60, avait sévi dans le Sud profond. Des rumeurs jamais confirmées, rejetées par la plupart des gens ; les Padgitt étaient tout simplement trop secrets pour laisser quiconque mettre son nez dans leurs affaires. Ils restaient une source inépuisable de ragots dans les cafés bordant la grand-place de Clanton. Sans être considérés comme des héros, il étaient tenus pour des personnages légendaires.

En 1967, un jeune Padgitt s'était réfugié au Canada pour échapper à la conscription. Il avait ensuite gagné la Californie où l'occasion lui avait été donnée de fumer de la marijuana. L'expérience lui avait plu. Après avoir milité quelques mois dans les mouvements pacifistes, en proie au mal du pays, il avait regagné clandestinement l'île des Padgitt. Il avait rapporté avec lui deux kilos d'herbe qu'il avait partagée avec sa flopée de cousins. Tout le monde avait été séduit. Il avait expliqué qu'on fumait dans tout le pays, particulièrement en Californie.

Le Mississippi, comme d'habitude, aurait au moins cinq ans de retard avant d'être touché par la mode.

La culture du chanvre indien se faisait à moindre frais ; il suffirait ensuite de l'expédier vers les grandes villes où la demande était forte. Le père du jeune homme, Gill Padgitt, le petit-fils de Clovis, a décidé de saisir l'occasion ; une grande partie des vieux champs de maïs a été reconvertie en champs de cannabis. Une bande de terre longue de six cents mètres a été dégagée pour faire office de piste et les Padgitt se sont offert un avion. Moins d'un an plus tard, l'appareil effectuait un vol quotidien jusqu'aux faubourgs de Memphis et d'Atlanta, villes où le réseau des Padgitt s'était implanté. À leur grande satisfaction et avec leur aide, la marijuana est enfin devenue populaire dans le Sud profond.

La contrebande d'alcool était en chute libre, la maison de passe était partie en fumée. Les Padgitt avaient établi des contacts à Miami et au Mexique ; l'argent coulait à flots. Pendant des années, personne dans le comté de Ford n'a soupçonné que les Padgitt faisaient du trafic de drogue. Jamais ils ne se sont fait prendre.

En fait, jamais un Padgitt ne s'était fait arrêter pour quelque infraction que ce soit. Un siècle de contrebande, de vols, de trafic d'armes, de jeux clandestins, de fabrication de fausse monnaie, de proxénétisme, de corruption, de meurtres, de trafic de drogue et pas un seul Padgitt n'avait connu la prison. Ils étaient rusés, prudents, déterminés et patients.

Jusqu'au jour où Danny, le plus jeune fils de Gill, a été arrêté pour le viol et le meurtre de Rhoda Kassellaw.

4

Aaron Deece m'a expliqué le lendemain qu'il avait attendu d'être sûr que Rhoda était morte pour l'abandonner dans la balancelle du porche. En prenant une douche, il avait vu le sang rougir l'eau qui s'écoulait dans le siphon. Après s'être changé, il avait attendu l'arrivée de la police et de l'ambulance. Un fusil chargé à la main, il avait surveillé la maison de Rhoda, prêt à faire feu au moindre mouvement ; mais il n'avait rien vu, rien entendu. Puis il avait perçu au loin le bruit d'une sirène.

Sa femme s'était barricadée avec les enfants dans la chambre du fond ; elle les serrait contre elle dans le lit, sous une couverture. Michael voulait savoir comment allait sa mère et qui était le méchant monsieur. Tremblant comme une feuille et incapable d'articuler une parole, Teresa émettait de longs gémissements rauques, le doigt dans la bouche.

En peu de temps, la rue s'était remplie de véhicules illuminés. Le corps de Rhoda avait été photographié sous tous les angles avant d'être emporté ; un cordon de sécurité avait été établi autour de sa maison, sous la conduite du shérif Coley en personne. Sans lâcher son fusil, Aaron Deece avait fait sa déposition d'abord à un enquêteur, puis au shérif.

Vers 2 heures du matin, un adjoint était venu dire qu'un médecin alerté par la police avait conseillé de faire examiner les enfants. On les avait fait monter à l'arrière d'une voiture, Michael serré contre M. Deece, Teresa blottie sur les genoux de sa femme. À l'hôpital, on leur avait donné un léger sédatif avant de les installer dans une chambre à deux lits ; les infirmières leur avaient apporté des cookies et du lait, et ils avaient fini par s'endormir. Le lendemain, une tante du Missouri était venue les chercher et les avait emmenés chez elle.

Le téléphone a sonné quelques secondes avant minuit ; c'était Wiley Meek, le photographe du journal. Il avait eu vent de l'affaire sur la fréquence de la police et faisait le guet devant la prison en attendant l'arrivée du suspect. Il y avait des flics partout : Wiley avait de la peine à contenir son excitation. Il m'a exhorté à le rejoindre sans perdre une seconde : c'était certainement un gros coup.

J'habitais à l'époque au-dessus d'un vieux garage attenant à une demeure victorienne un peu décatie mais encore belle, Hocutt House. Des Hocutt y vivaient encore, trois sœurs et un frère, tous très âgés. Distante de quelques centaines de mètres de la grand-place de Clanton, entourée de deux hectares de terrain, la maison avait été bâtie un siècle auparavant avec de l'argent de famille. Le jardin rempli de pins, de massifs de fleurs luxuriants et d'épaisses touffes d'herbes folles abritait assez d'animaux pour peupler une réserve. Lapins, écureuils, moufettes, opossums et ratons laveurs, une multitude d'oiseaux, un assortiment effrayant de serpents verts et noirs – non venimeux, m'avait-on assuré –, et des chats par dizaines. Pas un seul chien : les Hocutt les détestaient. Tous les chats avaient un nom. Une clause de mon bail verbal exigeait que je respecte les chats.

Je tenais parole. Spacieux et propre, le grenier aménagé, qui comprenait quatre pièces, me coûtait la somme ridicule de cinquante dollars par mois. À ce prix-là, je pouvais me permettre de respecter les chats.

Le père de mes propriétaires, Miles Hocutt, un médecin excentrique, avait longtemps exercé à Clanton ; leur mère était morte en couches. À en croire la rumeur publique, le médecin était devenu alors très possessif. Pour protéger ses enfants du monde, il avait mis au point un mensonge d'une rare énormité. Il leur avait expliqué qu'une maladie héréditaire se transmettait dans la famille et qu'ils ne devaient jamais se marier de crainte d'avoir des descendants atteints de crétinisme. Les enfants devaient déjà souffrir d'un certain déséquilibre, car ils avaient cru leur père adoré. Aucun ne s'était marié. Le fils aîné, Max, était âgé de quatre-vingt-un ans quand j'avais emménagé. Les jumelles, Wilma et Gilma, en avaient soixante-dix-sept ; Melberta, la benjamine, de quatre ans leur cadette, n'avait plus sa tête à elle.

J'ai cru voir Gilma qui m'épiait par la fenêtre de la cuisine tandis que je descendais l'escalier. Un chat dormait sur la première marche, au milieu du passage ; je l'ai respectueusement enjambé. J'avais envie de le balancer dans la rue d'un grand coup de pied.

Il y avait deux voitures dans le garage. Ma Spitfire, la capote relevée pour empêcher les chats d'y passer la nuit, et une longue Mercedes d'un noir luisant, les portières ornées de couteaux de boucher peints en rouge et blanc. Sous les couteaux, un numéro de téléphone en chiffres verts. Quelqu'un avait confié un jour à Max Hocutt qu'il pouvait déduire de ses revenus le coût d'une voiture neuve s'il l'utilisait comme véhicule à usage professionnel. Il avait acheté une Mercedes et était devenu rémouleur. Il disait que son matériel était dans le coffre.

La voiture avait dix ans mais le compteur indiquait moins de treize mille kilomètres. Le Dr Hocutt ayant enseigné à ses enfants que, pour une femme, conduire une voiture était un péché, Max faisait office de chauffeur pour toute la famille.

J'ai lentement descendu l'allée au volant de la Spitfire en faisant au passage un petit signe de la main à Gilma ; j'ai vu sa tête disparaître aussitôt derrière le rideau. La prison était toute proche. J'avais dormi une demi-heure.

Quand je suis arrivé, on prenait les empreintes digitales de Danny Padgitt. Le bureau du shérif, situé à l'entrée du local, était rempli d'adjoints, de réservistes, de pompiers bénévoles, de tout ce qui portait un uniforme. Wiley Meek m'attendait sur le trottoir.

— C'est Danny Padgitt ! lança-t-il d'une voix vibrante d'excitation.

— Qui ? demandai-je après un instant de réflexion.

— Danny, un des Padgitt de l'île.

J'avais passé près de trois mois à Clanton sans rencontrer un seul Padgitt : ils préféraient vivre entre eux. Mais j'avais entendu divers récits sur leur compte et ce n'était pas fini. Raconter des histoires sur les Padgitt constituait une distraction répandue dans le comté de Ford.

— J'ai pris des photos superbes au moment où il descendait de la voiture de police, poursuivit Wiley avec fierté. Il était couvert de sang. Superbes ! La fille est morte !

— Quelle fille ?

— Celle qu'il a tuée. Il l'a violée aussi, à ce qu'on dit.

— Danny Padgitt, murmurai-je tandis qu'un article à sensation prenait forme dans mon esprit.

La vision de la manchette m'est apparue pour la première fois, sans doute la plus accrocheuse du *Times* depuis des années. Le pauvre vieux Caudle reculait devant le sensationnel ; il avait poussé le journal au dépôt de bilan. J'avais d'autres projets.

Après avoir réussi à entrer, nous avons cherché le shérif Coley. Je l'avais rencontré à deux reprises depuis mon arrivée au journal ; chaque fois, j'avais été frappé par sa courtoisie et sa cordialité. Il donnait du monsieur, avait un mot poli et un sourire pour chacun. En poste depuis le massacre de 1943, Coley allait sur ses soixante-dix ans. Grand et sec, avec une allure de gentleman, il se distinguait de la plupart des shérifs ventripotents du Sud. Après chaque entrevue, je m'étais demandé comment un homme si charmant pouvait être si corrompu. En le voyant sortir d'une petite pièce, accompagné d'un de ses adjoints, je me suis précipité vers lui plein d'assurance.

— Juste une ou deux questions, shérif ! lançai-je d'un ton impérieux.

Tous ceux qui l'entouraient – les vrais adjoints, ceux qui l'étaient à temps partiel, ceux qui auraient voulu l'être, les constables qui confectionnaient leur propre uniforme –, tous ont fait silence en me toisant avec dédain. J'étais encore pour eux le blanc-bec effronté qui avait réussi grâce à l'argent de sa famille à prendre le contrôle de leur journal local. Je n'étais pas un des leurs, rien ne m'autorisait à faire irruption dans leurs bureaux ni à poser des questions.

Le shérif Coley m'a regardé en souriant, comme s'il était normal de tomber sur un journaliste à minuit passé.

— Oui, monsieur Traynor.

Il parlait d'une voix chaude et traînante, qui se voulait apaisante. Comment un tel homme aurait-il pu mentir ?

— Que pouvez-vous nous dire au sujet du meurtre ?

Les bras croisés sur la poitrine, il m'a fourni quelques informations dans le langage lapidaire de la police.

— Femme de race blanche, trente et un ans, agressée à son domicile de Benning Road. Violée, poignardée, a succombé à ses blessures. Je ne peux vous révéler son identité avant d'avoir informé la famille.

— Et vous avez procédé à une arrestation ?

— Oui, mais je ne peux en dire plus pour l'instant. Accordez-nous quelques heures ; des investigations sont en cours. Ce sera tout, monsieur Traynor.

— Le bruit court que vous avez placé Danny Padgitt en détention.

— Je n'ai que faire des bruits, monsieur Traynor. Nous n'y prêtons pas attention, dans notre profession. Pas plus que dans la vôtre.

J'ai pris la direction de l'hôpital avec Wiley. Après avoir fureté une heure sans rien découvrir qui méritait d'être publié, nous nous sommes rendus sur le lieu du crime. Un cordon de sécurité avait été mis en place ; derrière un ruban jaune tendu près de la boîte aux lettres, un petit groupe de voisins observait calmement la scène. Nous nous sommes approchés discrètement, à l'affût de bribes de conversation. Ils étaient trop abasourdis pour parler. Au bout de quelques minutes passées à regarder la maison de loin, nous nous sommes éclipsés.

Un neveu de Wiley était adjoint du shérif à temps partiel. Nous l'avons trouvé devant le domicile des Deece où ses collègues continuaient d'inspecter le porche et la balancelle où Rhoda avait rendu son dernier soupir. Nous l'avons entraîné derrière un rang de myrtes et il nous a déballé toute l'histoire. Confidentiellement, cela va sans dire, comme si, dans le comté de Ford, les détails sordides pouvaient rester longtemps ignorés du public.

Il y avait trois petits cafés autour de la grand-place de Clanton, deux pour les Blancs, un pour les Noirs. Wiley a proposé d'aller y déjeuner de bonne heure et d'ouvrir nos oreilles toutes grandes.

Je ne prends pas de petit déjeuner. En fait, je ne suis pas souvent réveillé à l'heure où ce repas est habituellement servi. Cela ne me dérange pas de travailler jusqu'à minuit mais je préfère attendre que le soleil soit déjà haut dans le ciel pour me lever. Il ne m'avait pas fallu longtemps pour comprendre qu'un des avantages dont jouit le propriétaire d'un petit hebdomadaire est de pouvoir travailler la nuit et de dormir le matin. Il peut écrire ses articles quand cela lui chante, à condition d'être à l'heure pour le bouclage. Caudle lui-même n'arrivait au journal qu'en fin de matinée, après, évidemment, être passé au funérarium. Une habitude qui me convenait.

Au matin de la deuxième nuit dans mon nouveau logement, au-dessus du garage des Hocutt, Gilma m'avait tiré du sommeil en tambourinant contre la porte. Il était 9 h 30. J'avais fini par me lever et j'avais traversé la cuisine en caleçon, d'un pas chancelant ; je l'avais vue qui regardait par les fentes du store. Elle m'avait annoncé qu'elle s'apprêtait à appeler la police. Les autres Hocutt étaient en bas : ils examinaient ma voiture, inspectaient le garage, persuadés qu'un crime affreux avait été commis.

Gilma avait demandé ce que je faisais ; j'avais répondu que je dormais, que j'avais été réveillé par des coups frappés à la porte. Elle voulait savoir pourquoi j'étais encore au lit à 9 h 30, un mercredi matin. J'avais essayé en me frottant les yeux de trouver une réponse plausible. D'un seul coup, j'avais pris conscience que je me tenais dans le plus simple appareil – ou presque

– devant une vierge de soixante-dix ans ; elle gardait les yeux rivés sur mes cuisses.

Gilma a expliqué qu'ils étaient tous debout depuis 5 heures. À Clanton, personne ne dormait jusqu'à 9 h 30. Est-ce que j'avais bu ? Ils s'inquiétaient, c'est tout. Je lui avais répondu que je n'avais rien bu et que j'avais encore sommeil. Je l'avais remerciée de s'être inquiétée pour moi et, tout en refermant la porte, j'avais ajouté qu'il m'arriverait souvent d'être encore au lit à 9 heures passées.

J'étais déjà allé deux ou trois fois en fin de matinée boire un café au Tea Shoppe et j'y avais même déjeuné. En ma qualité de propriétaire du journal local, j'estimais nécessaire d'être vu à une heure acceptable. J'avais pleinement conscience que, dans les années à venir, je rédigerais quantité d'articles sur les habitants du comté et les événements qui y auraient lieu.

Wiley m'avait averti que les cafés seraient bondés dès l'ouverture.

— C'est toujours comme ça après un match de football ou un accident de voiture.

— Et après un meurtre ?

— Cela fait bien longtemps que nous n'en avons pas eu.

Il avait vu juste : la salle était pleine quand nous sommes entrés, peu après 6 heures du matin. Il a salué quelques clients de loin, serré des mains, échangé deux ou trois insultes. Il était du pays, il connaissait tout le monde. Je faisais des signes de tête, je souriais ; on me regardait d'un drôle d'air. Les gens étaient aimables mais se méfiaient.

Nous avons trouvé deux places au bar. J'ai commandé deux cafés, rien d'autre. La serveuse nous a regardés de travers ; Wiley a changé d'avis. Elle lui a souri quand il a commandé des œufs brouillés, du jambon de pays, des biscuits, de la bouillie de maïs concassé et une portion de pommes de terre sautées : assez de cholestérol pour faire tomber raide une mule.

Toutes les conversations tournaient autour du viol et du meurtre. Le ton montait déjà haut rien qu'en parlant de la pluie et du beau temps, imaginez le vacarme produit par un crime aussi odieux. Les Padgitt faisaient la loi dans le comté depuis cent ans ; l'heure était venue de les envoyer en prison. Qu'on encercle l'île avec la garde nationale, si nécessaire. Le shérif devait démissionner ; il était à leur solde depuis trop longtemps. Quand on laisse les mains libres à une bande de voyous, ils se croient au-dessus des lois. Voyez le résultat.

On ne parlait pas beaucoup de Rhoda, car on ne savait pas grand-chose sur elle. Quelqu'un affirmait l'avoir vue traîner dans les bars de nuit, à la frontière de l'État. Un autre croyait savoir qu'elle couchait avec un avocat du comté. Il ne savait pas qui. Un bruit qui courait.

Les rumeurs allaient bon train. Deux ou trois forts en gueule se relayaient pour présenter leur version des faits, sans se préoccuper des conséquences. Dommage de ne pouvoir publier tous les ragots qui circulaient.

5

Nous en avons quand même publié un certain nombre. Le titre en gros caractères annonçait que Rhoda Kassellaw avait été violée et assassinée, et que Danny Padgitt avait été arrêté. La manchette qui s'étalait à la une était visible à vingt mètres, de n'importe quel endroit du trottoir longeant la pelouse du tribunal.

Au-dessous, deux photographies montraient Rhoda en classe de terminale et Padgitt à son entrée dans la prison, menottes aux poignets. Le cliché était parfait : Wiley avait attendu l'instant où Padgitt tournait vers l'objectif un regard méprisant. Il avait du sang sur le front à cause de l'accident et sur sa chemise à cause de l'agression. Il avait l'air méchant, vicieux, insolent, ivre et aussi coupable qu'on peut l'être ; je savais que cette photo ferait sensation. Wiley était d'avis de ne pas la publier mais, du haut de mes vingt-trois ans, je refusais toute entrave. Je voulais montrer à mes lecteurs la vérité dans toute son horreur. Je voulais vendre des journaux.

La photographie de Rhoda nous avait été envoyée par une de ses sœurs, qui vivait dans le Missouri. La première fois que je lui avais parlé au téléphone, elle avait raccroché au bout de quelques secondes. La seconde fois, un peu plus loquace, elle avait déclaré que les enfants étaient suivis par un médecin, que les obsèques auraient lieu le mardi dans une petite ville proche de Springfield et que, pour toute sa famille, l'État du Mississippi était rayé de la carte.

J'ai dit que je comprenais parfaitement son point de vue, que je venais de Syracuse et que je n'avais rien à voir avec le Mississippi. Elle a fini par accepter de m'envoyer une photo.

Sous le couvert de sources anonymes, mon article décrivait par le menu ce qui s'était passé le samedi soir chez Rhoda Kassellaw. Quand je tenais un fait pour assuré, je l'exposais clairement. Quand j'avais un doute, je tournais autour du pot de façon à instiller ma version des choses. Baggy Suggs était resté sobre assez longtemps pour relire et corriger les textes. Il nous a certainement évité un procès ou une balle dans la tête.

En page deux, se trouvaient un plan du lieu du crime et une grande photo de la maison de Rhoda, prise le lendemain matin du meurtre, sur laquelle étaient visibles des rubans jaunes et des voitures de police. On distinguait aussi sur la pelouse les petits vélos et les jouets de Michael et Teresa. D'une certaine manière, ce cliché était plus sinistre que ne l'eût été une photo du corps – j'avais vainement essayé de m'en procurer une. Il montrait de manière éloquente que des enfants vivaient dans cette maison et suggérait qu'ils avaient été témoins d'un crime atroce.

Qu'avaient vu exactement les enfants ? La question était cruciale.

Je n'apportais pas de réponse mais je m'efforçais d'apporter des éléments. Je décrivais la maison et la disposition des pièces. En m'appuyant sur une source anonyme, j'estimais à une dizaine de mètres la distance entre les lits des enfants et celui de leur mère. Ils avaient quitté la maison avant Rhoda, ils étaient en état de choc à leur arrivée chez les voisins, ils avaient été examinés par un médecin à Clanton et suivaient une thérapie dans le Missouri, où leur famille les avait recueillis. Les enfants avaient vu une grande partie de ce qui s'était passé.

Témoigneraient-ils au procès ? D'après Baggy, la question ne se posait pas : ils étaient trop jeunes. Cela ne m'empêchait pas de la soulever, histoire de donner à mes lecteurs un sujet supplémentaire de discussion et de tracas. Après avoir évoqué l'éventualité, je concluais que les « experts » s'accordaient à estimer le scénario improbable. Baggy avait grand plaisir à être tenu pour un « expert ».

J'ai tiré en longueur la nécrologie de Rhoda, ce qui, dans la tradition du *Times*, n'avait rien d'exceptionnel.

Nous avons mis sous presse le mardi soir, vers 22 heures ; le lendemain, à 7 heures, le journal était sur les présentoirs de la grand-place de Clanton. Le tirage était descendu à moins de douze cents exemplaires à l'époque du dépôt de bilan. Un mois s'était écoulé sous ma direction intrépide et nous avions près de deux mille cinq cents abonnés ; le chiffre de cinq mille était un objectif réaliste.

Pour le numéro annonçant le meurtre de Rhoda Kassellaw, nous avons imprimé huit mille exemplaires que nous avons distribués partout : à l'entrée des cafés de la place, dans les couloirs du tribunal, sur le bureau de tous les fonctionnaires du comté, dans le hall des banques. Nous avons expédié à des abonnés potentiels trois mille exemplaires gratuits à titre de promotion exceptionnelle.

D'après Wiley, il n'y avait pas eu de meurtre depuis huit ans et le suspect était un Padgitt ! Un sujet en or grâce auquel j'aurais mon heure de gloire. Il y avait dans ma démarche une recherche du sensationnel, le goût de l'émotion et du sang. Du journalisme facile, assurément, mais je n'en avais cure.

Je ne soupçonnais pas que la réaction serait aussi rapide et désagréable.

Le jeudi matin, à 9 heures, la salle d'audience du premier étage du tribunal était comble. C'était le domaine réservé de Reed Loopus, un juge itinérant du comté de Tyler, qui passait à Clanton huit fois dans l'année pour rendre la justice. Un vieux magistrat blanchi sous le harnais, qui faisait régner dans sa salle une discipline de fer. À en croire Baggy, qui passait au tribunal le plus clair de ses journées de travail, à l'affût de bruits de couloir qu'il contribuait d'ailleurs à faire circuler, Reed Loopus était un juge d'une intégrité irréprochable, qui avait réussi à échapper aux tentacules des Padgitt. Peut-être parce qu'il venait d'un comté voisin, le juge Loopus avait un penchant pour les peines lourdes, en particulier pour les travaux forcés, qu'il ne lui était plus possible d'infliger.

Le surlendemain du meurtre, les avocats des Padgitt avaient tenté d'obtenir la liberté sous caution de leur client. Retenu par un procès dans un autre comté – son territoire en comptait six –, le juge Loopus avait refusé de se laisser bousculer. Il avait fixé l'audience au jeudi, 9 heures, laissant ainsi plusieurs jours à la population locale pour réfléchir et multiplier les hypothèses.

En ma qualité de membre de la presse, plus précisément de propriétaire du journal local, je me suis fait un devoir d'arriver en avance pour avoir une bonne place. Oui, j'étais quelque peu suffisant. Le reste de l'assistance était là par simple curiosité, alors que j'avais un travail à accomplir, et de la plus haute importance. J'étais assis au deuxième rang avec Baggy quand la foule a commencé à s'assembler. L'avocat principal de

Danny Padgitt était un certain Lucien Wilbanks, un personnage que je n'allais pas tarder à détester, le dernier descendant d'un clan d'avocats et de banquiers en vue. Les Wilbanks avaient travaillé dur et longtemps pour bâtir Clanton. Puis Lucien était arrivé et le nom de la famille avait été flétri. Il se prenait pour un avocat gauchiste, ce qui, à cette époque et dans cette région, ne courait pas les rues. Il portait la barbe, jurait comme un charretier, buvait comme un trou, défendait les violeurs, les assassins et les pédophiles. Lucien Wilbanks était le seul membre de race blanche du NAACP, l'organisation de défense des droits civiques des Noirs, dans le comté de Ford ; il n'en fallait pas plus pour prendre une balle de fusil. Cela ne lui faisait ni chaud ni froid.

Wilbanks ne reculait devant rien, une vraie peau de vache. Il a attendu que tout le monde soit installé – juste avant l'arrivée du juge – pour s'avancer lentement vers moi. Il tenait un exemplaire du dernier numéro du *Times* qu'il a agité en m'insultant.

— Espèce de petit salopard ! lança-t-il, assez fort pour que le silence se fasse dans la salle. Pour qui vous prenez-vous ?

Mort de honte, j'étais incapable de répliquer. J'ai senti Baggy s'écarter légèrement. Tous les regards étaient braqués sur moi : il fallait que je réponde.

— Je ne fais que dire la vérité, articulai-je avec toute la conviction dont j'étais capable.

— C'est du racolage ! rugit Wilbanks. Des ragots de tabloïd !

Le journal était à quelques centimètres de mon nez.

— Merci, dis-je en essayant de faire le malin.

Il y avait au moins cinq adjoints du shérif dans la salle d'audience, mais aucun d'eux ne semblait pressé de s'interposer.

— Nous porterons plainte dès demain ! poursuivit

Wilbanks, les yeux étincelants. Un million de dollars de dommages et intérêts !

— J'ai des avocats, ripostai-je, terrifié à l'idée de me retrouver en faillite, comme les Caudle.

Lucien a lancé le journal sur mes genoux avant de pivoter sur lui-même pour regagner sa table. J'ai enfin pu respirer normalement. Mon cœur battait la chamade ; j'avais les joues brûlantes de honte et de peur.

Mais j'ai réussi à garder un sourire niais plaqué sur le visage. Je ne pouvais montrer à tous ces gens qui me regardaient que le patron de leur hebdomadaire avait peur. Mais un million de dollars de dommages et intérêts ! J'ai aussitôt pensé à ma grand-mère ; j'aurais de la peine à lui faire avaler la pilule.

Il y a eu de l'agitation au fond de la salle ; un huissier a ouvert une porte.

— Messieurs, la cour ! annonça-t-il.

Le juge Loopus a fait son entrée dans la salle et s'est avancé pesamment vers son siège, sa robe noire défraîchie traînant derrière lui. Du haut de l'estrade, il a parcouru l'assistance du regard.

— Bonjour, commença-t-il. Il y a du monde pour une simple demande de mise en liberté sous caution.

Ces audiences de routine n'attiraient en général personne d'autre que l'accusé, son avocat et parfois sa mère. Ce matin-là, il y avait trois cents personnes dans la salle.

Il ne s'agissait pas seulement d'une demande de mise en liberté sous caution : c'était le premier acte d'un procès pour viol et meurtre, et la population de Clanton ne voulait pas le manquer. Quantité de gens qui n'avaient pu se déplacer comptaient sur le *Times* pour les informer ; j'étais déterminé à leur fournir tous les détails.

Chaque fois que mon regard se tournait vers Lucien Wilbanks, je pensais à sa menace et au million de dollars.

Il n'allait quand même pas porter plainte contre mon journal ? Pour quel motif ? Il n'y avait pas eu diffamation.

Le juge a fait un signe de tête à un huissier qui a ouvert une porte latérale. Danny Padgitt est entré, menottes aux poignets. Il portait une chemise blanche impeccablement repassée, un pantalon kaki et des mocassins ; rasé de près, son visage ne montrait aucune trace de blessure. Il avait vingt-quatre ans, un de plus que moi, mais faisait bien plus jeune. Soigné de sa personne, joli garçon, je n'ai pu m'empêcher de penser qu'il aurait dû se trouver sur les bancs d'un amphi. Il s'est avancé lentement en roulant les épaules. Quand l'huissier lui a enlevé les menottes, il a esquissé un sourire méprisant. Puis il a parcouru l'assistance du regard, satisfait, semblait-il, de l'attention dont il était l'objet. Il avait l'assurance de celui qui sait que sa famille dispose de ressources illimitées et qu'elle les utilisera pour le sortir du pétrin.

Ses parents et quelques autres membres du clan Padgitt avaient pris place au premier rang, juste derrière lui. Son père, Gill, le petit-fils du tristement célèbre Clovis, avait fait des études supérieures ; il passait pour le responsable du blanchiment de l'argent de la famille. Sa mère était élégante et séduisante, ce qui m'a paru étonnant chez une femme assez stupide pour épouser un Padgitt et pour accepter de passer le reste de ses jours sur une île.

— Je ne l'avais jamais vue, me souffla Baggy à l'oreille.

— Et Gill, combien de fois l'as-tu vu ?

— Deux fois en vingt ans, pas plus.

Le ministère public était représenté par le procureur du comté, un magistrat à temps partiel du nom de Rocky Childers.

— Monsieur Childers, lança le juge Loopus, j'imagine que le ministère public s'oppose au versement d'une caution.

— Oui, Votre Honneur, répondit Childers en se levant.

— Pour quel motif ?

— La nature horrible des crimes, Votre Honneur. Un viol révoltant dans le propre lit de la victime, devant des enfants en bas âge, suivi d'un assassinat causé par au moins deux coups de couteau. La fuite du prévenu, Danny Padgitt. Il est plus que vraisemblable, poursuivit le procureur d'une voix qui vibrait dans le silence de la salle, que si M. Padgitt est mis en liberté sous caution, nous ne le reverrons jamais.

Lucien Wilbanks ne pouvait laisser passer cela : il s'est dressé d'un bond.

— Objection, Votre Honneur ! Mon client n'a jamais fait l'objet d'aucune condamnation ; il n'avait jamais été arrêté auparavant.

Le juge Loopus l'a regardé calmement par-dessus ses lunettes.

— J'espère, maître Wilbanks, que c'est la première et la dernière fois que vous interrompez quelqu'un pendant cette séance. Je vous invite à vous rasseoir. Quand la cour sera prête à vous entendre, elle vous donnera la parole.

Le ton était cinglant, presque acerbe. Je me suis demandé combien de fois les deux hommes s'étaient affrontés dans cette salle.

Rien ne pouvait atteindre Lucien Wilbanks ; il était blindé.

Childers a rappelé que, onze ans plus tôt, en 1959, un certain Gerald Padgitt avait été inculpé de vol de voitures à Tupelo. Il avait fallu un an pour trouver deux adjoints du shérif qui acceptent de pénétrer dans l'île des Padgitt avec un mandat d'arrêt ; ils étaient revenus vivants mais bredouilles. Soit Gerald Padgitt avait quitté le pays, soit il s'était caché.

— Quoi qu'il en soit, poursuivit Childers, on ne l'a jamais retrouvé, jamais arrêté.

— Tu as entendu parler de ce Gerald Padgitt, demandai-je à mi-voix à Baggy.

— Non.

— Si le prévenu est mis en liberté sous caution, nous ne le reverrons plus, conclut Childers. C'est aussi simple que cela.

— Maître Wilbanks, déclara le juge Loopus, vous avez la parole.

Lucien s'est levé sans hâte, le bras tendu vers Childers.

— Comme à son habitude, commença-t-il posément, le procureur mélange tout. Le prévenu n'est pas Gerald Padgitt.

Je ne représente pas cette personne et je me contrefous de ce qu'elle est devenue.

— Surveillez votre langage, glissa Loopus.

— Il n'est pas en cause aujourd'hui. Nous sommes là pour examiner la demande de mise en liberté sous caution de Danny Padgitt, un jeune homme dont le casier judiciaire est vierge.

— Votre client possède-t-il des biens immobiliers sur le territoire du comté ? demanda Loopus.

— Non, Votre Honneur. Il n'a que vingt-quatre ans.

— Je n'irai pas par quatre chemins, maître. Je sais que sa famille possède des terres d'une superficie considérable et je n'accorderai la mise en liberté sous caution qu'à la condition que la totalité de ces biens soit engagée pour assurer sa comparution au procès.

— C'est inacceptable ! lâcha Lucien.

— Pas plus que les faits qui lui sont reprochés.

— Donnez-moi une minute pour m'entretenir avec la famille, grommela l'avocat en lançant son bloc-notes sur la table.

Une vive agitation régnait dans les rangs des Padgitt.

Ils se sont pressés autour de Wilbanks, derrière la table de la défense : à l'évidence, ils étaient en désaccord.

Il était presque comique de voir ces malfrats pleins aux as secouer furieusement la tête et s'emporter les uns contre les autres. Les querelles de famille éclatent rapidement et sont d'autant plus violentes qu'il y a plus d'argent en jeu. Chacun des Padgitt semblait avoir une opinion différente sur le parti à prendre. On pouvait imaginer ce que cela devait être quand ils partageaient le fruit de leurs trafics.

Sentant qu'un accord était peu probable et pour échapper à une situation embarrassante, Wilbanks s'est tourné vers le juge.

— C'est impossible, Votre Honneur, annonça-t-il. Les terres de la famille Padgitt sont la propriété d'une quarantaine de personnes dont la majorité n'est pas présente dans cette salle. Ce que la cour exige est arbitraire et par trop astreignant.

— Je vous laisserai quelques jours pour prendre une décision, déclara Loopus qui prenait manifestement plaisir à l'embarras qu'il avait causé.

— Non, Votre Honneur, ce n'est pas juste. Mon client a droit, comme tout prévenu, au versement d'une caution raisonnable.

— Dans ce cas, la mise en liberté sous caution est refusée jusqu'à l'audience préliminaire.

— Nous renonçons à l'audience préliminaire.

— Comme il vous plaira, fit Loopus en griffonnant quelques mots.

— Et nous demandons que l'affaire soit soumise au jury d'accusation dans les meilleurs délais.

— En temps voulu, maître. Votre cause viendra à son tour.

— Nous demanderons un changement de juridiction.

Wilbanks avait prononcé ces mots d'un air de défi, comme pour une proclamation d'importance.

— Il est un peu tôt pour cela, ne croyez-vous pas ? lança le juge.

— Il n'est pas possible pour mon client d'avoir un procès équitable dans ce comté.

Wilbanks parcourait l'assistance du regard sans paraître s'occuper du juge qui l'écoutait avec une apparente curiosité.

— On s'efforce déjà de faire inculper mon client, de le faire juger et condamner sans lui laisser une chance de se défendre. Je pense que la cour devrait intervenir sans délai et ordonner la non-divulgation des débats.

— À quoi faites-vous allusion, maître ?

— Avez-vous lu le journal local, Votre Honneur ?

— Pas ces derniers temps.

J'ai eu l'impression que tous les regards se fixaient sur moi et que mon cœur cessait une nouvelle fois de battre.

— Des articles à la une, poursuivit Wilbanks, les yeux étincelants, des photographies montrant du sang, invoquant des sources anonymes – assez de demi-vérités et d'insinuations pour faire condamner un innocent.

Baggy s'écartait insensiblement ; je me sentais de plus en plus seul.

Wilbanks a traversé la barre d'un pas lourd pour lancer un exemplaire du *Times* sur le bureau du juge.

— Jetez donc un coup d'œil là-dessus.

Après avoir chaussé ses lunettes, Loopus a pris le journal et s'est enfoncé dans son fauteuil de cuir. Il a commencé à lire en prenant visiblement son temps.

Mon cœur battait avec la violence d'un marteau piqueur. J'ai senti que mon col était humide là où il était en contact avec ma nuque.

Après avoir terminé la première page, Loopus a ouvert le journal sans se presser. Le silence régnait dans la salle. Allait-il me faire jeter en prison séance tenante ? Faire signe à un policier de me passer les menottes ? Je n'étais pas avocat, contrairement à Wilbanks qui faisait peser sur moi la menace d'un million de dollars de dédommagement, et je voyais le juge analyser mes articles tirés par les cheveux tandis que le public retenait son souffle en attendant le verdict.

Comme je sentais des regards durs peser sur moi, j'ai trouvé commode de griffonner sur mon calepin des notes parfaitement illisibles en m'efforçant de conserver un visage impassible. En réalité, je n'avais qu'une envie : partir en courant et reprendre la route de Memphis.

Loopus a continué de tourner les pages jusqu'à ce qu'il arrive au bout du journal. Il s'est légèrement penché vers le micro pour prononcer les paroles qui allaient lancer ma carrière.

— C'est fort bien écrit. Plaisant, un peu macabre peut-être mais sans rien de répréhensible.

J'ai poursuivi mon griffonnage comme si de rien n'était. Je venais de marquer un point.

— Félicitations, souffla Baggy.

Le juge a replié le journal et l'a posé devant lui. Il a laissé Wilbanks vitupérer quelques minutes – il redoutait les fuites en provenance de la police, du bureau du procureur et du jury d'accusation, orchestrées en sous-main par des individus déterminés à refuser à son client un traitement équitable. Il s'agissait en fait d'un numéro à destination des Padgitt. N'ayant pu obtenir la mise en liberté sous caution de Danny, il devait les impressionner par son zèle.

Loopus n'était pas dupe.

Il allait bientôt apparaître que ce n'était rien d'autre qu'un écran de fumée : Wilbanks n'avait aucunement l'intention de faire juger l'affaire dans un autre comté.

6

En achetant le *Times*, j'étais devenu propriétaire des locaux préhistoriques du journal, qui avaient très peu de valeur. Ils occupaient un des quatre bâtiments mitoyens, construits à la va-vite sur le côté sud de la grand-place de Clanton. Une construction longue et étroite, de deux étages, avec un sous-sol où aucun membre du personnel n'osait s'aventurer. Elle comprenait en façade plusieurs bureaux à la moquette tachée et râpée, à la peinture écaillée, dont les plafonds étaient imprégnés de relents de tabac à pipe.

À l'arrière, aussi loin que possible, se trouvait la presse. Tous les mardis soir, dans le local empestant l'odeur âcre de l'encre d'imprimerie, Hardy, notre typo, redonnait vie à la vieille machine pour réussir le miracle d'imprimer un nouveau numéro du journal.

La grande pièce du rez-de-chaussée était garnie de rayonnages ployant sous une multitude de volumes poussiéreux que nul n'avait ouverts depuis des décennies : collections de livres d'histoire, d'œuvres de Shakespeare, de poésie irlandaise, d'encyclopédies britanniques obsolètes. Spot pensait que les rares visiteurs en seraient impressionnés.

De la vitrine aux panneaux de verre crasseux sur lesquels avait été peint dans un passé lointain le mot TIMES, on voyait le tribunal du comté de Ford et la statue en bronze d'une sentinelle de l'armée des Confédérés qui en gardait l'entrée. Une plaque fixée sur le socle portait la liste des soixante et un enfants du comté qui avaient perdu la vie au cours de la guerre de Sécession, à la bataille de Shiloh pour la plupart.

Je voyais aussi la sentinelle depuis mon bureau, au premier étage. Les murs, là aussi, étaient couverts de rayonnages en aussi piteux état que ceux du rez-de-chaussée. Ils contenaient la bibliothèque personnelle de Spot, qui traduisait des goûts éclectiques. Plusieurs années allaient s'écouler avant que je me débarrasse de ces livres.

Le bureau était spacieux, désordonné, encombré d'objets inutiles et de dossiers sans valeur, et décoré de portraits de généraux sudistes. Je m'y sentais bien. Spot n'avait rien emporté en partant ; le temps passait mais personne ne semblait intéressé par son fatras. Les objets restaient donc à leur place et je me les appropriais au fil du temps. J'avais rangé ses affaires personnelles – lettres, relevés de comptes, notes diverses, cartes postales – dans des cartons entreposés dans une des nombreuses pièces inutilisées, au fond du couloir, où ils se couvraient de poussière et de moisissure.

Mon bureau avait deux portes-fenêtres donnant sur un petit balcon fermé par une balustrade en fer forgé, où logeaient aisément quatre fauteuils en osier. La vue sur la grand-place était imprenable. Il n'y avait pas grand-chose à voir mais c'était une manière agréable de passer le temps, un verre à la main.

Baggy a apporté une bouteille de bourbon après le dîner et nous avons pris place dans les rocking-chairs. La ville bruissait encore des rumeurs de l'audience.

Tout le monde croyait que Danny Padgitt serait remis en liberté dès que Lucien Wilbanks et le shérif Coley se seraient arrangés. Des promesses seraient échangées, de l'argent circulerait, le shérif ferait en sorte de s'engager personnellement à ce que le jeune Padgitt soit présent à son procès. Mais le juge Loopus ne l'entendait pas de cette oreille.

La femme de Baggy était infirmière; elle était employée de nuit au service des urgences de l'hôpital. Lui travaillait le jour, si l'on pouvait considérer comme un travail son observation languide de la ville. Ils se voyaient rarement, ce qui, à l'évidence, faisait leur affaire car ils se disputaient à tout bout de champ. Une fois adultes, leurs enfants avaient pris la fuite, les abandonnant à leur petite guerre personnelle. Après le deuxième verre, Baggy ne manquait jamais de lancer des vacheries sur son épouse. Il avait cinquante-deux ans, en faisait au moins soixante-dix – je soupçonnais l'alcool d'être la principale raison de ce vieillissement précoce et de leurs scènes de ménage continuelles.

— On les a eus jusqu'à l'os ! déclara-t-il avec fierté. Jamais un journaliste n'a été disculpé aussi clairement. Et en public, s'il vous plaît !

— Que signifie cette demande de confidentialité ?

J'étais un novice mal informé, tout le monde le savait. À quoi bon prétendre connaître ce que j'ignorais ?

— J'en ai seulement entendu parler : je crois que c'est une décision prise par un juge pour contraindre au silence les avocats et les parties.

— Elle ne s'applique donc pas à un journal.

— Bien sûr que non. Wilbanks parlait pour la galerie, c'est tout. Il est membre de la Ligue des droits de l'homme, le seul du comté. Il connaît le Premier Amendement. Un juge n'a pas le pouvoir d'empêcher un journal de publier ce qu'il veut. C'était mal barré pour

Wilbanks : comme il était évident que son client allait rester en prison, il a tenté un coup de bluff. Une manœuvre classique ; on apprend ça en fac de droit.

— Tu ne crois pas qu'il va nous traîner en justice ?

— Certainement pas. Pour quel motif porterait-il plainte ? Nous n'avons calomnié ni diffamé personne. Nous en avons pris à notre aise avec les faits, mais cela ne porte pas à conséquence et ce que nous avons écrit est probablement vrai, de toute façon. Si Wilbanks choisissait de porter plainte, il devrait le faire ici, dans notre comté. Même tribunal, même salle d'audience, même juge, celui qui, ce matin, a pris connaissance de nos articles sans rien trouver à leur reprocher. Il a étouffé dans l'œuf toute intention d'action en justice. Magnifique !

J'étais loin de partager son enthousiasme, encore sous le coup du million de dollars de dommages et intérêts. Mais les effets du bourbon se sont fait sentir et je me suis détendu. Il n'y avait pas grand monde dehors ce mardi soir ; les boutiques et les bureaux de la grand-place étaient fermés.

Baggy, comme à son habitude, était détendu depuis longtemps. Margaret m'avait confié qu'il prenait souvent son premier bourbon au petit déjeuner ; avec son compère Major, un avocat unijambiste, il aimait arroser son café du matin. Ils se retrouvaient sur le balcon du bureau de Major, de l'autre côté de la place, pour parler droit et politique en fumant et en buvant pendant que le tribunal s'animait. Major, à l'en croire, avait perdu sa jambe à Guadalcanal. Il s'était spécialisé dans la rédaction de testaments pour les personnes âgées. Il tapait lui-même les documents à la machine – pas besoin de secrétaire. Il travaillait à peu près autant que Baggy ; on les voyait souvent ensemble, bien imbibés, dans le public du tribunal.

— J'imagine que Mackey Don Coley a mis le petit Padgitt dans la suite, reprit Baggy.

— Quelle suite ?

— Tu n'es jamais entré dans la prison ?

— Non.

— Des animaux n'y vivraient pas. Pas de chauffage, pas de ventilation, la plomberie ne marche pas la moitié du temps. C'est crasseux, la nourriture est répugnante. Et je ne parle que pour les Blancs. Les Noirs sont de l'autre côté, dans une cellule unique, tout en longueur. En guise de toilettes, un trou dans le sol.

— Épargne-moi le reste.

— C'est un sujet d'embarras pour le comté mais ce n'est malheureusement pas mieux ailleurs. Dans notre prison il y a aussi une petite cellule avec la climatisation et de la moquette au sol, un lit propre, la télé en couleurs et de bons repas. On l'appelle la suite ; c'est là que Mackey loge ses chouchous.

Je prenais mentalement des notes. Pour Baggy, cela n'avait rien d'extraordinaire mais pour un étudiant de fraîche date qui avait à peine tâté du journalisme, il y avait matière à un article retentissant.

— Tu crois que Padgitt est dans la suite ?

— Probablement. Il est venu au tribunal avec ses effets personnels.

— Et alors ?

— Tous les autres portent une combinaison orange. Tu n'as pas remarqué ?

Si, je l'avais remarqué. Quelques semaines auparavant, j'étais allé au tribunal et il me revenait soudain à l'esprit avoir vu dans la salle d'audience deux ou trois prévenus attendant le juge ; ils portaient tous une combinaison orange délavé. Sur leur poitrine et dans leur dos figurait l'inscription « Prison du comté de Ford ».

— Pour les audiences préliminaires, expliqua Baggy

après avoir descendu une gorgée de bourbon, les prévenus, quand ils sont encore incarcérés, se présentent devant le juge en tenue de prisonnier. Avant, Coley leur faisait porter la combinaison orange pendant le procès. Lucien Wilbanks a fait réformer un verdict de culpabilité au motif que le jury était prédisposé à condamner son client parce que sa combinaison lui donnait l'air coupable. Il avait raison.

Décidément, le retard du Mississippi ne cesserait jamais de m'étonner. Comment un prévenu, surtout de race noire, pouvait-il attendre d'un jury un verdict impartial s'il était vêtu d'une combinaison orange destinée à être vue à un kilomètre ? « La guerre n'est pas terminée » était un slogan que j'avais déjà entendu à plusieurs reprises dans le comté de Ford. Il y avait en ce lieu une résistance acharnée au changement, surtout en matière de crime et de châtiment.

Le lendemain, aux alentours de midi, je me suis rendu à la prison, où j'ai demandé à voir le shérif Coley. Sous le prétexte de lui poser des questions sur son enquête, je comptais voir autant de détenus que possible. Sa secrétaire m'a informé, d'un air revêche, qu'il était en réunion. Cela faisait mon affaire.

Deux prisonniers nettoyaient les bureaux ; deux autres désherbaient un parterre de fleurs. J'ai fait le tour du local et j'ai découvert derrière le bâtiment une petite cour avec un panier de basket-ball. Six détenus traînaient à l'ombre d'un petit chêne. Sur le côté est de la prison, j'en ai vu trois autres à une fenêtre, derrière des barreaux, qui me regardaient.

Treize détenus en tout. Treize combinaisons orange.

Le neveu de Wiley a été mis à contribution pour apporter des informations sur ce qui se passait dans la prison. Au début, il s'est montré réticent mais il détestait cordialement le shérif et pensait pouvoir me faire confiance. Il a confirmé ce que soupçonnait Baggy : Danny Padgitt était comme un coq en pâte dans une cellule climatisée et mangeait ce qu'il voulait. Il choisissait ses vêtements, jouait aux échecs avec le shérif et passait le reste du temps au téléphone.

Le numéro suivant du *Times* a grandement contribué à asseoir ma réputation de fonceur, de casse-cou et de jeune imbécile. À la une s'étalait une grande photographie de Danny Padgitt prise au moment où il entrait dans le tribunal, le jour de l'audience. Menotté, il portait ses vêtements personnels et tournait vers l'objectif du photographe le regard méprisant dont il était coutumier. Au-dessus, la manchette proclamait : DANNY PADGITT : MISE EN LIBERTÉ SOUS CAUTION REFUSÉE. L'article qui l'accompagnait était long et détaillé.

La colonne de gauche présentait un autre article, aussi long mais bien plus sensationnel. En me référant à des sources anonymes, je décrivais longuement les conditions de l'incarcération de Danny Padgitt. J'énumérais tous les avantages dont il bénéficiait, sans oublier le temps passé avec le shérif Coley devant un échiquier. Je parlais de ses repas, du téléviseur couleurs et de l'utilisation illimitée du téléphone. De tout ce qu'il était possible de vérifier. Je finissais en comparant sa situation avec les conditions de vie des vingt et un autres détenus.

En page deux, je publiais une vieille photo d'archives en noir et blanc de quatre prévenus à leur entrée dans le tribunal. Ils portaient évidemment la combinaison de la prison. Ils avaient des menottes aux poignets et les cheveux en bataille. J'avais masqué leur visage afin de leur éviter tout nouveau désagrément : leur affaire était jugée depuis bien longtemps.

En regard du document d'archives, était placée une

autre photo de Danny Padgitt à la porte du tribunal. Abstraction faite des menottes, il aurait pu être habillé pour une soirée. Le contraste était saisissant. Le jeune Padgitt se faisait dorloter par le shérif Coley qui, jusqu'alors, avait refusé d'aborder le sujet avec moi. Grave erreur.

Dans mon article, je dressais la liste de mes tentatives pour obtenir un entretien avec le shérif. Il n'avait répondu à aucun de mes appels téléphoniques ; je m'étais rendu deux fois à la prison, mais il n'avait pas souhaité me rencontrer ; j'avais laissé dans son bureau une liste de questions auxquelles il ne s'était pas donné la peine de répondre. Je dépeignais un jeune journaliste tenace, avide de découvrir la vérité, qu'on s'efforçait de tenir à l'écart.

Sachant que Lucien Wilbanks était un des personnages les moins populaires de la ville, je lui réservais le même traitement. Devenu un habitué du téléphone, un instrument dont je percevais de mieux en mieux les avantages, j'avais essayé de joindre l'avocat quatre fois avant qu'il me rappelle. Il avait affirmé au début n'avoir rien à déclarer au sujet de son client ni des charges qui pesaient sur lui, mais comme je l'interrogeais avec insistance sur le traitement de faveur dont il jouissait en prison, il avait fini par exploser.

— Ce n'est pas moi qui dirige cette prison !

Je me suis représenté l'avocat me fusillant de ses yeux injectés de sang. Je l'ai cité dans mon article.

— Vous êtes-vous entretenu avec votre client dans la prison ?

— Évidemment !

— Comment était-il habillé ?

— Vous n'avez rien de plus intéressant à écrire ?

— Non, maître. Comment était-il habillé ?

— Il n'était pas tout nu !

Trop bon pour ne pas faire l'objet d'une citation ; je l'ai mise en valeur, en gras, dans un encadré.

Avec un violeur assassin, un shérif corrompu et un avocat gauchiste d'un côté, moi, tout seul, de l'autre, je savais que je ne pouvais pas perdre la partie. Les réactions sont allées au-delà de mes espérances. Baggy et Wiley sont venus m'informer que les cafés bourdonnaient de commentaires admiratifs pour le jeune et courageux rédacteur en chef. Les Padgitt et Wilbanks n'inspiraient que mépris depuis longtemps ; le moment était venu de se débarrasser de Coley.

Margaret a annoncé que nous étions submergés d'appels téléphoniques de lecteurs indignés par le traitement dont bénéficiait Danny ; le neveu de Wiley nous a confié que la prison était en effervescence et qu'un vent de fronde soufflait contre le shérif. Il était aux petits soins pour un assassin et avait l'intention de se présenter l'année suivante devant les électeurs. Les policiers étaient furieux : ils craignaient pour leur poste.

Ces deux semaines ont été déterminantes pour l'avenir du *Times*. Les lecteurs étaient avides de détails. J'arrivais au bon moment. Grâce à la combinaison de chance insolente et d'une bonne dose de courage, je leur apportais précisément ce qu'ils attendaient. Le journal reprenait vie : il devenait une force et inspirait la confiance. Les lecteurs voulaient que les événements soient rapportés dans le menu et sans crainte.

Baggy et Margaret m'ont avoué que Spot n'aurait jamais eu recours à des photos montrant du sang ni défié le shérif. Ils demeuraient timorés ; je ne peux pas dire que mon audace avait déteint sur mes employés. Le *Times* était et allait rester l'affaire d'un seul homme, avec le tiède soutien de son entourage.

Peu m'importait. J'écrivais la vérité et me souciais

peu des conséquences. J'étais devenu une sorte de héros local. Les abonnements ont bondi jusqu'à près de trois mille ; les recettes publicitaires ont doublé. Non seulement je montrais la vie du comté sous un jour nouveau, mais je gagnais de l'argent.

7

La bombe était un engin incendiaire assez rudimentaire qui, s'il avait explosé, aurait ravagé en peu de temps notre imprimerie. Attisé par divers produits chimiques et les quatre cent cinquante litres d'encre entreposés dans la pièce, le feu se serait rapidement propagé dans les bureaux. Sans extincteur automatique d'incendie ni système d'alarme, combien de mètres carrés auraient échappé aux flammes ? Bien peu, sans doute. Si l'explosion s'était produite comme prévu, aux premières heures du jeudi matin, l'incendie aurait très probablement gagné la majeure partie des trois bâtiments voisins, accolés le long de la grand-place.

L'engin, menaçant et intact, avait été découvert dans l'imprimerie, près d'une pile de vieux exemplaires du journal, par l'idiot du village. Plus précisément, un des idiots du village : Clanton n'en manquait pas.

Il s'appelait Piston. Comme le bâtiment, la presse archaïque et les deux bibliothèques inutilisées, Piston avait été acheté avec le journal. Il ne figurait pas officiellement sur la liste du personnel mais se présentait tous les vendredis pour toucher ses cinquante dollars en espèces. Jamais de chèque. Pour cette somme, il lui arrivait de balayer les bureaux, parfois même de passer un coup de chiffon sur les vitrines et il sortait les ordures quand quelqu'un se plaignait.

Piston n'avait pas d'heure ; il arrivait et repartait quand ça lui chantait. Il ne se donnait jamais la peine de frapper avant d'entrer dans un bureau où se tenait une réunion, utilisait nos téléphones et buvait notre café sans se gêner. Sous des dehors assez patibulaires – des yeux écartés derrière d'épais verres de lunettes, une grande casquette de camionneur enfoncée jusqu'aux sourcils, une barbe inculte et des dents en avant –, c'était un être inoffensif. Il faisait du gardiennage dans plusieurs commerces de la grand-place, ce qui lui permettait de subsister. Nul ne savait où il vivait, ni avec qui, ni comment il se déplaçait. Moins on en savait sur Piston, mieux c'était.

Quand il était arrivé le jeudi matin, de bonne heure – il possédait une clé de nos locaux depuis des décennies – son attention avait été attirée par un tic-tac. En s'approchant, il avait remarqué trois bidons en plastique de vingt litres attachés à une boîte en bois posée par terre. Le tic-tac provenait de la boîte. Piston venait dans ce local depuis des années ; il lui arrivait même de donner un coup de main à Hardy le mardi soir, quand il mettait sous presse.

Pour la plupart des gens, l'affolement aurait rapidement succédé à la curiosité ; pour Piston, il a fallu un certain temps. Après avoir soigneusement examiné les bidons pour s'assurer qu'ils étaient remplis d'essence et déterminé qu'un ensemble menaçant de fils électriques reliait le tout, il s'était rendu dans le bureau de Margaret pour téléphoner à Hardy, précisant que le tic-tac devenait de plus en plus fort.

Hardy avait aussitôt prévenu la police ; on m'avait

réveillé juste avant 9 heures pour m'annoncer la nouvelle.

À mon arrivée, on avait déjà procédé à l'évacuation de la majeure partie du centre-ville. Piston était assis sur le capot d'une voiture, l'air hagard, ayant enfin compris qu'il l'avait échappé belle. Entouré de quelques connaissances et d'un ambulancier, il semblait ravi de l'attention dont il était l'objet.

Wiley Meek avait photographié l'engin incendiaire avant que la police détache les bidons d'essence et s'en débarrasse dans la ruelle qui courait derrière les locaux du journal. « Il y avait de quoi faire sauter tout le quartier », déclara-t-il. Il allait et venait nerveusement, s'imprégnant de la fièvre qui régnait autour de lui.

Le chef de la police m'a expliqué que l'accès de la zone était interdit au public : la boîte en bois n'avait pas été ouverte et ce qu'elle contenait faisait toujours entendre son tic-tac. « Cela peut exploser », ajouta-t-il d'un ton grave, comme s'il était le premier à avoir assez de perspicacité pour prendre conscience du danger. Je doutais qu'il eût une grande expérience des engins explosifs mais j'ai acquiescé docilement. Un fonctionnaire du laboratoire de la police criminelle de l'État était attendu d'une minute à l'autre ; il a été décidé que les quatre bâtiments accolés resteraient inoccupés jusqu'à ce qu'il ait terminé ses investigations.

Une bombe en plein centre de Clanton ! La nouvelle s'est répandue comme une traînée de poudre et tout le monde a aussitôt cessé le travail. Les bureaux de l'administration du comté se sont vidés, les banques, les magasins et les cafés aussi. En peu de temps, des groupes compacts de curieux se sont formés de l'autre côté de la grand-place, à distance, sous les chênes séculaires bordant le mur sud du tribunal. Ils ne quittaient pas des yeux le bâtiment du journal, dans l'attente de l'événement. Jamais personne, parmi eux, n'avait assisté à l'explosion d'une bombe.

À la police municipale s'étaient joints les adjoints du shérif : tous les uniformes du comté ont bientôt été présents, rassemblés sur les trottoirs, sans rien faire du tout. Le shérif Coley et le chef de la police s'entretenaient en aparté, tournaient de temps en temps la tête en direction de la foule massée devant le tribunal et aboyaient un ordre qui restait sans effet. Il paraissait évident pour tout le monde que les policiers de la municipalité et du comté n'étaient pas formés pour ce genre de situation.

Baggy avait besoin de boire un verre ; il était trop tôt pour moi, mais je l'ai suivi jusqu'au tribunal. Nous sommes entrés par-derrière, avons gravi un escalier étroit dont j'ignorais l'existence et suivi un couloir encombré avant de monter une autre volée de marches qui donnait accès à une petite pièce crasseuse et basse de plafond.

— C'est l'ancienne salle de délibération du jury, expliqua Baggy. Devenue ensuite la bibliothèque du tribunal.

— Et maintenant ?

— Le Bar.

Il y avait une table à jouer pliante qui portait les marques de longues années d'utilisation. Autour d'elle étaient disposés une demi-douzaine de sièges dépareillés, qui avaient fait le tour des bureaux de l'administration du comté avant d'échouer dans cette salle miteuse.

Un angle était occupé par un petit réfrigérateur fermé par un cadenas. Baggy, cela va sans dire, avait la clé. Il a pris une bouteille de bourbon, s'est servi généreusement dans un gobelet en carton.

— Prends une chaise, fit-il.

Nous avons tiré deux sièges devant la fenêtre pour redécouvrir la scène que nous venions de quitter.

— La vue n'est pas mauvaise, hein ? poursuivit Baggy avec fierté.

— Tu viens souvent ici ?

— Deux fois par semaine, parfois plus. Nous jouons au poker le mardi et le jeudi midi.

— Qui fait partie du club ?

— C'est une société secrète.

Baggy a pris une gorgée de bourbon et fait claquer sa langue comme s'il venait de passer un mois dans le désert. Une araignée est descendue le long de sa toile tissée au bord de la fenêtre dont l'appui était couvert d'un centimètre de poussière.

— J'ai l'impression qu'ils perdent la main, glissa Baggy en contemplant l'agitation de la grand-place.

— Qui, ils ? demandai-je, redoutant la réponse.

— Les Padgitt.

Il a lâché le nom avec une certaine suffisance, laissant le sentiment d'une menace planer dans la pièce.

— Tu es sûr que ce sont les Padgitt ? insistai-je.

Baggy croyait tout savoir ; il avait raison une fois sur deux. Il a ricané, poussé un grognement et descendu une gorgée de bourbon.

— Les Padgitt ont l'habitude de l'incendie volontaire. Toujours incendié des constructions. L'escroquerie à l'assurance est une de leurs spécialités : ils ont gagné une fortune sur le dos des compagnies d'assurances. Mais je trouve quand même curieux qu'ils aient utilisé de l'essence. Un incendiaire avisé s'en méfie, car l'odeur est facile à reconnaître. Tu le savais ?

— Non.

— Je te le dis, affirma Baggy. Quand le feu est éteint, un pompier expérimenté décèle l'odeur de l'essence en quelques minutes. Qui dit essence dit incendie volontaire, donc pas d'indemnisation. Dans le cas présent, poursuivit-il après une petite gorgée de bourbon, on voulait certainement que tu saches qu'il était volontaire. Logique, non ?

Rien ne me paraissait logique ; j'avais les idées trop embrouillées pour dire grand-chose. Baggy ne demandait pas mieux que de poursuivre son monologue.

— Réflexion faite, c'est probablement pour ça que la bombe n'a pas explosé. Ils voulaient que tu la voies. Si elle avait explosé, c'en était fini du *Times*, ce qui aurait bouleversé certaines personnes. Et en aurait peut-être réjoui d'autres.

— Merci.

— Quoi qu'il en soit, c'est une explication. Il s'agit d'un acte subtil d'intimidation.

— Subtil ?

— Oui, en comparaison de ce que cela aurait pu être. Ces gars-là savent mettre le feu à un bâtiment, tu peux me croire. Tu as eu de la chance.

J'ai remarqué qu'il n'avait pas fallu longtemps à Baggy pour se dissocier du journal. C'est « moi » qui avais eu de la chance, pas « nous ». Le bourbon lui déliait la langue.

— Il y a trois ans de ça, reprit-il, peut-être quatre, le feu a pris dans une de leurs scieries, celle de la nationale 401, juste avant l'île. Ils ne font jamais rien brûler sur l'île ; ils ne veulent pas que les autorités viennent fouiner dans leurs affaires. La compagnie d'assurances, qui avait flairé une arnaque, a refusé de payer et Lucien Wilbanks lui a fait un procès. L'affaire a été jugée par Reed Loopus ; je n'en ai pas perdu un mot.

Une goulée de bourbon pour marquer sa satisfaction.

— Qui a gagné ?

Baggy a fait comme s'il n'avait pas entendu : il n'avait pas fini d'exposer son histoire.

— C'était un énorme incendie. Les pompiers de Clanton sont partis avec tous leurs camions ; les volontaires de Karaway, des péquenots avec une sirène hurlante sur leur voiture, ont pris la route de l'île Padgitt. Rien de tel qu'un bon incendie pour leur fouetter le sang. Ou une bombe, j'imagine, mais il n'y en a pas souvent par ici.

— Et alors…

— La nationale 401 traverse des marécages et enjambe un petit ruisseau. Quand les pompiers sont arrivés là, ils ont découvert un pick-up couché sur la chaussée, comme s'il s'était renversé. La route était complètement bloquée ; impossible de contourner l'obstacle à cause des marécages et des fossés.

Baggy s'est humecté les lèvres avant de se reverser du bourbon. Il fallait que j'en profite pour dire quelque chose même si, de toute façon, il ne m'écoutait pas.

— À qui était le pick-up ?

J'avais à peine terminé ma phrase qu'il s'est mis à secouer la tête comme si j'étais à côté de la plaque.

— L'incendie faisait rage. Les voitures de pompiers ont dû faire marche arrière sur la nationale à cause du rigolo qui avait renversé son pick-up. On n'a jamais su qui c'était. Aucun signe du conducteur, aucune idée de l'identité du propriétaire. Il n'y avait ni carte grise ni plaque minéralogique et le numéro de série avait été effacé. Personne n'a cherché à le récupérer ; pourtant, il n'était même pas très abîmé. Ces faits ont été établis au cours du procès. Tout le monde savait que les Padgitt avaient mis le feu à la scierie et renversé un véhicule volé pour bloquer la route mais la compagnie d'assurances n'a rien pu prouver.

Sur la place, le shérif Coley avait trouvé son porte-voix : il demandait aux badauds de s'écarter. Sa voix grinçante ne faisait qu'ajouter à la tension.

— Mais elle a quand même gagné ? repris-je, impatient de connaître le fin mot de l'histoire.

— Sacré procès ! Il a duré trois jours pleins. Wilbanks

arrive en général à trouver un arrangement avec un ou deux jurés ; il fait ça depuis des années et ne s'est jamais fait prendre la main dans le sac. Et il connaît tout le monde dans le comté. Les avocats de la compagnie d'assurances venaient de Jackson et ne savaient pas de quoi il retournait. Après deux heures de délibération, le jury a accordé aux Padgitt une indemnité de cent mille dollars et, pour faire bonne mesure, des dommages et intérêts punitifs d'un montant de un million de dollars.

— Un million cent mille !

— C'est ça. Pour la première fois dans le comté on dépassait la barre du million de dollars. Il a fallu attendre un an pour que la Cour suprême du Mississippi annule les dommages et intérêts punitifs.

L'idée que Lucien Wilbanks avait une telle influence sur des jurés n'était pas réconfortante. Baggy est resté un moment sans toucher à son verre ; il regardait quelque chose sur la place.

— Ce n'est pas bon signe, petit, soupira-t-il. Vraiment pas bon signe.

Nous avions travaillé ensemble mais j'étais devenu son employeur et je n'aimais pas qu'il m'appelle « petit ». Je n'ai pas relevé ; j'avais des sujets plus urgents à éclaircir.

— Revenons à l'intimidation.

— Les Padgitt quittent rarement leur île. Le fait qu'ils se soient déplacés jusqu'ici pour faire leur petite mise en scène signifie qu'ils sont prêts pour la guerre. S'ils usent de l'intimidation avec le journal, ils n'hésiteront pas à faire de même avec les jurés. Et ils ont déjà le shérif dans leur poche.

— Wilbanks a dit qu'il demanderait un changement de juridiction.

Baggy s'est mis à ricaner en tendant la main vers son verre.

— Ne compte pas trop là-dessus, petit.

— Appelle-moi Willie, veux-tu ?

Curieusement, je m'accrochais maintenant à ce prénom.

— Ne compte pas trop là-dessus, Willie. Le jeune Padgitt est coupable. Sa seule chance de sauver sa tête est d'avoir des jurés achetés ou terrorisés. Je parie à dix contre un que le procès aura lieu ici, dans ce tribunal.

Après avoir vainement attendu une explosion pendant près de deux heures, les honnêtes gens de Clanton étaient prêts à se mettre à table. La foule s'est dispersée, la grand-place s'est vidée. Le spécialiste du laboratoire de la police criminelle avait enfin fait son apparition et s'était mis au travail. On m'a interdit l'accès aux locaux du journal mais, de toute façon, je n'avais rien à y faire.

J'ai déjeuné d'un sandwich avec Margaret et Wiley sous le kiosque qui s'élevait sur la pelouse du tribunal. Nous avons mangé en prenant notre temps et en échangeant quelques mots, sans quitter nos bureaux des yeux. De loin en loin, un passant s'arrêtait pour nous saluer avec embarras. Que dit-on aux victimes d'une tentative criminelle quand l'engin n'a pas explosé ? Les braves gens de Clanton n'avaient par bonheur guère d'expérience en la matière. Ils nous témoignaient de la compassion, quelques-uns offraient leur aide.

Le shérif Coley s'est approché d'un pas tranquille et nous a livré les premiers résultats. Le mécanisme était celui d'un réveil classique, comme on en trouve dans tous les magasins. Au premier coup d'œil, l'envoyé du labo avait trouvé bizarre le montage du dispositif ; du travail d'amateur, selon ses termes.

— Comment allez-vous conduire votre enquête ? lançai-je d'un ton acerbe.

— Nous allons chercher des empreintes digitales, essayer de trouver des témoins. Un travail de routine.

— Allez-vous interroger les Padgitt ? insistai-je, encore plus mordant.

J'étais en présence de mes employés et, même si je n'en menais pas large, je voulais leur montrer que rien ne pouvait m'atteindre.

— Vous savez quelque chose que j'ignore ? riposta Coley.

— Ils sont suspects, non ?

— Vous êtes le nouveau shérif ?

— Les Padgitt ont une longue expérience des incendies ; ils jouent les incendiaires depuis des années en toute impunité. Leur avocat m'a menacé en plein tribunal il y a quelques jours et Danny Padgitt a fait la une de notre journal deux semaines de suite. Cela ne suffit pas pour faire d'eux des suspects ?

— Écrivez donc un article là-dessus. Expliquez sur qui se portent vos soupçons. On dirait que vous cherchez à être traîné en justice.

— Je me charge du contenu de mon journal, shérif, et vous, mettez les criminels sous les verrous.

Coley a porté la main à son chapeau pour saluer Margaret et s'est éloigné.

— L'an prochain, il y aura les élections, glissa Wiley en regardant le shérif qui s'était arrêté près d'une fontaine publique pour faire la causette à deux dames. J'espère qu'il aura un adversaire solide.

L'intimidation s'est poursuivie, au détriment de Wiley, cette fois.

Il habitait à deux kilomètres de la ville, dans une ferme entourée d'un terrain de deux hectares, sur lequel sa femme élevait des canards et cultivait des pastèques. Ce soir-là, au moment où il descendait de voiture, devant la maison, deux voyous ont jailli des buissons. Le plus costaud l'a jeté à terre et lui a balancé des coups de pied au visage tandis que l'autre fouillait sur la banquette arrière de la voiture pour y prendre deux appareils photo. Wiley avait cinquante-huit ans mais c'était un ancien Marine. À un moment, il a réussi à toucher son assaillant de la pointe du pied et l'a repoussé violemment. Les deux hommes ont roulé par terre en échangeant des coups de poing. Au moment où Wiley commençait à prendre l'avantage, le second voyou s'est approché par-derrière et l'a frappé à la tête avec un des appareils photo. Après quoi, Wiley n'a plus été capable de se rappeler grand-chose.

Sa femme a fini par entendre le barouf ; elle a trouvé Wiley étendu sur l'allée, à demi conscient, près des deux appareils fracassés. Elle lui a mis des poches de glace sur le visage, puis elle a décidé qu'il n'avait rien de cassé ; l'ex-Marine ne voulait pas aller à l'hôpital.

Un adjoint du shérif est arrivé ; il a commencé à faire les premières constatations. Wiley avait à peine eu le temps d'apercevoir ses agresseurs ; il ne les connaissait pas.

— Ils ont déjà regagné leur île, lâcha-t-il. Vous ne les retrouverez pas.

Sa femme a fini par le convaincre de se rendre aux urgences d'où ils m'ont téléphoné une heure plus tard. J'ai vu Wiley entre deux radiographies. Il avait le visage tuméfié, mais il a réussi à esquisser un sourire ; il m'a saisi la main pour m'attirer vers lui.

— À la une du prochain numéro, souffla-t-il entre ses lèvres entaillées.

En quittant l'hôpital, je suis parti faire une longue balade en voiture dans la campagne. Je jetais des coups d'œil dans le rétroviseur comme si je m'attendais à voir débouler derrière moi une voiture remplie de Padgitt armés jusqu'aux dents.

Je ne vivais pas dans un comté livré à l'anarchie, où

des bandes organisées piétinaient les citoyens respectueux des lois. Tout au contraire, le crime y était rare, la corruption vue d'un mauvais œil. J'avais raison, ils avaient tort et je n'étais pas disposé à courber l'échine. J'allais acheter une arme ; tous les habitants du comté en possédaient deux ou trois. Si nécessaire, j'engagerais quelqu'un pour me protéger. Et le journal, à l'approche du procès, deviendrait de plus en plus mordant.

8

Avant le dépôt de bilan du journal et mon improbable ascension, on m'avait raconté une histoire passionnante sur une famille de Clanton. Spot ne s'y était jamais intéressé : il eût fallu faire quelques recherches et se transporter de l'autre côté de la voie ferrée.

Maintenant qu'il m'appartenait d'en décider, j'ai estimé qu'il y avait matière à un article.

Dans la ville basse, le quartier des gens de couleur, vivait un couple extraordinaire : Calia et Esau Ruffin. Mariés depuis plus de quarante ans, ils avaient élevé huit enfants ; sept d'entre eux, titulaires d'un doctorat, étaient devenus professeurs d'université. On ne savait pas grand-chose sur le huitième, sinon, à en croire Margaret, qu'il était prénommé Sam et avait des démêlés avec la justice.

J'ai téléphoné au domicile des Ruffin. Calia a répondu ; j'ai expliqué qui j'étais et ce que je voulais. Elle semblait tout savoir de moi. Elle a dit qu'elle lisait le *Times* depuis cinquante ans, de la première à la dernière page, sans omettre la rubrique nécrologique ni les petites annonces ; après quelques minutes de conversation, elle a émis l'opinion que l'hebdomadaire était en de meilleures mains qu'auparavant. Articles plus étoffés, fautes typographiques moins nombreuses, nouvelles plus abondantes. Elle parlait lentement, distinctement, avec l'élocution la plus précise qu'il m'avait été donné d'entendre depuis que j'avais quitté Syracuse.

Dès que j'ai pu placer un mot, je l'ai remerciée et lui ai dit que j'aimerais la rencontrer pour parler de sa remarquable famille. Flattée, elle m'a invité à déjeuner.

Ainsi a commencé une amitié qui m'a ouvert les yeux sur bien des choses, en particulier la cuisine du Sud.

Ma mère était morte quand j'avais treize ans. Anorexique, elle pesait moins de cinquante kilos ; on aurait dit un squelette. L'anorexie n'était que l'un de ses nombreux problèmes.

Comme elle ne mangeait rien, elle ne cuisinait pas. Je n'ai pas souvenir d'un seul repas chaud préparé par ma mère. Céréales au chocolat au petit déjeuner, sandwich au déjeuner et, pour le dîner, une cochonnerie surgelée que je mastiquais le plus souvent devant la télévision, seul. J'étais fils unique et mon père n'était jamais à la maison : un soulagement, car sa présence causait des frictions. Il aimait manger, pas elle. Ils se disputaient à tout propos.

Je ne manquais de rien : le garde-manger était toujours rempli de beurre de cacahuète, de céréales et d'autres aliments de ce genre.

Quand il m'arrivait d'être invité chez un copain, je m'étonnais chaque fois de voir que, dans une vraie famille, on cuisinait et on passait un temps fou à table. Chez nous, on n'attachait aucune importance à la nourriture.

Pendant mon adolescence, je me suis nourri de plats surgelés, puis à Syracuse, de bières et de pizzas. Pendant les vingt-trois premières années de ma vie, je n'ai mangé que lorsque j'avais faim. À Clanton, il ne m'a pas fallu longtemps pour apprendre que ce n'était pas bien. Dans le Sud, la nourriture n'a pas grand-chose à voir avec la faim.

Les Ruffin vivaient dans un quartier agréable de la ville basse, dans une rue où s'étirait une rangée de maisons fraîchement peintes et bien entretenues. Chaque maison avait sa boîte aux lettres. Quand j'ai coupé le moteur de la voiture, je n'ai pu m'empêcher de sourire en voyant la barrière blanche et les fleurs – pivoines et iris – qui bordaient le trottoir. C'était le début du mois d'avril, j'avais décapoté la Spitfire ; au moment où je descendais, un fumet délicieux m'a chatouillé les narines. Des côtelettes de porc !

Calia Ruffin est venue m'accueillir devant le portillon qui s'ouvrait sur une pelouse impeccable. C'était une femme robuste, large d'épaules et de poitrine ; sa poignée de main avait de la fermeté ; on aurait dit celle d'un homme. Calia avait les cheveux gris et son corps portait les traces d'une vie passée à élever une nombreuse progéniture mais, quand elle souriait – constamment ou presque –, son visage était illuminé par deux rangées de dents blanches et parfaites. Jamais je n'avais vu d'aussi belles dents.

— Je suis si heureuse que vous soyez venu, fit-elle à mi-chemin de l'allée de brique.

Moi aussi, j'étais heureux d'être là. Il était midi et, comme à mon habitude, je n'avais encore rien mangé de la journée. Les odeurs qui flottaient sous le porche me faisaient tourner la tête.

— Jolie maison, déclarai-je en parcourant du regard la façade en panneaux de bois d'un blanc éclatant.

— Je vous remercie. Elle est à nous depuis trente ans.

Je savais que la plupart des logements de la ville basse appartenaient à des Blancs vivant de l'autre côté de la voie ferrée. En 1970, dans le Sud, être propriétaire de sa maison était une réussite assez rare pour une famille noire.

— Qui est votre jardinier ? demandai-je en m'arrêtant pour humer une rose jaune.

Il y avait des fleurs partout – au bord de l'allée, le long du porche, en bordure du terrain.

— C'est moi, répondit-elle avec un rire qui fit briller ses dents au soleil.

En gravissant les trois marches du porche j'ai découvert un spectacle ravissant : une petite table pour deux personnes était dressée près de la balustrade. Nappe de coton blanc, serviettes blanches, des fleurs dans un vase étroit, un grand pichet de thé glacé et quatre plats recouverts de dessus-de-plat.

— Vous attendez quelqu'un ?

— Non, il n'y a que nous deux. Esau passera peut-être plus tard.

— Il y a de quoi nourrir un régiment.

J'ai aspiré à pleins poumons ; mon estomac s'est mis à gargouiller.

— Nous pouvons passer à table, suggéra Calia. Avant que cela ne refroidisse.

Me contenant à grand-peine, je me suis avancé d'un pas faussement nonchalant jusqu'à la table et j'ai tiré une chaise pour mon hôtesse. Elle était ravie de voir que j'avais de bonnes manières. J'ai pris place en face d'elle, prêt à soulever les couvercles et à me jeter sur la nourriture, mais elle a saisi mes deux mains et a baissé la tête. Elle s'est mise à prier.

Une longue prière. Elle a remercié le Seigneur pour tout ce qu'Il lui offrait de bon, moi y compris, son « nouvel ami ». Elle a prié pour ceux qui étaient malades et ceux qui pouvaient le devenir. Elle a prié pour la pluie et le soleil, la santé, l'humilité et la patience. Je commençais à m'inquiéter pour la nourriture qui refroidissait mais, en même temps, sa voix m'envoûtait. Elle avait un débit très lent et chaque mot était pesé. Sa prononciation était parfaite, la ponctuation soigneusement marquée. Je lui ai lancé un coup d'œil furtif pour m'assurer que je ne rêvais pas. Je n'avais jamais entendu un Noir du Sud s'exprimer aussi bien. Un Blanc non plus.

J'ai de nouveau tourné discrètement la tête. Elle s'adressait au Seigneur, le visage empreint de béatitude. Pendant quelques secondes, j'en ai oublié la nourriture. Elle m'a serré la main en continuant d'implorer le Tout-Puissant avec une éloquence qui ne pouvait venir que de longues années de pratique. Elle a cité des passages de l'Évangile – certainement de la Bible de 1611 – et il était curieux d'entendre dans sa bouche ces mots archaïques. Mais elle savait précisément ce qu'elle faisait. Je ne me suis jamais senti plus près de Dieu qu'en compagnie de cette âme pieuse.

J'avais de la peine à imaginer une si longue prière à une table autour de laquelle se pressaient huit enfants, mais quelque chose me disait que lorsque Calia Ruffin était en dévotion, tout le monde gardait le silence.

Elle a terminé par une vibrante envolée pour implorer le pardon de ses péchés que j'imaginais rares et véniels, et même des miens… Ah ! si elle avait su !

Elle a lâché mes mains pour commencer à retirer les couvercles des plats. Le premier contenait une pile de côtelettes de porc baignant dans une sauce à base d'oignons et de poivrons, entre autres ingrédients. Quand une bouffée de vapeur m'a caressé le visage, j'ai dû résister à l'envie d'y mettre le doigt. Le deuxième renfermait une montagne de maïs en grain parsemé de morceaux fumants de poivron vert. Il y avait aussi des gombos bouillis, qu'elle préférait aux gombos frits, expliqua-t-elle en s'apprêtant à servir, car elle évitait les matières grasses. On lui avait appris à tout frire dans la pâte, des tomates aux petits légumes, mais elle s'était rendu compte que ce n'était pas très sain. Il y avait encore des haricots beurre cuits avec du jarret et du bacon. Et un plat de petites tomates rouges couvertes d'huile d'olive et de poivre. Elle a expliqué qu'elle était une des très rares cuisinières de Clanton à utiliser de l'huile d'olive. Suspendu à ses lèvres, je regardais ma grande assiette se remplir.

Un de ses fils vivant à Milwaukee lui envoyait une bonne huile d'olive qu'elle ne trouvait pas à Clanton.

Elle s'est excusée d'avoir dû acheter les tomates ; les siennes ne seraient pas mûres avant l'été. Le maïs, les gombos et les haricots beurre venaient de son potager ; ils avaient été mis en conserve au mois d'août dernier. Les seuls légumes vraiment « frais » étaient les choux frisés, ou choux précoces, comme elle les appelait.

Un gros poêlon noir était dissimulé sous une serviette, au centre de la table. Quand elle l'a retirée, j'ai vu apparaître un pain de maïs encore fumant d'au moins deux kilos. Elle a découpé une énorme portion qu'elle a placée au milieu de mon assiette.

— Voilà, fit-elle. Pour commencer.

Jamais je n'avais eu autant de nourriture devant moi. Un festin.

J'ai essayé de manger lentement mais c'était impossible. J'étais arrivé l'estomac vide et, après les odeurs de cuisine, la beauté de la table, la longue prière et la description minutieuse de chaque plat, ma faim était à son comble. Tandis que je dévorais sa cuisine, Calia me faisait la conversation.

Dans son potager, elle cultivait avec Esau quatre variétés de tomates, des haricots beurre et des haricots verts, des pois verts, des concombres, des aubergines, des courges, des choux frisés et des choux-fleurs, des navets, des oignons verts, jaunes et des petits oignons, des gombos, des pommes de terre à peau rose, des carottes, des betteraves, du maïs, des poivrons verts, des cantaloups, deux variétés de pastèques et encore quelques autres légumes qui lui étaient sortis de l'esprit. Les côtelettes de porc étaient fournies par son frère qui vivait encore dans la vieille maison de famille, à la campagne. Il tuait tous les ans deux cochons, de quoi remplir le congélateur. En échange, ils le fournissaient en légumes frais.

— Nous n'employons pas d'engrais, précisa-t-elle en me regardant m'empiffrer. Tout est naturel.

Cela se sentait bien.

— Mais ce ne sont que des conserves. C'est bien meilleur en été, quand nous mangeons les légumes quelques heures après la cueillette. Reviendrez-vous cet été, monsieur Traynor ?

J'ai grogné mon assentiment en hochant vigoureusement la tête, pour lui faire comprendre que j'étais disposé à revenir dès qu'elle le souhaiterait.

— Aimeriez-vous voir mon potager ? poursuivit-elle.

J'ai acquiescé de la tête, les deux joues pleines.

— Très bien. Il est derrière la maison. Je vous donnerai de la salade et des haricots ; ils viennent bien.

J'ai réussi à articuler un mot.

— Merveilleux…

— J'imagine qu'un célibataire comme vous a besoin qu'on l'aide un peu de temps en temps.

— Comment savez-vous que je suis célibataire ?

J'ai pris une gorgée de thé ; il était si sucré qu'on aurait dit du sirop.

— On parle de vous, des bruits circulent. D'un côté

des rails comme de l'autre, il n'y a pas beaucoup de secrets à Clanton.

— Qu'avez-vous appris d'autre ?

— Voyons... Vous louez un appartement chez les Hocutt. Vous venez du Nord.

— De Memphis.

— Si loin ?

— Une heure de route.

— Je plaisantais. Une de mes filles y a fait ses études.

J'avais bien des questions à poser sur ses enfants mais ce n'était pas le moment de prendre des notes : j'avais besoin de mes deux mains pour manger. À un moment, je l'ai appelée miss Calia, au lieu de miss Ruffin.

— Callie, fit-elle. Vous pouvez m'appeler miss Callie.

Dès mon arrivée à Clanton, j'avais pris l'habitude, en parlant de dames et quel que soit leur âge, d'accoler le mot « miss » à leur nom. Miss Brown ou miss Webster pour des dames mûres, miss Martha ou miss Sara pour les plus jeunes. C'était une marque de galanterie et d'éducation. Étant dépourvu de l'une comme de l'autre, il était important pour moi de respecter au mieux les coutumes locales.

— D'où vient ce nom de Calia ? demandai-je.

— Il est italien, répondit-elle, comme si cela expliquait tout.

Elle mangeait des haricots beurre pendant que je terminais une côtelette.

— Italien ?

— Oui, c'était ma première langue. C'est une longue histoire ; nous y reviendrons. Est-il vrai que l'on a essayé de mettre le feu à votre journal ?

— Oui, répondis-je en me demandant si j'avais bien entendu cette femme noire du fin fond du Mississippi dire qu'elle avait appris l'italien avant l'anglais.

— Et que l'on a agressé M. Meek ?

— Oui.

— Qui a pu faire cela ?

— Nous ne le savons pas encore. Le shérif Coley mène une enquête.

J'étais curieux de savoir ce qu'elle pensait de notre shérif. En attendant qu'elle s'exprime, j'ai repris une portion de pain de maïs. Dès la première bouchée, j'ai senti du beurre couler sur mon menton.

— Il est shérif depuis longtemps, n'est-ce pas ?

J'étais sûr qu'elle savait exactement en quelle année Mackey Don Coley, le corrompu, avait été élu.

— Que pensez-vous de lui ? demandai-je.

Miss Callie a pris le temps de réfléchir en buvant une gorgée de thé ; elle se gardait de toute précipitation pour donner sa réponse, surtout quand il s'agissait d'un tiers.

— De ce côté-ci des rails, un bon shérif est quelqu'un qui tient les joueurs, les trafiquants d'alcool et les proxénètes à distance des honnêtes citoyens. De ce point de vue, M. Coley a bien fait son travail.

— Puis-je vous poser une question ?

— Absolument. Vous êtes journaliste.

— Vous vous exprimez avec une clarté et une précision exceptionnelles. Quelle éducation avez-vous reçue ?

La question était délicate dans une société où, depuis des décennies, on n'insistait guère sur l'éducation. En 1970, il n'y avait encore dans le Mississippi ni écoles maternelles publiques ni scolarité obligatoire.

Elle a éclaté de rire, m'offrant la perfection de ses dents éclatantes.

— J'ai arrêté mes études à quinze ans, monsieur Traynor.

— À quinze ans ?

— Oui, mais ma situation était particulière. J'avais

un professeur merveilleux, qui me donnait des leçons particulières. C'est encore une longue histoire.

Je commençais à comprendre qu'il faudrait des mois, voire des années pour que miss Callie me livre dans le détail les belles histoires qu'elle me faisait miroiter. Peut-être les développerait-elle sous le porche, à l'occasion d'autres festins.

— Gardons cela pour un autre jour, déclara-t-elle. Comment se porte M. Caudle ?

— Pas très bien. Il refuse de sortir de chez lui.

— C'est un brave homme. Il sera toujours dans le cœur de la communauté noire. Il a fait preuve d'un tel courage.

Je me suis dit que le « courage » de Spot relevait plus de l'envie de toucher un public plus large en ouvrant à tous sa rubrique nécrologique que d'une volonté de traiter équitablement tous ses lecteurs. Mais j'avais appris à quel point la mort est importante pour les Noirs. Le rituel de la veillée funèbre qui se prolongeait souvent une semaine ; l'interminable service mortuaire, avec le cercueil ouvert et les lamentations sans fin ; le cortège funèbre s'étirant sur plus de un kilomètre ; les adieux chargés d'émotion au cimetière, autour de la fosse. En ouvrant sans restriction sa rubrique nécrologique aux Noirs, Caudle était devenu un héros dans la ville basse.

— Un brave homme, acquiesçai-je en prenant une troisième côtelette.

Je commençais à avoir l'estomac barbouillé, mais il restait tellement de nourriture sur la table !

— Vous lui faites honneur avec vos nécrologies, reprit miss Callie avec un bon sourire.

— Merci. J'en suis encore à mon apprentissage.

— Vous avez du courage aussi, monsieur Traynor.

— Voulez-vous m'appeler Willie ? Je n'ai que vingt-trois ans.

— Je préfère M. Traynor.

La question était réglée. Il lui faudrait quatre ans pour se décider à m'appeler par mon prénom.

— Je vois que vous n'avez pas peur de la famille Padgitt, poursuivit-elle.

Je n'en étais pas aussi sûr qu'elle.

— Cela fait partie de mon travail, répondis-je.

— Croyez-vous que les manœuvres d'intimidation vont se poursuivre ?

— Probablement. Ils ont l'habitude d'obtenir ce qu'ils veulent. Ils sont violents, sans pitié, mais la liberté de la presse n'a pas de prix.

À qui voulais-je faire croire cela ? Encore une bombe ou une agression et je sautais dans ma voiture pour reprendre la route de Memphis.

Elle a posé son couvert et ses yeux se sont tournés vers la rue sans se fixer sur rien en particulier. Elle était absorbée dans ses pensées ; j'ai continué à m'empiffrer.

— Pauvres petits enfants, reprit-elle au bout d'un moment. Voir leur mère dans cet état.

À l'évocation de cette image, ma fourchette s'est immobilisée. Je me suis essuyé la bouche et j'ai respiré un grand coup ; un peu de repos ferait du bien à mon estomac. L'horreur du crime était laissée à l'imagination de tout un chacun et, pendant plusieurs jours, on n'avait parlé de rien d'autre à Clanton. Comme toujours, les rumeurs s'étaient amplifiées, différentes versions avaient circulé qui avaient été déformées en passant de bouche en bouche. J'étais curieux de savoir comment on brodait sur cette histoire dans la ville basse.

— Vous avez dit au téléphone que vous lisiez le *Times* depuis cinquante ans, fis-je en étouffant un renvoi.

— Absolument.

— Avez-vous souvenir d'un crime aussi odieux ?

Elle a réfléchi quelques secondes, le temps de passer en revue cinq décennies.

— Non, répondit-elle en secouant lentement la tête.

— Avez-vous déjà rencontré un des Padgitt ?

— Non. Ils restent sur leur île comme ils l'ont toujours fait. Même leurs nègres n'en sortent jamais : ils distillent du whisky, pratiquent leur vaudou, toutes ces bêtises.

— Le vaudou ?

— Oui. Tout le monde le sait, de notre côté des rails, et personne ne se frotte aux nègres des Padgitt.

— Croit-on de votre côté des rails que Danny Padgitt est coupable du viol et du meurtre ?

— Ceux qui lisent votre journal ne peuvent pas faire autrement.

Cette remarque m'a piqué au vif.

— Nous nous contentons d'exposer les faits, répondis-je avec une pointe de suffisance. Danny Padgitt a été arrêté et inculpé. Il attend en prison d'être jugé.

— Avez-vous entendu parler de la présomption d'innocence ?

— Évidemment, répondis-je, mal à l'aise.

— Croyez-vous qu'il était honnête de publier une photo de lui menotté, la chemise tachée de sang ?

J'étais frappé par son sens de la justice. Pourquoi miss Callie ou n'importe quel membre de la communauté noire du comté de Clanton auraient-ils tenu à ce que Danny Padgitt soit traité équitablement ? Rares étaient les Blancs qui se souciaient que des prévenus noirs soient traités correctement par la police ou par la presse…

— Il avait du sang sur sa chemise quand il est arrivé à la prison. Nous n'y sommes pour rien.

Cette discussion ne lui plaisait pas plus qu'à moi. J'ai

pris une gorgée de thé que j'ai eu du mal à avaler ; j'étais repu.

Elle m'a regardé avec un de ses bons sourires.

— Voulez-vous un dessert ? demanda-t-elle, mi-sérieuse, mi-amusée. J'ai préparé un pudding à la banane.

Je ne pouvais pas refuser mais je n'aurais pu avaler une bouchée de plus. Il fallait trouver un compromis.

— Attendons un moment, voulez-vous ?

— Alors, nous allons reprendre du thé, fit-elle en remplissant mon verre.

J'avais de la peine à respirer. Je me suis incliné dans mon siège et j'ai décidé de jouer au journaliste. Pendant ce temps, miss Callie, qui avait mangé beaucoup moins que moi, terminait une portion de gombos.

D'après Baggy, Sam Ruffin avait été le premier élève noir inscrit dans une école pour Blancs à Clanton. C'était en 1964 ; il avait douze ans. L'expérience avait été difficile pour tout le monde, en particulier pour Sam. Baggy m'avait confié que miss Callie ne souhaiterait peut-être pas parler de son petit dernier : un mandat d'arrêt avait été délivré contre lui et il était en fuite.

Au début, elle s'est montrée réticente. En 1963, les tribunaux avaient décidé qu'un établissement scolaire pour Blancs ne pouvait refuser l'inscription d'un élève noir. L'intégration forcée n'était pas encore d'actualité. Quand miss Callie et son mari avaient pris la décision d'inscrire leur dernier-né à l'établissement d'enseignement secondaire pour Blancs, ils espéraient être imités par d'autres familles noires. Personne ne leur ayant emboîté le pas, Sam avait été pendant deux années scolaires le seul élève noir au collège de Clanton. Persécuté, frappé par ses camarades, il avait appris à jouer des poings et à se faire respecter. Malgré ses supplications, ses parents avaient refusé de le réinscrire dans un établissement pour les Noirs, même à son entrée au lycée. Ils voyaient le bout du tunnel : le combat pour la déségrégation faisait rage et on promettait aux Noirs que la décision de justice – dans l'affaire Brown – serait exécutée, qu'un établissement scolaire pour les Blancs serait contraint d'accepter l'inscription d'un élève noir.

— Il est difficile de croire que nous sommes en 1970 et que la ségrégation existe toujours dans nos écoles, soupira miss Callie.

De procès devant les tribunaux fédéraux en décisions en appel, la résistance blanche s'effritait dans le Sud ; le Mississippi, comme il fallait s'y attendre, en était le dernier bastion. La plupart des Blancs de Clanton étaient convaincus que l'intégration des Noirs ne se ferait jamais dans leurs écoles. Pour moi, le Nordiste de Memphis, c'était pourtant une évidence.

— Regrettez-vous d'avoir envoyé Sam dans une école pour les Blancs ?

— Oui et non. Quelqu'un devait avoir le courage de le faire. Il nous était pénible de savoir que Sam était très malheureux, mais nous avions pris position. Pas question de faire machine arrière.

— Comment va-t-il aujourd'hui ?

— Évitons ce sujet pour l'instant, monsieur Traynor. Je parlerai peut-être de Sam une autre fois, peut-être pas. Voulez-vous voir mon potager ?

C'était plus un ordre qu'une invitation. Je l'ai suivie dans la maison, le long d'un étroit couloir bordé de dizaines de photographies encadrées de ses enfants et petits-enfants. L'intérieur était aussi méticuleusement tenu que le dehors. La cuisine s'ouvrait sur le porche arrière d'où la vue s'étendait sur son jardin d'Éden. Jusqu'à la limite de la propriété, pas un centimètre carré n'était perdu. Une carte postale aux couleurs magnifiques présentant des rangs rectilignes de végétaux entre lesquels se faufilaient d'étroites allées de terre.

— Que faites-vous de toute cette nourriture ? demandai-je, époustouflé.

— Nous en mangeons une partie, nous en vendons un peu et nous en donnons beaucoup. Tout le monde mange à sa faim dans notre quartier.

Mon estomac me faisait atrocement souffrir. Je l'ai suivie dans le potager. Tandis que nous nous enfoncions lentement dans les allées, elle me montrait le carré d'herbes aromatiques, les melons d'eau, tous les délicieux fruits et légumes auxquels elle et Esau apportaient le plus grand soin. Elle avait un mot pour chaque plante, y compris pour les mauvaises herbes qu'elle arrachait d'un geste rageur pour les jeter au loin. Il lui était impossible de parcourir les allées de son potager sans l'ausculter. Elle cherchait des insectes, tuait une chenille verte sur un plant de tomate, traquait les herbes folles, notait mentalement les tâches qu'elle confierait à Esau. La marche nonchalante entrecoupée d'arrêts faisait merveille sur mon appareil digestif.

C'est donc de là que provient la nourriture, me disais-je, pétri d'ignorance. J'étais un enfant de la ville, et des tas de questions, plus naïves les unes que les autres, me venaient à l'esprit ; j'ai préféré me taire.

L'examen d'une tige de maïs lui a fait plisser le front. Elle a cueilli un haricot qu'elle a brisé en deux pour l'analyser comme le ferait une scientifique et a prudemment émis l'opinion qu'il fallait plus de soleil. En apercevant un carré quelque peu négligé, elle m'a informé qu'elle enverrait Esau le biner dès son retour. Je n'aurais pas aimé être à la place d'Esau.

Trois heures après mon arrivée, j'ai quitté la maison des Ruffin, l'estomac lesté de pudding à la banane, en plus du reste. J'emportais un sac de choux précoces dont je ne savais absolument pas quoi faire et quelques notes précieuses qui serviraient de base à un article. J'avais aussi reçu une invitation pour un autre déjeuner, le jeudi suivant. Miss Callie m'avait également remis une liste manuscrite des erreurs qu'elle avait relevées dans le dernier numéro du *Times*. Des coquilles et des fautes d'orthographe pour la plupart – douze en tout. Du temps de Caudle, la moyenne tournait autour de vingt ; elle était descendue à une dizaine. Une habitude à elle, qui ne l'avait jamais quittée.

— Il y a des gens qui aiment les mots croisés, déclara-t-elle. Moi, j'aime chercher les fautes.

Il était difficile de ne pas se sentir visé même si son intention n'était pas de critiquer qui que ce soit. J'ai promis de revoir les épreuves avec un zèle accru.

Je suis parti avec le sentiment d'avoir trouvé une amie, et pas n'importe laquelle.

9

Nous avons publié en première page une autre photographie de la machine infernale prise par Wiley avant que la police ne la désamorce. La manchette proclamait : UNE BOMBE DANS LES BUREAUX DU *TIMES*.

Mon article commençait par l'arrivée de Piston et sa surprenante découverte. Il contenait tous les éléments dont j'étais en mesure d'apporter la preuve et quelques autres. Aucun commentaire du chef de la police ; deux ou trois phrases dénuées de sens du shérif Coley. Il s'achevait par les conclusions du laboratoire de la police criminelle ; elles établissaient que, si la bombe avait explosé, elle aurait provoqué des dégâts « considérables » dans les constructions bordant le côté sud de la grand-place.

J'avais demandé à Wiley de me permettre de publier une photo de son visage tuméfié mais il n'avait pas cédé à mes instances. Sur la moitié inférieure de la une, un autre titre en gros caractères annonçait : LE PHOTOGRAPHE DU *TIMES* AGRESSÉ À SON DOMICILE. Le papier que je signais ne faisait grâce d'aucun détail, malgré l'insistance de Wiley pour le couper.

Dans ces deux articles, sans mâcher mes mots, j'établissais un lien entre les deux affaires et je laissais clairement entendre que les autorités – en particulier le shérif Coley – ne faisaient pas grand-chose pour prévenir de nouvelles manœuvres d'intimidation. Je ne faisais pas une seule fois mention des Padgitt. C'était inutile : tout le monde savait qui s'en prenait au journal.

Trop paresseux pour rédiger d'une manière régulière un éditorial, Spot en avait écrit un seul pendant le temps où j'avais été son employé. Un parlementaire de l'Oregon avait déposé une absurde proposition de loi visant à modifier le quota d'abattage des séquoias – plus ou moins d'arbres, ce n'était pas très clair. Le sang de Caudle n'avait fait qu'un tour. Il avait travaillé d'arrache-pied pendant quinze jours pour pondre une diatribe de deux mille mots. Il sautait aux yeux, pour qui avait reçu un minimum d'instruction, que Spot écrivait avec un stylo dans une main et un dictionnaire dans l'autre – le premier paragraphe était truffé de mots de six syllabes, au point d'en être illisible. L'auteur de l'édito attendait un flot de lettres de sympathie. Il avait été douloureusement surpris par l'absence de réaction de ses lecteurs, qui avaient dû se noyer dans le vocabulaire.

Enfin, trois semaines plus tard, quelqu'un avait glissé un petit mot manuscrit sous la porte du journal. Le texte était le suivant :

Monsieur le rédacteur en chef,

Je m'attriste de voir que vous vous mettez dans tous vos états pour les séquoias alors que, dans le Mississippi, nous n'en avons pas. Si les politiciens décident de s'attaquer à nos trembles, ayez la gentillesse de nous le faire savoir.

La lettre n'était pas signée mais Spot l'avait quand même publiée, soulagé de savoir que quelqu'un avait lu sa prose. Baggy me confierait par la suite que le petit mot avait été rédigé par un de ses copains du Bar du tribunal.

Mon édito commençait par cette phrase : « Une presse libre est indispensable au bon fonctionnement de la démocratie. » Sans être ni pompeux ni moralisateur, j'exaltais en quatre paragraphes les vertus d'un journalisme empreint de vitalité et d'une saine curiosité, non seulement pour la nation mais à l'échelle locale. Je faisais le serment que le *Times* ne céderait pas à l'intimidation et continuerait de faire état des crimes et des délits commis dans le comté, qu'il s'agisse de meurtres, de viols ou de corruption d'officiers d'administration élus.

C'était courageux, osé, en un mot magistral. La population était de mon côté : il s'agissait, somme toute, d'un combat entre le *Times*, les Padgitt et le shérif à leur solde. Nous prenions fermement position contre des individus malfaisants et dangereux qui, à l'évidence ne nous intimidaient pas. Je me répétais qu'il fallait faire montre de courage, mais avais-je le choix ? Qu'aurait dû faire mon journal ? Passer sous silence le meurtre de Rhoda Kassellaw ? Prendre des gants avec Danny Padgitt ?

Mes employés ont été transportés. Margaret a déclaré qu'elle était fière de travailler pour le *Times*. Wiley, qui soignait ses blessures, portait un pistolet et se disait prêt à s'en servir.

— Qu'ils y viennent ! répétait-il. Je les attends de pied ferme !

Baggy était le seul à se montrer sceptique, affirmant que j'allais au-devant des ennuis.

Miss Callie a de nouveau loué mon courage. Le déjeuner du jeudi suivant n'a duré que deux heures et nous l'avons partagé avec Esau. J'ai commencé ce jour-là à prendre des notes sur la famille de ma nouvelle amie qui, à ma profonde satisfaction, n'avait découvert que trois fautes dans le dernier numéro du journal.

Le lendemain matin, de bonne heure, j'étais seul dans mon bureau quand j'ai entendu quelqu'un entrer bruyamment, puis monter l'escalier d'un pas pesant en criant mon nom. Un homme a poussé la porte de mon bureau sans avertissement et s'est planté devant moi en glissant les mains dans les poches de son pantalon. Son visage m'était vaguement familier ; nous nous étions croisés sur la grand-place.

— Vous avez ce qu'il faut, fils ? lança-t-il d'une voix rauque en sortant brusquement la main droite de sa poche.

Le souffle coupé, j'ai cru que mon cœur s'arrêtait de battre.

Il a fait glisser sur mon bureau un petit pistolet luisant comme s'il s'agissait d'un trousseau de clés. L'arme a tourné quelques secondes comme une toupie avant de s'arrêter juste devant moi, le canon pointé vers les portes-fenêtres.

L'homme s'est penché sur le bureau tout en tendant vers moi sa grosse paluche.

— Harry Rex Vonner, enchanté.

Trop abasourdi pour dire un mot, je lui ai serré mollement la main en observant l'arme du coin de l'œil.

— Smith and Wesson, calibre 38. Six coups. Un bon pistolet. Vous en avez un ?

J'ai fait non de la tête ; le seul mot de pistolet me faisait frissonner.

Un gros cigare noir affreux restait fiché au coin droit des lèvres d'Harry Rex ; il donnait l'impression d'y être depuis des heures à se désagréger lentement comme une carotte de tabac à chiquer. Pas de fumée nauséabonde ; il n'était pas allumé. Harry Rex s'est lourdement laissé tomber dans un fauteuil de cuir ; il semblait avoir l'intention d'y passer le reste de la journée.

— Vous êtes complètement cinglé, vous !

Il grommelait plus qu'il ne parlait. Je me suis remis le visiteur en mémoire : c'était un avocat spécialisé dans les affaires de divorce, le plus vache du comté, d'après Baggy. Il avait un visage joufflu et des cheveux courts qui partaient dans toutes les directions, comme des brins de paille poussés par le vent. Son vieux costume kaki taché et froissé proclamait à la face du monde qu'Harry Rex Vonner n'avait que faire de son apparence.

— Que voulez-vous que j'en fasse ? demandai-je en montrant le pistolet.

— D'abord, vous le chargez ; je vais vous donner des balles. Puis vous le mettez dans votre poche et vous ne vous en séparez jamais. Quand un voyou envoyé par les Padgitt se pointera pour vous tabasser, vous lui en collerez une entre les deux yeux.

Pour que son message soit bien clair, il s'est frappé le front de son index tendu.

— Il n'est pas chargé ?

— Bien sûr que non ! Vous ne connaissez rien aux armes ?

— J'ai bien peur que non.

— Du train où vont les choses, vous avez intérêt à apprendre vite.

— C'est si grave que ça ?

— Je me suis occupé d'une affaire de divorce il y a une dizaine d'années. Mon client avait épousé une jeunesse qui faisait quelques passes en douce, pour mettre du beurre dans les épinards. Il travaillait sur une plate-forme offshore, était tout le temps absent et n'avait pas la moindre idée de ce qu'elle fricotait. Un jour, il a découvert le pot aux roses. La maison de passe appartenait aux Padgitt ; l'un d'eux s'était entiché de la jeune femme.

Le cigare fiché au coin de la lèvre montait et descendait au fil du récit.

— Le cœur brisé, mon client était prêt à faire couler le sang. Et le sang a coulé. Un soir, ils l'ont tabassé et l'ont laissé sans connaissance.

— Qui, ils ?

— Les Padgitt, bien sûr. Ou des hommes de main.

— Des hommes de main ?

— Oui, ils ont toute une racaille à leur service. Gros bras, poseurs de bombes, voleurs de voitures, tueurs à gages.

En entendant ces derniers mots, je n'ai pu retenir un tressaillement. Harry Rex semblait capable de raconter interminablement des histoires sans se soucier outre mesure de leur véracité. En voyant son sourire retors et ses yeux pétillants, je l'ai soupçonné d'enjoliver son récit.

— Évidemment, ils ne se sont jamais fait prendre.

— Les Padgitt ne se font jamais prendre.

— Qu'est devenu votre client ?

— Il resté plusieurs mois à l'hôpital pour une grave commotion cérébrale, puis il a fait des séjours dans différents établissements. Sa famille était brisée. Il est parti sur la côte du golfe du Mexique et a été élu sénateur de l'État où il s'était établi.

J'ai souri en hochant la tête ; j'espérais que c'était un mensonge, mais je n'ai pas cherché à en savoir plus.

Sans toucher le cigare, Harry Rex a remué la langue en inclinant la tête pour le faire passer de l'autre côté de sa bouche.

— Avez-vous déjà mangé de la chèvre ?

— Pardon ?

— De la chèvre.

— Non. Je ne savais pas que la chair était comestible.

— Nous en faisons rôtir une aujourd'hui. Le premier vendredi de chaque mois, j'organise un barbecue de chèvre dans ma cabane, dans les bois. De la musique, de la bière, des jeux et des rires. Une cinquantaine d'invités triés sur le volet, la crème. Pas de médecins, pas de banquiers, pas de connards des country clubs. Des gens qui ont de la classe. Pourquoi n'y feriez-vous pas un saut ? Il y a un stand de tir derrière la mare. Je vais emporter le pistolet : nous pourrons nous exercer.

Les dix minutes de trajet annoncées par Harry Rex représentaient en réalité près d'une demi-heure de conduite, rien que pour la route communale. Après avoir traversé « le troisième ruisseau après la vieille station Union 76 de Heck », j'ai quitté l'asphalte pour m'engager sur une chaussée empierrée. J'ai suivi sur cinq kilomètres une bonne route jalonnée de boîtes aux lettres attestant la proximité de la civilisation. D'un seul coup, les boîtes aux lettres ont disparu, le revêtement aussi. Quand j'ai vu « un tracteur Massey Ferguson sans pneus et tout rouillé », j'ai tourné à gauche pour prendre un chemin de terre. Il portait sur l'itinéraire grossièrement tracé par Harry Rex le nom de piste à cochons, mais je n'avais jamais vu de ma vie un de ces animaux. Il s'enfonçait dans une forêt dense, et j'ai alors sérieusement envisagé de faire demi-tour. Ma Spitfire n'était pas conçue pour ce genre de terrain. Après quarante-cinq minutes de route, j'ai enfin aperçu le toit d'une cabane.

Il y avait une clôture de fil de fer barbelé et un portillon métallique. Un jeune homme avec un fusil de chasse m'a fait signe de m'arrêter ; l'arme en bandoulière, il considérait ma voiture d'un regard chargé de mépris.

— C'est quelle marque ? grogna-t-il.

— Triumph Spitfire. Anglaise.

Je souriais, attentif à ne pas l'offenser. Pourquoi fallait-il un garde armé pour un barbecue de chèvre ? Le jeune homme avait l'air obtus de quelqu'un qui n'a jamais vu une voiture construite dans un pays étranger.

— Votre nom ?

— Willie Traynor.

Je crois que le « Willie » l'a rassuré ; il m'a fait signe de passer.

— Jolie bagnole, lâcha-t-il tandis que je redémarrais.

Les pick-up étaient plus nombreux que les voitures. Les uns et les autres étaient garés en tout sens dans un champ, devant la cabane. La voix de Merle Haggard braillait dans les deux haut-parleurs placés sur l'appui des fenêtres. Un groupe d'invités était rassemblé autour de la fosse où rôtissait la chèvre enfilée sur une broche. D'autres visaient un piquet avec des fers à cheval, près de la maison. Sous le porche, trois dames bien habillées buvaient quelque chose qui n'était certainement pas de la bière. Harry Rex s'est approché, les bras ouverts.

— Qui est le jeune homme au fusil ? demandai-je.

— Ah ! C'est Duffy, le neveu de ma première femme.

— Qu'est-ce qu'il fait là-bas ?

Si la soirée devait cacher quelque chose d'illégal, j'aimais autant le savoir.

— Soyez sans inquiétude. Duffy n'a pas toute sa tête et le fusil n'est pas chargé. Depuis des années, il se prend pour le gardien.

J'ai acquiescé en souriant, comme si tout cela allait de soi. Il m'a entraîné vers la fosse où j'ai vu ma première chèvre ; hormis la tête et la fourrure, l'animal semblait intact. On m'a présenté aux différents cuisiniers. Avec chaque nom allait une profession : avocat, bailleur de caution, concessionnaire automobile, fermier. Tout en regardant la viande tourner lentement sur la broche, j'ai appris qu'il existait quantité de méthodes différentes pour rôtir une chèvre. Harry Rex m'a tendu une bière et nous nous sommes dirigés vers la maison en échangeant quelques mots avec tous ceux qui croisaient notre chemin. Une secrétaire, un « agent immobilier véreux », l'épouse du moment d'Harry Rex. Tout le monde semblait ravi de faire la connaissance du nouveau propriétaire du *Times*.

La cabane s'élevait au bord d'une de ces mares boueuses où se plaisent les serpents. Sur une terrasse surplombant les eaux dormantes, Harry Rex a pris grand plaisir à me présenter à ses amis. « C'est un bon petit gars, pas un de ces connards de Nordistes », déclara-t-il à plusieurs reprises. Je n'aimais pas qu'on m'appelle comme cela, mais je commençais à m'y habituer.

Je me suis retrouvé dans un petit groupe comprenant deux femmes qui donnaient l'impression d'avoir fréquenté assidûment les boîtes de nuit du coin : yeux fardés, cheveux plaqués, robe moulante. Elles m'ont immédiatement marqué de l'intérêt. La conversation a roulé sur la bombe, l'agression dont Wiley Meek avait été victime et l'atmosphère de peur que les Padgitt faisaient planer sur le comté. J'ai fait comme s'il s'agissait d'un épisode banal dans ma longue carrière mouvementée de journaliste. Ils m'ont soumis à un feu roulant de questions et j'ai parlé plus que je ne l'aurais voulu.

Harry Rex nous a rejoints ; il m'a tendu une coupe remplie d'un liquide incolore d'apparence suspecte.

— Buvez lentement, me conseilla-t-il à la manière d'un père.

— Qu'est-ce que c'est ? demandai-je en sentant peser sur moi le regard des autres.

— Une eau-de-vie de pêche.

— Pourquoi est-ce servi là-dedans ?

— C'est la tradition.

— Distillation illégale, glissa une des femmes fardées.

Ces campagnards n'avaient pas souvent l'occasion de voir un gars du Nord goûter leur eau-de-vie de pêche ; tout le monde s'est rapproché. Convaincu d'avoir absorbé au long des cinq dernières années à Syracuse plus d'alcool que n'importe qui dans cette assemblée, j'ai soulevé la coupe sans appréhension.

— Santé ! lançai-je en prenant une toute petite gorgée.

Un claquement de langue.

— Pas mauvais.

Et je me suis forcé à sourire comme à une cérémonie d'intronisation.

La sensation de brûlure a commencé sur les lèvres, point de contact initial, et s'est rapidement propagée sur la langue et puis le long des gencives. Quand elle a atteint le fond de la gorge, j'avais un incendie dans la bouche. Tous les yeux étaient fixés sur moi ; Harry Rex a bu une gorgée à son tour.

— Ça vient d'où ? demandai-je d'un ton aussi détaché que possible, le gosier embrasé.

— Pas loin d'ici, répondit une voix.

Hébété, j'ai repris un peu d'eau-de-vie en souhaitant que les regards se portent ailleurs. Curieusement, à la troisième gorgée, j'ai perçu un léger goût de pêche, comme si les papilles gustatives devaient recevoir un choc avant de jouer leur rôle. Quand il a été évident que je n'allais ni cracher du feu ni vomir ni pousser des hurlements, les conversations ont repris. Visiblement impatient de parfaire mon éducation, Harry Rex m'a présenté un plat contenant des morceaux d'un aliment frit de nature indéterminée.

— Goûtez-moi ça.

— Qu'est-ce que c'est ? demandai-je avec méfiance.

Mes deux voisines aux yeux faits ont tourné la tête comme si l'odeur allait les rendre malades.

— Une spécialité de chez nous, a lâché celle de droite.

— Mais quoi ?

Harry Rex a avalé une bouchée pour prouver que la nourriture n'était pas empoisonnée, puis il a mis le plat sous mon nez.

— Allez-y, fit-il en savourant le mets délicat.

Sentant de nouveau les regards converger sur moi, j'ai pris le plus petit morceau et je l'ai mis dans ma bouche. La consistance était élastique, le goût âcre, infect. L'odeur évoquait celle d'une basse-cour. J'ai mastiqué aussi longtemps que possible, dégluti la bouchée et avalé une petite gorgée d'eau-de-vie.

L'espace d'un moment, j'ai cru que j'allais tourner de l'œil.

— Des boyaux de porc, fils ! annonça Harry Rex en me donnant une grande tape dans le dos.

Il a enfourné une grosse bouchée en avançant le plat.

— Et la chèvre ? demandai-je d'une voix faible en me disant que rien ne pouvait être pire.

Et la bière ? Et la pizza ? Pourquoi ces gens mangeaient-ils et buvaient-ils des choses aussi désagréables ?

Harry Rex s'est éloigné, emportant avec lui l'odeur putride des boyaux de porc frits. J'ai posé la coupe d'eau-de-vie sur la balustrade, espérant que quelqu'un la ferait basculer dans la mare. J'ai vu d'autres récipients passer de main en main dans les petits groupes d'invités. Personne ne se souciait des microbes ou autres agents pathogènes ; aucune bactérie n'aurait pu survivre dans un rayon d'un mètre autour de l'infâme breuvage.

J'ai quitté la terrasse en prétextant un besoin pressant. Sortant par la porte de derrière, Harry Rex s'est planté devant moi ; il tenait deux pistolets et une boîte de cartouches.

— Il vaudrait mieux s'entraîner un peu à tirer avant que la nuit tombe, déclara-t-il. Suivez-moi.

Nous nous sommes arrêtés devant la chèvre qui rôtissait sur sa broche ; un cow-boy du nom de Rafe s'est joint à nous.

— Rafe est mon rabatteur, expliqua Harry Rex tandis que nous nous dirigions vers le bois.

— Votre rabatteur ?

— Il me fournit des clients.

— Je suis un chasseur d'ambulances, glissa obligeamment Rafe. Mais, le plus souvent, l'ambulance est derrière moi.

Décidément, il me restait beaucoup à apprendre. Pourtant, je faisais des progrès : boyaux de porc frits et eau-de-vie de pêche le même soir, ce n'était pas si mal. Nous avons parcouru une centaine de mètres sur un chemin défoncé bordant un champ et traversé un petit bois avant de déboucher dans une clairière. Entre deux chênes majestueux, Harry Rex avait élevé un mur semicirculaire de six mètres de haut, fait de balles de foin. Sur un drap blanc tendu se découpait la silhouette grossière d'un homme. Un agresseur. L'ennemi. La cible.

Comme on pouvait s'y attendre, un pistolet est apparu dans la main de Rafe. Harry Rex tripotait le mien ; la leçon pouvait commencer.

— Nous avons ici un revolver, une arme à répétition avec six cartouches. Appuyez ici pour dégager le barillet.

Rafe s'est approché pour charger prestement six balles. À l'évidence, il n'en était pas à son coup d'essai.

— Refermez le barillet comme ça et vous êtes prêt à tirer.

Nous nous trouvions à une quinzaine de mètres de

la cible. Je percevais encore la musique qui venait de la cabane. Qu'allaient penser les autres en entendant des coups de feu ? Rien. Cela arrivait tout le temps.

Rafe a pris mon arme et s'est placé face à la cible.

— Pour commencer, écartez les jambes à peu près de la largeur des épaules, fléchissez légèrement les genoux, tenez votre arme à deux mains… comme ça… et pressez la détente avec l'index droit.

Il faisait la démonstration en parlant et tout paraissait évidemment d'une grande simplicité. Je me trouvais à un mètre cinquante de lui quand le coup est parti ; le bruit m'a fait sursauter. Pourquoi était-il si violent ?

C'était la première fois que j'entendais la détonation d'une arme à feu.

La deuxième balle a atteint la cible en pleine poitrine, les quatre autres dans le ventre. Rafe a ouvert le barillet pour éjecter les douilles.

— À vous de jouer, fit-il en se tournant vers moi.

J'ai saisi le revolver d'une main tremblante. Le métal était chaud, une forte odeur de poudre flottait dans l'air. J'ai réussi à charger les six cartouches dans le barillet et à le refermer sans blesser personne. Je me suis tourné vers la cible en tenant l'arme à deux mains, j'ai ployé les genoux comme on le fait dans un mauvais film et j'ai pressé la détente en fermant les yeux. J'ai eu l'impression qu'une sorte de petite bombe explosait.

— Gardez les yeux ouverts, bon Dieu ! gronda Harry Rex.

— Qu'est-ce que j'ai touché ?

— La butte, derrière les chênes.

— Recommencez, fit Rafe.

J'ai essayé de me servir du cran de mire mais l'arme tremblait trop. Quand j'ai de nouveau pressé la détente, j'avais les yeux ouverts et j'attendais de voir le point d'impact du projectile. Je n'ai distingué aucune trace sur la cible ni autour.

— Il n'a même pas touché le drap, lâcha Rafe dans mon dos.

— Recommencez, ordonna Harry Rex.

J'ai recommencé ; pas plus que les fois précédentes, je n'ai vu d'impact sur le drap.

Rafe m'a pris gentiment par le bras et m'a fait avancer de trois mètres.

— Vous vous débrouillez bien, fit-il. Nous avons plein de cartouches.

Le quatrième projectile n'a même pas touché le mur de foin.

— Les Padgitt peuvent dormir sur leurs deux oreilles, bougonna Harry Rex.

— C'est l'eau-de-vie, protestai-je.

— Vous y arriverez avec de l'entraînement, glissa Rafe en me faisant encore avancer de deux mètres.

J'avais les mains moites, le cœur battant et des bourdonnements d'oreilles.

À la cinquième tentative, j'ai atteint le drap, tout juste, dans le coin supérieur droit, à un mètre cinquante de la cible. J'ai encore raté le coup suivant ; j'ai entendu la balle frapper une haute branche, dans un des chênes.

— Bien visé, lança Harry Rex. Vous avez failli descendre un écureuil.

— Ça suffit !

— Calmez-vous, fit Rafe. Vous êtes trop tendu.

Il m'a aidé à recharger et a placé mes mains sur la crosse du revolver.

— Inspirez profondément, fit-il dans mon oreille. Expirez juste avant d'appuyer sur la détente.

Il a maintenu l'arme tandis que je visais. Le coup est parti ; la balle a touché la cible à l'aine.

— Enfin, nous passons aux choses sérieuses, fit Harry Rex dans mon dos.

Rafe a lâché mes mains ; j'ai déchargé mon arme. Toutes les balles ont atteint le drap ; l'une d'elles aurait même arraché l'oreille de la cible. Rafe a exprimé son approbation et nous avons rechargé le revolver.

Harry Rex avait emporté un pistolet automatique Glock de calibre 9 millimètres, une des pièces de sa collection. Il était bon et n'avait aucune difficulté à loger à quinze mètres dix balles de suite dans le torse de la cible. Tandis que le soleil se couchait, nous avons tiré en nous relayant. Au bout d'un moment, j'ai commencé à me détendre et à prendre du plaisir à ce que je faisais. Rafe était un excellent professeur : voyant que je progressais, il me donnait des tuyaux en ne cessant de répéter que ce n'était qu'une question d'entraînement.

— Le revolver est un cadeau, déclara Harry Rex à la fin de la séance. Vous pouvez venir vous entraîner quand vous voulez.

Je l'ai remercié et j'ai fourré le revolver dans ma poche comme un vrai petit gars de la campagne. J'étais content de voir la fin de ce rituel initiatique, d'être passé par ce que tous les gamins du comté avaient vécu avant leur douzième anniversaire. Je ne me sentais pas plus en sécurité pour autant. Si un Padgitt me tendait une embuscade, il aurait l'avantage de la surprise et celui de longues années de pratique du tir à la cible. Je m'imaginais en train de me démener dans l'obscurité avec mon revolver avant de réussir enfin à tirer une balle qui avait autant de chances de m'atteindre que de toucher mon agresseur.

— Je voulais vous dire, lança Harry Rex qui marchait derrière moi dans le petit bois. Carleen, la blonde décolorée qui était à côté de vous…

— Oui ? fis-je, gagné par une brusque nervosité.

— Vous lui plaisez.

Carleen avait au moins quarante ans et avait mené joyeuse vie. Je n'ai rien trouvé à répondre.

— Elle est toujours partante pour une partie de jambes en l'air, poursuivit Harry Rex.

Je n'en doutais pas. Carleen avait dû s'envoyer en l'air avec la moitié des hommes du comté.

— Merci, répondis-je. J'ai une fiancée à Memphis.

— Et alors ? Une femme d'un côté, une femme de l'autre. Qu'est-ce que ça change ?

— J'ai une proposition à vous faire, Harry Rex. Si jamais j'ai besoin de quelqu'un pour me trouver une femme, je vous le ferai savoir.

— Histoire de s'amuser un peu, insista-t-il sans conviction.

Je n'avais personne à Memphis mais je connaissais quelques filles. J'aurais préféré faire l'aller et retour en voiture plutôt que de m'abaisser à fréquenter des femmes comme Carleen.

La viande de chèvre avait un goût particulier, pas très bon, certes, mais après les boyaux de porc pas aussi mauvais que je le craignais. Elle était ferme et couverte d'une sauce barbecue gluante, généreusement servie, sans doute pour en masquer le goût. J'en ai mangé du bout des dents une petite portion que j'ai fait descendre avec de la bière. Nous étions remontés sur la terrasse ; la voix de Loretta Lynn nous accompagnait. L'eau-de-vie de pêche avait continué à circuler et quelques invités dansaient sur la terrasse, au-dessus de la mare. Carleen ayant disparu depuis un moment en compagnie d'un autre homme, je ne me sentais plus menacé. Assis près de moi, Harry Rex faisait le récit de mes exploits au stand de tir et des frayeurs éprouvées par les écureuils. Il était doué pour raconter des histoires.

J'étais pour tous un sujet de curiosité mais on s'efforçait de me mettre à l'aise. Pendant le trajet du retour, sur les routes étroites et sans éclairage, je me suis encore posé la question qui, jour après jour, me trottait par la tête. Que faisais-je dans le comté de Ford, Mississippi ?

10

Le revolver était trop gros pour ma poche. J'ai essayé pendant quelques heures de le garder sur moi mais j'avais trop peur qu'un coup de feu parte accidentellement, si près de mes parties génitales. J'ai donc décidé de le transporter dans une vieille serviette de cuir que mon père m'avait donnée. Les trois premiers jours, la serviette m'a accompagné partout, même au restaurant, puis je m'en suis lassé. Au bout d'une semaine, j'ai glissé l'arme sous le siège de ma voiture ; quinze jours plus tard, j'avais peu ou prou oublié son existence. Je n'étais pas retourné m'exercer au tir derrière la cabane d'Harry Rex mais j'avais été invité à quelques autres barbecues de chèvre ; j'avais réussi à échapper aux boyaux de porc frits, à l'eau-de-vie de pêche et aux avances de plus en plus pressantes de Carleen.

Tout était paisible, dans le comté : le calme avant l'excitation du procès à venir. Les Padgitt refusant toujours d'engager leurs terres pour servir de caution, Danny restait en détention dans la cellule spéciale du shérif Coley, où il regardait la télévision, jouait aux cartes ou aux échecs, se reposait autant qu'il le voulait et se faisait servir de bons repas.

La première semaine de mai, au retour du juge Loopus, l'existence de mon fidèle Smith & Wesson est remontée à ma mémoire.

Lucien Wilbanks avait déposé une requête en changement de juridiction ; le juge donnerait sa réponse lors d'une audience fixée un lundi matin, à 9 heures. La moitié du comté, semblait-il, était venue y assister, du moins la plupart de ceux que je voyais régulièrement sur la grand-place. Baggy et moi nous étions rendus de bonne heure au tribunal, pour être sûrs d'avoir une bonne place.

La présence du prévenu n'était pas obligatoire mais, à l'évidence, le shérif Coley tenait à l'exhiber. Quand il est entré dans la salle d'audience, menottes aux poignets et vêtu d'une combinaison orange flambant neuve, tous les regards se sont tournés vers moi. Le pouvoir de la presse était démontré.

— C'est un piège, murmura Baggy à mon oreille.

— Quoi ?

— Ils cherchent à nous faire publier une photo de Danny dans son beau petit uniforme. Après quoi, Wilbanks viendra se plaindre au juge en soutenant que les jurés potentiels ont été montés contre son client. Ne te fais pas avoir !

Comment pouvais-je être si naïf ? Posté devant la prison, Wiley avait attendu la sortie de Padgitt, au moment où il était transféré au tribunal. Je me représentais la une du journal avec une photo grand format du prisonnier dans sa combinaison orange.

Lucien Wilbanks a fait son entrée par la porte du fond. Fidèle à son habitude, il avait l'air furieux, comme si une discussion avec le juge avait tourné à son désavantage. Il s'est dirigé vers la table de la défense et a lancé sa serviette d'un geste rageur avant de parcourir l'assistance du regard. Ses yeux se sont fixés sur moi en se plissant lentement tandis qu'il serrait les mâchoires ; j'ai cru qu'il allait me sauter à la gorge. Son client a tourné la tête dans ma direction. Quelqu'un a pointé un doigt vers moi et Danny Padgitt m'a foudroyé d'un regard qui me désignait comme sa prochaine victime. J'avais de la peine à respirer mais je me suis efforcé de rester calme. Baggy s'est légèrement écarté.

Au premier rang, juste derrière la table de la défense, avaient pris place plusieurs Padgitt, tous plus âgés que Danny. Leurs regards valaient le sien : jamais je ne m'étais senti si vulnérable. Je me trouvais dans la même pièce que ces hommes qui ne connaissaient que la violence – intimidation, racket, activités criminelles – et cherchaient le moyen de me faire taire.

Un huissier a demandé le silence et annoncé l'entrée du juge ; tout le monde s'est levé.

— Asseyez-vous, ordonna Loopus.

Il a parcouru le document placé devant lui pendant que nous attendions, puis il a ajusté ses lunettes.

— Nous allons examiner une requête adressée par la défense, demandant un changement de juridiction. Combien de témoins avez-vous à produire, maître Wilbanks ?

— Une demi-douzaine, Votre Honneur. Nous verrons comment les choses se passent.

— Et le ministère public ?

Un petit homme rondouillard en costume noir et au crâne déplumé s'est dressé derrière sa table.

— À peu près le même nombre, Votre Honneur.

Il s'appelait Ernie Gaddis, venait du comté de Tyler et occupait depuis de longues années le poste de procureur.

— Je ne veux pas passer toute la journée ici, grommela Loopus, comme s'il avait prévu de faire un parcours de golf dans l'après-midi. Appelez votre premier témoin, maître Wilbanks.

— J'appelle M. Walter Pickard à la barre.

Ce nom ne me disait rien, ce qui n'était pas étonnant, mais Baggy ne le connaissait pas non plus. Il a été établi pendant les questions préliminaires que le témoin vivait à Karaway depuis plus de vingt ans, qu'il allait à l'église tous les dimanches et qu'il assistait le jeudi aux réunions du Rotary. Il était propriétaire d'une petite fabrique de meubles.

— Il doit acheter son bois aux Padgitt, me glissa Baggy dans l'oreille.

Sa femme était institutrice. Il avait entraîné au base-ball une équipe de jeunes et participait aux activités des scouts. Lucien Wilbanks ne lui laissait pas un instant de répit : il réussissait avec une habileté consommée à établir que le témoin était parfaitement intégré dans la vie de la collectivité.

Karaway était une ville située à trente kilomètres à l'ouest de Clanton. Spot n'avait jamais fait aucun effort pour y distribuer le journal; nous n'y vendions que quelques exemplaires. Les recettes publicitaires étaient encore plus maigres. Avec mon enthousiasme juvénile, je rêvais déjà d'expansion de mon empire : mon modeste hebdo aurait dû se vendre à un millier d'exemplaires, à Karaway.

— Monsieur Pickard, reprit Wilbanks, quand avez-vous appris l'assassinat de Rhoda Kassellaw ?

— Deux ou trois jours après le drame. Les nouvelles n'arrivent pas vite, à Karaway.

— Qui vous en a informé ?

— Une de mes employées nous a raconté ce qui s'était passé. Elle a une sœur qui habite à Beech Hill, tout près de chez la victime.

— Avez-vous su que quelqu'un avait été arrêté pour ce meurtre ?

Lucien Wilbanks arpentait la barre comme un félin dans une cage. Il semblait avoir l'esprit ailleurs mais rien ne lui échappait.

— J'ai entendu dire qu'un jeune Padgitt avait été arrêté.

— En avez-vous eu confirmation ?

— Oui.

— Comment ?

— Dans un article du *Ford County Times*. Il y avait une grande photo de Danny Padgitt en première page, à côté d'une photo de la jeune femme.

— Avez-vous lu les articles du journal ?

— Oui.

— Vous êtes-vous fait une opinion sur la culpabilité ou l'innocence de M. Padgitt ?

— Il avait l'air coupable. On voyait sur la photo sa chemise tachée de sang et son visage était placé tout près de celui de la victime, comme qui dirait côte à côte. Il y avait un titre en gros caractères, du genre « Danny Padgitt arrêté pour meurtre ».

— Vous avez donc présumé qu'il était coupable ?

— Impossible de faire autrement.

— Comment a-t-on réagi à ce meurtre, à Karaway ?

— Les gens ont été bouleversés, indignés. C'est un comté paisible ; les crimes de sang sont rares.

— À votre avis, les gens de Karaway croient-ils que Danny Padgitt a violé et tué Rhoda Kassellaw ?

— Oui, surtout après avoir vu comment le journal traitait l'affaire.

Je sentais les regards converger sur moi mais je me disais que nous n'avions rien fait de mal. On soupçonnait Danny Padgitt parce que la petite ordure avait commis ces crimes.

— À votre avis, M. Padgitt peut-il avoir un procès équitable dans le comté de Ford ?

— Non.

— Sur quoi fondez-vous cette opinion ?

— Il a déjà été jugé et condamné par le journal.

— Croyez-vous que cette opinion soit partagée par la plupart de vos amis et de vos voisins, à Karaway ?

— Oui.

— Je vous remercie.

Ernie Gaddis s'est aussitôt levé, un bloc-notes à la main, comme s'il brandissait une arme.

— Si je ne me trompe, monsieur Pickard, commença-t-il, vous fabriquez des meubles.

— C'est exact.

— Achetez-vous du bois dans la région ?

— Oui.

— Qui sont vos fournisseurs ?

Pickard a changé de position en réfléchissant.

— Gates frères, Henderson, Tiffee, Voyles et fils, un ou deux autres peut-être.

— Voyles appartient aux Padgitt, murmura Baggy.

— Achetez-vous du bois à la famille Padgitt ? poursuivit le procureur.

— Non.

— Ni aujourd'hui ni dans le passé ?

— Non.

— La famille Padgitt ne possède aucune de ces sociétés ?

— Pas à ma connaissance.

À vrai dire, nul ne savait précisément ce que possédaient les Padgitt. Depuis des décennies, leurs tentacules s'étaient étendus dans toutes sortes d'activités légales ou illégales. Walter Pickard était soupçonné d'être en relation d'affaires avec le clan Padgitt. Sinon, pour quelle raison témoignerait-il volontairement en faveur de Danny ?

Gaddis a décidé de trouver un nouvel angle d'attaque.

— Vous avez dit que la photographie de la chemise tachée de sang avait pesé lourd dans votre opinion sur la culpabilité de M. Padgitt. C'est bien cela ?

— Elle le rendait suspect.

— Avez-vous lu tout ce qui était écrit dans le journal ?

— Je crois.

— Avez-vous lu l'article où il est dit que M. Padgitt avait eu un accident de voiture, qu'il avait été blessé et était poursuivi pour conduite en état d'ivresse ?

— Je crois avoir lu ça, oui.

— Voulez-vous que je vous montre cet article ?

— Non, non, je m'en souviens.

— Bien. Pourquoi alors avoir supposé que le sang était celui de miss Kassellaw et non celui de M. Padgitt ?

Le témoin s'est tortillé sur son siège, visiblement mal à l'aise.

— J'ai seulement dit qu'avec les photos et les articles, tout poussait à croire à sa culpabilité.

— Avez-vous déjà été appelé à faire partie d'un jury, monsieur Pickard ?

— Non.

— Savez-vous ce que l'on entend par présomption d'innocence ?

— Oui.

— Comprenez-vous qu'il incombera à l'État du Mississippi de prouver la culpabilité de M. Padgitt avec une quasi-certitude ?

— Oui.

— Croyez-vous que toute personne accusée d'un crime ait droit à un procès impartial ?

— Oui, bien sûr.

— Bien. Imaginons que vous soyez appelé à faire partie du jury dans cette affaire. Vous avez lu le journal, entendu les bruits et les rumeurs, toutes les bêtises qui circulent, et vous arrivez dans cette salle pour le procès. Vous venez de déclarer que vous croyez M. Padgitt coupable. Imaginons que vous soyez retenu comme juré et que Me Wilbanks, un avocat habile et expérimenté, réfute nos arguments et mette sérieusement en doute nos preuves. Imaginons, monsieur Pickard, que le doute se glisse dans votre esprit. Pourriez-vous, le moment venu, voter non coupable ?

— Dans ces circonstances, oui, déclara Pickard qui avait accompagné la tirade du procureur de petits hochements de tête.

— Ainsi, quelle que soit votre opinion sur la culpabilité ou l'innocence de l'accusé, vous seriez disposé à peser les arguments de l'accusation et de la défense avant de prendre votre décision.

La réponse était si évidente que le témoin ne pouvait qu'acquiescer.

— Naturellement, fit Gaddis. Et votre épouse, monsieur Pickard ? Elle est institutrice, si j'ai bien entendu. Elle aurait certainement l'esprit aussi ouvert que vous ?

— Je crois. Oui.

— Et vos amis du Rotary ? Sont-ils aussi objectifs que vous ?

— Je suppose.

— Parlons de vos employés, monsieur Pickard. Vous devez travailler avec des gens honnêtes, qui ne sont pas de parti pris. Ils seraient capables de ne pas tenir compte de ce qu'ils ont lu et entendu, et jugeraient l'accusé avec impartialité. Qu'en pensez-vous ?

— Je suppose.

— Je n'ai pas d'autre question, Votre Honneur.

Le témoin a quitté la barre et filé vers la porte de la salle tandis que Lucien Wilbanks se levait.

— La défense appelle M. Willie Traynor à la barre, lança-t-il d'une voix claironnante.

Un coup de poing en pleine figure ne m'aurait pas atteint avec plus de force. Le souffle coupé, j'ai entendu Baggy murmurer, trop fort à mon goût :

— Oh ! merde !

Pour ne rien perdre du spectacle, Harry Rex avait pris place sur le banc des jurés avec une poignée de confrères. En me levant, les jambes en coton, je lui ai lancé un regard désespéré. Il était déjà debout.

— Votre Honneur, déclara-t-il, je représente M. Traynor. Mon client n'a pas été informé qu'il serait appelé à témoigner.

Allez, Harry Rex ! Sortez-moi de là !

— Et alors ? fit le juge avec un petit haussement d'épaules. Il est présent. Qu'est-ce que cela change ?

Pas la plus petite trace de bienveillance dans sa voix. J'ai compris que j'étais coincé.

— La préparation, Votre Honneur. Un témoin a le droit de se préparer à un interrogatoire.

— Il est le rédacteur en chef du périodique en question, si je ne me trompe.

— En effet.

Lucien Wilbanks s'est avancé vers le banc des jurés comme s'il avait l'intention d'écraser son poing sur la figure d'Harry Rex.

— M. Traynor n'est pas partie au procès, Votre Honneur, et il ne sera pas appelé à témoigner. Il a signé ces articles ; j'aimerais l'entendre.

— C'est un traquenard, monsieur le juge, protesta Harry Rex.

— Asseyez-vous, maître Vonner, ordonna Loopus.

En prenant place à la barre, j'ai lancé un regard

furieux à Harry Rex, comme pour lui dire : « Bien joué, maître ! » Un huissier s'est planté devant moi.

— Êtes-vous armé ? demanda-t-il.

— Pardon ?

J'avais les nerfs à fleur de peau ; rien ne semblait avoir de sens.

— Un pistolet. Avez-vous un pistolet ?

— Oui.

— Voulez-vous me le donner ?

— Euh... il est dans la voiture.

On a trouvé ça drôle, dans l'assistance. À l'évidence, dans le Mississippi, un témoin ne peut être interrogé à la barre s'il est armé. Encore une loi stupide. Quelques minutes plus tard, j'en ai compris tout l'intérêt : si j'avais eu une arme, j'aurais tiré sur Lucien Wilbanks.

Tandis que l'huissier me faisait prêter serment, je regardais l'avocat marcher de long en large ; derrière lui, le public semblait encore plus nombreux. Il a commencé par m'interroger avec amabilité sur mon parcours et l'acquisition du journal. J'ai répondu franchement, mais chaque question éveillait un peu plus mes soupçons. Wilbanks avait quelque chose en tête ; je ne savais pas quoi.

Le public paraissait ravi d'assister à la scène. Ma reprise du *Times* était encore un sujet d'intérêt qui donnait lieu à bien des suppositions, et j'étais là, exposé aux regards de tous, déposant sous serment à la barre des témoins.

Au bout de quelques minutes d'échanges courtois, Gaddis, que je supposais de mon côté puisque Wilbanks ne l'était sûrement pas, s'est levé pour s'adresser au juge.

— C'est très instructif, Votre Honneur, mais où cela nous mène-t-il ?

— Bonne question. Maître Wilbanks ?

— J'y arrive, monsieur le juge.

Wilbanks a distribué trois exemplaires du *Times* au juge, au procureur et à moi-même.

— Par curiosité, monsieur Traynor, à combien s'élève le nombre d'abonnés de votre journal ?

— Quatre mille deux cents, répondis-je avec une certaine fierté.

Au moment du dépôt de bilan, Caudle n'en retenait plus que mille deux cents.

— Et combien d'exemplaires sont vendus au kiosque ?

— Un millier.

Un an auparavant, je vivais dans une chambre au troisième étage du bâtiment d'une association d'étudiants, sur le campus de l'université de Syracuse. Je suivais occasionnellement les cours, je m'efforçais d'être un bon soldat de la révolution sexuelle, je buvais comme un trou et fumais de l'herbe, je faisais la grasse matinée aussi souvent que possible. En guise d'exercice, je participais à des rassemblements contre la guerre du Vietnam et hurlais des slogans aux forces de l'ordre. Je croyais avoir des problèmes. Comment avais-je pu, en si peu de temps, me retrouver à la barre des témoins, dans le tribunal du comté de Ford ?

À ce moment crucial de ma jeune carrière, j'étais placé sous les feux croisés des regards de plusieurs centaines de mes concitoyens et abonnés ; ce n'était pas le moment de paraître vulnérable.

— Quel pourcentage du tirage de votre journal est vendu dans le comté de Ford, monsieur Traynor ? reprit Wilbanks d'un ton détaché, comme si nous parlions affaires devant un café.

— La quasi-totalité. Je ne saurais vous donner le chiffre exact.

— Avez-vous un autre point de vente hors du comté de Ford ?

— Non.

Gaddis a essayé maladroitement de venir à mon secours.

— Où cela nous mène-t-il, Votre Honneur ?

— Je veux démontrer, reprit Wilbanks en enflant la voix, le doigt pointé vers le plafond, que les jurés potentiels domiciliés dans ce comté ont été intoxiqués par le sensationnalisme du *Ford County Times* dans sa couverture de l'événement. Par bonheur et à juste titre, ce périodique n'est pas diffusé dans les comtés avoisinants. Un changement de juridiction serait non seulement juste mais impératif.

Le mot « intoxiqués » a changé du tout au tout le ton des débats. Il m'a blessé et effrayé ; je me suis demandé une fois de plus si j'avais fait quelque chose de mal. J'ai quêté du regard un réconfort de la part de Baggy mais il se servait de la femme assise devant lui pour se cacher.

— Il m'appartient de décider de ce qui est juste et impératif, maître Wilbanks, coupa sèchement le juge. Poursuivez, je vous prie.

— Je parlais de la photographie de mon client, reprit Wilbanks en montrant la première page du journal qu'il tenait à la main. Qui a pris ce cliché ?

— Wiley Meek, notre photographe.

— Et qui a pris la décision de la présenter en première page ?

— Moi.

— Et le format ? Qui a choisi le format ?

— Moi.

— Vous est-il venu à l'esprit que cela pourrait être considéré comme du sensationnel ?

Et comment ! Le sensationnel, voilà ce que je recherchais.

— Non, répondis-je avec détachement. Il se trouve que nous ne disposions à ce moment-là d'aucune autre photo de Danny Padgitt. Il se trouve aussi qu'il venait d'être arrêté pour le crime. Nous avons publié ce cliché ; si c'était à refaire, je le referais.

Surpris par ma propre arrogance, j'ai lancé un regard en coin à Harry Rex ; un sourire goguenard aux lèvres, il hochait la tête pour m'encourager à continuer.

— À votre avis, il était donc objectif de publier ce cliché ?

— Je ne pense pas que c'était tendancieux.

— Répondez à ma question. Était-ce une présentation objective ?

— Oui, objective et exacte.

Wilbanks a donné l'impression de garder cela dans un coin de sa mémoire, pour s'en servir par la suite.

— Votre article comporte une description assez détaillée de l'intérieur du domicile de Rhoda Kassellaw. Quand avez-vous inspecté la maison ?

— Jamais.

— Quand y êtes-vous entré ?

— Jamais.

— Vous n'avez jamais vu l'intérieur de cette maison ?

— Exactement.

Wilbanks a ouvert le journal et l'a parcouru un moment avant de relever la tête.

— Vous indiquez, reprit-il, qu'il y avait moins de cinq mètres entre la porte de la chambre des deux jeunes enfants et celle de leur mère, et que leurs lits se trouvaient à moins de dix mètres du sien. Comment savez-vous cela ?

— J'ai une source.

— Une source… Votre source est-elle entrée dans la maison ?

— Oui.

— Votre source est-elle un policier ou un adjoint du shérif ?

— Elle restera confidentielle.

— Combien de sources confidentielles avez-vous utilisées pour ces articles ?

— Plusieurs.

J'avais de vagues souvenirs d'une affaire au cours de laquelle un journaliste placé dans une situation semblable avait refusé de divulguer ses sources. Agacé, le juge lui avait ordonné en vain de révéler leur identité. Condamné pour outrage à magistrat, le journaliste avait passé plusieurs semaines en prison, refusant obstinément de lever le voile sur l'identité de ses informateurs. Je ne savais plus comment cela s'était terminé mais on avait fini par relâcher le journaliste pour ne pas porter atteinte à la liberté de la presse.

Je me suis représenté le shérif Coley en train de me passer les menottes et de m'entraîner hors de la salle d'audience tandis que j'implorais l'aide d'Harry Rex. Arrivé à la prison, on me demandait d'enlever mes vêtements et on me remettait deux des combinaisons orange portées par les détenus.

Cela aurait certainement été une aubaine pour le *Ford County Times*. Quels articles renversants j'aurais pu rédiger au fond de ma cellule !

— Vous écrivez aussi, poursuivit Wilbanks, que les enfants étaient en état de choc. Comment pouvez-vous le savoir ?

— Je me suis entretenu avec M. Deece, le voisin le plus proche.

— L'expression « état de choc » est de lui ?

— Oui.

— Vous écrivez que les enfants ont été examinés par un médecin de Clanton, la nuit du crime. Comment en avez-vous eu connaissance ?

— Par un informateur. Le médecin me l'a confirmé par la suite.

— D'après vous, les enfants suivraient une thérapie dans le Missouri. Qui vous a dit cela ?

— J'ai parlé avec leur tante au téléphone.

Wilbanks a lancé le journal sur la table et fait quelques pas dans ma direction. Ses petits yeux injectés de sang dardaient sur moi un regard assassin. Le revolver m'aurait été utile.

— La vérité, monsieur Traynor, est que vous vous êtes efforcé de présenter le tableau de deux pauvres enfants innocents qui ont vu leur mère se faire violer et assassiner dans son propre lit.

J'ai respiré profondément en pesant les termes de ma réponse. Le silence s'était fait dans la salle.

— J'ai rapporté les faits aussi exactement que possible, déclarai-je, les yeux fixés sur Baggy qui, à moitié caché par la femme assise devant lui, m'encourageait de la tête.

— Dans le but de vendre des journaux, reprit Wilbanks, vous vous êtes appuyé sur des sources anonymes, des demi-vérités, des on-dit et des suppositions fantaisistes. Vous cherchiez à tout prix à dramatiser cette affaire.

— J'ai rapporté les faits aussi exactement que possible, répétai-je en me forçant à garder mon calme.

— Vraiment ? ricana Wilbanks. Je vous cite ? poursuivit-il en reprenant le journal. « Les enfants seront-ils appelés à déposer ? » Avez-vous écrit cela, monsieur Traynor ?

Oui et je m'en mordais les doigts. C'était le dernier paragraphe de l'article, sur lequel nous avions longuement discuté, Baggy et moi. Nous avions hésité tous deux à le garder ; avec du recul, nous aurions dû suivre notre instinct.

Impossible de nier l'évidence.

— Oui, répondis-je.

— Sur quels faits précis vous fondez-vous pour poser cette question ?

— C'est une question que j'ai entendu souvent prononcer après le crime.

Wilbanks a de nouveau lancé le journal sur la table, comme si ce n'était qu'un tissu d'inepties et secoué la tête en feignant un étonnement incrédule.

— Il y a deux enfants, si je ne me trompe, monsieur Traynor.

— En effet. Un garçon et une fille.

— Quel âge a le petit garçon ?

— Cinq ans.

— Et la petite fille ?

— Trois ans.

— Et vous, monsieur Traynor, quel âge avez-vous ?

— Vingt-trois ans.

— Au long de ces vingt-trois années, combien de procès avez-vous couverts en qualité de journaliste ?

— Aucun.

— Combien de procès avez-vous suivis ?

— Aucun.

— Étant très ignorant dans ce domaine, quel genre de recherches avez-vous faites afin de vous préparer au mieux à rédiger ces articles ?

Si j'avais eu le revolver, je l'aurais sans doute retourné contre moi.

— Des recherches ? répétai-je comme s'il parlait une langue inconnue.

— Oui, monsieur Traynor. Combien d'affaires avez-vous trouvées où des enfants de cinq ans ou moins ont été autorisés à témoigner dans un procès criminel ?

J'ai tourné la tête vers Baggy ; comme il fallait s'y attendre, il avait la moitié du corps glissée sous le banc.

— Aucune, répondis-je.

— Bonne réponse, monsieur Traynor. Aucune. Dans les annales de l'État du Mississippi, aucun enfant de moins de onze ans n'a jamais déposé devant une juridiction criminelle. Notez-le sur vos tablettes et souvenez-vous-en la prochaine fois que l'envie vous prendra d'émoustiller vos lecteurs en faisant du journalisme à sensation.

— Cela suffira, maître Wilbanks, coupa Loopus avec un peu trop de douceur à mon goût.

Je crois que le juge et les autres avocats, y compris Harry Rex, prenaient plaisir à voir mis à mal le freluquet qui avait osé fourrer son nez dans une affaire relevant de la justice. Gaddis lui-même paraissait satisfait.

Lucien a eu l'habileté de s'en tenir là.

— J'en ai fini avec lui, grommela-t-il.

Gaddis n'avait pas de questions. L'huissier m'a fait signe de descendre de mon siège. J'ai fait de mon mieux pour garder la tête droite en allant reprendre ma place à côté de Baggy qui gardait l'échine courbée, tel un chien errant sous une averse de grêle.

J'ai pris des notes jusqu'à la fin de l'audience, mais ce n'était qu'une piteuse tentative pour me donner un air affairé et important. Je sentais les regards peser sur moi. J'étais humilié et je n'avais qu'une envie : me boucler dans mon bureau.

Wilbanks s'est lancé dans une plaidoirie passionnée pour demander que l'affaire soit portée devant une autre juridiction, aussi loin que possible, jusqu'au golfe du Mexique si nécessaire, là où on aurait peut-être vaguement entendu parler du crime mais où personne n'aurait été « empoisonné » par le traitement du *Times*. Les imprécations proférées contre mon journal et contre ma personne dépassaient la mesure, au point que Gaddis, dans ses observations finales, a rappelé au juge le vieil adage : « Des paroles dures et amères sont la marque d'une cause fragile. »

J'en ai soigneusement pris note avant de quitter rapidement la salle d'audience, comme si j'avais un rendez-vous important.

11

Le lendemain, en fin de matinée, Baggy est venu m'annoncer que Wilbanks avait retiré sa requête. Comme à son habitude, il était prêt à servir son analyse de la situation.

La première hypothèse était que les Padgitt ne voulaient pas que le procès se tienne dans un autre comté. Ils savaient que Danny était coupable et serait certainement condamné partout où il affronterait un jury impartial. Leur unique chance était d'en avoir un sous la main, qu'ils pourraient intimider ou acheter. Le verdict de culpabilité devant être rendu à l'unanimité, il leur suffirait d'une voix en faveur de Danny. Une seule voix et le juge serait contraint par la loi d'ajourner le procès. Il serait certainement jugé une deuxième fois, avec le même résultat. Après trois ou quatre tentatives, le ministère public jetterait l'éponge.

J'étais sûr que Baggy avait passé la matinée à discuter avec les membres de son club des événements de la veille. Il m'a expliqué avec gravité que l'audience était un coup monté par Lucien Wilbanks, pour deux raisons. Premièrement, l'avocat de la défense avait tenté d'inciter le *Times* à publier en première page une nouvelle photo de Danny, cette fois en tenue de prisonnier. Deuxièmement, Wilbanks avait voulu me faire déposer à la barre des témoins pour m'en faire voir de toutes les couleurs.

— Il a réussi son coup, conclut Baggy.

— Je te remercie.

Wilbanks préparait le terrain pour le procès qui, il le savait depuis le début, aurait lieu à Clanton et il faisait en sorte que le *Times* mette une sourdine à sa couverture de l'affaire.

La troisième – ou quatrième – raison était que Lucien Wilbanks ne manquait jamais une occasion de se faire valoir devant un large public. Baggy, qui l'avait vu maintes fois poser pour la galerie, m'a raconté quelques anecdotes.

Je ne suis pas sûr d'avoir suivi sa pensée dans tous ses développements mais je n'avais pas de meilleure explication. Cela semblait un tel gaspillage de temps et d'énergie de demander la tenue d'une audience de deux heures en sachant pertinemment que ce n'était que de la poudre aux yeux… Je me suis dit avec résignation que des choses plus graves s'étaient passées dans les tribunaux.

Nous avons pris notre troisième repas sous le porche tandis qu'une pluie continue tambourinait sur le toit.

Ayant avoué à miss Callie que je n'avais jamais mangé de bœuf braisé, elle s'est empressée de m'en donner la recette. Quand elle a soulevé le couvercle de la grosse cocotte posée au centre de la table, elle a fermé les yeux ; des bouffées odorantes sont montées à mes narines. Je n'étais debout que depuis une heure et j'avais si faim que j'aurais mangé la nappe.

Un plat des plus simples, à l'en croire. On prenait un beau morceau de bœuf, on le plaçait dans la cocotte sans enlever le gras, on le recouvrait de pommes de terre nouvelles, d'oignons, de navets, de carottes et de betteraves, on ajoutait du sel, du poivre et de l'eau. On faisait cuire à feu doux pendant cinq heures. Miss Callie a rempli mon assiette de viande et de légumes sur lesquels elle a généreusement versé une sauce épaisse. Elle a expliqué que les betteraves lui donnaient cette teinte d'un rouge violacé.

Elle m'a demandé si je voulais dire la prière ; j'ai refusé. Je n'avais pas prié depuis bien longtemps et elle le ferait mieux que moi. Elle a pris mes mains et nous avons fermé les yeux ; sa voix s'élevant vers le Seigneur se mêlait au crépitement de la pluie.

— Où est Esau ? demandai-je après avoir avalé trois grosses bouchées.

— Au travail. Il lui arrive de pouvoir se libérer pour le déjeuner, mais pas souvent.

Quelque chose la préoccupait ; elle a voulu en avoir le cœur net.

— Puis-je vous poser une question, disons personnelle ?

— Bien sûr. Allez-y.

— Êtes-vous chrétien ?

— Absolument. Ma mère m'emmenait à l'église à Pâques.

La réponse ne la satisfaisait pas. Ce n'était pas ce qu'elle voulait savoir.

— Quelle église ?

— Épiscopalienne. Saint-Luc, à Memphis.

— Je ne crois pas que nous en ayons une, à Clanton.

— Je n'en ai pas vu.

Je n'avais pas cherché avec beaucoup de zèle.

— Et vous, demandai-je, à quelle Église appartenez-vous ?

— À l'Église de Dieu dans le Christ, répondit-elle

vivement, le visage rayonnant de sérénité. Mon pasteur est le révérend Thurston Small, un saint homme. Un prédicateur de talent ; vous devriez venir l'écouter un jour.

J'avais entendu des histoires sur la pratique religieuse des Noirs. Ils passaient toute la journée du dimanche à l'église et le service se prolongeait bien avant dans la nuit, jusqu'à épuisement. J'avais gardé des souvenirs très nets et très pénibles de l'office de Pâques de l'Église épiscopalienne, dont la durée était légalement limitée à soixante minutes.

— Des Blancs assistent-ils à votre service religieux ? demandai-je.

— Uniquement avant les élections. Quelques politiciens viennent humer l'atmosphère et font des tas de promesses.

— Restent-ils jusqu'au bout ?

— Oh ! non. Ils ont bien trop à faire.

— Il est donc possible de venir et de repartir ?

— Oui, monsieur Traynor. Pour vous, nous ferons une exception.

Elle s'est lancée dans un long récit à propos de son église, qui se trouvait à quelques minutes à pied de chez elle et qu'un incendie avait détruite quelques années auparavant. Les pompiers, dont la caserne se trouvait évidemment du côté blanc de Clanton, ne se pressaient jamais pour une intervention dans la ville basse. Elle avait perdu son église mais c'était un bienfait du ciel. Le révérend Small avait rassemblé ses ouailles autour de lui : pendant près de trois ans, ils s'étaient réunis dans un entrepôt que leur prêtait Virgil Mabry, un bon chrétien. Le bâtiment se trouvait à un pâté de maisons de la rue principale. Nombre de Blancs ne voyaient pas d'un bon œil ces Noirs qui venaient assister à l'office de leur côté de la ville, mais Virgil Mabry avait tenu bon. Le révérend Small avait réussi à réunir l'argent nécessaire ;

trois ans après l'incendie, ils avaient inauguré un nouveau sanctuaire, deux fois plus grand que leur ancienne église. Il était plein tous les dimanches.

J'aimais quand elle parlait : cela me permettait de manger sans m'interrompre, ce qui était de la plus haute importance. Et j'étais fasciné par sa diction précise, son élocution et son vocabulaire.

— Lisez-vous souvent la Bible ? demanda-t-elle à la fin de son récit.

— Non, répondis-je, un navet brûlant dans la bouche.

— Jamais ?

Je n'ai pas voulu mentir.

— Jamais.

— Priez-vous souvent ? poursuivit-elle, visiblement déçue.

— Une fois par semaine, répondis-je après une seconde de réflexion. Ici.

Elle a lentement posé son couvert à côté de son assiette et m'a regardé avec gravité, comme si elle s'apprêtait à dire quelque chose de profond.

— Si vous n'allez pas à l'église, si vous ne lisez pas la Bible et si vous ne priez pas, je ne suis pas sûre, monsieur Traynor, que vous soyez un vrai chrétien.

Je n'en étais pas sûr non plus. J'ai continué à mastiquer pour ne pas avoir à me défendre.

— Jésus a dit : « Ne jugez pas et vous ne serez pas jugé », poursuivit-elle. Il ne m'appartient pas de porter un jugement sur l'âme de mon prochain, mais je dois avouer que je m'inquiète pour le salut de la vôtre.

Je partageais son inquiétude mais pas au point de gâcher le repas.

— Savez-vous ce qui arrive à ceux qui vivent hors de la volonté de Dieu ?

Rien de bon, assurément. Mais j'étais affamé et j'avais

trop peur pour répondre. Elle me sermonnait ; j'étais dans mes petits souliers.

— Saint Paul a écrit dans l'épître aux Romains : « La mort est le salaire du péché, mais le don de Dieu est la vie éternelle par Notre Seigneur Jésus-Christ. » Savez-vous ce que cela signifie, monsieur Traynor ?

J'avais une petite idée. J'ai acquiescé de la tête en enfournant une grosse bouchée de viande. Connaissait-elle la Bible par cœur ? Allait-elle me la réciter en entier ?

— La mort est toujours physique mais la mort spirituelle est synonyme d'une éternité passée loin de notre Seigneur Jésus. Comprenez-vous, monsieur Traynor ?

On ne pouvait être plus clair.

— Serait-il possible de changer de sujet ? demandai-je.

— Bien sûr, fit miss Callie avec un sourire éclatant. Vous êtes mon invité : il est de mon devoir de vous mettre à l'aise.

Elle a repris son couvert et nous avons mangé tranquillement en écoutant la pluie tomber.

— Le printemps a été très pluvieux, reprit-elle. C'est bon pour les haricots mais les tomates et les pastèques ont besoin de soleil.

J'étais rassuré de savoir qu'elle projetait d'autres repas. Mon article sur miss Callie, Esau et leurs remarquables enfants était presque terminé. Je faisais traîner les recherches dans l'espoir d'être encore invité une ou deux fois à déjeuner sous son porche. Le premier jeudi, j'avais eu mauvaise conscience de savoir qu'une telle quantité de nourriture avait été préparée pour moi seul ; nous n'en avions mangé qu'une petite partie. Mais elle m'avait assuré que rien ne serait jeté ; elle se chargerait avec Esau et peut-être quelques amis de finir les restes. « Maintenant, je ne fais plus la cuisine que trois fois par semaine », confessa-t-elle, légèrement honteuse.

Comme dessert, elle avait préparé une tarte aux pêches accompagnée de glace à la vanille. Nous avons décidé d'attendre une heure pour laisser notre estomac se reposer. Elle a apporté deux tasses de café noir bien fort et nous avons pris place dans les rocking-chairs, pour travailler. Mon carnet et mon stylo à la main, j'ai commencé à lui poser des questions. Elle adorait me voir prendre note de ce qu'elle disait.

Miss Callie avait donné à ses sept premiers enfants des prénoms italiens : Alberto (Al), Leonardo (Leon), Massimo (Max), Roberto (Bobby), Gloria, Carlota et Mario. Sam, le benjamin, celui que l'on disait en cavale, était le seul à porter un prénom américain. Lors de ma deuxième visite, elle avait expliqué qu'elle avait été élevée au sein d'une famille italienne, dans le comté de Ford. C'était une histoire qu'elle gardait pour plus tard.

Tous premiers de leur classe au lycée de Burley Street, l'établissement réservé aux personnes de couleur, tous titulaires d'un doctorat, les sept aînés étaient professeurs d'université. Les détails biographiques remplissaient plusieurs pages ; miss Callie, à bon droit, pouvait parler de ses enfants pendant des heures.

Elle le faisait donc, inlassablement, et je prenais des notes. Bercé par le balancement du rocking-chair et le bruit régulier de la pluie, j'ai fini par m'endormir.

12

Baggy a émis des réserves sur l'article consacré aux Ruffin.

— Ce n'est pas vraiment un scoop, lâcha-t-il après en avoir pris connaissance.

Hardy avait dû l'avertir de mon intention de faire la une sur une famille noire.

— Un papier bon pour la page cinq, insista Baggy.

À défaut de meurtre, son idée de sujet en première page était une querelle de bornage passionnée, tranchée en justice sans jury, en présence d'une poignée d'avocats somnolents, par un juge d'un âge avancé, arraché à sa retraite pour arbitrer un litige de cette nature.

En 1967, Caudle avait eu le cran de publier les premières nécrologies de Noirs mais, au cours des trois années qui s'étaient écoulées depuis, le *Times* ne s'était guère intéressé à ce qui se passait de l'autre côté de la voie ferrée. Wiley Meek a accepté avec réticence de m'accompagner pour photographier miss Callie et Esau devant leur maison. J'ai réussi à programmer la séance photo un jeudi, à midi. Friture de poissons-chats, beignets à la farine de maïs et salade de chou cru. Wiley a mangé à s'en faire péter la sous-ventrière.

Margaret ne montrait pas plus d'enthousiasme mais, comme à son habitude, elle s'en remettait à son patron. Mon idée était fraîchement accueillie par toute la rédaction mais je ne m'en souciais guère : je faisais ce que je croyais devoir faire. Et nous étions à la veille d'un procès retentissant.

Ainsi, le 20 mai 1970, un mercredi où il n'y avait absolument rien de nouveau à publier sur l'affaire Kassellaw, le *Times* a consacré la moitié de sa une aux Ruffin. Sous la manchette : LA FAMILLE RUFFIN FIÈRE DE SES SEPT PROFESSEURS D'UNIVERSITÉ, s'étalait une photographie de miss Callie et Esau sous leur porche, le visage souriant, empreint de contentement. Au-dessous étaient alignés les portraits des huit enfants, d'Al à Sam. Mon article commençait ainsi :

Quand Calia Harris fut contrainte de quitter le lycée en classe de seconde, elle se promit que ses enfants poursuivraient des études non seulement secondaires mais universitaires. C'était en 1926 ; Calia, ou Callie, comme elle préfère qu'on l'appelle, avait quinze ans. Elle était l'aînée de quatre enfants. Son père mourut de la tuberculose ; l'éducation devint alors un luxe. Callie travailla chez les DeJarnette jusqu'en 1929, l'année de son mariage avec Esau Ruffin, charpentier et prédicateur. Ils s'installèrent dans une petite maison de la ville basse. Ils payaient un loyer de quinze dollars par mois et économisaient sou à sou. Ils auraient besoin de tout ce qu'ils mettaient de côté.

En 1931, la famille s'est agrandie avec l'arrivée d'Alberto.

En 1970, le Dr Alberto Ruffin était professeur de sociologie à l'université de l'Iowa, Leonardo professeur de biologie à Purdue, Massimo professeur d'économie à l'université de Toledo, Roberto professeur d'histoire à Marquette, Gloria Ruffin Sanderford enseignait l'italien à Duke et Carlota était professeur d'urbanisme à l'université de Californie, à Los Angeles. Mario venait d'obtenir son doctorat en littérature médiévale et enseignait à l'université Grinnell, Iowa. Je mentionnais Sam, sans insister.

J'avais parlé au téléphone avec les sept professeurs et les citais abondamment dans mon article. Les thèmes leur étaient communs : amour du prochain, esprit de sacrifice, discipline, travail acharné, foi en Dieu et en la famille, ambition, persévérance, intransigeance pour la paresse et l'échec. L'histoire de la réussite de chacun d'eux aurait rempli un numéro entier du *Times*. Chacun avait exercé au moins un emploi à plein temps – deux pour la plupart d'entre eux –, tout en franchissant les étapes du cursus universitaire. Les aînés aidaient les plus jeunes. Mario m'avait confié qu'il recevait chaque mois une demi-douzaine de petits chèques de ses frères et sœurs et de ses parents.

Les cinq aînés avaient poursuivi leurs études avec une ténacité qui les avait obligés à repousser leur mariage jusqu'après leur trente ans ; Carlota et Mario étaient encore célibataires. De même, la génération suivante était soigneusement planifiée. L'aîné des cinq petits-enfants, le fils de Leon, était âgé de cinq ans. La femme de Max attendait son second.

Il y avait tant à dire sur les Ruffin que je n'ai publié dans ce numéro que la première partie de mon article. Le lendemain, quand je suis arrivé chez miss Callie à l'heure du déjeuner, elle m'a accueilli les larmes aux yeux. Esau était là aussi : il m'a salué d'une ferme poignée de main et s'est penché avec raideur pour m'étreindre. Nous avons dégusté de l'agneau en ragoût et échangé nos impressions sur la manière dont l'article était perçu. Inutile de dire qu'on ne parlait que de cela dans la ville basse et que, tout l'après-midi du mercredi et la matinée du jeudi, les voisins avaient défilé chez les Ruffin, le journal à la main. J'en avais expédié une demi-douzaine d'exemplaires aux professeurs.

Pendant que nous prenions le café avec la tarte aux pommes, une voiture s'est arrêtée devant la maison. Le révérend Thurston Small en est descendu et s'est avancé vers le porche. On nous a présentés ; il avait l'air content de faire ma connaissance. Il a accepté une part de dessert sans se faire prier et s'est mis à discourir sur l'importance de l'article consacré aux Ruffin pour la population noire de Clanton. Les nécrologies étaient une bonne chose ; dans la plupart des villes du Sud, les Noirs étaient encore portés en terre sans qu'il soit fait état de leur décès. Grâce à M. Caudle, des progrès avaient été accomplis dans ce domaine. Mais publier en première page le portrait plein de dignité d'une famille noire hors du commun était un pas de géant vers la tolérance raciale. Je ne voyais pas les choses de cette manière. Il ne s'agissait pour moi que d'un article humainement intéressant qui traitait de miss Callie et de sa famille extraordinaire.

Le pasteur était gourmand et aimait à broder sur un sujet. Après sa deuxième part de tarte, il a recommencé à parler de l'article en termes élogieux et répétitifs. Voyant qu'il semblait décidé à rester tout l'après-midi, je me suis retiré.

Outre sa tâche de gardien non officiel et peu fiable pour plusieurs commerces de la grand-place, Piston exerçait une autre activité illicite : il était coursier. Toutes les heures, il se présentait à la porte de ses clients – essentiellement des cabinets juridiques, mais aussi les trois banques, quelques agences immobilières, des compagnies d'assurances, le *Times* – et il attendait qu'on lui remette quelque chose à distribuer. Un signe de tête d'une secrétaire et il repartait. Quand un pli ou un colis était en attente, les secrétaires attendaient l'arrivée de Piston ; il prenait ce qu'il y avait à distribuer et le portait au pas de course à son destinataire. Si l'objet pesait plus de cinq kilos, il ne s'en chargeait pas. Comme il était à pied, le périmètre de distribution était limité à la grand-place et aux rues avoisinantes. Ainsi, tous les jours de la semaine, pendant les heures d'ouverture des bureaux, on croisait Piston, au pas quand il n'avait rien à remettre, au trot quand il avait quelque chose.

Le gros de son activité consistait en des échanges de lettres entre les cabinets juridiques. Piston était plus rapide que le service postal et plus économique : il ne se faisait pas payer. Il affirmait que c'était sa contribution à la collectivité mais s'attendait à ce qu'à Noèl on le récompense d'un jambon ou d'un gâteau.

Le vendredi, en fin de matinée, il est entré dans mon bureau pour me remettre une lettre manuscrite de Lucien Wilbanks. J'avais presque peur d'en prendre connaissance. Était-ce la plainte et le million de dollars en dommages et intérêts dont il m'avait menacé ? La lettre disait :

Cher monsieur,

J'ai lu avec grand plaisir votre papier sur les Ruffin, une famille remarquable. J'avais entendu parler de leur réussite mais votre article apporte un nouvel éclairage. J'admire votre courage.

J'espère que vous irez encore plus loin dans cet esprit positif.

Salutations distinguées.

Lucien Wilbanks

Je détestais l'homme, mais qui n'aurait apprécié ce mot de sa main ? Il se montrait à la hauteur de sa réputation de gauchiste toujours prêt à embrasser une cause impopulaire. Son soutien, en pareille occurrence, n'était qu'à moitié rassurant. Et je le savais provisoire.

Il n'y a pas eu d'autres lettres. Pas de coups de téléphone. Pas de menaces. C'étaient les vacances scolaires et il faisait très chaud. Le mouvement de déségrégation tant redouté prenait de la force ; les bonnes âmes du comté de Ford avaient d'autres chats à fouetter.

Après une décennie de tensions et de dissensions sur le sujet des droits civils, nombre de Blancs du Mississippi craignaient que la fin ne soit proche. Si les tribunaux fédéraux pouvaient imposer l'intégration des Noirs dans les établissements scolaires, comment préserverait-on les lieux de culte et le logement ?

Le lendemain, Baggy a assisté à une réunion publique dans le sous-sol d'une église. Les organisateurs voulaient évaluer le soutien de la population dans le but d'ouvrir une école privée réservée aux Blancs. Il y avait dans la nombreuse assistance de la peur, de la colère et la volonté de protéger ses enfants. Un avocat a fait le bilan des différentes décisions en appel des tribunaux fédéraux avant d'émettre la conclusion navrante que le coup de grâce serait porté pendant l'été. Il prédisait que les élèves noirs du second cycle seraient envoyés au lycée de Clanton et que les élèves blancs du premier cycle seraient expédiés dans la ville basse, à Burley Street. Les hommes secouaient la tête, les femmes sortaient leur mouchoir ; l'idée d'envoyer leurs enfants de l'autre côté de la voie ferrée leur était insupportable.

On mettait sur pied une nouvelle école. On nous demandait de ne rien publier sur le sujet, du moins dans l'immédiat. Les organisateurs voulaient commencer à lever des fonds avant de dévoiler leur projet. Nous avons accédé à leurs désirs ; je tenais à éviter toute polémique.

Un juge fédéral de Memphis a ordonné la mise en place d'un système de ramassage scolaire qui mettait la ville en émoi. Les élèves noirs des quartiers du centre transportés vers les faubourgs habités par les Blancs croiseraient en chemin les élèves blancs roulant dans la direction inverse. La tension montait ; je me suis dit qu'il valait mieux rester quelque temps à l'écart des quartiers du centre.

L'été serait long et chaud. La situation semblait véritablement explosive.

J'ai sauté un numéro avant de publier la deuxième partie de l'article consacré à miss Callie. Au bas de la une, j'ai aligné des photographies récentes des sept professeurs. Je parlais des endroits où ils vivaient et de ce qu'ils y faisaient. Tous sans exception professaient un attachement profond à Clanton et au Mississippi, même si aucun d'eux ne projetait de revenir s'y établir. Ils refusaient de porter un jugement sur la ville qui les avait maintenus dans des établissements scolaires de moindre qualité, cantonnés d'un côté de la voie ferrée, empêchés de voter, de manger dans la plupart des restaurants et de boire l'eau de la fontaine publique. Ils refusaient de revenir sur les points négatifs, préféraient louer de sa bonté le Seigneur – Il leur avait offert la santé, une famille, des parents et leur avait donné leur chance.

Je m'émerveillais de tant d'humilité et de mansuétude. Ils avaient tous promis de me rencontrer pendant les vacances de Noël ; nous nous réunirions sous le porche de miss Callie pour causer à bâtons rompus en dégustant une tarte aux noix de pécan.

Mon article s'achevait sur un détail pour le moins

curieux. À leur départ du foyer paternel, Esau avait fait promettre à chacun des enfants d'écrire au moins une fois par semaine à leur mère. Ils avaient tenu parole ; les lettres n'avaient jamais cessé d'arriver. À un moment, Esau avait même décidé que Callie devrait recevoir une lettre par jour. Sept enfants et sept jours dans une semaine. Alberto écrivait le dimanche, Leonardo le lundi et ainsi de suite. Parfois, Callie en recevait deux ou trois à la fois, parfois aucune, mais elle attendait toujours le courrier avec une certaine excitation.

Elle les gardait toutes. Elle m'avait montré dans l'armoire d'une chambre une pile de cartons contenant les lettres de ses enfants.

Elle m'avait assuré qu'elle me les ferait lire un jour ; sans bien savoir pourquoi, je ne la croyais pas. Et je n'avais pas envie de lire ces lettres : elles devaient être beaucoup trop personnelles.

13

Le procureur Ernie Gaddis avait déposé une requête pour demander l'élargissement du nombre de jurés potentiels. Pour un procès criminel normal, à en croire Baggy qui devenait plus calé de jour en jour, le greffe du tribunal convoquait une quarantaine de citoyens. Sur les trente-cinq qui se présentaient en moyenne, cinq ou six étaient trop âgés ou en trop mauvaise santé pour être retenus. Gaddis arguait dans sa requête qu'avec le bruit croissant fait autour de l'affaire Kassellaw, il deviendrait délicat de constituer un jury impartial. Il demandait à la cour de convoquer au moins une centaine de jurés potentiels.

Ce qui n'était pas écrit mais que tout le monde savait, c'est qu'il serait plus difficile pour les Padgitt d'intimider cent personnes que quarante. Lucien Wilbanks protesta vigoureusement et demanda une audience publique. Le juge Loopus affirma que ce n'était pas nécessaire et ordonna qu'une liste plus importante soit formée. Il prit aussi une mesure inhabituelle : la mise sous scellés de la liste des jurés potentiels. Baggy, sa bande de soiffards et tous ceux qui l'apprirent tombèrent des nues. À leur connaissance, cela ne s'était jamais fait ; les avocats et ceux qu'ils représentaient recevaient toujours la liste des jurés potentiels une quinzaine de jours avant l'ouverture du procès.

Cette décision fut le plus souvent interprétée comme étant un revers cinglant pour les Padgitt. S'ils ignoraient l'identité de ceux qui composaient la liste, comment les acheter ou leur faire peur ?

Gaddis demanda ensuite à la cour d'envoyer la convocation par la poste au lieu de la faire remettre en main propre par le bureau du shérif. Cette nouvelle idée eut l'heur de plaire au juge. À l'évidence, Loopus était parfaitement au courant des liens étroits unissant les Padgitt à notre shérif. Comme il fallait s'y attendre, Lucien Wilbanks poussa les hauts cris, arguant que le juge réservait à son client un traitement particulier et injuste. En lisant sa protestation, je me suis demandé comment on pouvait se répandre en invectives sur des pages entières.

Il devenait évident que le juge Loopus avait décidé d'assurer la sécurité et l'impartialité du procès. Avant d'accéder à la magistrature assise, il avait occupé dans les années 50 le poste de procureur et son inclination naturelle allait vers le ministère public. Il semblait, en tout état de cause, faire peu de cas des Padgitt et de leur tradition de corruption. De plus, sur le papier – et assurément pour mon journal –, les preuves accumulées contre Danny Padgitt paraissaient accablantes.

Le lundi 15 juin, dans le plus grand secret, le greffe du tribunal posta une centaine de convocations adressées à des habitants du comté de Ford inscrits sur les listes électorales. Une de ces lettres atterrit dans la boîte de Callie Ruffin. Le jeudi midi, quand je suis arrivé pour déjeuner, elle me l'a montrée.

En 1970, la population du comté de Ford était composée de vingt-six pour cent de Noirs et de soixante-quatorze pour cent de Blancs. Pas d'autre fraction, pas d'incertains. Six ans après le tumultueux été 1964 et la vigoureuse campagne pour l'inscription des Noirs sur les listes électorales, cinq ans après la loi sur le droit de vote, rares étaient les Noirs qui s'étaient inscrits. Lors des élections locales de 1967, près de soixante-dix pour cent des Blancs éligibles dans le Mississippi avaient déposé un bulletin de vote dans les urnes contre douze pour cent des Noirs. Dans la ville basse, les campagnes d'incitation à l'inscription électorale se heurtaient à une indifférence générale. Une des raisons était que, dans un comté peuplé aux trois quarts de Blancs, aucun Noir ne pourrait jamais être élu à un poste de l'administration locale. À quoi bon se faire inscrire dans ces conditions ?

Une autre raison était les abus commis dans le passé au moment de l'inscription électorale : depuis un siècle, les Blancs usaient de subterfuges pour empêcher les Noirs de s'inscrire. Impôts locaux, tests d'alphabétisation, la liste était longue et pitoyable.

Une autre raison encore était la réticence de la plupart des Noirs devant toute forme d'inscription sur un registre public par les autorités blanches. Cette démarche pouvait entraîner des impôts supplémentaires, une surveillance et des contrôles accrus, des ingérences dans leur vie privée. Être appelé à faire partie d'un jury, par exemple.

D'après Harry Rex, qui était en matière judiciaire une source plus fiable que Baggy, il n'y avait jamais eu un seul juré noir dans le comté de Ford. Les jurés potentiels étant choisis sur les listes électorales, où les Noirs étaient peu nombreux. Ceux qui passaient avec succès les premiers interrogatoires des avocats étaient systématiquement écartés au moment de la sélection finale. Dans les affaires criminelles, le ministère public les récusait invariablement, craignant qu'ils soient trop favorables à l'accusé. Au civil, les avocats de la défense faisaient de même, redoutant qu'ils soient trop généreux avec l'argent des autres.

Ces théories n'avaient jamais eu l'occasion d'être vérifiées dans le comté de Ford.

En 1951, Callie et Esau Ruffin s'étaient présentés tous les deux au greffe du tribunal pour se faire inscrire sur les listes électorales. La secrétaire, comme elle était exercée à le faire, leur avait tendu une carte plastifiée portant en gros caractères : Déclaration d'indépendance. Le texte était rédigé en allemand.

— Pouvez-vous lire ce qui est écrit ? demanda la secrétaire, imaginant que les Ruffin, comme la plupart des Noirs du comté, étaient analphabètes.

— Ce n'est pas de l'anglais, répondit Callie. C'est de l'allemand.

— Pouvez-vous lire ce texte ? insista la secrétaire, subodorant qu'elle allait avoir fort à faire avec ce couple.

— Je lis l'allemand aussi bien que vous, répondit poliment Callie.

— Et ça ? reprit la secrétaire en montrant une autre carte.

— Oui, fit Callie. C'est la Déclaration des droits.

— Que dit le numéro huit ?

Callie avait pris son temps pour lire ce qu'on lui demandait.

— Le huitième amendement interdit les amendes excessives et les traitements cruels.

C'est à peu près à ce moment-là – les versions différaient légèrement – qu'Esau s'était penché vers la secrétaire.

— Nous sommes propriétaires, déclara-t-il en posant le titre de propriété sur le comptoir.

Être propriétaire n'était pas une condition nécessaire

pour l'inscription électorale mais, pour des Noirs, il s'agissait d'un atout de taille.

— Très bien, fit la secrétaire, ne sachant plus que dire. La taxe est de deux dollars par personne.

Esau avait versé l'argent et les Ruffin avaient acquis le droit de vote, rejoignant trente et un autres Noirs, tous du sexe masculin.

Ils n'avaient jamais manqué une élection. Miss Callie avait toujours déploré que si peu de ses amis se soient donné la peine de s'inscrire et de voter, mais elle avait trop à faire avec ses huit enfants pour tenter d'y remédier. Le comté de Ford ayant été épargné par l'agitation raciale qui avait secoué la majeure partie du Mississippi, il n'y avait jamais eu de mouvement organisé pour inciter les Noirs à se faire inscrire sur les listes électorales.

Au début, je n'aurais su dire si elle était anxieuse ou impatiente ; le savait-elle elle-même ? La première électrice noire allait peut-être devenir aussi la première jurée noire. Jamais elle n'avait reculé devant un défi, mais juger un de ses semblables était pour elle un grave cas de conscience. « Ne jugez pas et vous ne serez pas jugé », avait dit Jésus.

— Si tout le monde suivait à la lettre ce verset de la Bible, objectai-je, tout notre système judiciaire s'écroulerait.

— Je ne sais pas, fit miss Callie en détournant les yeux.

Je ne l'avais jamais vue aussi préoccupée. Esau n'ayant pu se libérer, nous mangions en tête à tête du poulet sauté, servi avec de la purée et une sauce.

— Comment puis-je juger un homme que je sais coupable ? reprit-elle.

— Vous écoutez d'abord les arguments des parties. Vous avez l'esprit ouvert ; ce ne sera pas difficile.

— Mais vous savez qu'il l'a tuée. Vous l'avez écrit dans votre journal ou c'est tout comme.

Une fois de plus, sa franchise brutale faisait mouche.

— Nous avons exposé les faits, miss Callie. Si les faits montrent sa culpabilité, cela ne dépend pas de nous.

Les silences ont été fréquents et prolongés, ce jour-là. Tout absorbée, miss Callie mangeait du bout des dents.

— Et la peine de mort ? poursuivit-elle pensivement. Pourront-ils condamner ce jeune homme à la chambre à gaz ?

— Oui. Il encourt la peine capitale.

— Qui décide s'il est condamné à mort ?

— Le jury.

— Mon Dieu !

Après cela, elle a été incapable d'avaler une seule bouchée. Elle m'a confié qu'elle avait de la tension depuis qu'elle avait reçu la convocation du greffe et qu'elle était allée consulter son médecin. Je l'ai aidée à marcher jusqu'au canapé du salon et je lui ai apporté un verre d'eau. Elle a insisté pour que je termine mon repas, ce que j'ai fait avec plaisir et en silence. Au bout d'un certain temps, elle s'est ressaisie et nous nous sommes installés dans les fauteuils à bascule pour parler à bâtons rompus, évitant soigneusement de revenir sur le procès de Danny Padgitt.

J'ai enfin trouvé le filon ; je l'ai interrogée sur l'influence italienne qui avait marqué sa vie. Elle m'avait dit lors de notre premier déjeuner qu'elle avait appris l'italien avant l'anglais, et sept de ses huit enfants avaient un prénom italien.

L'histoire serait longue mais je n'avais rien de mieux à faire que de l'écouter.

Dans les années 1890, le prix du coton est monté en flèche, la demande augmentant fortement un peu partout dans le monde. Les régions fertiles du Sud se sont trouvées dans l'obligation de produire plus. Les grandes plantations du delta du Mississippi, où il fallait absolument accroître les récoltes, souffraient d'une grave pénurie de main-d'œuvre. Nombre de Noirs aptes au travail avaient fui les terres sur lesquelles leurs ancêtres avaient vécu en esclavage pour aller chercher une vie meilleure plus au nord. Ceux qui restaient ne montraient, et cela se comprenait, aucun enthousiasme à assurer la cueillette du coton dans les conditions proposées.

Les grands propriétaires ont eu l'idée de faire venir d'Europe des ouvriers pour cultiver leur coton. Par le truchement d'intermédiaires italiens établis à New York et à La Nouvelle-Orléans, des contacts ont été pris, des promesses échangées, des mensonges proférés, des contrats truqués. En 1895, le premier bateau chargé de familles d'immigrants est arrivé dans le delta. Ils venaient du nord de l'Italie, de la région d'Émilie-Romagne, près de Vérone. Peu instruits pour la plupart, ils ne baragouinaient que quelques mots d'anglais mais il n'était pas nécessaire de bien parler la langue pour comprendre qu'ils avaient été victimes d'une arnaque. Entassés dans des logements misérables, exposés aux rigueurs du climat subtropical – paludisme, moustiques, serpents, eau croupie –, ils cultivaient le coton pour un salaire de famine. Ils étaient contraints d'emprunter de l'argent au propriétaire à des taux exorbitants et de s'approvisionner dans le magasin de la plantation à des prix abusifs.

Satisfaits de cette main-d'œuvre dure à la tâche, les planteurs voulaient faire venir d'autres Italiens. Ils ont fignolé l'opération, ont fait de nouvelles promesses à de nouveaux intermédiaires italiens et les immigrants ont continué d'affluer. Endettés jusqu'au cou, maintenus dans la servitude, ils étaient plus mal traités que la plupart des ouvriers agricoles noirs.

Au fil du temps, quelques tentatives ont été faites pour répartir les profits et permettre aux immigrants d'acquérir des terres, mais le cours du coton était soumis à de telles fluctuations que ces dispositions n'ont jamais pu aboutir. Après deux décennies de traitement indigne, les Italiens se sont dispersés, mettant un terme à l'expérience.

Ceux qui étaient restés dans le delta avaient longtemps été considérés comme des citoyens de seconde zone. Exclus des établissements scolaires, ils n'étaient pas non plus, en tant que catholiques, bien accueillis dans les églises. Les country-clubs restaient évidemment inaccessibles. Ces étrangers surnommés « dagos » étaient relégués tout en bas de l'échelle sociale mais, à force de travail et d'épargne, ils avaient fini par acquérir des terres.

La famille Rossetti s'était établie près de Leland, Mississippi, en 1902. Originaires d'un village proche de Bologne, ils avaient eu le malheur de prêter l'oreille aux belles paroles d'un intermédiaire en cheville avec un complice américain. Les Rossetti avaient embarqué pour l'Amérique avec leurs quatre filles dont l'aînée, Nicola, était âgée de douze ans. Ils n'avaient pas toujours mangé à leur faim mais avaient échappé au fléau de la famine. Trois ans après leur arrivée, la dette des Rossetti se montait à six mille dollars qu'il leur était impossible de rembourser. Ils avaient fui la plantation en pleine nuit et voyagé dans un wagon de marchandises jusqu'à Memphis, où un parent éloigné les avait hébergés.

À quinze ans, Nicola était devenue une très belle jeune fille. Longs cheveux noirs, grands yeux noisette, la beauté italienne classique. Comme elle faisait plus que son âge, elle avait réussi à se faire embaucher dans un magasin de mode en déclarant au propriétaire avoir dix-huit ans. Au bout de trois jours, celui-ci l'avait demandée en mariage. Il était prêt à divorcer et à abandonner ses enfants pour elle. La jeune fille avait refusé. Le propriétaire avait offert cinq mille dollars à M. Rossetti. Le père avait refusé.

En ce temps-là, les familles de fermiers aisés du nord du Mississippi qui allaient faire leurs provisions et voir des amis à Memphis séjournaient le plus souvent dans le quartier de l'hôtel Peabody. C'est là que Zachary DeJarnette, venant de Clanton, eut la chance de croiser Nicola Rossetti dans la rue. Quinze jours plus tard, ils étaient mariés.

Veuf et sans enfants à trente et un ans, Zachary était en quête d'une nouvelle épouse. Il était aussi le plus gros propriétaire terrien du comté de Ford, où le sol, sans être aussi riche que dans le delta, était d'un bon rapport pour qui en possédait assez. Zachary avait hérité de sa famille plus de mille six cents hectares ; le grand-père de Calia, Harris Ruffin, avait été l'esclave de son grand-père.

Le mariage fut une sorte de contrat global. Nicola était très mûre pour son âge et tenait absolument à protéger les siens. Ils avaient tant souffert. L'occasion était belle ; elle sut la saisir par les cheveux. Avant d'accepter de se marier, elle fit promettre à Zachary non seulement d'employer son père comme contremaître mais de fournir à sa famille un logement confortable. Il accepta aussi de faire l'éducation de ses trois petites sœurs et de régler les dettes contractées dans le delta. Zachary DeJarnette était tellement épris qu'il aurait accepté n'importe quoi.

Les premiers Italiens du comté de Ford n'arrivèrent pas dans une charrette bringuebalante mais dans une voiture de première classe de la ligne de chemin de fer Illinois Centrail Rail. Un comité d'accueil déchargea leurs bagages flambant neufs et les aida à monter dans deux Ford Model T de 1904. Traités comme des rois, les Rossetti accompagnaient Zachary dans les soirées données à Clanton. Toutes les conversations roulaient sur la beauté de la jeune mariée. Il avait été question d'organiser une grande cérémonie nuptiale pour confirmer la messe célébrée précipitamment à Memphis ; comme il n'y avait pas d'église catholique à Clanton, l'idée fut abandonnée. Les mariés n'avaient pas encore résolu la question délicate de la préférence religieuse. Si Nicola avait demandé à son époux de se convertir à l'hindouisme, il l'aurait fait sans hésiter.

Quand les Rossetti découvrirent, au bout d'une longue allée, la majestueuse demeure bâtie avant la guerre de Sécession par le premier DeJarnette, ils fondirent tous en larmes.

Il fut décidé qu'ils vivraient dans la maison de maître en attendant qu'un logement de contremaître soit rénové. Nicola assuma son rôle de maîtresse de maison et fit de son mieux pour tomber enceinte. On donna un précepteur à ses petites sœurs ; au bout de quelques semaines, elles parlaient couramment l'anglais. M. Rossetti passait ses journées avec son gendre qui n'était que de trois ans son cadet : il apprenait à diriger la plantation.

Dans la cuisine, Mme Rossetti fit la connaissance d'India, la mère de miss Callie.

— Ma grand-mère faisait la cuisine pour les DeJarnette, expliqua-t-elle. Ma mère a pris sa suite. J'étais destinée à leur succéder mais la vie en a décidé autrement.

— Zachary et Nicola ont-ils eu des enfants ? demandai-je.

J'en étais à mon troisième ou quatrième verre de thé. Il faisait chaud, la glace avait fondu. Miss Callie parlait depuis deux heures ; elle ne pensait plus à la convocation ni au procès.

— Non et c'est bien triste : ils le voulaient si fort. À ma naissance, en 1911, Nicola m'a pratiquement arrachée à ma mère. Elle a tenu à ce que je porte un nom italien. Elle me gardait avec elle dans la grande maison avec l'accord de ma mère – elle avait bien assez d'enfants et pouvait me voir toute la journée.

— Que faisait votre père ?

— Il travaillait sur la plantation. C'était un bon endroit pour travailler et même pour vivre. Nous avions de la chance : les DeJarnette étaient des gens bons et droits qui traitaient bien leurs employés. Il n'en allait pas de même pour tous les Noirs. En ce temps-là, la vie que l'on menait dépendait du Blanc qui possédait votre maison. S'il était mauvais et violent, la vie était un enfer. Les DeJarnette étaient des gens corrects. Mon père, mon grand-père et mon arrière-grand-père avaient travaillé sur leurs terres sans avoir jamais été mal traités.

— Et Nicola ?

Pour la première fois depuis une heure, j'ai vu un sourire s'épanouir sur son visage.

— Le Seigneur m'a donné deux mères. Nicola m'habillait avec des vêtements qu'elle achetait à Memphis. Quand j'étais toute petite, elle m'a initiée à l'italien pendant que j'apprenais l'anglais. Elle m'a appris à lire quand j'avais trois ans.

— Vous parlez encore l'italien ?

— Non, c'est bien trop loin. Elle aimait me raconter des histoires sur son enfance en Italie et m'avait promis de m'emmener un jour voir Venise, le Vatican et la tour de Pise. Elle adorait chanter et me parlait de l'opéra.

— Avait-elle fait des études ?

— Contrairement à son père, sa mère avait reçu une certaine éducation et elle avait tenu à ce que Nicola et ses sœurs sachent lire et écrire. Elle m'avait promis de m'envoyer faire des études dans le Nord ou même en Europe, où les gens étaient plus tolérants. Dans les années 20, l'idée d'une femme noire faisant des études supérieures était une aberration.

Son histoire partait dans différentes directions. J'avais très envie de prendre des notes mais je n'avais rien apporté pour écrire. L'image d'une jeune fille noire écoutant un air d'opéra italien dans une demeure ancestrale du Mississippi, un demi-siècle plus tôt, était saisissante.

— Aviez-vous des tâches à accomplir dans la maison ?

— Bien sûr. Plus tard, je suis devenue gouvernante, mais je n'ai jamais eu à travailler autant que les autres. Nicola me voulait près d'elle. Au moins une heure par jour, dans son boudoir, nous parlions en tête à tête. Elle était résolue à se débarrasser de son accent italien et voulait à tout prix que j'aie une diction parfaite. Il y avait à Clanton une institutrice à la retraite, une certaine miss Tucker, une vieille fille que je ne pourrai jamais oublier. Tous les jours, Nicola envoyait une voiture la chercher et nous faisions un exercice de lecture en prenant le thé ; miss Tucker ne laissait pas passer la plus petite erreur de prononciation. Nous avions aussi des leçons de grammaire et nous apprenions du vocabulaire par cœur. Nicola s'est exercée jusqu'à ce que son anglais soit parfait.

— Et l'université ?

La fatigue a brusquement saisie miss Callie ; l'heure n'était plus à raconter une histoire.

— C'est bien triste, monsieur Traynor. M. DeJarnette a tout perdu à la fin des années 20. Il avait beaucoup investi dans des compagnies ferroviaires et maritimes ; il s'est retrouvé sans un sou du jour au lendemain. Il s'est tiré une balle dans la tête, mais c'est une autre histoire.

— Qu'est devenue Nicola ?

— Elle s'est accrochée à la grande maison jusqu'à

la Seconde Guerre mondiale, puis elle est repartie à Memphis avec ses parents. Nous avons entretenu une correspondance régulière pendant des années ; j'ai gardé ses lettres. Elle est morte il y a quatre ans, à soixante-seize ans. J'ai pleuré un mois. Je verse encore des larmes quand je pense à elle. Si vous saviez combien j'ai aimé cette femme.

Sa voix se faisait plus lente ; elle était sur le point de s'assoupir.

Le soir venu, je me suis plongé dans les archives du *Times*. Le 12 septembre 1930, un article à la une faisait état du suicide de Zachary DeJarnette. Une fois consommée la banqueroute, Zachary avait refait un testament et laissé une lettre d'adieu à son épouse, Nicola. Puis, soucieux de faciliter la tâche à ses proches, il s'était rendu en voiture au funérarium de Clanton. Entré par la porte de derrière, un fusil à deux coups à la main, il s'était assis dans la salle d'embaumement, avait enlevé une chaussure, placé le canon du fusil dans sa bouche et actionné la détente avec le gros orteil.

14

Le lundi 22 juin, sur les cent jurés convoqués au tribunal pour le procès de Danny Padgitt, huit seulement manquaient à l'appel. Il n'a pas fallu longtemps pour établir que quatre étaient décédés et que les quatre autres restaient introuvables. Ceux qui s'étaient présentés semblaient pour la plupart très nerveux. D'après Baggy, les jurés ignorent le plus souvent à leur arrivée pour quelle affaire ils sont susceptibles d'être choisis. Ce n'était pas le cas, en l'occurrence. Toute la population du comté de Ford savait que le grand jour était enfin venu.

Rien ou presque n'attirait plus de monde dans une petite ville qu'un bon procès criminel ; la salle d'audience était bondée bien avant 9 heures. Les jurés potentiels étaient assis d'un côté, le public de l'autre. Le vieux balcon croulait sous les curieux, d'autres étaient alignés le long des murs. Toutes les forces de l'ordre étaient déployées, sous la conduite du shérif Coley ; les hommes en uniforme grouillaient dans la salle, l'air important mais sans rien faire d'utile. Je me suis dit que le moment était idéal pour braquer une banque.

J'avais une place au premier rang, à côté de Baggy. Il avait réussi à convaincre le greffier du tribunal que la presse devait être en mesure d'informer ses lecteurs, d'où ce traitement de faveur. Le siège voisin était occupé par un journaliste du quotidien de Tupelo, un homme charmant qui empestait le tabac à pipe. Je l'ai tuyauté sur l'affaire, confidentiellement, cela va sans dire ; il a paru impressionné par les détails que j'étais capable de fournir.

Les Padgitt étaient venus en force. Ils avaient rapproché des chaises de la table de la défense ; ils étaient serrés autour de Danny et de Lucien Wilbanks comme dans un repaire de brigands. Comment ne pas les détester, avec leur air arrogant et sinistre ? Comme la plupart des gens, je n'aurais pu mettre un prénom sur un visage. En les observant, je me suis demandé lequel d'entre eux était l'incendiaire inapte qui avait déposé des bidons d'essence dans notre imprimerie. Mon pistolet était dans ma serviette ; ils devaient avoir les leurs à portée de la main. Un faux pas et on assisterait à une fusillade à l'ancienne ; pour peu que le shérif Coley et sa bande d'adjoints mal formés et nerveux se mettent de la partie, la moitié de la ville passerait de vie à trépas.

Les Padgitt m'ont gratifié de quelques regards, mais les jurés les inquiétaient bien plus que moi. Ils les ont suivis attentivement des yeux tandis qu'ils entraient un par un dans la salle pour recevoir les instructions du greffier. Les Padgitt et leurs avocats consultaient une liste qu'ils s'étaient procurée je ne savais où, et comparaient leurs notes.

Danny portait avec une élégance décontractée une chemise blanche à manches longues et un pantalon kaki. Comme Wilbanks le lui avait recommandé, il souriait beaucoup, dans le style du bon petit gars dont l'innocence serait bientôt établie.

De l'autre côté, Ernie Gaddis, entouré d'une équipe réduite, observait avec la même attention les jurés potentiels. Il n'avait que deux hommes à ses côtés, un assistant et un procureur à mi-temps du nom d'Hank Hooten. L'assistant s'occupait des dossiers, Hooten semblait être là surtout pour que Gaddis ait quelqu'un avec qui s'entretenir.

Baggy s'est penché vers moi comme s'il était indispensable de parler à voix basse.

— Le type là-bas, en complet marron, chuchota-t-il en indiquant Hooten d'un signe de tête discret. Il couchait avec Rhoda Kassellaw.

Choqué, je n'ai pu masquer ma réprobation. Je me suis vivement tourné vers Baggy. Il a hoché la tête d'un air suffisant avant de lâcher la formule qui lui servait à conclure tout scoop particulièrement croustillant : « C'est moi qui te le dis. » Cela signifiait qu'il n'avait pas le moindre doute. Baggy se trompait souvent mais ne doutait jamais.

La quarantaine, les cheveux prématurément gris, Hooten était plutôt bien habillé et ne manquait pas de charme.

— D'où vient-il ? m'enquis-je à vois basse dans le brouhaha de la salle d'audience.

— D'ici. C'est un avocat qui pratique sans se fouler. Un vrai ringard. Il a déjà divorcé deux fois et passe son temps à courir le jupon.

— Gaddis sait-il que Hooten fréquentait la victime ?

— Bien sûr que non ! Il le mettrait sur la touche.

— Et Wilbanks ?

— Personne n'est au courant, affirma Baggy, de plus en plus satisfait de lui-même.

Il se donnait des airs de les avoir surpris au lit en personne, en toute discrétion. Je ne le croyais qu'à moitié.

Miss Callie est arrivée un peu avant 9 heures. Esau l'a accompagnée jusqu'à la salle d'audience mais a dû repartir, faute de place. Elle s'est présentée au greffier qui l'a placée au troisième rang et lui a remis un questionnaire à remplir. Elle m'a cherché du regard, mais il y avait trop de monde entre nous. J'ai compté quatre autres Noirs sur l'ensemble des jurés potentiels.

D'une voix de stentor, un huissier nous a ordonné de nous lever ; il y a eu un grand piétinement. Quand le juge Loopus nous a priés de nous asseoir, le sol a tremblé. Il s'est mis au travail sans attendre, apparemment d'excellente humeur. La salle était remplie d'électeurs – les mêmes devant lesquels il se représenterait deux ans plus tard pour un scrutin sans surprise. Six jurés ont été exemptés parce qu'ils avaient dépassé l'âge de soixante-cinq ans, cinq autres pour raisons médicales. La matinée se traînait. Je ne pouvais détacher les yeux d'Hank Hooten : manifestement un homme à femmes.

Quand les questions préliminaires furent terminées, il ne restait plus que soixante-dix-neuf électeurs habilités à faire partie du jury. Miss Callie était passée au deuxième rang, ce qui n'était pas bon signe pour qui voulait éviter d'être un des douze jurés retenus. Le juge a donné la parole à Ernie Gaddis, qui s'est présenté aux jurés potentiels et a longuement expliqué qu'il représentait l'État du Mississippi, l'ensemble des contribuables, les citoyens qui l'avaient élu pour mettre en accusation ceux qui commettent des crimes. Il était l'avocat du peuple.

Il était là pour Danny Padgitt, qu'un jury d'accusation composé de citoyens avait décidé de faire comparaître devant un jury de jugement pour le meurtre et le viol de Rhoda Kassellaw. Il a demandé si par hasard quelqu'un ignorait le crime. Pas une seule main ne s'est levée.

Gaddis s'adressait à des jurés depuis près de trente ans. Chaleureux, éloquent, il donnait l'impression de pouvoir parler de tout ou presque, même en plein tribunal. Il a abordé avec précaution le sujet de l'intimidation. Quelqu'un d'extérieur à votre famille a-t-il pris contact avec vous au sujet de ce procès ? Un ami a-t-il tenté de vous influencer ? La liste des jurés est sous scellés. Vous avez reçu une convocation par la poste. Nul n'est censé savoir que vous figurez sur cette liste. Quelqu'un vous en a-t-il parlé ? Avez-vous reçu des menaces ? Vous a-t-on offert quelque chose ? Le silence régnait dans la salle tandis que les questions du procureur se succédaient.

Les mains restaient baissées, comme c'était à prévoir, mais Gaddis avait réussi à instiller dans les esprits que les Padgitt œuvraient dans l'ombre. Il avait encore noirci leur réputation et laissait l'impression que lui, le représentant du ministère public, l'avocat du peuple, connaissait la vérité.

Il a terminé par une question qui a claqué dans la salle comme un coup de fusil.

— Est-il bien clair pour vous qu'essayer de soudoyer un juré est un crime ?

C'était bien clair, apparemment.

— Sachez aussi qu'en ma qualité de procureur, poursuivit Gaddis, je ferai écrouer, mettre en examen, traduire en justice toute personne ayant tenté de soudoyer un juré, et que je ferai tout pour qu'elle soit condamnée. Comprenez-vous bien ?

Quand il eut terminé, l'impression d'avoir subi des pressions était générale. Tous ceux qui avaient discuté de l'affaire – toute la population du comté, donc – se sentaient en danger d'être mis en examen et harcelés sans relâche par le procureur.

— Il est efficace, glissa le journaliste de Tupelo.

Lucien Wilbanks s'est alors lancé dans un long développement pour le moins ennuyeux sur la présomption d'innocence, fondement de la jurisprudence américaine.

Quoi qu'on ait pu lire dans le journal local – coup d'œil chargé de mépris dans ma direction –, son client, l'homme assis devant les jurés, était innocent. Si quelqu'un pensait autrement, il était tenu de le faire savoir.

Aucune main ne s'est levée.

— Bien, reprit-il. Par votre silence vous indiquez à la cour, vous tous, qu'en regardant Danny Padgitt vous pouvez le déclarer innocent. Le pouvez-vous ?

Il a enfoncé le clou, interminablement, avant de passer à la charge de la preuve. Il incomberait à l'accusation de prouver la culpabilité de son client.

Ces deux protections sacrées étaient accordées à tout un chacun, y compris les membres du jury, par les hommes d'une grande sagesse qui avaient rédigé la Constitution américaine et les dix premiers amendements qui y avaient été ajoutés.

Il était près de midi ; on attendait avec impatience une suspension d'audience. Le fait semblait échapper à Wilbanks, apparemment intarissable. Quand il a enfin regagné la table de la défense, à 12 h 15, le juge a annoncé qu'il mourait de faim et que l'audience reprendrait à 14 heures.

J'ai déjeuné d'un sandwich dans le Bar, avec Baggy et trois de ses potes, des avocats sur le retour, lessivés, qui n'avaient pas raté un procès depuis des années. Baggy avait envie d'un whisky mais, curieusement, le sens du devoir l'a emporté. Le sien, pas celui des avocats. Le greffier nous avait remis une liste des jurés nommés dans l'ordre où ils étaient assis. Miss Callie avait le numéro vingt-deux ; elle était la première Noire et la troisième femme.

L'impression générale était que la défense ne la récuserait pas, en raison de la couleur de sa peau. Les Noirs, selon la théorie communément admise, se montraient favorables aux accusés. Je ne voyais pas pourquoi un

Noir serait animé de bienveillance à l'égard d'une petite frappe blanche comme Danny Padgitt mais les avocats ne voulaient pas en démordre : Lucien Wilbanks prendrait miss Callie.

L'accusation, selon la même théorie, userait de son pouvoir discrétionnaire pour l'éliminer de la liste des jurés. Chick Elliot, l'aîné de la bande et le plus imbibé, n'était pas de cet avis.

— À la place du procureur, je la prendrais », déclara-t-il avant de descendre une rasade de bourbon.

— Pourquoi ? demanda Baggy.

— Parce que, grâce au *Times*, nous la connaissons bien. Elle donne l'impression d'être une bonne patriote, croyante, la tête sur les épaules, qui a élevé une ribambelle d'enfants avec de la poigne et un bon coup de pied aux fesses quand nécessaire.

— Je suis d'accord, approuva Tacker, le plus jeune des trois.

J'avais remarqué qu'il avait tendance à suivre l'opinion du dernier qui avait parlé.

— Elle ferait une jurée idéale pour l'accusation, reprit-il. Et puis c'est une femme. Pour une affaire de viol, je choisirais le maximum de femmes.

Ils ont échangé leurs arguments pendant une heure. En les écoutant, j'ai compris comment Baggy pouvait rassembler tant d'opinions divergentes sur toutes sortes de questions. Je m'efforçais de n'en rien montrer mais je commençais à redouter que mes longs articles élogieux n'aient fini par nuire à miss Callie.

À la reprise de l'audience, le juge Loopus a abordé le sujet le plus grave : la peine de mort. Avant de donner la parole à Ernie Gaddis, il a expliqué la nature d'un crime capital et la procédure qui serait suivie.

Le juré numéro onze appartenait à quelque obscure

Église ; il a déclaré de la manière la plus nette qu'il ne pourrait jamais condamner quelqu'un à la chambre à gaz. Le numéro trente-quatre, vétéran de deux guerres, considérait qu'on faisait un usage trop modéré de la peine de mort – une telle déclaration ne pouvait que ravir le procureur. Celui-ci interrogeait un par un les jurés potentiels : confrontés au devoir de juger autrui, voire de le condamner à mort, quels étaient leurs sentiments ? Le tour de miss Callie est enfin venu.

— D'après ce que j'ai lu, madame Ruffin, il semble que vous soyez très croyante. Est-ce exact ?

— J'aime le Seigneur de toute mon âme, répondit-elle avec sa précision habituelle.

— Avez-vous des hésitations à l'idée de juger votre prochain ?

— Oui, monsieur.

— Souhaitez-vous être retirée de la liste des jurés ?

— Non, monsieur. Je suis prête à accomplir mon devoir de citoyenne, comme toutes les personnes présentes.

— Si vous faites partie du jury et que M. Padgitt est déclaré coupable de ces crimes, pourrez-vous voter sa mort ?

— Je n'en aurai certainement aucune envie.

— Ma question était : « Pourrez-vous le faire ? »

— Je peux me conformer à la loi, comme tout un chacun. Si la loi établit que la peine de mort peut être envisagée, je me conformerai à la loi.

Quatre heures plus tard, Calia H. Ruffin a été choisie comme douzième juré, et première personne de race noire à faire partie d'un jury dans le comté de Ford.

Les soiffards du Bar avaient vu juste. La défense avait pris miss Callie parce qu'elle était Noire, le procureur parce qu'il savait beaucoup de choses sur elle et qu'il y avait d'autres jurés à récuser en priorité.

Ce soir-là, tandis que je rendais compte dans la solitude de mon bureau de la journée d'audience et de la sélection du jury, j'ai entendu des bruits familiers au rez-de-chaussée. Harry Rex avait une manière bien à lui d'ouvrir la porte et de faire craquer les planchers qui informait de son arrivée tout le personnel du *Times*, quelle que soit l'heure.

— Willie ! hurla-t-il.

— Là-haut ! répondis-je sur le même ton.

Il a gravi les marches d'un pas lourd et s'est laissé tomber dans son fauteuil préféré.

— Alors, que pensez-vous de ce jury ? lança-t-il à brûle-pourpoint.

Il ne semblait pas avoir bu.

— Je n'en connais qu'un seul, répondis-je. Et vous ?

— Sept.

— Croyez-vous qu'ils aient choisi miss Callie à cause de mes articles ?

— Oui, répondit-il avec sa franchise coutumière. On parle beaucoup d'elle, vous savez. Les deux parties avaient l'impression de la connaître. Nous sommes en 1970 mais nous n'avions jamais eu un seul juré noir. Et elle paraissait aussi apte que les autres à faire partie du jury. On dirait que cela vous inquiète.

— Sans doute.

— Pourquoi ? Qu'est-ce qu'il y a de mal à être juré ? Il est temps que les Noirs s'y mettent. Elle et son mari ont toujours voulu faire tomber les barrières. C'est pas comme si c'était dangereux… Je veux dire qu'en temps normal ce n'est pas dangereux.

Je n'avais pas parlé avec miss Callie et je ne serais pas en mesure de le faire avant la fin du procès. Le juge Loopus avait ordonné que les jurés soient placés en isolement pendant toute la semaine. Ils étaient installés dans un motel d'une ville voisine.

— Il y a des jurés qui vous paraissent louches ? demandai-je.

— Peut-être. Tout le monde s'interroge sur Fargarson, l'infirme, le petit gars qui habite près de Dumas. Il s'est blessé au dos en travaillant dans une scierie qui appartenait à son oncle. Il y a longtemps de cela, l'oncle vendait du bois aux Padgitt. Ce petit gars est un battant ; Gaddis voulait le récuser mais il avait atteint son quota.

Le « petit gars » en question marchait avec une canne et devait avoir au moins vingt-cinq ans. Pour Harry Rex, tous ceux qui étaient plus jeunes que lui étaient des « petits gars », moi compris.

— Avec les Padgitt, on ne sait jamais, poursuivit-il. À l'heure qu'il est, ils ont peut-être déjà acheté la moitié du jury.

— Vous ne croyez pas ça, quand même ?

— Non, mais je ne serais pas étonné que les jurés soient incapables de parvenir à une décision. Gaddis devra peut-être s'y reprendre à deux ou trois fois avant d'avoir la peau de Danny Padgitt.

— Il ira en prison ?

L'idée que Danny puisse échapper à tout châtiment m'effrayait. Je m'étais beaucoup investi dans la ville de Clanton ; si la justice y était corruptible, je ne voulais pas rester.

— Il finira au bout d'une corde.

— Bien. La peine de mort ?

— Tout bien pesé, je serais prêt à parier là-dessus. Nous sommes au cœur des États du Sud imprégnés de religion, Willie. Œil pour œil, dent pour dent, toutes ces conneries. Loopus fera tout ce qu'il peut pour aider Gaddis à obtenir une condamnation à mort.

J'ai commis l'erreur de lui demander pourquoi il travaillait si tard. Un client sur le point de divorcer, prétendument parti en voyage d'affaires, était revenu en douce pour surprendre sa femme avec son amant. Harry Rex venait de passer deux heures avec lui dans un pick-up emprunté à un ami, planqué devant un motel, au nord de la ville. La femme de son client n'avait pas un amant mais deux. L'histoire a duré une demi-heure.

15

Le mardi matin, deux heures furent gaspillées pendant que les avocats s'empoignaient dans le bureau du juge. « Probablement à cause des photos, disait Baggy. Il y a toujours une discussion à cause des photos. » Comme nous n'étions pas dans le secret de leur petite guerre, nous ne pouvions qu'attendre avec une impatience croissante dans la salle d'audience, pour ne pas perdre nos places. Je noircissais des pages de notes inutiles, des pattes de mouche qui auraient fait l'admiration de mes confrères plus chevronnés. Griffonner m'occupait et me permettait de ne pas affronter les regards du clan des Padgitt. En l'absence du jury, leur attention se portait sur l'assistance, sur ma personne en particulier.

Les jurés étaient bouclés dans la salle des délibérations, derrière une porte gardée par des adjoints du shérif, comme si on pouvait avoir un intérêt quelconque à les agresser. La pièce se trouvait au premier étage, avec de grandes fenêtres donnant sur le côté est de la pelouse du tribunal. Au-dessous d'une des fenêtres, était installé un climatiseur dont le bruit se faisait entendre partout sur la grand-place. J'ai eu une pensée pour miss Callie et son hypertension. Je savais qu'elle lisait la Bible ; cela devait la calmer. Esau, que j'avais eu au téléphone avant de me rendre au tribunal, était encore sous le choc, bouleversé à l'idée qu'elle était placée en isolement, loin de chez elle.

À présent, il se tenait assis au dernier rang ; comme tout le monde, il attendait.

Quand le juge Loopus et les avocats ont fait leur apparition, ils donnaient l'impression de sortir d'un pugilat. D'un signe de tête le magistrat a ordonné à l'huissier de faire entrer les jurés. Il leur a souhaité la bienvenue, les a remerciés, s'est enquis de la qualité de leur logement. Après s'être excusé du dérangement occasionné et du retard pris en début de matinée, il a promis que les choses allaient avancer plus vite.

Ernie Gaddis s'est avancé à la barre et s'est lancé dans l'exposé des faits. Il avait des notes à la main mais ne les consultait pas. Toujours efficace, il a énuméré les éléments que l'accusation avait retenus à charge contre Danny Padgitt. Quand toutes les preuves auraient été présentées, quand tous les témoins auraient déposé, quand les avocats auraient dit ce qu'ils avaient à dire et le juge pris une dernière fois la parole, il appartiendrait au jury de rendre la justice. Il ne faisait pour lui aucun doute que les jurés déclareraient Danny Padgitt coupable de viol et de meurtre. Pas un mot de trop dans son développement, et chacun faisait mouche. Une concision exemplaire. Un ton confiant, une expression succincte qui donnaient à entendre que les faits et les preuves étaient de son côté, et qu'il obtiendrait un verdict de culpabilité. Il n'était pas besoin de s'acharner à émouvoir le jury.

— Quand un avocat manque d'éléments dans son dossier, déclara sentencieusement Baggy, il est bien plus loquace.

Curieusement, Lucien Wilbanks a différé son exposé des faits, une option rarement utilisée.

— Il mijote quelque chose, murmura Baggy, comme s'il était branché sur la longueur d'onde de l'avocat. Il fallait s'y attendre.

Le premier témoin appelé par le ministère public était le shérif Coley. Il entrait dans ses attributions de déposer dans des affaires criminelles mais il n'avait certainement jamais imaginé avoir à le faire contre un Padgitt. Comme il devait se représenter quelques mois plus tard devant les électeurs, il était important pour lui de faire bonne impression.

Soutenu par l'esprit méticuleux de Gaddis, le shérif a retracé l'enchaînement des faits. On avait sorti de grands croquis de la maison de Rhoda Kassellaw et de celle des Deece. Sur un plan du réseau routier, figurait l'endroit exact où Danny Padgitt avait été arrêté ; des photographies montraient le lieu de l'accident. Il y en avait d'autres, celles du corps de Rhoda, une série de clichés de format 20 24 remis aux jurés, qui sont passés de main en main. Les réactions ont été violentes. L'horreur se peignait sur les visages ; certains ont grimacé, d'autres sont restés figés de saisissement. Miss Callie a fermé les yeux comme pour prier. Une autre femme, Barbara Baldwin, a étouffé un petit cri et détourné vivement les yeux. Au regard qu'elle a lancé à Danny Padgitt, j'ai su qu'elle était capable de l'abattre à bout portant. Un des hommes a poussé un gémissement, un autre a porté la main à sa bouche, comme pour se retenir de vomir.

Les jurés étaient installés dans des fauteuils pivotants capitonnés. Quand les photos atroces ont commencé à circuler, tous les sièges se sont mis en mouvement. Les photos étaient provocantes, préjudiciables mais parfaitement recevables ; je me suis dit que la peau de Danny Padgitt ne valait pas cher. Le juge Loopus n'en a retenu que six comme pièces à conviction. Une seule aurait suffi.

Il était 13 heures passées ; on avait besoin de se changer les idées. Je me suis dit que les jurés n'auraient pas beaucoup d'appétit.

Le deuxième témoin appelé par l'accusation était Ginger McClure, une des sœurs de Rhoda, qui vivait dans le Missouri. C'était à elle que j'avais téléphoné après le meurtre. En apprenant que j'avais étudié à Syracuse et que je n'étais pas originaire de Clanton, elle s'était adoucie et m'avait expédié une photographie de Rhoda pour la nécro. Plus tard, elle avait appelé pour me demander de lui envoyer un exemplaire du *Times* chaque fois que je publierais un article sur l'affaire. Elle avait toutes les peines du monde à obtenir des renseignements précis du bureau du procureur.

Rousse, svelte, élégante et très séduisante, Ginger a retenu l'attention générale dès qu'elle a pris place à la barre des témoins.

D'après Baggy, il y avait toujours un membre de la famille de la victime qui venait déposer. La mort devenait plus réelle quand les proches s'avançaient et regardaient le jury.

Gaddis voulait que Ginger attire les regards et suscite la sympathie des jurés ; il voulait aussi leur rappeler que deux enfants en bas âge avaient été arrachés à leur mère, victime d'un crime prémédité. Après la brève déposition de Ginger, Lucien Wilbanks a sagement préféré ne pas poser de questions. Elle est allée s'asseoir derrière la barre, sur un siège réservé, près de Gaddis, en qualité de représentante de la famille. Tout le monde a observé chacun de ses gestes jusqu'à l'arrivée du témoin suivant.

Retour à l'horreur. Un pathologiste du laboratoire

médico-légal de l'État a été appelé pour parler de l'autopsie. Il avait apporté quantité de photographies mais n'en a montré aucune. C'était inutile. En termes simples, la cause de la mort était évidente : hémorragie. Une entaille de dix centimètres, profonde de près de cinq centimètres, partait juste au-dessous de l'oreille gauche et descendait verticalement. À son avis – il avait vu des dizaines de blessures de ce genre –, elle avait été infligée par une lame longue de douze à treize centimètres et large de deux ou trois, en un coup rapide et puissant. La personne ayant fait usage de ce couteau était plus que probablement droitière. La lame avait tranché la veine jugulaire, ne laissant à la victime que quelques minutes à vivre. Une seconde entaille, longue de seize centimètres et large de deux et demi, courait de la pointe du menton à l'oreille droite, qu'elle avait presque coupée en deux. Cette blessure seule n'aurait sans doute pas provoqué la mort.

Le pathologiste décrivait les blessures comme s'il s'agissait de piqûres de tique. Pas de quoi en faire tout un plat. Rien d'exceptionnel. Il voyait cela tous les jours au labo et l'expliquait fréquemment devant un jury. Mais ces détails mettaient tout le monde mal à l'aise. Pendant sa déposition, chacun des jurés, à un moment ou à un autre, a regardé Danny Padgitt en le déclarant coupable dans son for intérieur.

Lucien Wilbanks a commencé son contre-interrogatoire sur un ton aimable. Ce n'était pas la première fois qu'ils s'affrontaient dans l'enceinte d'un tribunal. Il a forcé le pathologiste à reconnaître que certaines de ses assertions pouvaient être erronées, la taille de l'arme du crime ou le fait que le meurtrier était droitier. « J'ai déclaré qu'il s'agissait de probabilités », répondit posément le témoin. J'ai eu l'impression qu'il avait été si souvent mis sur la sellette que rien ne pouvait l'ébranler.

Wilbanks a essayé de trouver des failles dans l'exposé en prenant soin de ne pas revenir sur les constatations accablantes. Le jury avait eu sa dose d'entailles et de blessures ; il aurait été stupide de reprendre ce sujet.

Un second pathologiste a suivi. Parallèlement à l'autopsie, il avait procédé à un examen approfondi du corps et découvert certains indices susceptibles d'aider à établir l'identité du meurtrier. Dans la zone vaginale, il avait trouvé du sperme qui correspondait aux analyses faites sur le sang de Danny Padgitt. Sous l'ongle de l'index droit de Rhoda, il avait découvert un fragment de peau humaine ; il correspondait également au groupe sanguin de l'accusé.

Wilbanks lui a demandé s'il avait examiné personnellement M. Padgitt. La réponse était non. Où trouvait-on sur le corps de M. Padgitt la marque d'une griffure, d'une écorchure, d'une éraflure ?

— Je ne l'ai pas examiné, répondit le médecin.

— Avez-vous examiné des photographies de mon client ?

— Non.

— S'il a perdu un fragment de peau, vous ne pouvez donc dire au jury d'où il vient ?

— Je crains que non.

Après ces quatre heures de descriptions très crues, nous étions tous épuisés. Le juge Loopus a renvoyé le jury en le mettant sévèrement en garde contre tout contact avec l'extérieur. Cela paraissait quelque peu excessif compte tenu que les jurés étaient à l'abri dans une autre ville et sous la garde de la police.

Je suis reparti au journal avec Baggy. Nous avons travaillé d'arrache-pied : nos articles ont été tapés à 22 heures. Le mardi, soir du bouclage, Hardy aimait mettre les presses en marche avant 23 heures. Les rares semaines où il n'y avait aucun problème mécanique, il pouvait imprimer cinq mille exemplaires en moins de trois heures.

Hardy a composé le texte en hâte. Nous n'avions pas le temps de réviser la copie ni de corriger les épreuves, mais je ne m'en faisais pas pour ce numéro : miss Callie ne serait pas en mesure de relever nos fautes. Baggy, qui avait commencé à picoler, était impatient de s'en aller. Je m'apprêtais à rentrer chez moi quand Ginger McClure a fait son apparition. Elle portait un jean moulant et un chemisier rouge. Après nous avoir salués comme de vieux copains, elle a demandé si j'avais quelque chose à boire ; il n'y avait rien au journal mais nous pouvions aller ailleurs.

Nous sommes montés dans ma Spitfire pour aller chez Quincy, où j'ai acheté un pack de Schlitz. Elle voulait voir une dernière fois la maison de Rhoda, de la route, pas trop près. Pendant le trajet, j'ai demandé avec précaution des nouvelles des deux enfants. Il y avait du bon et du moins bon. Ils vivaient avec une autre sœur – Ginger ne m'a pas caché longtemps qu'elle venait de divorcer – et étaient régulièrement suivis par un psychologue. Le petit garçon semblait vivre à peu près normalement, même s'il se plongeait parfois dans de longues périodes de silence. Le cas de sa sœur était plus inquiétant. Elle souffrait de cauchemars récurrents et avait perdu le contrôle de sa vessie. On la trouvait souvent dans une posture fœtale, suçant ses doigts et gémissant pitoyablement. Les médecins essayaient divers traitements.

Aucun des deux enfants ne voulait raconter ni à leur famille ni aux médecins ce qu'ils avaient vu exactement la nuit de la tragédie. « Ce qu'ils ont vu, c'est leur mère se faire violer et poignarder », lâcha Ginger après avoir vidé sa première canette. Je n'avais bu que la moitié de la mienne.

La maison des Deece évoquait le château de la Belle au bois dormant. Nous avons tourné dans l'allée gravillonnée de ce qui avait été le foyer heureux des Kassellaw. Tout était sombre et abandonné. Il y avait un panneau À VENDRE sur la pelouse. La maison était le seul bien de valeur, dans le patrimoine de Rhoda ; le produit de la vente irait entièrement aux enfants.

À la demande de Ginger, j'ai éteint mes feux et coupé le moteur. Ce n'était pas une bonne idée : les voisins étaient nerveux. De plus, ma voiture était la seule Triumph Spitfire dans tout le comté de Ford, ce qui en faisait évidemment un véhicule suspect.

— Comment est-il entré dans la maison ? demanda Ginger en posant doucement la main sur la mienne.

— La police a trouvé des empreintes devant la porte du patio ; elle ne devait pas être fermée à clé.

Pendant le long silence qui a suivi, chacun de nous s'est représenté l'agression, le viol, les coups de couteau, les enfants fuyant dans l'obscurité, implorant M. Deece de sauver leur mère.

— Étiez-vous proches ? demandai-je à Ginger tandis que le bruit d'un moteur se faisait entendre au loin.

— Quand nous étions petites, pas depuis un certain temps. Elle a quitté la maison il y a dix ans.

— Combien de fois êtes-vous venue la voir ?

— Deux fois. Je suis partie, moi aussi, en Californie. On peut dire que nous avions perdu le contact. Après la mort de son mari, nous l'avons suppliée de revenir à Springfield, mais elle disait qu'elle se plaisait ici. La vérité, c'est qu'elle ne s'est jamais bien entendue avec ma mère.

Un pick-up est arrivé sur la route en ralentissant. Je me suis efforcé de ne pas montrer mon inquiétude mais je savais qu'il pouvait y avoir du danger dans cette campagne obscure.

Ginger continuait de regarder la maison, plongée dans des images d'horreur, et semblait ne rien avoir entendu. J'ai poussé un ouf de soulagement quand le pick-up a poursuivi sa route sans s'arrêter.

— Allons-y, fit-elle en serrant ma main. J'ai peur.

En repartant, j'ai aperçu M. Deece tapi dans l'ombre de son garage, un fusil de chasse à la main. Sur la liste des témoins à charge, il était le dernier.

Ginger était descendue dans un motel des environs mais elle ne voulait pas y aller. À minuit passé, nous n'avions guère le choix. Arrivés chez les Hocutt, après avoir enjambé les chats dans l'escalier, je l'ai invitée à entrer dans mon appartement.

— Ne vous faites pas d'idées, lança-t-elle en enlevant ses chaussures avant de s'asseoir sur le canapé. Je ne suis pas d'humeur.

— Moi non plus, mentis-je.

Elle avait employé un ton désinvolte, comme si son humeur pouvait changer très bientôt et qu'une partie de jambes en l'air n'était pas à exclure. Attendre ne me dérangeait pas le moins du monde.

J'ai trouvé des bières fraîches dans la cuisine et nous nous sommes installés comme si nous devions discuter jusqu'au lever du jour.

— Parlez-moi de votre famille, fit-elle.

Ce n'était pas mon sujet de conversation préféré mais, pour elle, je pouvais le faire.

— Je suis fils unique. Ma mère est morte quand j'avais treize ans. Mon père vit à Memphis, dans une vieille maison de famille qu'il ne quitte jamais ; ils sont en aussi mauvais état l'un que l'autre. Il a aménagé le grenier en bureau. Il y passe ses jours et ses nuits à négocier des titres. Je ne sais pas comment il se débrouille, mais je le soupçonne de perdre plus qu'il ne gagne. Nous nous parlons au téléphone une fois par mois.

— Êtes-vous riche ?

— Moi, non. Ma grand-mère, BeeBee, la mère de ma mère, oui. Elle m'a prêté de l'argent pour acheter le journal.

Ginger a réfléchi à tout cela en buvant sa bière à petites gorgées.

— Nous étions trois filles, reprit-elle au bout d'un moment. Nous ne sommes plus que deux. Nous étions assez difficiles, dans notre jeunesse. Un soir, mon père est parti chercher du lait et des œufs ; il n'est jamais revenu. Ma mère s'est remariée deux fois, mais ça n'a pas marché. Je suis divorcée. Ma sœur aînée est divorcée. Rhoda est morte.

Elle a tendu le bras vers moi pour trinquer.

— À deux familles de paumés.

Nous avons bu à nos familles.

Divorcée, sans enfant et très mignonne. Je ne m'ennuyais pas avec Ginger.

Elle m'a posé des questions sur le comté de Ford et quelques figures locales : Lucien Wilbanks, les Padgitt, le shérif Coley, d'autres encore. J'ai parlé interminablement en attendant que son humeur change.

Elle n'a pas changé. Un peu après 2 heures du matin, elle s'est étendue sur le canapé. J'ai dormi seul dans mon lit.

16

Trois Hocutt – Max, Wilma et Gilma – rôdaient autour du garage quand je suis sorti de mon appartement avec Ginger. Ils voulaient certainement faire sa connaissance. Ils l'ont considérée d'un regard chargé de mépris pendant que je faisais les présentations d'un ton enjoué. Je m'attendais presque à entendre Max énoncer une bêtise, du genre : « En vous louant cet appartement, nous ne nous attendions pas qu'il abrite des relations sexuelles illicites. » Mais il n'y a pas eu de propos insultants. Nous sommes rapidement montés dans ma voiture. Devant les bureaux du journal, elle a sauté dans la sienne et disparu.

Les exemplaires du dernier tirage étaient empilés du sol au plafond, dans la salle donnant sur la grand-place. J'en ai pris un pour y jeter un coup d'œil. La manchette était assez sobre. OUVERTURE DU PROCÈS PADGITT : LE JURY EN ISOLEMENT. Pas de photos de l'accusé. Nous en avions utilisé assez et je voulais en garder une pour le numéro suivant ; si tout se passait bien, Wiley surprendrait Danny à la sortie du tribunal après sa condamnation à mort. Nous avions, Baggy et moi, rempli des colonnes sur ce que nous avions vu et entendu au cours des deux premiers jours du procès ; j'étais assez fier du résultat. C'était direct, factuel, détaillé, bien rédigé, sans rien de scabreux. Le procès se suffisait à lui-même et j'avais retenu la leçon : plus question de faire du sensationnel. À 8 heures, ce matin-là, des exemplaires gratuits du *Times* étaient distribués en nombre dans le tribunal et sur la grand-place.

Sans accrochage préliminaire dans le bureau du juge l'audience du mercredi s'est ouverte à 9 heures précises. Dès que les jurés ont été installés, le procureur a appelé son premier témoin du jour, Chub Brooner, enquêteur au bureau du shérif, un vieux briscard connu, d'après Baggy et Harry Rex, pour son incompétence.

Pour réveiller le jury et captiver l'assistance, Gaddis a présenté la chemise blanche souillée de sang que portait Danny Padgitt au moment de son arrestation. Elle n'avait pas été lavée ; les taches d'un brun foncé étaient encore visibles. Tout en échangeant quelques mots avec Brooner, le procureur l'a tenue à bout de bras afin que tout le monde la voie. Un adjoint du shérif du nom de Grice l'avait retirée à Danny Padgitt en présence de Brooner et de Coley. Des analyses avaient révélé la présence de deux groupes sanguins différents : O positif et B positif. Des analyses complémentaires effectuées par le laboratoire de la police criminelle prouvaient que le sang du groupe B positif correspondait à celui de Rhoda Kassellaw. J'ai observé Ginger pendant qu'elle regardait la chemise. Au bout d'un long moment, elle a tourné la tête et écrit quelque chose. Elle était encore plus belle que la veille. Son humeur était pour moi un sujet de préoccupation lancinant.

Le plastron de la chemise était déchiré. Danny Padgitt s'était coupé en s'extrayant du véhicule accidenté ; on lui avait posé douze points de suture. Brooner l'a expliqué au jury d'une manière assez claire. Gaddis a fait apporter un chevalet sur lequel il a disposé deux agrandissements des empreintes de pas relevées devant la porte du patio de Rhoda Kassellaw. Il a pris sur la table où étaient exposées les pièces à conviction les chaussures que Padgitt portait à son arrivée à la prison. Malgré les bafouillages de Brooner, il a pu être établi que tout concordait.

Terrifié par Lucien Wilbanks, Brooner a bredouillé de plus belle dès la première question. Passant habilement sous silence le fait que du sang de la victime avait été trouvé sur la chemise de Danny Padgitt, l'avocat a attaqué Brooner sur l'art de faire concorder les empreintes. L'enquêteur a fini par reconnaître que sa formation n'avait pas été très poussée. Wilbanks s'est concentré sur des stries visibles sur le talon de la semelle droite, que Brooner a été incapable de retrouver sur l'empreinte. D'après ce que l'enquêteur avait déclaré, le talon laisse en général une trace plus nette que le reste de la semelle, à cause du poids du corps et de la pression. L'avocat l'a chapitré au point de semer le doute dans les esprits, me laissant moi aussi sceptique sur la valeur de ces pièces à conviction. Aucune importance : les preuves ne manquaient pas.

— M. Padgitt portait-il des gants au moment de son arrestation ? demanda Wilbanks.

— Je ne sais pas. Je n'y étais pas.

— Vous lui avez ôté sa chemise et ses chaussures. Avez-vous ôté des gants ?

— Pas que je sache.

— Vous avez examiné tout le dossier des preuves matérielles, monsieur Brooner ?

— En effet.

— En votre qualité de chef enquêteur, vous connaissez parfaitement ce dossier, n'est-ce pas ?

— Oui, maître.

— Est-il fait mention de gants portés par M. Padgitt ou qui lui auraient été ôtés ?

— Non.

— Bien. Avez-vous relevé les empreintes digitales sur la scène du crime ?

— Oui.

— Une opération de routine, n'est-ce pas ?

— Oui, on fait toujours ça.

— Et vous avez évidemment pris les empreintes digitales de M. Padgitt quand il a été arrêté ?

— Évidemment.

— Parfait. Combien d'empreintes de M. Padgitt avez-vous trouvées sur la scène du crime ?

— Aucune.

— Pas une seule, vraiment ?

— Pas une seule.

Lucien Wilbanks a choisi ce moment pour aller se rasseoir à la table de la défense. Il était difficile de croire que le meurtrier ait pu s'introduire dans la maison, s'y cacher un certain temps, violer et assassiner sa victime, et enfin s'enfuir sans laisser d'empreintes. Mais Chub Brooner n'inspirait guère confiance. Avec un enquêteur comme lui, il semblait y avoir de fortes chances que des dizaines d'empreintes digitales n'aient pas été découvertes.

Le juge a ordonné une suspension d'audience. Au moment où les jurés se levaient, mon regard a croisé celui de miss Callie. Son visage s'est éclairé de son merveilleux sourire. Elle a fait un signe de tête, comme pour dire : « Ne vous inquiétez pas pour moi. »

Nous nous sommes dégourdi les jambes en échangeant nos impressions. J'étais ravi de voir le *Times* entre les mains de tant de gens. Je me suis dirigé vers Ginger et me suis penché pour lui parler à l'oreille.

— Comment vous sentez-vous ?
— Je veux rentrer chez moi, fit-elle à mi-voix.
— On déjeune ensemble ?
— D'accord.

Le dernier témoin à charge était Aaron Deece. Quand il s'est avancé à la barre, peu avant 11 heures, tout le monde a rassemblé ses forces dans l'attente de son récit. Ernie Gaddis lui a posé une suite de questions destinées à éclairer la personnalité de Rhoda et de ses deux enfants. Ils avaient passé sept années côte à côte : d'excellents voisins, une famille merveilleuse. Il les regrettait énormément et n'arrivait pas à croire qu'il ne les reverrait plus. À un moment, le témoin a essuyé furtivement une larme.

Tout cela était sans rapport avec l'affaire. Wilbanks a patienté un moment avant de se lever.

— C'est très touchant, Votre Honneur, mais cette déposition n'est pas recevable.

— Venez-en aux faits, monsieur Gaddis, ordonna le juge.

Le témoin a évoqué la nuit, l'heure, la température, le temps qu'il faisait. Il avait entendu la voix affolée du petit Michael qui appelait au secours. Il était sorti et avait vu les enfants en pyjama dans l'herbe humide de rosée, terrifiés. Il les avait fait entrer et sa femme les avait enveloppés dans une couverture. Il avait mis ses chaussures et pris son fusil. En ressortant, il avait vu Rhoda s'avancer vers lui en titubant. Elle était nue et, à l'exception du visage, entièrement couverte de sang. Il l'avait prise dans ses bras, transportée sous le porche, installée sur la balancelle.

Wilbanks s'était levé ; il attendait la suite.

— A-t-elle dit quelque chose ? demanda le procureur.

— Objection, Votre Honneur ! Ce que le témoin

pourra déclarer sur ce qu'a dit la victime est une preuve par ouï-dire, non recevable.

— Votre requête se trouve dans le dossier, maître. Nous en avons déjà parlé dans mon bureau et tout est consigné. Vous pouvez répondre à la question, monsieur Deece.

La gorge serrée, le témoin a respiré un grand coup et s'est tourné vers les jurés.

— Elle a dit deux ou trois fois : « C'est Danny Padgitt. C'est Danny Padgitt… »

Pour accentuer l'effet dramatique de cette déclaration qui avait claqué comme un coup de feu dont l'écho se répercutait dans la salle, Ernie Gaddis a fait semblant de consulter des notes avant de poser une nouvelle question à son témoin.

— Connaissiez-vous Danny Padgitt, monsieur Deece ?

— Non.

— Aviez-vous entendu son nom avant la nuit du drame ?

— Non.

— La victime a-t-elle dit autre chose ?

— Ses derniers mots ont été : « Prenez soin de mes petits. »

Ginger se tamponnait les yeux avec un mouchoir en papier. Miss Callie priait. Plusieurs jurés, la tête baissée, regardaient leurs pieds.

Le témoin a terminé son récit : il avait appelé le bureau du shérif pendant que sa femme était enfermée dans une chambre avec les enfants ; il avait pris une douche pour enlever le sang dont il était couvert ; la police était arrivée et avait procédé aux investigations ; une ambulance avait emmené le corps. Sa femme et lui s'étaient occupés des enfants jusqu'à 2 heures du matin, puis les avaient conduits à l'hôpital de Clanton ; ils étaient restés avec eux jusqu'à ce qu'une parente arrive du Missouri.

Rien, dans ces déclarations, ne pouvant être contesté, Wilbanks n'a pas vu la nécessité de procéder à un contre-interrogatoire. Le juge a suspendu l'audience pour le déjeuner. J'ai emmené Ginger à Karaway, dans le seul restaurant mexicain que je connaissais. Nous avons mangé des *enchiladas* sous un grand chêne en parlant de tout sauf du procès. D'une humeur sombre, elle se promettait de ne plus jamais remettre les pieds dans le comté de Ford.

J'aurais vraiment aimé qu'elle revienne sur sa décision.

Lucien Wilbanks a commencé par un petit laïus destiné à montrer que Danny Padgitt était au fond un bon garçon. Il avait terminé ses études secondaires avec de bonnes notes, travaillait assidûment dans l'entreprise familiale et rêvait de se mettre un jour à son compte. Son casier judiciaire était vierge. La seule fois où il avait eu maille à partir avec la police, c'était pour un excès de vitesse, commis à l'âge de seize ans.

L'avocat avait un excellent pouvoir de persuasion mais la tâche était au-dessus de ses forces. Il était impossible de donner d'un Padgitt une image de douceur. Il y avait des murmures dans la salle, et des ricanements çà et là. Mais l'assistance n'avait pas à trancher. Lucien s'adressait aux jurés en les regardant droit dans les yeux ; nul ne savait si son client ne s'était pas déjà assuré une ou deux voix.

Danny n'était pas un saint, loin de là. Comme la plupart des jeunes gens bien faits de leur personne, il avait découvert qu'il aimait la compagnie des femmes. Malheureusement, il n'avait pas choisi la bonne : elle avait déjà un mari. Danny se trouvait avec elle la nuit où Rhoda avait été assassinée.

— Écoutez-moi ! lança Wilbanks d'une voix vibrante à l'adresse des jurés. Mon client n'a pas tué Rhoda Kassellaw ! À l'heure de ce meurtre odieux, il était en compagnie d'une autre femme, chez elle, pas très loin de la maison du crime. Il a un alibi à toute épreuve.

Cette déclaration a provoqué la stupéfaction dans l'assistance ; pendant une longue minute, le souffle coupé, tout le monde a attendu la suite. Wilbanks savait ménager ses effets.

— Cette femme, reprit-il, sa maîtresse, sera notre premier témoin.

Elle est entrée dans la salle dès la fin de la déclaration préliminaire de la défense. Elle s'appelait Lydia Vince. Je me suis penché vers Baggy pour demander s'il la connaissait ; non, pas de Vince demeurant dans les environs de Beech Hill. Des murmures parcouraient l'assistance. On essayait de situer l'arrivante mais, à en juger par les diverses moues et gestes de perplexité, elle était une parfaite inconnue. Les premières questions de la défense ont appris qu'elle avait habité jusqu'au mois de mars dans une maison en location sur Hurt Road mais qu'elle vivait maintenant à Tupelo, qu'elle était en instance de divorce, qu'elle avait un enfant, qu'elle avait passé sa jeunesse dans le comté de Tyler et qu'elle était actuellement sans emploi. Âgée d'une trentaine d'années, assez séduisante avec quelque chose de vulgaire – jupe courte, chemisier épousant une poitrine plantureuse, cheveux décolorés –, elle paraissait absolument terrifiée de se trouver à la barre.

Elle avait une liaison adultère avec Danny Padgitt depuis près d'un an. Un coup d'œil à miss Callie m'a appris que cela passait mal.

La nuit où Rhoda avait été assassinée, Danny Padgitt

se trouvait chez elle. Son mari était censé passer la soirée à Memphis avec des copains. Il était souvent absent, à l'époque. Elle avait eu des relations sexuelles avec Danny – deux fois. Vers minuit, il s'apprêtait à partir quand ils avaient entendu arriver le pick-up du mari. Danny s'était esquivé par la porte de derrière et avait disparu.

En faisant déclarer à une femme mariée sous la foi du serment qu'elle trompait son mari, la défense voulait convaincre le jury qu'elle ne pouvait que dire la vérité. Aucune épouse ne pouvait reconnaître publiquement de tels faits sans détruire sa réputation, à supposer qu'elle y tienne, ni sans risquer de se voir refuser la garde de son enfant à l'issue du divorce. L'aveu permettait même au mari d'attaquer Danny Padgitt en justice pour aliénation d'affection, même s'il était douteux que les jurés voient si loin.

Lydia Vince faisait aux questions de Lucien Wilbanks des réponses brèves, qu'on devinait soigneusement répétées. Elle refusait de regarder aussi bien les jurés que son prétendu ex-amant et gardait obstinément les yeux baissés. L'avocat et son témoin prenaient grand soin de ne jamais s'éloigner de leur script. « Elle ment », souffla Baggy à mon oreille. J'étais de son avis.

À la fin de l'interrogatoire, Ernie Gaddis s'est levé pour se diriger d'un pas décidé vers la barre ; de là, il a considéré d'un œil éminemment soupçonneux la femme adultère qui reconnaissait sa faute. Le front et les yeux plissés, il la regardait par-dessus ses lunettes, dans l'attitude du professeur qui vient de surprendre un mauvais élève à tricher.

— Qui était le propriétaire de la maison de Hurt Road, madame Vince ? commença-t-il.

— Jack Hagel.

— Combien de temps y avez-vous vécu ?

— À peu près un an.
— Avez-vous signé un bail ?
Elle a hésité une fraction de seconde avant de répondre.
— Mon mari, peut-être. Je ne m'en souviens pas.
— À combien se montait le loyer mensuel ?
— Trois cents dollars.
Gaddis notait avec soin chaque réponse, comme si elle devait être minutieusement vérifiée.
— Quand avez-vous quitté cette maison ?
— Je ne sais pas. Il y a à peu près deux mois.
— Combien de temps avez-vous vécu dans le comté de Ford ?
— Je ne sais pas. Deux ans.
— Vous êtes-vous fait inscrire sur les listes électorales ?
— Non.
— Et votre mari ?
— Non.
— Pouvez-vous me rappeler son nom ?
— Malcolm Vince.
— Où habite-t-il en ce moment ?
— Je ne sais pas exactement. Il est toujours en vadrouille. Aux dernières nouvelles, il était près de Tupelo.
— Et vous êtes en instance de divorce ?
— Oui.
— Quand avez-vous demandé le divorce ?
Elle a relevé fugitivement la tête et lancé un regard en coin à Wilbanks, qui, sans perdre un mot de ce qu'elle disait, ne la regardait pas.
— Nous n'avons pas encore rempli les papiers, déclara-t-elle.
— Pardon. J'avais cru comprendre que vous étiez en train de divorcer.

— Nous nous sommes séparés et nous avons pris chacun un avocat.

— Qui est le vôtre ?

— Maître Wilbanks.

L'avocat de la défense a tressailli, incapable de dissimuler sa surprise. Gaddis a attendu un moment avant de poursuivre.

— Et celui de votre mari ?

— J'ai oublié son nom.

— Est-ce lui qui demande le divorce ou vous ?

— C'est un divorce par consentement mutuel.

— Avec combien d'autres hommes couchiez-vous ?

— Danny était le seul.

— Je vois. Vous vivez à Tupelo, c'est ça ?

— Oui.

— Vous dites que vous êtes sans emploi ?

— Pour le moment.

— Et que vous vivez séparés.

— Je l'ai dit, on vient de se quitter.

— Où habitez-vous à Tupelo ?

— Dans un appartement.

— Quel est le montant du loyer ?

— Deux cents dollars par mois.

— Vous y vivez avec votre enfant ?

— Oui.

— Votre enfant travaille ?

— Il a cinq ans.

— Comment faites-vous pour payer le loyer et les provisions ?

— Je me débrouille.

Personne dans la salle ne pouvait la croire.

— Quelle voiture conduisez-vous ? poursuivit le procureur.

Une nouvelle hésitation. Quelques coups de fil suffiraient pour vérifier la réponse à cette question.

— Une Mustang de 68.
— Jolie voiture. Depuis combien de temps l'avez-vous ?
Il était facile de le savoir. Lydia, pourtant peu intelligente, a vu le piège.
— Deux mois, répondit-elle crânement.
— La voiture est-elle à votre nom ?
— Oui.
— Le bail de l'appartement aussi ?
— Oui.
Des papiers. Des papiers. Il lui était impossible de mentir et, d'un autre côté, elle ne pouvait certainement pas payer tout cela. Gaddis a pris des notes que lui tendait Hank Hooten et les a étudiées d'un air soupçonneux.
— Quelle a été la durée de vos relations avec Danny Padgitt ?
— Un quart d'heure, en général.
Il y avait de la tension dans la salle ; la réponse a provoqué quelques rires nerveux. Gaddis a enlevé ses lunettes et les a essuyées avec le bout de sa cravate ; il a adressé au témoin un sourire mauvais avant de reformuler sa question.
— Votre liaison avec Danny Padgitt, combien de temps a-t-elle duré ?
— Presque un an.
— Où avez-vous fait sa connaissance ?
— Dans un night-club, à la frontière de l'État.
— Quelqu'un vous a présentés ?
— Je ne m'en souviens plus. J'étais là, il était là, nous avons dansé ensemble et puis voilà…
Il ne faisait aucun doute que Lydia Vince avait passé bien des nuits dans bien des boîtes plus ou moins louches et qu'un nouveau cavalier ne l'effarouchait pas. Gaddis n'avait besoin que d'un ou deux mensonges supplémentaires.

Il a ensuite posé au témoin un certain nombre de questions sur son passé et celui de son mari : enfance, études, mariage, travail, famille. Des noms, des dates, des événements qu'il était facile de vérifier. Elle était vénale. Les Padgitt avaient trouvé un témoin à acheter.

Au sortir de la salle d'audience, en fin d'après-midi, je me sentais perplexe et mal à l'aise. J'étais convaincu depuis le début que Danny Padgitt avait tué Rhoda Kassellaw et je le restais. Mais on avait semé le trouble dans l'esprit des jurés. Le parjure commis par le témoin était horrible ; pourtant, il était possible qu'un des membres du jury eût été gagné par un « doute raisonnable ».

Ginger étant déprimée, nous avons décidé de nous soûler. Nous avons acheté des hamburgers, des frites et un pack de bières. Dans la chambre exiguè de son motel nous avons mangé et noyé notre hantise d'un système judiciaire corrompu. Elle a dit et répété que sa famille, éclatée comme elle l'était, ne saurait pas affronter l'acquittement de Danny Padgitt. Sa mère était déjà fragile ; elle sombrerait. Et comment expliquer cela aux enfants de Rhoda ?

Nous avons essayé de regarder la télévision mais rien ne retenait notre attention. Nous nous sommes lassés de ressasser les péripéties du procès. Au moment où j'allais m'endormir, Ginger est sortie de la salle de bains dans le plus simple appareil et la soirée a pris une autre tournure. Nous avons fait l'amour jusqu'à ce que l'alcool et la fatigue aient raison de nous.

17

À mon insu – il n'y avait aucune raison pour que j'en sois informé puisque j'étais encore considéré comme un nouveau venu, aucunement versé dans les affaires judiciaires –, une rencontre secrète avait eu lieu le mercredi soir, peu après la fin de l'audience et avant ces quelques heures merveilleuses où Ginger et moi avions fini par oublier le procès. Ernie Gaddis s'était rendu au cabinet d'Harry Rex pour prendre un verre ; tous deux étaient convenus que la déposition de Lydia Vince les rendait malades. Ils avaient passé quelques coups de téléphone et, au bout d'une heure, une poignée d'avocats en qui ils avaient confiance ainsi que deux ou trois hommes politiques étaient réunis.

Ils étaient unanimes à penser que les Padgitt étaient en train de se sortir d'un très mauvais pas : ils avaient déniché quelqu'un à soudoyer. Manifestement payée pour fabriquer de toutes pièces une histoire, Lydia était trop cupide ou trop bête pour évaluer les risques d'un parjure. Malgré tout, elle avait réussi à donner au jury une raison, aussi faible fût-elle, de ne pas suivre l'accusation.

Un acquittement dans une affaire si évidente mettrait la ville en fureur et ridiculiserait le système judiciaire.

Un jury incapable de parvenir à une décision transmettrait un message sans ambiguïté : on peut acheter la justice dans le comté de Ford. Ernie Gaddis, Harry Rex et leurs confrères travaillaient dur pour utiliser le système au bénéfice de leurs clients, mais les règles étaient appliquées loyalement. Le système fonctionnait car les juges et les jurés étaient sans parti pris. Laisser Lucien Wilbanks et les Padgitt corrompre le processus provoquerait des dommages irréparables.

Tout le monde s'accordait à dire qu'il était envisageable que le jury ne parvienne pas à une décision. Les propos de Lydia Vince laissaient à désirer mais les jurés n'étaient pas experts en faux témoignages ni en clients véreux. Les avocats trouvaient que Fargarson, l'« infirme », paraissait hostile à l'accusation. Après deux journées d'audience et une quinzaine d'heures passées à observer les jurés, ils s'estimaient capables de lire dans leurs pensées.

Un autre aussi les inquiétait. Surnommé « John Deere », de son vrai nom Mo Teale, il travaillait comme mécanicien à l'atelier de réparation de tracteurs depuis plus de vingt ans. C'était un homme simple, à la garde-robe réduite. Le lundi après-midi, après la sélection des jurés, quand le juge Loopus les avait envoyés chercher leurs affaires chez eux avant de monter dans le bus qui devait les conduire à leur motel, Mo avait mis dans son sac ses tenues de travail. Il arrivait tous les matins au tribunal vêtu d'une chemise jaune vif avec un parement vert et d'un pantalon vert avec un parement jaune, comme un mécano prêt à accomplir une dure journée de travail.

Mo gardait les bras croisés et réagissait chaque fois que le procureur prenait la parole ; son attitude avait de quoi effrayer l'accusation.

Harry Rex estimait qu'il était important de mettre la main sur le mari de Lydia. Si le couple était réellement en instance de divorce, ce n'était certainement pas à l'amiable. Il était difficile de croire qu'elle avait eu une liaison avec Danny Padgitt mais on pouvait imaginer qu'elle n'en était pas à sa première aventure extraconjugale. Le témoignage du mari pourrait jeter le discrédit sur le sien.

Ernie Gaddis était d'avis de fouiller dans sa vie privée. Il voulait créer le doute sur l'état de ses finances pour être en mesure de demander au jury comment elle pouvait vivre si confortablement en étant sans emploi et sans mari. Au fil de la soirée, les hypothèses quant à l'argent dont elle disposait s'accumulaient.

Harry Rex et deux de ses confrères ont lancé les recherches pour mettre la main sur Vince ; les avocats de cinq comtés furent appelés au téléphone. Vers 22 heures, l'un d'eux, exerçant à Corinth, à deux heures de route de Clanton, a déclaré qu'il avait en effet reçu un certain Malcolm Vince désireux d'engager une procédure de divorce, mais qu'il n'était pas revenu. Cet homme vivait dans une caravane, en pleine cambrousse, à la limite du comté de Tishomingo. L'avocat ne se souvenait plus où il travaillait mais cela figurait dans le dossier, au cabinet. Le procureur a pris la communication pour convaincre l'avocat d'y faire un saut.

Le lendemain matin, à 8 heures, à peu près au moment où je prenais congé de Ginger, le juge Loopus acceptait sans se faire prier d'envoyer une citation à comparaître à Malcolm Vince. Vingt minutes plus tard, un policier municipal de Corinth entrait dans un entrepôt pour informer le conducteur d'un chariot élévateur qu'il était cité à comparaître comme témoin dans un procès criminel, au tribunal du comté de Ford.

— Qu'est-ce qu'on me veut ? lança Malcolm Vince.

— Je ne fais qu'exécuter les ordres, répondit le policier.

— Et alors, comment je fais ?

— Vous avez deux possibilités. Soit vous restez ici avec moi jusqu'à ce qu'on vienne vous chercher, soit nous y allons tout de suite, pour ne pas perdre de temps.

Son patron a ordonné à Malcolm de filer à Clanton et de revenir dare-dare.

Le jury est entré dans la salle d'audience avec un retard de quatre-vingt-dix minutes. John Deere était aussi élégant qu'à l'accoutumée ; les autres avaient l'air épuisé, comme si le procès durait depuis un mois.

Miss Callie a cherché mon regard et m'a adressé un petit sourire contraint, bien différent de ceux qui illuminaient habituellement son visage. Elle serrait contre sa poitrine une petite bible.

Le procureur a informé la cour qu'il n'avait pas d'autres questions à poser à Lydia Vince. L'avocat de la défense a déclaré qu'il en avait fini avec elle. Gaddis a annoncé qu'il souhaite appeler à la barre un témoin non prévu. Wilbanks s'y est opposé et ils se sont chicanés un moment. Quand l'avocat de la défense a eu connaissance de l'identité du témoin en question, il a accusé le coup.

À l'évidence, le juge Loopus avait les mêmes craintes que Gaddis sur le verdict du jury. Il a rejeté l'objection de la défense, et Malcolm Vince, l'air hébété, s'est avancé à la barre pour déposer dans l'enceinte bondée du tribunal. Le procureur ayant passé moins d'une dizaine de minutes avec lui dans une petite salle, il n'était pas vraiment préparé.

Gaddis a commencé en douceur : nom, adresse, profession, situation de famille. Malcolm a reconnu avec réticence être marié avec Lydia et partager son désir de mettre un terme à leur union. Il a affirmé n'avoir vu ni sa femme ni son enfant depuis un mois. Il travaillait d'une manière pour le moins irrégulière mais s'arrangeait pour envoyer cinquante dollars tous les mois pour subvenir aux besoins de l'enfant.

Il savait que Lydia était sans emploi mais bien logée.

— Vous ne payez pas le loyer de son appartement ? demanda Gaddis d'un ton soupçonneux, en se tournant vers les jurés.

— Non, je ne paie rien.

— Est-ce sa famille qui paie le loyer ?

— Ils ne pourraient même pas lui payer une nuit dans un motel, répondit Malcolm avec une satisfaction évidente.

Lydia, qui avait quitté le tribunal, devait être en train de faire ses bagages. Elle avait joué son rôle et encaissé le prix de sa peine ; elle ne remettrait plus jamais les pieds dans le comté de Ford. Il était peu probable que sa présence eût gêné Malcolm mais son absence lui permettait de porter tous les coups bas dont il avait envie.

— Vous n'êtes pas proche de sa famille ? poursuivit Gaddis, l'air de rien.

— Ils sont pour la plupart en prison.

— Je vois. Votre épouse a déclaré hier à la barre des témoins qu'elle avait fait il y a deux mois l'acquisition d'une Ford Mustang de 1968. L'avez-vous aidée à payer la facture ?

— Absolument pas.

— Voyez-vous comment une personne sans emploi a pu faire un tel achat ? insista le procureur en coulant un regard vers Danny Padgitt.

— Aucune idée.

— A-t-elle fait, à votre connaissance, d'autres achats inhabituels ces derniers temps ?

Malcolm s'est tourné vers le jury ; il a lu de la sympathie sur quelques visages.

— Elle s'est acheté un téléviseur couleurs et a offert une moto neuve à son frère.

À la table de la défense, on retenait son souffle. Leur stratégie avait été de laisser Lydia débiter à la barre des mensonges qui fournissaient un alibi à Danny, puis de l'éloigner au plus vite en espérant un verdict rapide, rendu avant que son témoignage puisse être récusé. Elle connaissait très peu de gens dans le comté et vivait à une heure de route de Clanton. Cette stratégie s'en allait à vau-l'eau, avec des conséquences désastreuses ; pour toute l'assistance, la tension apparue entre Wilbanks et son client était perceptible.

— Connaissez-vous un nommé Danny Padgitt ? reprit le procureur.

— Jamais entendu ce nom-là.

— Votre femme a déclaré hier sous serment qu'elle avait eu une liaison avec lui pendant près d'un an.

Il est rare de voir un mari apprendre l'infidélité de sa femme devant un si vaste public, mais Malcolm a semblé bien prendre la chose.

— Vrai ?

— Vrai. Elle a affirmé que cette liaison s'était achevée il y a deux mois.

— Eh bien, je vais vous dire… C'est difficile à croire.

— Pourquoi donc ?

Visiblement mal à l'aise, Malcolm a baissé la tête.

— Euh… C'est comme qui dirait personnel. Vous comprenez ?

— Je comprends, monsieur Vince, mais il peut arriver que des sujets personnels soient abordés devant un tribunal. Ce procès est celui d'un homme accusé de meurtre. Une affaire grave, sur laquelle nous devons connaître la vérité.

Malcolm a croisé les jambes, la gauche sur le genou droit, et s'est gratté le menton.

— Bon, voilà ce qui s'est passé, reprit-il après un

moment de silence. Nous n'avons plus de relations sexuelles depuis à peu près deux ans. C'est pour ça que nous voulons divorcer, vous comprenez ?

— Y a-t-il une raison particulière ? demanda Gaddis en retenant son souffle.

— Oui, répondit Malcolm. Elle a dit qu'elle détestait faire l'amour avec moi, que ça la dégoûtait. Elle a dit qu'elle préférait le faire avec… enfin, avec d'autres femmes.

Gaddis avait deviné la chute mais il a réussi à prendre un air profondément choqué. Comme tout le monde. Il est allé échanger quelques mots à voix basse avec Hank Hooten pour laisser le temps aux jurés de digérer cette révélation. Puis il s'est retourné vers le juge.

— Je n'ai pas d'autres questions, Votre Honneur.

Lucien Wilbanks s'est avancé vers le témoin comme on s'approche d'un fusil chargé. Il a tourné quelques minutes autour du pot. D'après Baggy, un bon avocat ne pose jamais une question sans en connaître la réponse, surtout avec un témoin aussi dangereux que Malcolm Vince. Wilbanks était un bon avocat et il n'avait aucune idée de ce que Malcolm pouvait laisser échapper.

Le témoin a déclaré qu'il n'avait plus aucune affection pour sa femme, qu'il attendait impatiemment que le divorce soit prononcé, que les deux dernières années avaient été pénibles, tout ce que l'on peut dire quand on est en instance de divorce. Il se souvenait d'avoir entendu parler du meurtre de Rhoda Kassellaw le lendemain matin ; il était rentré très tard après une soirée entre copains. La défense a marqué un tout petit point en obtenant la confirmation que Lydia était seule cette nuit-là, comme elle l'avait déclaré.

C'était de peu d'importance. Les jurés et toute l'assistance avec eux avaient encore à digérer l'énormité des péchés de Lydia Vince.

Après une longue suspension d'audience, Lucien Wilbanks s'est adressé à la cour.

— La défense n'a pas d'autre témoin, Votre Honneur, mais mon client souhaiterait déposer. Je tiens à ce qu'il soit consigné au procès-verbal qu'il le fera contre mon avis.

— Ce sera dûment constaté, maître.

— Quelle erreur stupide ! lâcha Baggy assez fort pour que la moitié de la salle entende. Incroyable !

Danny Padgitt s'est levé pour s'avancer à la barre d'un pas décidé. Son sourire ne pouvait que passer pour du dédain, son assurance pour de l'arrogance. Il a prêté serment mais personne ne s'attendait à entendre la vérité. Quand Wilbanks a posé sa première question, il n'y avait pas un bruit, pas un mouvement dans la salle.

— Pourquoi tenez-vous à faire une déposition, monsieur Padgitt ?

— Je veux que les jurés sachent ce qui s'est vraiment passé.

— Alors, dites-leur, fit l'avocat en tendant le bras vers le jury.

La version des faits présentée par Danny Padgitt était d'autant plus inventive qu'il n'y avait personne pour le contredire. Lydia avait quitté la ville et Rhoda n'était plus de ce monde. Il a commencé son récit en affirmant qu'il avait passé quelques heures chez sa maîtresse, Lydia Vince, qui demeurait à moins d'un kilomètre de chez Rhoda Kassellaw. Il savait où habitait Rhoda, à qui il avait rendu deux ou trois visites. Elle souhaitait une liaison solide, mais il avait assez à faire avec Lydia. Oui, il avait eu des relations intimes avec Rhoda, en deux occasions. Il avait fait sa connaissance dans un dancing, à la frontière de l'État, où ils avaient passé de longues heures à boire et à danser. Elle était sensuelle et facile, elle avait la réputation de coucher avec tout le monde.

Les insultes ravivaient la douleur de Ginger. Elle a baissé la tête et s'est bouché les oreilles, un geste qui n'a pas échappé aux jurés.

Le témoin ne croyait pas un mot des boniments du mari sur les tendances homosexuelles de Lydia : elle aimait les hommes. Le mari avait menti parce qu'il voulait obtenir la garde de l'enfant.

Padgitt n'était pas un si mauvais témoin ; il faut dire que sa vie était en jeu. Les réponses arrivaient rapidement, même s'il y avait trop de sourires à l'intention du jury, le récit était clair, cohérent, trop peut-être. Je l'écoutais parler tout en regardant les jurés ; je ne voyais guère de sympathie. Fargarson, le jeune infirme, paraissait aussi sceptique que précédemment. John Deere gardait sa posture habituelle, les bras croisés, la mine renfrognée. Miss Callie n'avait que faire de Padgitt – elle l'aurait certainement envoyé en prison pour l'adultère autant que pour le meurtre.

Wilbanks n'a pas prolongé l'interrogatoire. Son client creusait sa propre tombe ; inutile de faciliter la tâche de l'accusation. Quand l'avocat de la défense a repris place à sa table, il a lancé un regard en direction du clan des Padgitt ; on y lisait de la haine. Puis il s'est préparé à ce qui allait suivre.

Pour un procureur, l'interrogatoire d'un criminel de cet acabit est un plaisir rare. Gaddis s'est dirigé d'un pas décidé vers la table où étaient exposées les pièces à conviction ; il y a pris la chemise tachée de sang.

— Pièce à conviction numéro huit, annonça-t-il au greffier d'audience en levant la chemise pour la montrer au jury.

— Où avez-vous acheté cette chemise, monsieur Padgitt ?

Danny est resté comme pétrifié. Fallait-il nier qu'elle lui appartenait, reconnaître que c'était la sienne, essayer de se souvenir où il l'avait achetée ?

— Vous ne l'avez pas volée, n'est-ce pas ? lança Gaddis d'une voix retentissante.

— Non.

— Alors, répondez à ma question et n'oubliez pas que vous témoignez sous serment. Où avez-vous acheté cette chemise ?

Le procureur tenait le vêtement devant lui, du bout des doigts, comme s'il craignait que le sang en coule encore et tache son costume.

— À Tupelo, je crois. Je ne m'en souviens pas ; ce n'est qu'une chemise.

— Depuis combien de temps l'avez-vous ?

Nouveau silence. Combien d'hommes se souviennent de la date à laquelle ils ont acheté une chemise ?

— Un an, peut-être. Je ne prends pas ça en note.

— Moi non plus, concéda Gaddis. Quand vous étiez au lit avec Lydia, la nuit du meurtre, aviez-vous enlevé cette chemise ?

— Oui, répondit prudemment Danny.

— Où était-elle pendant que vous aviez… des relations sexuelles.

— Par terre, j'imagine.

Ayant établi que la chemise appartenait au témoin, le procureur avait les coudées franches pour le massacrer. Il a pris le rapport du laboratoire de la police scientifique et technique, l'a lu à Danny et lui a demandé comment son propre sang avait taché la chemise. Il en a résulté un échange de propos sur les qualités de conducteur du témoin, sa propension à rouler à une vitesse excessive, le type de véhicule qu'il conduisait et l'ébriété qui affectait ses réflexes quand il avait perdu le contrôle de son pick-up. Sous les coups de boutoir du procureur, la conduite en état d'ivresse apparaissait comme un grave délit. Comme on pouvait le supposer, Danny avait l'épiderme sensible ; il a commencé à se hérisser face au feu roulant de questions insidieuses et sarcastiques.

Le procureur est passé au sang de Rhoda. Si, quand Danny était au lit avec Lydia, la chemise se trouvait par terre, comment le sang de Rhoda, qui demeurait à près d'un kilomètre de là, avait-il pu la tacher ?

Avançant une nouvelle théorie dont il lui serait impossible de se dépêtrer, Danny a lancé que c'était une conspiration. Un séjour prolongé dans la solitude d'une cellule peut être dangereux pour un criminel. Il a expliqué que quelqu'un avait dû tacher sa chemise avec le sang de Rhoda, ce qui a provoqué des sourires dans l'assistance, ou, plus vraisemblablement, que les gens du laboratoire avaient menti dans le but de le compromettre. Gaddis a pris grand plaisir à démolir les deux hypothèses puis il a porté ses coups les plus rudes : pourquoi, a-t-il demandé avec insistance au témoin, lui qui avait largement de quoi se payer les meilleurs avocats, n'avait-il pas engagé un expert pour venir donner à la barre des explications sur l'origine des taches de sang ?

Peut-être n'avait-on pas trouvé un expert en mesure d'arriver aux conclusions ridicules souhaitées par Padgitt.

Même chose pour le sperme. S'il y avait eu émission de sperme chez Lydia, comment avait-il pu arriver chez Rhoda ? Pas de problème : cela faisait partie de la vaste conspiration visant à lui imputer le crime. Les rapports du labo étaient truqués, la police faisait mal son travail. Gaddis a continué de le travailler au corps jusqu'à épuisement de l'assistance.

À 12 h 30, Wilbanks a demandé une suspension d'audience.

— Je n'en ai pas fini avec lui ! rugit le procureur.

Il voulait achever son entreprise de démolition avant que l'avocat de la défense puisse tenter de réhabiliter son client, aussi difficile que ce fût. Padgitt était dans les cordes, soûlé de coups, à bout de souffle ; Gaddis n'allait pas le laisser récupérer.

— Qu'avez-vous fait du couteau ? hurla-t-il au témoin quand le juge lui eut permis de poursuivre.

La question a surpris tout le monde, surtout Danny, qui a eu un mouvement de recul.

— Euh… Je… bredouilla-t-il, sans achever sa phrase.

— Vous quoi ? Allons, monsieur Padgitt, dites-nous ce que vous avez fait du couteau, de l'arme du crime.

Danny a secoué vigoureusement la tête ; il paraissait trop effrayé pour émettre un son.

— Quel couteau ? parvint-il à articuler.

Il n'aurait pas eu l'air plus coupable si l'arme était tombée de sa poche.

— Celui dont vous vous êtes servi pour tuer Rhoda Kassellaw.

— Ce n'est pas moi.

Avec la lenteur et la cruauté d'un bourreau, le procureur est allé s'entretenir avec Hank Hooten. Il est revenu avec le rapport d'autopsie et a demandé à Padgitt s'il se souvenait de la déposition du premier pathologiste. Ses conclusions participaient-elles à la conspiration ? Danny ne savait que répondre. Comme tout le monde s'acharnait contre lui, oui, il supposait que c'était bidon aussi.

Et le fragment de peau découvert sous un ongle de la victime, la conspiration ? Et son propre sperme ? Gaddis s'en donnait à cœur joie. De loin en loin, Wilbanks jetait un coup d'œil par-dessus son épaule au père de Danny comme pour dire : « Je vous avais prévenu. »

La présence de Danny à la barre permettait au procureur de passer toutes les preuves en revue ; l'effet était dévastateur. Padgitt avait beau protester de son innocence, son idée d'une conspiration paraissait absurde. Il était jouissif de le voir se faire massacrer de la sorte : les bons étaient en train de gagner la partie. Les jurés semblaient prêts à prendre les fusils pour former un peloton d'exécution.

Gaddis a lancé ses notes sur la table ; peut-être allions-nous enfin déjeuner.

— Vous déclarez au jury sous la foi du serment que vous n'avez pas tué ni violé Rhoda Kassellaw ?

— Ce n'est pas moi.

— Vous ne l'avez pas suivie le samedi soir du meurtre de la frontière de l'État à son domicile ?

— Non.

— Vous n'êtes pas entré furtivement dans son patio ?

— Non.

— Vous ne vous êtes pas caché dans la penderie de sa chambre en attendant qu'elle ait couché les enfants ?

— Non.

— Vous ne l'avez pas agressée quand elle a ouvert la penderie pour se changer ?

— Non.

— Objection, Votre Honneur ! lança Wilbanks en se dressant derrière sa table. Monsieur le procureur est en train de faire une déposition.

— Objection rejetée ! gronda Loopus.

Le magistrat voulait un procès équitable. Pour contrebalancer tous les mensonges de la défense, il accordait à l'accusation la liberté de décrire la scène du meurtre.

— Vous ne lui avez pas bandé les yeux avec un foulard ?

Padgitt secouait la tête de plus en plus fort à mesure que le récit approchait de son point culminant.

— Et coupé sa culotte à l'aide de votre couteau ?

— Non.

— Vous ne l'avez pas violée dans son lit, à quelques mètres des deux enfants ?

— Non.

— Et vous ne les avez pas réveillés ?

— Non.

Le procureur s'est approché du témoin autant que le juge le permettait et il a regardé tristement le jury. Puis il s'est retourné vers Danny Padgitt.

— Michael et Teresa sont arrivés en courant pour voir ce qui arrivait à leur mère. N'est-ce pas, monsieur Padgitt ?

— Je ne sais pas.

— Et ils vous ont trouvé étendu sur elle, n'est-ce pas ?

— Je n'étais pas là.

— Rhoda a entendu leur voix. Se sont-ils mis à hurler ? Vous ont-ils supplié de la laisser tranquille ?

— Je n'étais pas là.

— Rhoda a fait ce que ferait n'importe quelle mère : elle leur a crié de partir en courant. N'est-ce pas, monsieur Padgitt ?

— Je n'étais pas là.

— Vous n'étiez pas là ! rugit Gaddis d'une voix à faire trembler les murs. Votre chemise était là, vos empreintes étaient là, vous y avez laissé votre sperme ! Prenez-vous les jurés pour des imbéciles, monsieur Padgitt ?

Le témoin continuait de secouer la tête. Le procureur a regagné sa table d'un pas lent. Il a tiré sa chaise, fait mine de s'asseoir.

— Vous êtes un assassin, monsieur Padgitt ! lança-t-il. Et un menteur !

— Objection, Votre Honneur ! rugit Wilbanks. C'en est trop !

— Objection accordée. Avez-vous d'autres questions, monsieur Gaddis ?

— Non, Votre Honneur. Le ministère public en a fini avec ce témoin.

— Avez-vous quelque chose à ajouter, maître Wilbanks ?

— Non, Votre Honneur.

— Le témoin peut se retirer.

Danny Padgitt s'est levé lentement. L'heure n'était plus à sourire ; il avait le visage empourpré de colère et moite de sueur.

Au moment de quitter la barre pour rejoindre la table de la défense, il s'est brusquement tourné vers les jurés pour lancer des paroles qui nous ont laissés abasourdis.

— Si vous me condamnez, lâcha-t-il, le visage déformé par une haine sans mélange, l'index droit pointé vers le plafond, j'aurai votre peau, tous autant que vous êtes !

— Huissier ! s'écria le juge en saisissant son marteau.

— Tous autant que vous êtes ! hurla Padgitt.

Gaddis s'était dressé derrière sa table mais il ne trouvait rien à dire. Qu'y avait-il à dire ? L'accusé se passait la corde au cou. Wilbanks s'était levé lui aussi, hésitant sur la conduite à tenir. Deux policiers se sont précipités vers Padgitt pour le pousser vers la table de la défense. Il a tourné vers le jury un regard étincelant de fureur ; s'il avait eu une grenade, nul doute qu'il l'aurait lancée.

Quand le calme est revenu, j'avais le cœur battant ; Baggy était trop hébété pour prononcer un mot.

— L'audience est suspendue jusqu'à 15 heures, déclara le juge.

Tout le monde est sorti précipitamment. Je n'avais plus faim, seulement envie de rentrer chez moi pour prendre une longue douche.

18

À la reprise de l'audience, tous les jurés étaient présents ; les Padgitt n'avaient pas mis à profit la pause de midi pour en supprimer un. Miss Callie m'a adressé un sourire mais le cœur n'y était pas.

Le juge a expliqué aux jurés que les parties allaient présenter leurs dernières conclusions, après quoi ils entendraient ses instructions et disposeraient de quelques heures pour délibérer et rendre leur verdict. Ils ont écouté avec attention, mais je suis sûr qu'ils étaient encore ébranlés par les menaces proférées par l'accusé. Toute la ville était ébranlée. Les jurés représentaient un échantillon de la population ; les menacer revenait à tous nous menacer.

Le procureur a pris la parole le premier : au bout de quelques minutes, la chemise souillée de sang était de retour entre ses mains. Il a pris soin de ne pas en rajouter. Le jury avait compris ; il connaissait cette pièce à conviction.

Gaddis s'est montré méthodique mais étonnamment bref. Quand il a requis un verdict de culpabilité, j'ai observé le visage des jurés. Je n'y ai lu aucune sympathie pour l'accusé. Le jeune infirme hochait la tête en suivant le développement du procureur. Les bras décroisés, John Deere n'en perdait pas un mot.

L'avocat de la défense a été encore plus concis, mais il n'avait guère d'arguments à faire valoir. Il est d'abord revenu sur les dernières paroles de son client et a présenté ses excuses pour un tel comportement qu'il a mis sur le compte de la tension. Imaginez, lança-t-il aux jurés, que vous ayez vingt-quatre ans et que vous encouriez la prison à vie ou même la chambre à gaz. La pression sur son jeune client – il disait toujours Danny, pour évoquer la jeunesse et l'innocence – était énorme, au point qu'il craignait pour son équilibre mental.

Comme il ne pouvait reprendre la théorie abracadabrante de la conspiration avancée par Padgitt et comme il ne voulait pas revenir sur les preuves, il a passé près d'une demi-heure à prodiguer des louanges aux héros qui avaient rédigé la Constitution. En écoutant Wilbanks interpréter la notion de présomption d'innocence et rappeler la nécessité pour l'accusation d'établir la preuve avec une quasi-certitude, on pouvait se demander si un criminel avait jamais été condamné.

Le ministère public avait la possibilité de réfuter ses arguments : Gaddis a eu le dernier mot. Il a choisi de ne parler ni des preuves ni de l'accusé mais de Rhoda. De sa jeunesse et de sa beauté, de la vie simple qu'elle menait à Beech Hill, d'un mari trop tôt disparu et de la difficulté d'élever seule deux enfants en bas âge.

Une stratégie efficace : les jurés étaient suspendus à ses lèvres. « N'oublions pas Rhoda », répétait-il comme un leitmotiv. En orateur consommé, il a gardé le meilleur pour la fin.

— Et n'oublions pas ses enfants, déclara-t-il en regardant les jurés dans les yeux. Ils étaient là quand leur mère est morte. Ce qu'ils ont vu est si horrible qu'ils en seront marqués jusqu'à la fin de leurs jours. La voix des enfants doit s'exprimer dans cette enceinte ; il vous appartient de la faire entendre.

Le juge Loopus a lu ses instructions aux jurés et les a fait sortir pour délibérer. Il était 17 heures passées. En temps normal, à cette heure-là, les boutiques de la grand-place étaient fermées, les commerçants et les clients partis depuis longtemps, on circulait et on trouvait facilement une place de stationnement.

Pas quand un jury délibérait pour rendre son verdict.

Une partie de ceux qui avaient assisté à l'audience sont restés sur la pelouse du tribunal pour fumer, discuter, parier sur la durée des délibérations. D'autres se sont rassemblés dans les cafés pour prendre un verre ou dîner de bonne heure. Ginger m'a accompagné dans mon bureau. Nous nous sommes assis sur le balcon : il y avait de l'animation autour du tribunal. Ginger était épuisée et n'aspirait plus qu'à rentrer chez elle.

— Vous connaissez personnellement Hank Hooten ? demanda-t-elle brusquement.

— Je ne l'ai jamais rencontré. Pourquoi ?

— Il est venu me voir pendant que je déjeunais. Il m'a dit qu'il connaissait bien Rhoda, assez pour savoir qu'elle n'était pas du genre à coucher, surtout avec Danny Padgitt. J'ai répondu que je n'avais pas cru une seule seconde qu'elle fricotait avec cette petite ordure.

— A-t-il dit qu'ils sortaient ensemble ?

— Il n'a rien raconté, mais j'ai eu cette impression. Quand nous avons trié les affaires de Rhoda, une semaine après l'enterrement, j'ai trouvé le nom et le numéro de téléphone de Hank Hooten dans son carnet d'adresses.

— Vous connaissez Baggy ? glissai-je.

— Oui.

— Baggy est un vieux routier qui croit tout savoir. Lundi, le jour de l'ouverture du procès, il m'a confié que

Rhoda et Hank sortaient ensemble. D'après lui, Hank a déjà divorcé deux fois et joue les hommes à femmes.

— Alors, il n'est pas marié ?

— Je ne crois pas. Je demanderai à Baggy.

— J'imagine que je devrais me sentir mieux de savoir que ma sœur couchait avec un avocat.

— Pourquoi ?

— Je ne sais pas.

Elle s'était débarrassée de ses talons hauts et sa jupe était remontée sur ses cuisses. J'ai commencé à les caresser et le procès m'est sorti de l'esprit.

Cela n'a pas duré. Il y a eu du remue-ménage devant le tribunal et j'ai entendu quelqu'un crier le mot « verdict ».

Après moins d'une heure de délibération, le jury allait faire connaître sa décision. Quand tout le monde, avocats et public, a été installé, le juge a demandé à un huissier de faire entrer les jurés.

— Coupable, souffla Baggy au moment où la porte s'ouvrait.

Fargarson ouvrait la marche en claudiquant.

— Un verdict rapide est toujours positif, reprit Baggy.

Il avait pronostiqué que les jurés n'arriveraient pas à se mettre d'accord. Je ne le lui ai pas rappelé, du moins à ce moment-là.

Le premier juré a tendu une feuille de papier à l'huissier qui l'a prise pour la remettre au juge. Le magistrat l'a examinée un long moment avant de se pencher vers son micro.

— Accusé, levez-vous !

Padgitt et son avocat ont obéi du même mouvement lent et contraint, comme si le peloton d'exécution avait déjà pris position.

— Pour le premier chef d'accusation, le viol de

Rhoda Kassellaw, l'accusé, Danny Padgitt, est reconnu coupable. Pour le second chef d'accusation, le meurtre avec préméditation de Rhoda Kassellaw, l'accusé, Danny Padgitt, est reconnu coupable.

Lucien Wilbanks n'a pas sourcillé ; son client a essayé de se contenir. Il a lancé aux jurés des regards venimeux sans réussir à leur faire baisser les yeux.

— Vous pouvez vous asseoir, fit le juge avant de s'adresser au jury. Mesdames et messieurs, soyez remerciés pour la tâche que vous avez accomplie. Votre verdict met un terme à la phase du procès visant à établir la culpabilité ou l'innocence de l'accusé. Nous allons maintenant passer à une autre phase, cruciale, où il vous sera demandé de décider si cet homme est condamné à la peine capitale ou à la réclusion criminelle à perpétuité. Vous pouvez regagner votre hôtel. L'audience reprendra demain, à 9 heures. Merci et bonne nuit.

Tout avait été terminé en si peu de temps qu'une grande partie de l'assistance n'a pas bougé tout de suite. Quand on a fait sortir Danny Padgitt, menotté cette fois, les membres de sa famille sont restés statufiés. Lucien Wilbanks n'a pas pris le temps d'aller leur parler.

Je suis reparti au journal avec Baggy, qui s'est mis à taper à la machine comme un forcené. Le bouclage n'aurait pas lieu avant plusieurs jours mais nous voulions consigner nos impressions à chaud. La cadence de Baggy a baissé au bout d'une demi-heure, à l'appel du bourbon. La nuit était presque tombée quand Ginger est revenue, vêtue d'un jean moulant et d'un chemisier ajusté. Elle avait un air qui voulait dire : « Emmène-moi quelque part. »

Nous nous sommes arrêtés chez Quincy où j'ai acheté un pack de six bières pour le trajet. La capote baissée, les cheveux ébouriffés par l'air chaud et humide, nous avons pris la route de Memphis.

Elle parlait peu et je ne posais pas de questions. Sa famille l'avait forcée à assister au procès ; elle n'avait pas demandé à vivre ce cauchemar. Heureusement qu'elle m'avait trouvé pour se donner un peu de bon temps.

Jamais je n'oublierai cette nuit. Filant sur les petites routes obscures, une bière fraîche près de moi, je tenais la main d'une belle femme qui était venue me chercher, avec qui j'avais couché et avec qui j'étais sûr de recommencer.

Notre idylle s'acheminait doucement vers son terme ; j'aurais pu compter les heures. Baggy estimait que les délibérations sur la peine à appliquer prendraient moins d'une journée : le procès serait terminé dès le lendemain, le vendredi. Ginger avait hâte de quitter Clanton et d'oublier toute cette affaire. Il m'était naturellement impossible de partir avec elle. J'avais regardé sur un atlas où se trouvait Springfield, Missouri : il y avait au moins six heures de route. Il aurait été éprouvant de faire des allers et retours, mais j'aurais essayé si elle l'avait souhaité.

Quelque chose me disait que Ginger allait sortir de ma vie aussi vite qu'elle y était entrée. Elle devait avoir un ou deux amants, chez elle : je n'y serais certainement pas bien accueilli. Et si nous nous voyions à Springfield, ma présence lui rappellerait le comté de Ford et le cauchemar du procès.

J'ai serré sa main en me jurant de faire de ces dernières heures un merveilleux souvenir.

Arrivés à Memphis, nous nous sommes dirigés vers les grands immeubles bâtis en bordure du fleuve. Le restaurant le plus coté du moment, le *Rendez-vous*, propriété d'une famille de Grecs, était réputé pour ses côtes de bœuf. La meilleure cuisine de Memphis était presque toujours faite par des Grecs ou des Italiens.

En 1970, le quartier des affaires de Memphis n'était

pas un endroit sûr. Je me suis garé dans un parc de stationnement et nous avons enfilé en pressant le pas une ruelle menant au restaurant. La fumée des grillades projetée par les bouches d'aération flottait dans l'air en épais nuages. C'était l'odeur la plus suave qu'il m'avait jamais été donné de sentir, des effluves qui mettaient l'eau à la bouche. Nous avons descendu impatiemment un escalier et poussé la porte du restaurant.

Le jeudi soir, le service n'était pas rapide : nous avons attendu un quart d'heure avant qu'on nous propose une table. Nous avons suivi un serveur qui zigzaguait entre les dîneurs à travers une succession de petites salles. En m'adressant un clin d'œil complice, il nous a placés dans un coin sombre. Nous avons commandé une côte de bœuf et de la bière, et nous nous sommes rapprochés l'un de l'autre en attendant d'être servis.

Nous avions ressenti le verdict de culpabilité comme un énorme soulagement. Toute autre décision aurait été catastrophique et Ginger aurait aussitôt quitté Clanton sans un regard en arrière. J'avais gagné une journée. Nous avons bu au succès. Pour Ginger, cela signifiait que la justice l'avait emporté ; pour moi également, mais cela signifiait aussi une autre nuit avec elle.

Elle a mangé du bout des dents, ce qui m'a permis, une fois dévorée ma côte de bœuf, de terminer la sienne. Je lui ai parlé de miss Callie, de l'éducation qu'elle avait reçue, de ses enfants hors du commun, de nos déjeuners sous le porche. Ginger a dit qu'elle serrerait volontiers miss Callie contre son cœur, elle et les onze autres jurés.

Cette admiration allait être de courte durée.

Comme je m'y attendais, mon père était cloîtré dans son bureau. C'était en réalité l'étage supérieur d'une tourelle d'angle accrochée à notre maison familiale, une demeure victorienne délabrée. Ginger avait voulu la voir ; de nuit, elle paraissait bien plus imposante que de jour. Elle s'élevait dans un magnifique quartier planté d'arbres, au milieu d'autres appartenant à des familles tombées en décadence, qui s'efforçaient de vivre dignement dans la pauvreté.

— Qu'est-ce qu'il fabrique là-haut ? demanda Ginger.

Je m'étais garé au bord du trottoir et j'avais coupé le moteur. Quelques maisons plus loin, le vieux schnauzer de Mme Duckworth aboyait furieusement.

— Je te l'ai dit. Il négocie des valeurs.

— La nuit ?

— Il fait des études de marché. Jamais il ne sort de chez lui.

— Et il perd de l'argent ?

— Il n'en gagne certainement pas.

— On passe lui dire bonjour ?

— Non. On lui casserait les pieds.

— Depuis combien de temps ne l'as-tu pas vu ?

— Trois ou quatre mois.

Je n'avais aucune envie de faire une visite à mon père. Je brûlais de désir. J'ai remis le moteur en marche. Nous avons traversé les faubourgs et trouvé un Holliday Inn près de l'autoroute.

19

Le vendredi matin, Esaü Ruffin est venu à ma rencontre dans la salle des pas perdus du tribunal ; il avait une surprise pour moi. Trois de ses fils, Al, Max et Bobby (Alberto, Massimo et Roberto), qui l'accompagnaient voulaient me saluer. Je leur avais parlé au téléphone un mois plus tôt, quand je préparais le sujet sur miss Callie et ses enfants. Nous avons échangé des politesses et une longue poignée de main. Ils m'ont remercié pour l'amitié que je témoignais à leur mère et les gentilles choses que j'avais écrites sur leur famille. Ils étaient aussi courtois et aussi bien élevés que miss Callie.

Ils étaient arrivés la veille au soir pour lui apporter leur soutien moral. Esau ne lui avait parlé qu'une fois de toute la semaine – chaque juré n'avait eu le droit de passer qu'un seul coup de téléphone. Elle tenait le coup mais sa tension lui causait de l'inquiétude.

Nous avons discuté quelques minutes au milieu de la foule qui affluait vers la salle d'audience. Nous sommes entrés ensemble ; ils se sont assis juste derrière moi. Quelques minutes plus tard, en allant prendre place au banc des jurés, miss Callie a regardé dans ma direction. La vue de ses trois fils a illuminé sa figure comme un rayon de soleil. Les traces de fatigue autour de ses yeux se sont immédiatement dissipées.

Au cours des débats, j'avais discerné sur son visage une certaine fierté – pour la première fois dans l'histoire du comté de Ford, un Noir avait pris place au banc des jurés, au milieu de ses concitoyens, pour juger un Blanc. J'y avais aussi deviné l'anxiété éprouvée par celui qui s'aventure en pays inconnu.

Maintenant que ses fils étaient là pour la soutenir, la fierté était seule visible ; toute trace de peur avait disparu. Rien ne lui avait échappé jusqu'à présent, mais elle paraissait plus vigilante encore, attentive à mener la tâche jusqu'à son terme.

Le juge Loopus a expliqué au jury que le ministère public allait requérir la peine capitale en invoquant des circonstances aggravantes. La défense demanderait à bénéficier des circonstances atténuantes. Le magistrat pensait que cela ne prendrait pas trop de temps. On était déjà vendredi ; le procès avait assez duré. Les jurés et les autres étaient impatients de se débarrasser de Padgitt, de retrouver une vie normale.

Ernie Gaddis a pris la température de l'assistance. Il a remercié les jurés pour leur verdict de culpabilité avant d'avouer qu'il ne voyait pas la nécessité d'appeler de nouveaux témoins. Le crime était si odieux que rien ne pouvait être ajouté à la gravité de la faute. Il leur a demandé de se souvenir des photographies de la victime sur la balancelle de son voisin et de la déposition du pathologiste sur les blessures ayant entraîné sa mort. Et les enfants. Qu'ils n'oublient surtout pas les enfants !

Il s'est lancé dans un plaidoyer passionné pour la peine de mort, énumérant les raisons pour lesquelles nous, bons et honnêtes citoyens, y étions si fermement attachés. Il a expliqué en quoi elle était dissuasive et en quoi elle était un châtiment. Il a cité un passage de la Bible.

En près de trente années de carrière accomplie dans six comtés, jamais il n'avait vu une affaire pour laquelle la peine de mort s'imposait si clairement. En observant les visages des jurés, j'ai eu la conviction qu'il allait obtenir ce qu'il demandait.

Gaddis a terminé en rappelant aux jurés que chacun d'eux avait été sélectionné après s'être engagé à appliquer la loi. Il leur a lu l'article du code pénal relatif à la peine de mort.

— L'État du Mississippi a prouvé la culpabilité de l'accusé avec une quasi-certitude, conclut-il en refermant le gros livre vert. Vous avez jugé Danny Padgitt coupable de viol et de meurtre. Il vous appartient maintenant de prononcer la peine de mort. Il en va de votre devoir.

La prestation fascinante de Gaddis a duré cinquante et une minutes montre en main. Quand il a regagné sa table, j'étais sûr que le jury condamnerait Padgitt à la peine capitale non pas une fois mais deux.

Baggy m'avait confié que dans une affaire criminelle de ce genre, à ce moment du procès, l'accusé venait en général déclarer à la barre qu'il se repentait sincèrement du crime qu'il avait nié depuis le début. « Ils implorent la clémence du jury et fondent en larmes, avait dit Baggy. Un vrai spectacle. »

L'effet calamiteux des menaces proférées la veille par Padgitt lui interdisant de s'adresser au jury, la défense a préféré appeler sa mère, Lettie Padgitt, à la barre des témoins. La cinquantaine, un physique agréable, les cheveux courts et grisonnants, elle était vêtue d'une robe noire, comme si elle portait déjà le deuil de son fils. Soutenue par Wilbanks jusqu'à la barre, elle a commencé sa déposition. Elle donnait l'impression de débiter un texte sans y changer une virgule. Elle parlait de son petit garçon qui allait à la pêche tous les jours après l'école, qui s'était cassé la jambe en tombant d'une cabane construite dans un arbre, qui avait gagné le concours d'orthographe en CE2. Danny n'était pas un souci pour ses parents, à l'époque. Il ne leur avait jamais causé de problème pendant toute son enfance, un vrai bonheur. Ses deux aînés filaient un mauvais coton, pas Danny.

Cette déposition était si nunuche et si calculée qu'elle frisait le ridicule. Mais il y avait trois mères dans le jury – miss Callie, Barbara Baldwin, Maxine Root –, que la défense cherchait à émouvoir. Une seule suffirait.

Comme il fallait s'y attendre, Mme Padgitt n'a pas attendu longtemps avant d'éclater en sanglots. Jamais elle ne parviendrait à croire que son fils avait commis un crime aussi horrible mais, si le jury en avait la conviction, elle s'efforcerait de l'accepter. Seulement, pourquoi lui ôter la vie ? Pourquoi tuer son petit garçon ? Que gagnerait-on à le mettre à mort ?

Sa douleur était sincère, son émotion sans fard difficile à supporter. Quel être humain n'éprouverait de la sympathie pour une mère sur le point de perdre son enfant ? Elle a fini par s'effondrer ; Wilbanks l'a laissée un moment à la barre, secouée de sanglots. La déposition commencée avec un manque total de naturel s'achevait en un poignant appel à la clémence, forçant la plupart des membres du jury à baisser les yeux.

La défense a déclaré qu'elle n'avait pas d'autre témoin. À 11 heures, le jury s'est retiré pour délibérer.

Ginger s'était fondue dans la foule. Je suis allée l'attendre au journal. Ne la voyant pas venir, j'ai traversé la grand-place pour me rendre au cabinet d'Harry Rex. Il a envoyé sa secrétaire chercher des sandwiches que nous avons mangés dans la salle de réunion. Comme la plupart de ses confrères de la ville, il avait passé toute la semaine au tribunal à suivre une affaire qui ne lui rapporterait rien.

— Elle va tenir le coup ? demanda-t-il, la bouche pleine d'émincé de dinde au gruyère.

— Qui ? Miss Callie ?

— Oui. La chambre à gaz ne lui pose pas de problème ?

— Aucune idée. Nous n'en avons pas parlé.

— Elle nous inquiète, elle et le petit infirme.

Harry Rex s'était discrètement impliqué dans l'affaire, au point qu'on aurait pu croire qu'il travaillait pour Ernie Gaddis et le parquet. Il n'était pas le seul avocat de Clanton à soutenir en sous-main le ministère public.

— Il leur a fallu moins d'une heure pour le déclarer coupable, glissai-je. C'est bon signe, non ?

— Peut-être. Mais les jurés peuvent avoir des réactions bizarres au moment d'envoyer quelqu'un à la mort.

— Et alors ? De toute façon, il sera condamné à perpétuité. D'après ce que j'ai entendu dire du pénitencier de Parchman, la chambre à gaz est préférable.

— La perpétuité n'est pas la perpétuité, Willie, fit-il en s'essuyant la bouche avec une serviette en papier.

J'ai posé mon sandwich sur la table.

— C'est quoi alors ?

— Dix ans. Moins, peut-être.

Je ne comprenais pas bien.

— Vous voulez dire qu'une condamnation à perpétuité dans le Mississippi revient à dix ans de réclusion ?

— Voilà. Au bout de dix ans, moins avec la remise de peine pour bonne conduite, un meurtrier condamné à la réclusion à perpétuité peut obtenir sa libération conditionnelle. Une véritable aberration.

— Mais pourquoi…

— N'essayez pas de comprendre, Willie, c'est la loi. Ce que prévoit le code pénal depuis cinquante ans. Le pire est que les jurés ne le savent pas ; on n'a pas le droit de le leur dire. Vous voulez de la salade de chou ?

J'ai refusé d'un signe de tête.

— La Cour suprême du Mississippi a décidé que, si un jury connaissait la durée réelle d'une condamnation à perpétuité, il pourrait être porté à voter la peine capitale. Ce qui serait injuste pour l'accusé.

— La perpétuité, c'est dix ans…

Je n'en revenais pas. Dans le Mississippi, les magasins de vins et spiritueux sont fermés le jour des élections locales, comme pour éviter que des électeurs pris de boisson accordent leur suffrage aux mauvais candidats. Encore une loi invraisemblable.

— Eh oui…, soupira Harry Rex avant d'enfourner la dernière bouchée de son sandwich.

Il a pris une enveloppe sur une étagère, l'a ouverte et a fait glisser vers moi une grande photographie en noir et blanc.

— Flagrant délit, mon gars ! lança-t-il avec un gros rire.

Sur la photo, on me voyait sortant furtivement de la chambre du motel de Ginger, le jeudi matin. J'avais les traits tirés, le teint brouillé, la mine coupable mais aussi un air étrangement satisfait.

— Qui a pris cette photo ?

— Un de mes assistants qui travaillait sur une affaire de divorce. En voyant arriver votre petit bolide, il a décidé de s'amuser un peu.

— Il n'était pas le seul.

— Jolie fille. Le photographe a essayé de vous prendre à travers le rideau, mais il n'a pas trouvé d'angle.

— Voulez-vous un autographe ?

— Non, gardez-la.

Après trois heures de délibérations, le jury a fait passer un mot au juge pour l'informer qu'il était dans une impasse dont il ne pouvait guère espérer sortir. Loopus a décidé de reprendre l'audience et tout le monde s'est précipité vers le tribunal.

Si le jury ne parvenait pas à prendre une décision à l'unanimité, la loi obligeait le juge à prononcer une condamnation à perpétuité.

La peur a envahi l'assistance. Il y avait quelque chose qui clochait : les Padgitt avaient-ils atteint leur but ?

Miss Callie avait un visage dur que je ne lui avais jamais vu. Barbara Baldwin avait les yeux rougis par les larmes. Plusieurs hommes donnaient l'impression d'avoir été interrompus en pleine rixe et d'être impatients de reprendre la bagarre.

Le premier juré s'est levé, très nerveux, pour expliquer au juge que le jury était divisé ; les choses n'avançaient plus depuis une heure. Il n'était pas optimiste sur la possibilité d'arriver à un verdict unanime ; tout le monde était prêt à rentrer chez soi.

Le magistrat a demandé à chacun des jurés s'il ou elle pensait qu'ils pourraient arriver à un verdict unanime. Ils ont tous répondu non.

Je sentais la colère monter dans l'assistance. Les gens remuaient, chuchotaient, ce qui n'aidait assurément pas les jurés.

Le juge a ensuite lancé ce que Baggy a appelé plus tard la « charge de dynamite », un sermon au pied levé sur l'engagement pris par les jurés au moment de la sélection d'appliquer la loi. Une longue admonestation délivrée d'un ton grave, avec la rage du désespoir.

Peine perdue. Deux heures plus tard, devant une assistance incrédule, le juge a posé la même question aux jurés, avec le même résultat. Il les a remerciés du bout des lèvres avant de les renvoyer chez eux.

Quand le jury se fut retiré, il a demandé à Danny Padgitt de se lever et lui a fait des remontrances d'un ton glacial. Il l'a traité de violeur, d'assassin, de lâche, de menteur et, pire que tout, de voleur pour avoir arraché leur mère à deux petits enfants. L'attaque était cinglante, virulente. J'ai essayé de noter la diatribe mot pour mot, mais c'était si fascinant que je me suis arrêté pour écouter. Un prédicateur de rue fanatisé n'aurait pas couvert un pécheur d'opprobre avec plus de violence.

S'il en avait eu le pouvoir, il l'aurait condamné à mort, une mort rapide et douloureuse.

Mais la loi était la loi et il devait s'y conformer. Il a condamné l'accusé à la réclusion à perpétuité et a ordonné au shérif Coley de le transférer sur-le-champ au pénitencier d'État de Parchman. Coley a passé les menottes à Padgitt et l'a entraîné hors de la salle.

Après un dernier coup de marteau, le juge est sorti précipitamment. Une bagarre a éclaté au fond de la salle quand un des oncles de Danny a bousculé Doc Crull, un coiffeur de la ville, qui avait la tête près du bonnet. La scène a attiré une petite foule ; plusieurs spectateurs ont commencé à maudire les Padgitt et à leur dire de repartir dans leur île. « Retournez dans vos marécages ! » hurlait quelqu'un à tue-tête. Deux adjoints du shérif ont séparé les combattants et les Padgitt se sont retirés.

Les gens sont restés un moment, comme si le procès n'était pas terminé. Justice n'avait pas été entièrement rendue. Il y avait de la colère et des jurons. J'ai eu un avant-goût de ce qui peut pousser une foule à lyncher un criminel.

Ginger n'est pas réapparue. Elle avait dit qu'elle passerait au journal pour me dire au revoir, après avoir quitté son hôtel ; elle avait manifestement changé d'avis. Je l'imaginais filant en voiture dans la nuit, les joues inondées de larmes, l'injure aux lèvres, comptant les kilomètres jusqu'à la frontière du Mississippi. Comment lui en vouloir ?

Notre aventure de trois jours s'était arrêtée net, comme nous nous y attendions tous deux sans vouloir l'admettre. Je ne pouvais imaginer que nos chemins se recroiseraient ; si cela devait arriver, nous nous contenterions de deux ou trois parties de jambes en l'air avant que la vie nous sépare de nouveau. Elle connaîtrait bien des hommes avant de trouver celui qu'il lui fallait. Assis sur le balcon de mon bureau, j'attendais qu'elle se gare devant le journal en sachant qu'elle devait déjà rouler sur les routes de l'Arkansas. Nous avions commencé la journée ensemble, impatients de retourner au tribunal pour voir le meurtrier de sa sœur condamné à la peine capitale.

J'ai commencé à rédiger à chaud un éditorial sur le verdict. Une attaque virulente contre le code pénal du Mississippi, honnête et sincère, qui serait bien accueillie par mes lecteurs.

Un coup de téléphone m'a coupé dans mon élan : c'était Esau. Il était à l'hôpital, au chevet de miss Callie, et me demandait de le rejoindre rapidement.

Elle avait eu un malaise au moment où elle montait en voiture, devant le tribunal. Esau et ses trois fils l'avaient transportée en hâte à l'hôpital et ils avaient bien fait. Sa tension artérielle était très élevée ; le médecin redoutait une attaque. Au bout de deux heures, son état s'était stabilisé et le pronostic était plus optimiste. Je lui ai serré la main un instant et je l'ai assurée que j'étais très fier d'elle. Ce que j'aurais voulu, c'est qu'elle me fasse le récit de ce qui s'était passé dans la salle des délibérations.

Jamais je ne l'entendrais de sa bouche.

J'ai bu des cafés jusqu'à minuit dans le réfectoire de l'hôpital, avec Esau et ses fils. Elle n'avait pas dit un mot sur les délibérations.

Nous avons parlé d'eux, de leurs frères et sœurs, de leurs enfants et de leurs carrières, de leur jeunesse à Clanton. Chacun y allait de son histoire ; je me suis retenu de prendre du papier et un stylo.

20

Pendant mes six premiers mois à Clanton, j'ai profité aussi souvent que possible des week-ends pour fuir la ville. Il y avait si peu à faire. À part les barbecues de chèvre d'Harry Rex et un cocktail d'où j'étais reparti vingt minutes après mon arrivée, je n'avais eu l'occasion de fréquenter personne. Les jeunes gens de mon âge étaient presque tous mariés. Ils s'éclataient en organisant des « soirées crèmes glacées » le samedi dans les innombrables églises de la ville. La plupart de ceux qui partaient faire des études supérieures ne revenaient jamais.

Pour fuir l'ennui, je me rendais parfois à Memphis, le plus souvent chez un ami, rarement dans la maison familiale. Parfois aussi jusqu'à La Nouvelle-Orléans où vivait une vieille copine de lycée qui aimait faire la fête. Mais l'avenir proche, c'était le *Times*. Je résidais à Clanton ; j'allais devoir m'adapter à la vie d'une petite ville, avec ses mornes week-ends. Le journal est devenu mon refuge.

J'y suis allé le lendemain du verdict, vers midi. J'avais plusieurs articles à rédiger sur le procès et mon éditorial était loin d'être terminé. En ouvrant la porte, j'ai découvert sept lettres sur le plancher. C'était une longue tradition du *Times*. Les rares fois où Spot avait écrit quelque chose qui avait suscité la réaction d'un lecteur, la lettre au rédacteur en chef était glissée sous la porte.

Quatre étaient signées, les autres anonymes. Deux étaient tapées à la machine, les autres manuscrites. L'une d'elles était quasi indéchiffrable. Toutes les sept exprimaient l'indignation de leur auteur à la suite de la condamnation à perpétuité de Danny Padgitt. Je n'étais pas surpris par la vindicte sanguinaire de mes concitoyens mais j'ai été horrifié de découvrir que six des sept lettres faisaient allusion à miss Callie. La première, tapée à la machine, n'était pas signée. Elle disait :

Monsieur le rédacteur en chef,

Quand je vois qu'un hors-la-loi comme Danny Padgitt peut violer, tuer et sauver sa tête, j'ai l'impression que notre ville est tombée plus bas que jamais. La présence d'une Noire dans le jury doit nous rappeler que ces gens-là ne pensent pas comme nous, Blancs respectueux des lois.

Mme Edith Caravelle, de Beech Hill, avait une belle écriture.

Monsieur le rédacteur en chef,

J'habite à un peu plus d'un kilomètre de l'endroit où a eu lieu le meurtre. Je suis la mère de deux enfants adolescents. Comment pourrai-je leur expliquer ce verdict ? La Bible dit « Œil pour œil, dent pour dent ». Je suppose que la loi du talion ne s'applique pas dans le comté de Ford.

Un anonyme avait choisi un papier à lettres rose, parfumé et bordé d'un motif floral.

Monsieur le rédacteur en chef,

Voyez ce qui arrive quand on confie des responsabilités à des Noirs. Un jury blanc aurait pendu Padgitt haut et court en plein tribunal. Et aujourd'hui, la Cour suprême décide que les Noirs vont enseigner à nos enfants, faire la police dans nos rues et se présenter aux élections. Que Dieu nous protège !

En tant que rédacteur en chef, propriétaire et éditeur, j'avais tout pouvoir de décision sur ce qui était imprimé dans le *Times*. Je pouvais publier les lettres, les jeter à la corbeille, choisir celles que je voulais. Lorsqu'elles traitaient de sujets controversés, les lettres à la rédaction suscitaient toujours de vives réactions. Elles animaient le débat. Et faisaient vendre. En contrepartie, le journal leur offrait le seul moyen de diffusion possible et un forum de discussion inespéré. La rubrique « Courrier des lecteurs » était entièrement gratuite.

En lisant celles de cette première vague, j'ai décidé de ne rien publier qui puisse nuire à miss Callie. J'étais furieux qu'elle soit soupçonnée d'avoir empêché le jury de prendre une décision unanime en faveur de la peine capitale.

Pourquoi était-on si pressé de rejeter la responsabilité d'un verdict impopulaire sur la seule personne de couleur du jury ? Sans avoir la moindre preuve ? Je me suis juré de découvrir ce qui s'était réellement passé dans la salle des délibérations, et j'ai aussitôt pensé à Harry Rex. Le lundi matin, Baggy prétendrait savoir précisément qui avait voté pour quoi ; il avait toutes les chances de se tromper. Si quelqu'un pouvait apprendre la vérité, c'était Harry Rex.

Wiley Meek est passé et m'a mis au courant des derniers ragots. Dans les cafés, les gens s'enflammaient.

Le nom des Padgitt était honni. On n'avait que mépris pour Lucien Wilbanks ; ce n'était pas nouveau. Le shérif Coley pouvait penser à sa retraite : il n'obtiendrait pas cinquante voix aux prochaines élections. Deux adversaires s'étaient déjà manifestés.

Selon une version qui circulait, il y avait eu onze voix pour la chambre à gaz, une seule contre. « Probablement la négresse », avait lancé quelqu'un qui se faisait l'écho du sentiment en cours ce matin-là, vers 7 heures, au Tea Shoppe. Un adjoint du shérif en faction devant la salle du jury aurait confié à quelqu'un qu'il y avait eu six voix pour et six contre. Mais, dès 9 heures du matin, cette version était battue en brèche. En fin de matinée, deux hypothèses principales s'affrontaient autour de la grand-place. Un, miss Callie avait tout fait foirer parce qu'elle était noire ; deux, les Padgitt avaient réussi à acheter deux ou trois jurés, outre cette sale menteuse de Lydia Vince.

De l'avis de Wiley, la seconde hypothèse avait plus de partisans que la première mais bien des gens étaient prêts à croire n'importe quoi. En fait, ces potins de comptoir n'avaient aucune utilité.

En fin d'après-midi, après avoir traversé la voie ferrée, j'ai roulé lentement dans la ville basse. Il y avait de l'animation dans les rues : gamins à vélo, parties de basket-ball improvisées, porches grouillant de monde, musique filtrant par la porte entrouverte des bars, rires des hommes groupés devant les magasins. Tout le monde était dehors, comme pour se mettre en train pour les festivités du samedi soir. Les gens m'observaient en faisant des signes, plus intéressés par ma drôle de petite voiture que par la couleur de ma peau.

Il y avait du monde sous le porche de miss Callie. Al, Max et Bobby discutaient avec le révérend Thurston

Small et un diacre élégamment vêtu de leur église. Esau était à l'intérieur ; il s'occupait de sa femme. Sortie le matin de l'hôpital, miss Callie avait obligation de garder le lit trois jours, sans remuer le petit doigt. Max m'a conduit jusqu'à sa chambre.

Elle était assise dans son lit, le dos soutenu par des oreillers, une bible entre les mains. Quand elle m'a vu, son visage s'est éclairé d'un large sourire.

— Comme c'est gentil à vous, monsieur Traynor, de passer me voir. Prenez un siège, je vous en prie. Esau, va chercher du thé pour M. Traynor.

Esau, comme à son habitude, a obéi sans discuter.

J'ai pris place à son chevet, dans un fauteuil au dossier en bois. Elle ne paraissait pas du tout malade.

— Ce qui me préoccupe surtout, commençai-je en souriant, c'est de savoir si nous déjeunerons ensemble jeudi.

Nous avons éclaté de rire.

— Je suis en état de faire la cuisine, affirma-t-elle.

— Pas question. J'ai une meilleure idée : c'est moi qui apporterai la nourriture.

— Voilà un sujet d'inquiétude.

— Je l'achèterai sur la route. Quelque chose d'un peu plus léger que d'ordinaire, un sandwich, par exemple.

— Ce sera très bien, fit-elle en me tapotant le genou. Mes tomates seront bientôt mûres.

Sa main s'est écartée, son sourire s'est effacé et elle a détourné son visage.

— Nous n'avons pas fait du bon travail, n'est-ce pas, monsieur Traynor ? lâcha-t-elle d'une voix où se mêlaient la tristesse et la déception.

— Le verdict n'a pas été bien accueilli.

— Il n'est pas celui que je voulais.

Elle n'aborderait plus, de très longtemps, le sujet des délibérations. Esau m'a confié par la suite que les onze autres jurés avaient prêté serment sur la Bible de ne rien dire de leur décision. Miss Callie avait refusé mais elle avait donné sa parole de ne pas révéler leurs secrets.

Je l'ai laissée se reposer et j'ai rejoint sous le porche ses fils et leurs invités. J'ai passé deux heures à les écouter deviser des choses de la vie. Je suis resté dans un coin, un verre de thé à la main, à l'écart de la conversation. De temps en temps, je m'éloignais pour m'imprégner des bruits de la ville basse.

Après le départ du révérend et du diacre, il ne restait plus que les Ruffin sous le porche. La conversation en est venue au procès, au verdict et à la manière dont il avait été accueilli de l'autre côté de la voie ferrée.

— A-t-il vraiment menacé les jurés ? m'a demandé Max.

J'ai fait le récit de l'épisode, Esau soulignant, quand besoin était, tel ou tel point. Ils se sont montrés aussi bouleversés que ceux qui avaient assisté à la scène.

— Dieu merci, il sera enfermé jusqu'à la fin de ses jours ! soupira Bobby.

Je n'ai pas eu le courage de leur dire la vérité. Ils étaient extrêmement fiers de leur mère, comme ils l'avaient toujours été.

Je n'avais plus envie de parler du procès. J'ai pris congé des Ruffin vers 21 heures, j'ai traversé la ville basse à petite vitesse et je suis rentré chez moi. Ginger me manquait.

Le verdict a fait bouillir la ville de colère pendant plusieurs jours. Nous avons reçu au total dix-huit lettres de lecteurs ; j'en ai publié six dans le numéro suivant. La moitié des pages était consacrée au procès, ce qui a évidemment attisé les passions.

À mesure que l'été avançait, je commençais à me

demander si on cesserait un jour de parler de Danny Padgitt et de Rhoda Kassellaw.

Puis, brusquement, ils sont tombés dans l'oubli. D'un seul coup, en moins de vingt-quatre heures pour être précis, le procès est entré dans le passé.

Des deux côtés de la voie ferrée, quelque chose de bien plus important occupait maintenant les esprits.

Deuxième partie

21

Un arrêt de la Cour suprême qui ne laissait aucune place aux doutes ni aux atermoiements ordonnait la fin immédiate du double système d'éducation. Finies les dérobades, les actions dilatoires, les promesses. L'intégration se ferait sans délai ; l'émotion était forte, à Clanton, comme dans toutes les villes du Sud.

Harry Rex m'a apporté le texte de la décision de la haute juridiction et s'est efforcé de m'en expliquer les subtilités. Ce n'était pas si compliqué. Chaque secteur scolaire était tenu de mettre en œuvre sur-le-champ un plan de déségrégation.

— C'est bon pour le tirage, lâcha l'avocat, un cigare éteint fiché au coin des lèvres.

Des réunions de toute sorte se sont aussitôt tenues aux quatre coins de la ville ; il m'a fallu en assurer la couverture. Un soir de la mi-juillet, sous une chaleur encore étouffante, une réunion publique a eu lieu dans le gymnase du lycée. Les gradins étaient bondés, le parquet rempli de parents inquiets. Me Walter Sullivan, l'avocat du *Times*, représentait également le conseil d'administration de l'établissement. On lui avait donné la parole, car il n'avait pas à se préoccuper des prochaines élections ; les politiciens préféraient s'abriter derrière lui. Sans tourner autour du pot, il a annoncé que, six semaines plus tard, quand les établissements scolaires du comté de Ford ouvriraient leurs portes, la déségrégation serait totale.

Une réunion de moindre importance se tenait à l'école noire de Burley Street. J'y suis allé avec Baggy et Wiley, qui a pris des photos. Me Sullivan était encore là ; il a expliqué au public ce qui allait se passer. Il a été interrompu deux fois par des applaudissements.

La différence entre les deux réunions était pour le moins étonnante. D'un côté, des parents blancs furieux et effrayés – j'avais vu plusieurs femmes en larmes : le jour fatidique était arrivé. De l'autre, à l'école noire, flottait un parfum de victoire. Les parents étaient inquiets mais, surtout, ils exultaient à l'idée que leurs enfants seraient acceptés dans de meilleurs établissements. Il y avait encore beaucoup de retard en matière de logement, d'emploi et de santé mais l'intégration dans les établissements secondaires était un gigantesque pas en avant dans leur lutte pour les droits civils.

Miss Callie et Esau étaient présents ; on les traitait avec le plus grand respect. Six années auparavant, ils avaient franchi la porte de l'école blanche accompagnés de Sam et y avaient abandonné leur fils à son sort. Il avait été pendant trois ans le seul élève noir de sa classe. Sa famille en avait souffert. Il semblait maintenant que l'audace avait payé, du moins pour eux ; Sam n'était pas là pour dire ce qu'il en pensait.

Il y avait encore une autre réunion : celle des fidèles de la Première Église baptiste. Réservée aux Blancs des catégories sociales plutôt favorisées. Les organisateurs avaient commencé à rassembler des fonds pour construire une école privée ; d'un seul coup, il y avait urgence. Plusieurs médecins et avocats étaient présents, le genre country-club. Leurs enfants étaient, semblait-il, trop bien pour aller à l'école avec des Noirs.

Ils préparaient en hâte un plan pour ouvrir des classes dans une usine abandonnée, au sud de la ville. Le bâtiment serait loué un ou deux ans, jusqu'à ce que les capitaux nécessaires soient réunis. Ils remuaient ciel et terre pour recruter des professeurs et commander des livres mais leur préoccupation première – après la nécessité de se démarquer des Noirs – était de savoir s'il convenait de former une équipe de football. À certains moments, on était proche de l'hystérie. Comme si un système scolaire qui resterait de toute façon aux trois quarts blanc pouvait receler de graves dangers pour leur progéniture.

J'ai signé de longs articles et osé des gros titres accrocheurs. Harry Rex avait vu juste : les ventes ont augmenté. À la fin du mois de juillet, le tirage dépassait cinq mille exemplaires, un magnifique redressement. Après l'affaire Kassellaw et la déségrégation, je commençais à toucher du doigt ce que mon ami Nick Diener m'avait ainsi résumé : « Un bon hebdomadaire de petite ville n'imprime pas des journaux. Il imprime des billets. »

Il fallait sans cesse du nouveau, ce qui, à Clanton, n'était pas toujours facile à trouver. Les semaines creuses, je publiais un article un rien emphatique sur les dernières nouvelles du pourvoi formé par Danny Padgitt. Il se trouvait en général au bas de la une et, en le lisant, on pouvait croire que le meurtrier allait sortir d'un jour à l'autre du pénitencier de Parchman. Je ne suis pas sûr que cela intéressait encore beaucoup mes lecteurs. Début août, les ventes ont fait un nouveau bond après que Davey Bass, notre chroniqueur sportif, alias « La grande gueule », m'eut expliqué le rituel du football scolaire.

Wilson Caudle ne s'intéressait pas au sport. C'était

son droit, même si tout le monde, dans notre petite ville, vivait le vendredi soir au rythme des rencontres des Cougars. Les comptes rendus de Davey Bass, relégués dans les dernières pages, étaient rarement accompagnés d'une photographie. J'ai flairé la bonne affaire : les Cougars sont passés à la une.

Ma carrière de joueur de football s'était achevée en troisième, par la faute d'un ex-Marine sadique que mon école secondaire privée avait recruté pour nous entraîner. À Memphis, au mois d'août, il fait une chaleur tropicale ; la pratique du football devrait y être interdite. Je faisais ce jour-là des tours de terrain, avec tout mon harnachement, casque compris. La chaleur était lourde, la température atteignait 35 °C, mais l'entraîneur refusait de nous donner à boire. Des courts de tennis bordaient le terrain. En levant les yeux, après avoir fini de vomir, j'ai vu deux filles qui jouaient en double avec deux garçons. Le spectacle était agréable mais mon attention a surtout été retenue par les grandes bouteilles d'eau fraîche auxquelles ils allaient se servir aussi souvent qu'ils le voulaient.

J'ai plaqué le football au profit du tennis et des filles ; je ne l'ai jamais regretté. Mes matches de tennis ayant lieu le samedi après-midi, je n'étais pas initié à la religion du football, dont le culte se pratique le vendredi soir.

Je m'y suis converti.

Quand les Cougars se sont réunis pour le premier entraînement de la saison, Davey Bass et Wiley étaient là pour couvrir l'événement. Nous avons publié en première page une photo grand format de quatre joueurs de l'équipe, deux Blancs et deux Noirs, et une autre de l'entraîneur et de son staff, qui comprenait un assistant noir. L'article de Davey traitait sur plusieurs colonnes de l'équipe, des joueurs, des perspectives pour la nouvelle saison – et ce n'était que la reprise de l'entraînement.

Nous avons couvert la rentrée scolaire, avec des interviews d'élèves, de professeurs, de responsables de l'administration sur un ton franchement positif. Au vrai, Clanton était épargné par l'agitation raciale, si répandue dans le Sud profond en cette occasion.

Le *Times* publiait de longs articles sur les pom-pom girls, les fanfares, les différentes équipes des collèges – toutes les idées étaient bonnes à prendre –, et chaque entrefilet était accompagné de plusieurs photographies. J'ignore combien d'enfants n'ont pas vu leur photo dans notre journal, mais ils ne devaient pas être nombreux.

Le premier match de football de la saison était un derby rugueux contre l'équipe de Karaway, une ville voisine, bien plus petite, mais disposant d'un meilleur entraîneur. J'ai suivi la rencontre en compagnie d'Harry Rex ; nous nous sommes enroués à force de crier. Le stade avait été pris d'assaut par un public principalement blanc.

Ces gens si farouchement opposés à l'intégration des élèves noirs au système d'éducation ont été métamorphosés, ce vendredi soir. Ils assistaient à l'éclosion d'une vedette. Dans le premier quart temps, un gringalet noir à la détente prodigieuse a marqué un essai après une course de soixante-dix mètres. Puis un autre après une course de trente-cinq mètres. Il s'appelait Ricky Patterson. Après quoi, dès qu'un équipier lançait le ballon dans sa direction, le public se levait en hurlant de joie. Six semaines après l'abolition de la ségrégation raciale dans les écoles, j'ai vu des péquenots intolérants et obtus brailler en sautant comme des cabris chaque fois que Ricky touchait le ballon.

Clanton l'a emporté sur le fil 34 à 30. Nous avons mis

le paquet, consacrant sans vergogne toute la une au football. Nous avons aussi pris l'initiative de récompenser le « Joueur de la semaine » en lui attribuant une bourse d'un montant de cent dollars. Ricky a été notre premier lauréat, un prétexte pour une nouvelle interview et une nouvelle photographie.

L'équipe de Clanton a remporté ses quatre premiers matches, déchaînant des passions dont le *Times* se faisait l'écho. Notre tirage a atteint cinq mille cinq cents exemplaires.

Un jour particulièrement chaud du début septembre, j'ai fait le tour de la grand-place pour me rendre à la banque. J'étais habillé comme à mon habitude – jean délavé, chemise en coton froissée aux manches retroussées, pieds nus dans mes mocassins. J'avais vingt-quatre ans, j'étais propriétaire d'un journal, je m'éloignais lentement du temps des études pour embrasser une carrière. Très lentement. J'avais les cheveux longs et je m'habillais encore comme un étudiant. En règle générale, je ne me préoccupais guère de ce que je portais ni de l'image que je donnais de moi.

Tout le monde ne partageait pas cette insouciance.

Sur le trottoir, M. Mitlo m'a empoigné par le bras pour m'entraîner dans sa petite boutique de confection pour hommes.

— Je vous attendais, fit-il avec son accent à couper au couteau.

Originaire de Hongrie, Mitlo avait fui l'Europe en abandonnant derrière lui un ou deux enfants, une histoire rocambolesque dont j'ignorais les détails. Il était inscrit sur ma liste des figures locales dignes d'intérêt, auxquelles je m'étais promis de consacrer un article dès la fin de la saison de football.

— Quelle dégaine ! ricana-t-il tandis que je me

tenais sur le seuil de sa boutique, près d'un présentoir à ceintures.

Mais il souriait. À un étranger, on peut facilement pardonner une excessive liberté de langage.

J'ai regardé mes vêtements en me demandant quel était le problème.

À l'évidence, il y en avait plus d'un.

— Vous avez une situation, commença-t-il. Vous êtes quelqu'un de très important dans cette ville, et vous voilà habillé comme… euh, comme…

Il a gratté la barbe de son menton en cherchant le mot injurieux qui convenait.

— Un étudiant ? hasardai-je.

— Non, répliqua-t-il en agitant l'index pour indiquer qu'un étudiant n'avait pas si piètre allure.

Il a renoncé à trouver une image blessante, préférant un sermon.

— Vous êtes unique… Combien de gens sont propriétaires d'un journal ? Vous avez de l'instruction, ce qui est rare par chez nous. Et vous venez du Nord ! Vous êtes jeune mais vous ne devriez pas paraître si immature. Nous allons améliorer votre image.

Nous nous sommes donc mis au travail. Je n'avais pas le choix : Mitlo était un des plus gros annonceurs du journal et je ne pouvais pas l'envoyer paître. De plus, il y avait du vrai dans ce qu'il disait. Ma vie d'étudiant appartenait au passé, la révolution était terminée. J'avais échappé au Vietnam, survécu aux années 60, mis un terme à mes études. Même si je n'étais pas prêt à prendre femme ni à fonder une famille, j'entrais dans l'âge adulte.

— Il vous faut des costumes, poursuivit Mitlo d'un ton péremptoire en m'entraînant entre les présentoirs.

On racontait qu'il avait apostrophé un jour le directeur d'une banque pour lui faire remarquer que sa chemise était mal assortie à son costume. Il ne s'entendait pas du tout avec Harry Rex.

Je n'allais pas me mettre à porter des costumes gris et des chaussures fines. Il a pris sur un cintre un costume en coton bleu pâle, cherché une chemise blanche et choisi un nœud papillon à rayures rouges et or.

— Essayons cela. Par ici, déclara-t-il, son choix fait, en montrant une cabine d'essayage.

Par chance, le magasin était vide. Je me suis laissé faire.

Le nœud papillon me résistait. Mitlo a levé prestement les bras et l'a mis en place en un tournemain.

— Beaucoup mieux, fit-il en examinant le produit fini.

Je me suis longuement regardé dans le miroir. Je ne savais que penser de ce que je voyais mais cette transformation m'intriguait. Elle me donnait un genre, une individualité.

Que je le veuille ou non, ce costume allait devenir le mien. Il me faudrait le porter au moins une fois.

Pour peaufiner son œuvre, Mitlo a apporté un panama blanc qui faisait pas mal du tout sur mes cheveux en désordre. En disposant le couvre-chef comme il convenait, il a repoussé une mèche derrière mon oreille.

— Trop de cheveux, Vous êtes un homme important ; il faut les couper.

Il avait des retouches à faire sur la veste et le pantalon, et la chemise à repasser. Le lendemain, je suis venu prendre livraison de ma nouvelle tenue. Je voulais juste l'emporter chez moi et attendre pour la mettre une journée où il n'y aurait pas grand-chose à faire au journal. J'avais prévu d'aller alors directement chez Mitlo de façon à ce qu'il me voie dans sa création.

Il ne l'entendait manifestement pas de cette oreille. Il a insisté pour que je l'essaie sur-le-champ, après quoi il m'a demandé de marcher autour de la grand-place pour me faire complimenter.

— Je suis vraiment pressé, protestai-je.

La chancellerie était en session ; il y avait donc du monde en ville.

— J'insiste ! s'écria-t-il d'un ton théâtral, la main levée pour repousser toute velléité de négociation.

Il a redressé le panama et ajouté la touche finale : un long cigare noir dont il a coupé le bout avant de le placer entre mes lèvres. Il a craqué une allumette.

— Une image forte, déclara-t-il fièrement. Le seul et unique éditeur de la ville. Vous pouvez y aller.

Sur les cent premiers mètres, personne ne m'a reconnu. Deux fermiers en discussion devant la graineterie m'ont regardé d'un œil torve, mais je n'aimais pas non plus la manière dont ils étaient habillés. Le cigare à la bouche, j'avais l'impression d'être Harry Rex. Avec cette différence que le mien était allumé. Et qu'il était fort. J'ai pressé le pas en passant devant son cabinet. Gladys Wilkins tenait l'agence d'assurances de son mari. La quarantaine, très jolie, toujours élégante. Elle s'est arrêtée net en me voyant.

— Monsieur Willie Traynor… Quel air distingué !

— Merci.

— Ne dirait-on pas Mark Twain ?

En reprenant ma route, je me sentais mieux. Deux secrétaires se sont retournées à mon passage.

— J'adore ce nœud papillon, lança l'une d'elles.

Clare Ruth Seagraves m'a arrêté pour m'entreprendre sur un article que j'avais écrit des mois auparavant, dont j'avais tout oublié. En parlant, elle a examiné successivement mon costume, mon nœud papillon, mon panama et même le cigare, qui n'a provoqué aucune réaction.

— Vous êtes bien élégant, monsieur Traynor, fit-elle, aussitôt embarrassée par sa franchise.

J'ai terminé le tour de la place d'un pas de plus en plus lent. Mitlo avait vu juste : j'avais une situation, j'étais un homme important à Clanton, même si je ne me prenais pas pour quelqu'un d'important. Une nouvelle image était à l'ordre du jour.

Il faudrait quand même que je trouve des cigares un peu moins forts, ai-je pensé. De retour devant la boutique de Mitlo, la tête commençait à me tourner ; j'ai été obligé de m'asseoir.

Il a commandé un autre costume bleu et deux gris clair. Il avait décidé que ma garde-robe ne devait pas être aussi sombre que celle d'un avocat ou d'un banquier, mais plus décontractée, plus originale. Il ferait tout pour me trouver des nœuds papillons raffinés et des étoffes de qualité pour l'automne et l'hiver.

Dans les semaines qui ont suivi, Clanton s'est habitué à voir un autre homme déambuler sur la grand-place. Je ne passais pas inaperçu, surtout des personnes du beau sexe. Harry Rex se moquait de moi, lui qui restait si mal fagoté.

Les femmes adoraient mon nouveau genre.

22

Fin septembre, dans la même semaine, nous avons eu deux décès notables. Wilson Caudle pour commencer. Il s'est éteint chez lui, seul, dans la chambre où il se cloîtrait depuis le jour où il avait vendu le *Times*. Il pouvait sembler curieux que je ne lui aie pas rendu visite une seule fois, depuis que j'avais pris les rênes du journal, six mois plus tôt, mais j'avais été trop occupé pour m'en soucier. Je ne voulais en aucun cas recevoir des conseils de Spot. Et personne de ma connaissance ne l'avait vu ni ne lui avait parlé depuis six mois.

Mort un jeudi, il a été porté en terre le samedi. La veille de l'enterrement, je me suis précipité chez Mitlo pour choisir avec lui la tenue appropriée pour une personne dans ma position. Il m'a conseillé un complet noir et un nœud papillon assorti dont justement il avait un exemplaire. Étroit, à rayures noires et bordeaux, il faisait très digne, très respectable ; j'ai dû reconnaître que l'image renvoyée par le miroir était impressionnante. Mitlo a choisi dans sa collection personnelle un feutre noir et annoncé avec fierté qu'il me le prêtait pour la cérémonie funèbre.

Selon son opinion, souvent affirmée, c'était une

honte que les hommes, en Amérique, ne portent plus de chapeau.

Il a tenu à ajouter un dernier accessoire : une canne en bois d'un noir luisant. Quand il me l'a montrée, j'ai écarquillé les yeux.

— Je n'ai pas besoin d'une canne, déclarai-je.

Cela me paraissait ridicule.

— Prenez-la, fit-il en me lançant l'objet.

— Pour quoi faire ?

Il s'est alors lancé dans une évocation époustouflante du rôle crucial joué par la canne dans l'évolution de la mode masculine en Europe. Il vivait son récit avec passion ; plus il s'enflammait, plus son accent était marqué et moins je comprenais ce qu'il racontait. Pour le faire taire, j'ai pris la canne.

Le lendemain, à mon entrée dans l'église méthodiste où avait lieu le service funèbre de mon prédécesseur, les dames m'ont regardé avec étonnement. Quelques hommes aussi, qui se demandaient ce que je pouvais bien faire avec un chapeau noir et une canne.

— Il va sans doute nous présenter un numéro de claquettes, a murmuré derrière moi Stan Atcavage, mon banquier, d'une voix juste assez forte pour que j'entende.

— Il a dû passer chez Mitlo, a soufflé quelqu'un d'autre.

Par mégarde, j'ai heurté un banc de ma canne ; le bruit a fait sursauter ceux qui se trouvaient à proximité. Je ne savais pas quoi faire de cette canne, assis sur un banc d'église ; je l'ai coincée entre mes jambes et j'ai mis mon chapeau sur mes genoux. Donner de soi l'image que l'on souhaite demande du travail. En regardant autour de moi, j'ai aperçu Mitlo : il rayonnait de bonheur.

Le chœur a entonné un hymne et nous nous sommes recueillis. Le révérend Clinkscale a retracé la vie de

Wilson Caudle : né en 1896, fils unique de miss Emma Caudle, veuf et sans enfant, ancien combattant de la Première Guerre mondiale, rédacteur en chef pendant plus d'un demi-siècle de l'hebdomadaire local. Il avait porté la notice nécrologique à la hauteur d'un art ; ce serait à jamais le titre de gloire de Wilson Caudle.

Le pasteur a continué de discourir jusqu'à ce que la voix d'un soliste l'interrompe. C'était mon quatrième enterrement depuis mon arrivée à Clanton. À part celui de ma mère, je n'avais précédemment assisté à aucun. Dans les relations sociales d'une petite ville un enterrement était un événement important. J'ai entendu en ces occasions de vraies perles, du genre : « C'était un joli service », ou bien « Prenez soin de vous jusqu'à l'enterrement », ou encore, ma préférée : « Elle aurait vraiment aimé ça. » « Elle » étant, bien entendu, la défunte.

On prenait du temps sur les heures de travail et on se mettait sur son trente et un. Celui qui n'assistait pas à la cérémonie était mal vu. Suffisamment desservi par mes quelques singularités, j'étais résolu à honorer les morts comme il convenait.

À l'annonce du deuxième décès, qui avait eu lieu la nuit précédente mais que je n'ai appris que le lundi matin, je me suis précipité chez moi pour y prendre mon pistolet.

Malcolm Vince avait été abattu de deux balles dans la tête, à la sortie d'un bar de nuit, au fin fond du comté de Tishomingo. La vente d'alcool étant interdite dans ce comté, le débit de boissons illégal avait été installé à l'écart des routes.

Il n'y avait aucun témoin. Malcolm avait bu de la bière et joué au billard ; il s'était bien tenu, n'avait cherché querelle à personne. Deux de ses connaissances déclareraient à la police qu'il était parti vers 23 heures, seul, après avoir passé trois heures dans l'établissement. Il était de bonne humeur et n'avait pas beaucoup bu. Il était sorti en leur faisant au revoir de la main ; quelques secondes plus tard, ils avaient entendu des détonations. Ils se disaient certains, ou presque, que Malcolm n'était pas armé.

Le bouge se trouvait au bout d'une piste ; à mi-chemin, une sentinelle armée d'un fusil gardait le passage. Sa tâche consistait, en théorie, à alerter le propriétaire du lieu de l'approche de la police ou de visiteurs louches. Tishomingo se trouvait à la frontière de l'État et il y avait eu dans le passé des batailles rangées entre des bandes de voyous venus de l'Alabama. On venait régler des comptes, dans ces bars de nuit. La sentinelle avait entendu les coups de feu mais elle était certaine de n'avoir vu repartir aucune voiture ni aucun pick-up après la fusillade.

Celui ou ceux qui avaient tué Malcolm étaient arrivés à pied, par le bois, dans le but de le liquider. Je me suis entretenu avec le shérif du comté. Il était d'avis que quelqu'un en voulait à Malcolm ; cela ne ressemblait pas à une querelle d'ivrognes qu'on allait régler dehors.

— Savez-vous qui aurait pu en vouloir à M. Vince ? demandai-je, espérant que Malcolm s'était fait des ennemis loin de Clanton.

— Aucune idée. Il ne vivait pas ici depuis longtemps.

Pendant quarante-huit heures, le pistolet n'a pas quitté ma poche, puis je me suis dit que cela ne changerait rien. Si les Padgitt voulaient me tuer, moi ou un des jurés, le juge Loopus, Ernie Gaddis ou quiconque pouvant être considéré comme responsable d'avoir fait condamner Danny, aucune arme ne les arrêterait.

Le numéro du *Times* de la semaine suivante était consacré à Wilson Caudle. J'ai déniché dans les archives quelques vieilles photos qui ont fait la première page. Nous avons publié des témoignages, des articles et des tas de condoléances payantes rédigées par ses nombreux amis. J'ai ensuite remanié le tout pour en faire la plus longue notice nécrologique de l'histoire du journal.

Spot le méritait.

Je ne savais comment traiter la mort de Malcolm Vince. Comme il ne résidait pas dans le comté de Ford, il n'avait pas droit à une notice nécrologique, mais nous étions souples. Un ex-concitoyen en vue établi ailleurs bénéficierait d'une nécro à condition qu'il y ait matière à écrire. Il n'en allait pas de même pour un résident éphémère, sans famille dans le comté, et sans implication dans la vie locale. C'était le cas de Malcolm Vince.

Si je montais le sujet en épingle, les Padgitt auraient la satisfaction de voir leur politique de terreur porter ses fruits et la poursuivraient de plus belle. Aucun de ceux qui étaient au courant du meurtre n'imaginait d'autres coupables.

Si je choisissais de ne pas en parler, je me dérobais à ma responsabilité de journaliste. Baggy estimait que la nouvelle méritait la une, mais nos adieux à Wilson Caudle occupaient toute la place. Je l'ai publiée en haut de la page trois, sous le titre :

UN TÉMOIN DU PROCÈS PADGITT ASSASSINÉ À TISHOMINGO. Ma première idée avait été MALCOLM VINCE ASSASSINÉ À TISHOMINGO, mais Baggy avait insisté pour que le nom des Padgitt et le mot « assassiné » soient accolés dans le titre. L'article comptait trois cents mots.

Je me suis rendu à Corinth pour y fouiner un peu. Harry Rex m'avait donné le nom de l'avocat chargé du divorce de Malcolm, un certain Pud Perryman. Son cabinet se trouvait dans la grand-rue, entre un coiffeur pour hommes et une couturière chinoise. J'ai su en poussant la porte que Me Perryman était l'avocat le plus minable qu'il me serait jamais donné de connaître. Affaires perdues, clients insatisfaits, factures impayées, tout cela était perceptible d'emblée. La moquette était tachée, usée jusqu'à la corde. Le mobilier datait des années 1950. D'âcres relents de tabac flottaient dans les pièces.

Aucun signe de prospérité non plus sur la personne de Me Perryman : quarante-cinq ans, bedonnant, peu soigné, pas rasé, les yeux rouges. La gueule de bois de la veille avait du mal à passer. Il m'a informé qu'il était spécialisé dans le divorce et l'immobilier, comme si cela devait m'impressionner. Soit ses honoraires n'étaient pas assez élevés, soit il attirait des clients qui n'avaient pas grand-chose à vendre ni à partager.

Il m'a affirmé, tout en cherchant un dossier dans l'indescriptible fouillis entassé sur son bureau, qu'il n'avait pas vu Malcolm depuis un mois. La procédure de divorce n'avait pas été engagée. Ses tentatives pour trouver un accord avec l'avocat de Lydia étaient restées infructueuses.

— Elle s'est barrée, conclut-il.

— Pardon ?

— Elle est partie. Elle a pris ses cliques et ses claques et elle a disparu. Avec l'enfant.

Je me contrefoutais de ce qu'était devenue Lydia. Ce que je voulais savoir, c'était qui avait tué Malcolm. L'avocat a avancé deux ou trois vagues hypothèses qui se sont effondrées après quelques questions. Il me rappelait Baggy, qui n'hésitait jamais à lancer une rumeur s'il n'en avait pas à colporter.

Lydia n'avait ni petit ami ni frère au sang chaud, susceptible de loger deux balles dans la tête de Malcolm. Ils n'étaient même pas en instance de divorce. Les coups bas n'avaient pas encore commencé.

Me Perryman donnait l'impression de préférer bavasser

et raconter des histoires que de travailler sur ses dossiers. Quand j'ai enfin réussi à prendre congé, après une petite heure passée dans son bureau, j'avais besoin d'air pur.

Il y avait une demi-heure de route jusqu'à Iuka, le centre administratif du comté de Tishomingo. Je suis arrivé juste à temps pour inviter le shérif Spinner à déjeuner. Devant un poulet grillé, dans un café bondé, il m'a mis au courant des derniers développements de l'enquête. Le crime était l'œuvre d'un individu qui connaissait bien le coin. La police n'avait rien trouvé, ni empreintes ni douilles, rien. L'arme était un magnum 11 millimètres ; les deux balles avaient presque arraché la tête de la victime. D'un geste théâtral, il a sorti son arme de service de son étui et me l'a tendu.

— Voici un calibre 11 millimètres.

Le revolver était deux fois plus lourd que le mien ; sa vue m'a coupé l'appétit.

La police avait interrogé toutes les connaissances de Malcolm, mais il ne vivait dans le comté que depuis cinq mois. Son casier judiciaire était vierge : aucune condamnation pour voie de fait, jeux clandestins, désordre ou ivresse sur la voie publique.

Il se rendait une fois par semaine dans ce bar où il jouait au billard et buvait quelques bières sans faire d'histoires. Il n'avait ni mensualité d'emprunt ni facture en retard. Il semblait ne pas avoir trempé non plus dans des affaires illicites ni suscité la colère d'un mari jaloux.

— Je ne trouve pas de mobile, conclut le shérif. C'est à n'y rien comprendre.

Je lui ai parlé de la déposition de Malcolm au procès Padgitt et des menaces proférées par Danny contre les jurés. Il a écouté attentivement ; après ça, il n'a plus dit grand-chose. J'ai eu l'impression très nette qu'il préférait s'en tenir à une piste locale et ne voulait pas se mêler des affaires des Padgitt.

— Voilà peut-être votre mobile, déclarai-je en terminant mon récit.

— La vengeance ?

— Bien sûr. Ils sont capables de tout.

— J'ai entendu parler d'eux. On peut dire qu'on a eu de la chance de ne pas faire partie de ce jury, hein ?

Sur la route du retour, je ne parvenais pas à chasser de mon esprit l'expression du shérif, quand il avait prononcé ces mots.

Il n'avait plus rien d'un représentant de la loi bien armé et sûr de lui ; il avait l'air d'un homme sincèrement soulagé d'exercer ses fonctions dans un autre comté que celui où vivaient les Padgitt.

Il avait terminé son enquête ; l'affaire était classée.

23

Le seul juif de Clanton était Harvey Kohn, un petit homme sémillant qui vendait depuis toujours des chaussures pour dames et des sacs à main. Sa boutique se trouvait sur la grand-place, juste à côté du cabinet Sullivan, dans un bâtiment acheté pendant la Grande Dépression. Il était veuf et ses enfants avaient quitté Clanton à la fin de leurs études secondaires. Une fois par mois, Harvey Kohn se rendait à Tupelo, où se trouvait la synagogue la plus proche.

La boutique Kohn Chaussures visait une clientèle chic, une tâche malaisée, dans une petite ville. Les rares épouses fortunées de Clanton préféraient faire leurs achats à Memphis ; elles payaient plus cher mais pouvaient s'en vanter à leur retour. Pour donner de la valeur à ses chaussures, Harvey Kohn fixait des prix outrageusement élevés qu'il cassait par des remises énormes. Les dames de Clanton avaient ainsi l'opportunité d'annoncer n'importe quel prix quand elles faisaient étalage de leurs derniers achats.

Harvey Kohn tenait sa boutique en personne, ouvrait tôt et fermait tard, le plus souvent avec l'aide d'un jeune homme employé à mi-temps. Deux ans avant mon arrivée à Clanton, il avait engagé un jeune Noir de seize ans, du nom de Sam Ruffin, pour déballer les colis, faire le ménage et répondre au téléphone. Sam se montrait intelligent et assidu. Poli, bien élevé et bien habillé, il avait gagné en peu de temps la confiance de M. Kohn, qui lui laissait la responsabilité de la boutique quand il rentrait chez lui, tous les jours, à 11 h 45 précises, pour un déjeuner sur le pouce suivi d'une longue sieste.

Un jour, vers midi, une cliente du nom d'Iris Durant avait trouvé Sam seul dans la boutique. Âgée de quarante et un ans, elle était mère de deux adolescents dont l'un était dans la classe de Sam. Iris n'était pas une beauté mais elle aimait plaire aux hommes. Elle portait des mini-jupes et choisissait en général ses chaussures parmi les plus originales. Elle en avait essayé ce jour-là deux douzaines de paires sans en acheter une seule. Sam, qui connaissait ses articles, avait pris grand soin des pieds de sa cliente.

Elle était revenue le lendemain, à la même heure, avec une jupe plus courte encore et un maquillage moins discret. Elle avait séduit Sam dans le petit bureau de M. Kohn, derrière la caisse enregistreuse. Ainsi avait commencé une liaison torride qui allait changer le cours de leurs deux vies.

Plusieurs fois par semaine, Iris se rendait dans la boutique de chaussures. Sam avait trouvé un endroit plus confortable, à l'étage, sur un vieux canapé. Il fermait la boutique un quart d'heure, éteignait les lumières et grimpait l'escalier quatre à quatre.

Le mari d'Iris était sergent dans la police de la route. Les chaussures neuves qui s'accumulaient dans la penderie de sa femme ont fini par éveiller ses soupçons. Les soupçons étaient partie intégrante de sa vie avec Iris.

Il a chargé Harry Rex d'enquêter. Un enfant de dix ans aurait découvert le pot aux roses. Trois jours de suite, Iris était entrée chez Kohn à la même heure. Trois jours de suite, Sam avait fermé la boutique en s'assurant que personne ne regardait. Trois jours de suite, les lumières s'étaient éteintes. Le quatrième jour, Harry Rex et Rafe, qui s'étaient introduits dans la boutique par la porte de derrière, avaient entendu du bruit à l'étage. Rafe s'était précipité dans le nid d'amoureux et, en quelques secondes, avait rassemblé assez de preuves pour confondre les amants.

Une heure plus tard, M. Kohn renvoyait Sam ; Harry Rex engageait la procédure de divorce le jour même. Un peu plus tard, Iris était admise à l'hôpital pour des coupures, des contusions et un nez cassé. Son mari l'avait tabassée à coups de poing jusqu'à ce qu'elle perde connaissance. À la nuit tombée, trois hommes en uniforme de la police de la route frappaient à la porte des Ruffin et expliquaient que Sam était recherché pour une vague affaire de vol chez M. Kohn. Il encourait une peine d'emprisonnement de vingt ans. Les policiers avaient par la même occasion confié aux parents que Sam avait été surpris en flagrant délit d'adultère avec une femme blanche et qu'il y avait un contrat sur lui. Cinq mille dollars.

Iris avait quitté la ville déshonorée, divorcée, privée de ses enfants et terrifiée.

J'avais entendu différentes versions de l'histoire. Le sujet était défraîchi mais il avait tellement fait sensation qu'il revenait souvent dans les conversations. Il n'était pas rare, dans le Sud, qu'un Blanc eût une maîtresse noire, mais Sam était le seul cas inverse connu à Clanton.

Baggy avait été le premier à me raconter cette histoire qu'Harry Rex avait en grande partie confirmée.

Miss Callie refusait d'en parler. Sam était son dernier-né et le foyer familial lui était interdit. Il avait quitté la ville, abandonné ses études et passé les deux dernières années aux crochets de ses frères et sœurs. À présent, il faisait appel à moi.

Je me suis rendu au tribunal pour faire des recherches dans les archives ; je n'ai pas trouvé trace d'une inculpation contre Sam Ruffin. J'ai demandé au shérif Coley s'il avait un mandat d'arrêt toujours en vigueur. Il a éludé la question et cherché à savoir pourquoi je fouinais dans cette vieille affaire. J'ai demandé si Sam serait arrêté au cas où il reviendrait chez lui. Je n'ai pas eu de réponse franche. « Faites attention, monsieur Traynor », m'a lancé Coley en refusant d'en dire plus.

Je suis allé voir Harry Rex pour l'interroger sur le fameux contrat. Il m'a parlé de son client, le sergent Durant, ex-Marine, tireur d'élite, policier de carrière, un homme impétueux, horriblement humilié par l'infidélité d'Iris, pour qui le seul moyen de sauver son honneur était de tuer l'amant. Il avait pensé la tuer, elle aussi, mais il craignait la prison. Liquider un jeune Noir lui paraissait moins risqué : un jury de citoyens du comté de Ford serait mieux disposé envers lui. Harry Rex a ajouté qu'il préférerait le faire lui-même, afin de ne pas avoir à payer les cinq mille dollars.

Il prenait plaisir à me faire ces révélations brutales. Il n'avait pas vu son client depuis un an et demi et se demandait si le sergent ne s'était pas remarié.

Un jeudi, sur le coup de midi, nous avons pris place sous le porche et remercié le Seigneur pour le délicieux repas que nous allions faire. Esau était au travail.

À mesure que l'été avançait et que les légumes mûrissaient, nous avions augmenté le nombre des repas végétariens. Tomates rouges et jaunes, concombres et oignons au vinaigre, haricots beurre, pois, gombos, courges, pommes de terre bouillies, épis de maïs et toujours le pain de maïs chaud. Maintenant que le temps se rafraîchissait et que les feuilles changeaient de couleur, miss Callie préparait des plats plus consistants : canard ou agneau braisés, ragoût pimenté de viande hachée, haricots rouges et riz en accompagnement de saucisses, et la valeur sûre, le rôti à la cocotte.

Ce jour-là, nous avions du poulet et des boulettes. Je mangeais lentement, comme elle m'avait appris à le faire.

— Sam m'a appelé, miss Callie, annonçai-je, mon assiette encore à moitié pleine.

Elle s'est arrêtée net, la fourchette levée.

— Comment va-t-il ?

— Bien. Il veut venir pour Noèl. Il sait que tout le monde viendra et il veut être là.

— Savez-vous où il est ? demanda-t-elle.

— Et vous ?

— Non.

— Il est à Memphis. Nous devons nous y retrouver demain.

— Pourquoi allez-vous voir Sam ? poursuivit-elle d'un ton soupçonneux.

— Il veut que je l'aide. Max et Bobby lui ont parlé de l'amitié qui nous lie. Il pense que je suis un Blanc digne de confiance.

— Cela pourrait être dangereux, glissa-t-elle.

— Pour qui ?

— Pour vous deux.

Son poids était un sujet d'inquiétude pour son médecin ; pour elle aussi, parfois, pas toujours. Quand elle avait préparé un plat particulièrement lourd, comme un ragoût ou des boulettes, elle n'en prenait qu'une petite portion et mangeait lentement. Les nouvelles de Sam que je venais de lui donner lui ont fourni une raison de mettre fin à son repas. Elle a plié sa serviette et commencé à parler.

Sam avait quitté Clanton en pleine nuit dans un car de la compagnie Greyhound à destination de Memphis. Il avait appelé ses parents dès son arrivée ; le lendemain, un ami prenait la route avec de l'argent et des vêtements. La nouvelle s'était propagée dans Clanton comme une traînée de poudre et les Ruffin avaient eu la conviction que leur fils allait se faire abattre. Des voitures de police passaient devant leur maison à toute heure du jour et de la nuit. Ils recevaient des coups de téléphone anonymes, pleins de menaces et d'injures.

M. Kohn s'était rendu au tribunal pour porter plainte. Une date d'audience avait été fixée mais, en l'absence de l'intéressé, l'affaire n'avait pu être examinée. Miss Callie n'avait jamais été informée officiellement de poursuites judiciaires ; de toute façon, elle ne savait pas à quoi ressemblait une mise en accusation.

Comme Memphis paraissait trop près, Sam s'était réfugié quelques mois chez Bobby, à Milwaukee. Depuis deux ans, il vivait chez l'un ou l'autre de ses frères et sœurs, se déplaçant toujours de nuit, dans la crainte permanente de se faire prendre. Les enfants Ruffin téléphonaient souvent à leurs parents et écrivaient une fois par semaine. Pourtant, ils n'osaient pas parler de Sam.

— Il a eu tort d'avoir des relations avec cette femme, conclut miss Callie en prenant une gorgée de thé. Mais il était jeune et il n'avait rien demandé.

Je suis devenu le lendemain l'intermédiaire non officiel entre Sam Ruffin et ses parents.

Nous nous étions donné rendez-vous dans un café d'un centre commercial, au sud de Memphis. Il m'a observé de loin et m'a laissé poireauter une demi-heure avant d'apparaître comme par magie en face de moi. Deux années de cavale lui avaient appris la prudence.

Son visage juvénile portait les traces d'une existence d'homme traqué. Il ne cessait de tourner la tête de droite et de gauche. Il s'efforçait de me regarder dans les yeux mais son regard se dérobait au bout de quelques secondes. Comme je m'y attendais, Sam parlait d'une voix douce et s'exprimait fort bien, avec politesse. Il m'était reconnaissant d'avoir accepté de chercher le moyen de l'aider.

Il m'a remercié pour l'amitié que je témoignais à sa mère et de ce que j'avais écrit sur elle ; Bobby lui avait montré les articles du *Times*. Nous avons parlé de ses frères et sœurs, de ses déplacements incessants, de l'université de Los Angeles à Duke, en Caroline du Nord, de Toledo, Ohio, à Grinnell, Iowa. Il ne pourrait pas vivre encore plus longtemps comme cela. Il voulait à tout prix qu'une solution soit trouvée afin de reprendre une existence normale. Il avait terminé ses études secondaires à Milwaukee et espérait faire son droit ; ce serait impossible tant qu'il vivrait comme un fugitif.

— Il faut que je me montre à la hauteur, vous savez. Sept frères et sœurs, sept doctorats.

Je lui ai fait part de mes recherches infructueuses sur une mise en accusation, de mes questions sans réponse au shérif Coley et de ma conversation avec Harry Rex au sujet du sergent Durant. Sam m'a remercié avec effusion.

— Vous ne courez pas le risque d'être arrêté, affirmai-je. Mais il reste celui de recevoir une balle.

— Je préférerais être arrêté.

— Moi aussi.

— Cet homme me fiche la trouille, poursuivit Sam en parlant du sergent Durant.

Il s'est lancé dans un récit dont je n'ai pas saisi tous les détails. Il semblait qu'Iris vivait maintenant à Memphis et que Sam était resté en contact avec elle. Elle lui avait raconté des choses horribles au sujet de son ex-mari et de ses deux grands garçons, qui lui avaient fait les pires menaces. Elle était indésirable dans le comté de Ford. Elle pensait même que sa vie pouvait y être en danger. Ses enfants lui avaient répété qu'ils la haïssaient et qu'ils ne voulaient plus jamais la revoir.

Iris était une femme taraudée par un sentiment de culpabilité, en pleine dépression nerveuse.

— Tout cela est ma faute, soupira Sam. Je ne suis pas digne de l'éducation que j'ai reçue.

Notre rencontre a duré une heure ; nous nous sommes promis de nous revoir une quinzaine de jours plus tard. Avant de nous séparer, il m'a remis deux grosses enveloppes contenant des lettres adressées à ses parents. Il a disparu dans la foule des badauds. Je me suis demandé comment un jeune homme de dix-huit ans faisait pour se cacher, comment il se déplaçait, quel moyen de transport il prenait. Et comment subsistait-il jour après jour ? Sam n'était pas comme ces gamins des rues qui apprennent à se débrouiller tout seuls.

J'ai fait part à Harry Rex de notre rencontre ; j'aspirais à convaincre Durant de laisser Sam en paix.

Présumant que mon nom figurait déjà sur quelque liste noire dressée dans l'île des Padgitt, je n'avais aucune envie qu'il soit inscrit sur une autre. J'ai fait jurer à Harry Rex de garder le secret ; je savais qu'il ne dirait pas un mot de mon rôle d'intermédiaire.

Sam acceptait de quitter le comté de Ford, de faire ses études supérieures quelque part dans le Nord, où il passerait sans doute le reste de ses jours. Il demandait seulement à voir ses parents, à rester quelques jours à

Clanton de temps en temps, à ne plus être obligé de se retourner chaque fois qu'il faisait un pas dehors.

Harry Rex s'en fichait : il ne voulait pas se mêler des affaires d'autrui. Il a promis de transmettre le message au sergent, mais il n'était pas optimiste. « Un vrai salopard, celui-là », a-t-il glissé au moment où je prenais congé.

24

Début décembre, je suis retourné dans le comté de Tishomingo pour avoir un nouvel entretien avec le shérif Spinner. J'ai appris sans étonnement que l'enquête sur le meurtre de Malcolm Vince n'avait rien donné de nouveau. Le shérif a prononcé plusieurs fois pour ce crime l'expression « travail soigné » ; il n'avait pas le moindre indice, à part le corps et deux balles tirées par une arme qu'il serait impossible de retrouver. Ses hommes avaient interrogé tous les amis, les connaissances, les collègues de travail de Malcolm. Personne n'avait pu avancer la moindre raison pour que la victime ait trouvé une mort si violente.

Spinner s'était entretenu avec son collègue Mackey Don Coley. Notre shérif doutait évidemment que le meurtre eût quoi que ce soit à voir avec le procès Padgitt. Les deux représentants de la loi ne semblaient pas en très bons termes ; j'ai entendu non sans une certaine satisfaction le shérif Spinner déclarer :

— Coley ne serait pas fichu d'arrêter un piéton qui traverse en dehors des clous.

J'ai éclaté d'un grand rire.

— Cela fait un bout de temps qu'il connaît les Padgitt, glissai-je.

— Je lui ai dit que vous étiez venu fureter par ici. Il m'a répondu : « Il va lui arriver des bricoles, à ce petit gars. » Je me suis dit que vous aimeriez le savoir.

— Merci, shérif. Coley et moi, nous voyons les choses différemment.

— L'élection a lieu dans quelques mois.

— Il paraît que Coley aura un ou deux adversaires.

— Un seul suffit.

Il a réitéré sa promesse de m'appeler s'il y avait du nouveau, mais nous savions tous deux qu'il n'en serait rien. De Iuka, j'ai pris la route de Memphis.

Le sergent Durant a été ravi d'apprendre que ses menaces pesaient encore sur la tête de Sam Ruffin. Harry Rex s'était enfin décidé à lui faire savoir que le jeune homme était toujours en cavale, mais qu'il mourait d'envie de revenir voir sa mère.

Le sergent ne s'était pas remarié. Il était très seul, amer, incapable de surmonter la honte du scandale. Il s'est plaint avec aigreur à Harry Rex. Sa vie était détruite et ses fils étaient tournés en ridicule pour ce que leur mère avait fait. Ils étaient quotidiennement l'objet de railleries de la part de leurs camarades blancs. Les Noirs, qui fréquentaient maintenant le lycée de Clanton, leur balançaient des vannes.

Les deux garçons étaient d'excellents tireurs, passionnés de chasse. Les trois Durant s'étaient juré de coller une balle dans la tête de Sam Ruffin si l'occasion se présentait. Ils savaient où habitaient ses parents. « S'il revient, nous serons là », promit le sergent à Harry Rex en faisant allusion au pèlerinage annuel que de nombreux Noirs établis dans le Nord faisaient à l'occasion des fêtes de Noël.

Il avait aussi du venin à répandre contre moi et mes articles élogieux sur miss Callie et ses autres enfants. Il a deviné que j'étais le contact des Ruffin avec Sam. Harry Rex m'a mis en garde.

— Vous feriez mieux de ne plus fourrer votre nez dans cette histoire. Ce type a la haine tenace.

Je ne tenais pas particulièrement à avoir un ennemi de plus.

J'ai retrouvé Sam dans un restaurant de routiers du Tennessee, deux kilomètres après la frontière du Mississippi. Miss Callie lui envoyait des gâteaux, des tartes, des lettres et un peu d'argent, le tout dans un carton qui occupait tout le siège passager de ma petite Spitfire. C'était le premier contact qu'elle était en mesure d'établir avec lui depuis deux ans. Il a essayé de lire une des lettres mais l'émotion l'a submergé et il l'a replacée dans son enveloppe.

— Je m'ennuie tellement d'eux, fit-il en essuyant de grosses larmes qu'il essayait de cacher aux camionneurs attablés autour de nous.

On aurait dit un petit garçon.

Avec une franchise brutale, je lui ai fait part de ma dernière conversation avec Harry Rex. Sam avait cru naïvement que sa proposition de ne plus revenir qu'occasionnellement à Clanton serait acceptable, pour le sergent. Il ne soupçonnait pas la profondeur de la haine qu'il inspirait mais gardait conscience du danger.

— Il vous tuera, Sam, fis-je avec gravité.

— Et il s'en sortira, n'est-ce pas ?

— Cela ne changera rien pour vous. Vous serez mort et enterré. Miss Callie préférerait vous savoir vivant dans le Nord que mort dans le cimetière de Clanton.

Nous sommes convenus de nous revoir quinze jours plus tard. Il aurait des cadeaux de Noèl pour toute la famille.

Nous nous sommes séparés en sortant de la salle de restaurant. J'étais presque arrivé à la voiture quand j'ai décidé de faire demi-tour pour aller aux toilettes. Elles se trouvaient à l'arrière d'une boutique de gadgets, près du restaurant. En regardant par une vitre, j'ai aperçu Sam qui sautait dans une voiture conduite par une femme blanche. Elle paraissait plus âgée que lui, la quarantaine. Iris, sans doute. Il y a des gens à qui rien ne sert de leçon.

Les premiers Ruffin sont arrivés trois jours avant Noèl ; miss Callie faisait la cuisine depuis une semaine. Elle m'a envoyé deux fois à l'épicerie pour acheter des produits dont elle avait un besoin urgent. J'avais été adopté par les Ruffin, ce qui me donnait entre autres le privilège de manger chez eux quand je le désirais.

Dans leur enfance, la vie des enfants avait tourné autour de leurs parents, de leurs frères et sœurs, de la Bible et de la table de la cuisine. Pendant les vacances de Noèl, il y avait toujours un plat fraîchement cuisiné sur la table et deux ou trois autres sur la cuisinière ou dans le four. L'annonce : « Les tartes aux pécans sont prêtes ! » provoquait une réaction en chaîne d'un bout à l'autre de la petite maison, sous le porche et jusque dans la rue. La famille se rassemblait autour de la table où Esau remerciait le Seigneur d'avoir sa famille autour de lui, de l'avoir gardée en bonne santé et d'avoir envoyé cette nourriture qu'ils allaient partager. Les tartes étaient coupées en grosses parts, posées sur des soucoupes et distribuées aux quatre coins de la table.

Le même rituel était respecté pour les tartes à la citrouille, celles à la noix de coco, les framboisiers et ainsi de suite. La liste était longue. Et il ne s'agissait que des en-cas qui leur permettaient de tenir entre deux repas.

Contrairement à leur mère, les enfants Ruffin n'avaient aucun problème de ligne. J'ai vite compris pourquoi. Ils se plaignaient de ne plus manger comme cela. Ce qu'ils mangeaient dans les villes où ils vivaient était insipide, souvent surgelé et fabriqué industriellement, ou exotique, ce qu'il leur était impossible de digérer. Et les gens mangeaient trop vite. La liste des récriminations s'allongeait à l'infini.

J'avais surtout l'impression qu'ils avaient été trop gâtés par la cuisine de miss Callie, que rien ne pourrait jamais l'égaler.

Carlotta, qui était célibataire et enseignait l'urbanisme à Los Angeles, se montrait particulièrement drôle quand elle décrivait les dernières modes alimentaires qui déferlaient sur la Californie. Ces derniers temps, la nourriture crue faisait fureur. On déjeunait d'une assiette de carotte et de céleri crus, qu'on faisait passer avec une petite infusion.

Gloria qui enseignait l'italien à l'université Duke était tenue pour la plus chanceuse : elle vivait dans le Sud. Elle et miss Callie comparaient leurs recettes. Ces discussions prenaient souvent un tour sérieux, les hommes s'en mêlaient et cela se terminait parfois en dispute.

Après un déjeuner qui avait duré trois heures, Leon (Leonardo), qui enseignait la biologie à Purdue, m'a demandé de l'accompagner pour une balade en voiture. Second de la famille, il avait l'allure d'un universitaire, ce que les autres étaient parvenus à éviter. Il se laissait pousser la barbe, fumait la pipe, portait une veste de tweed aux coudes renforcés et employait un vocabulaire qu'il avait dû passer de longues heures à étudier.

Nous avons sillonné les rues de Clanton. Il voulait avoir des nouvelles de Sam ; je lui ai dit tout ce que je savais. J'ai ajouté qu'à mon avis il était trop dangereux pour Sam de remettre les pieds dans le comté de Ford.

Il voulait aussi des détails sur le procès Padgitt. J'avais envoyé des exemplaires du *Times* à tous les Ruffin. Un article de Baggy mettait l'accent sur les menaces proférées par Danny contre les jurés. Il citait ses paroles exactes : « Si vous me condamnez, j'aurai votre peau, tous autant que vous êtes ! »

— Sortira-t-il un jour de prison ? demanda Leon.

— Oui, répondis-je après une hésitation.

— Quand ?

— Impossible à dire. Il a été condamné à la réclusion à perpétuité pour le meurtre, même chose pour le viol. Le minimum est de dix ans pour chacun, mais il se passe de drôles de choses dans le système de libération conditionnelle de notre État.

— Cela ferait donc vingt ans au minimum.

Je suis sûr que Leon pensait à l'âge de sa mère ; elle avait cinquante-neuf ans.

— On ne peut être sûr de rien. Il y a la possibilité d'une libération anticipée pour bonne conduite.

Il a paru aussi dérouté que je l'avais été. En vérité, aucune des personnes ayant l'expérience des systèmes judiciaire et pénal que j'avais interrogées n'avait été capable de répondre à mes questions sur la durée de la peine de Danny. Dans le Mississippi, la libération conditionnelle semblait un gouffre ténébreux ; j'avais peur de m'en approcher.

Leon m'a confié qu'il avait pressé sa mère de questions sur le verdict. Il cherchait à savoir si elle avait voté pour la perpétuité ou pour la mort. Elle avait répondu que le jury s'était engagé à garder le secret sur les délibérations. Il m'a demandé ce que je savais.

Pas grand-chose. Elle m'avait clairement donné à entendre qu'elle n'était pas d'accord avec le verdict, mais je n'avais rien appris de précis. Dans les semaines qui avaient suivi le procès, tout le monde s'était perdu en conjectures. Les habitués des prétoires avaient retenu l'hypothèse que trois, peut-être même quatre jurés avaient refusé de voter pour la peine capitale. Pour la plupart d'entre eux, miss Callie n'en faisait pas partie.

— Les Padgitt ont-ils réussi à les intimider ? demanda Leon tandis que la voiture s'engageait sur la longue allée ombragée du lycée de Clanton.

— C'est l'hypothèse la plus répandue. Mais personne ne peut l'affirmer. Dans notre comté, la dernière condamnation à mort prononcée contre un Blanc remonte à quarante ans.

Leon a arrêté la voiture devant le haut portail de chêne du lycée.

— Ainsi l'intégration est enfin réalisée, fit-il.

— Oui.

— Jamais je n'aurais cru voir cela de mon vivant, ajouta-t-il avec un sourire de profonde satisfaction. Je rêvais d'être admis dans cet établissement. Mon père y travaillait comme gardien quand j'étais petit. Je venais le voir le samedi, je marchais dans les couloirs et je regardais toutes les belles choses qu'il y avait à voir. Je comprenais pourquoi on ne voulait pas de moi, mais je ne pouvais l'accepter.

Je n'avais pas grand-chose à dire ; je me suis contenté d'écouter. Leon semblait plus triste qu'amer.

Nous sommes repassés de l'autre côté de la voie ferrée. J'ai été étonné par le nombre de belles voitures immatriculées dans d'autres États qui stationnaient dans les rues de la ville basse. Des familles nombreuses étaient réunies sous les porches malgré la fraîcheur de l'air. Des enfants jouaient dans les cours et sur les trottoirs. Dans des véhicules, on apercevait par la lunette arrière des paquets enveloppés dans des papiers de couleur vive.

— La maison, c'est là où vit la maman, déclara Leon. Et tout le monde revient à la maison pour Noèl.

Quand nous nous sommes garés devant chez miss Callie, Leon m'a remercié pour l'amitié que je lui portais.

— Elle parle tout le temps de vous.

— Et de ce que nous avons mangé ensemble.

Nous nous sommes dirigés en riant vers la maison. Une odeur agréable nous a chatouillé les narines ; Leon s'est arrêté pour humer l'air.

— Tarte à la citrouille, annonça-t-il.

La voix de l'expérience.

Les sept professeurs s'étaient tous montrés reconnaissants de l'amitié que je témoignais à miss Callie. Elle avait partagé la plus grande partie de sa vie avec ses enfants et avait de nombreux et bons amis mais, depuis plus de huit mois, les moments qu'elle passait en ma compagnie lui étaient précieux.

Je les ai quittés le 24 décembre, en fin d'après-midi, tandis qu'ils se préparaient pour la messe de Noèl. Au retour, il y aurait les échanges de cadeaux et les chants de Noèl. Ils étaient plus de vingt Ruffin dans la maison. Je ne savais pas où tout ce monde dormait ; j'étais sûr que cela n'avait pas d'importance à leurs yeux.

J'étais bien accepté dans cette maison mais il fallait aussi que je sache m'effacer. Il y aurait dans la soirée des larmes et des étreintes, des chants et des histoires ; même s'ils m'avaient invité à partager tout cela, il vient un moment où les membres d'une famille ont besoin de se retrouver entre eux.

Qu'est-ce que je pouvais savoir d'une famille ?

J'ai pris la route de Memphis, vers la maison de mon enfance, qui n'avait pas vu un sapin de Noèl depuis dix ans. J'ai invité mon père à dîner dans un petit restaurant chinois, à deux pas de chez lui. En avalant ma soupe sans appétit, je n'ai pu m'empêcher de penser à l'agitation fébrile qui régnait dans la cuisine de miss Callie, à tous les plats succulents qui sortaient de son four.

Mon père faisait des efforts pour donner l'impression de s'intéresser au journal, dont je lui envoyais un exemplaire toutes les semaines. Après quelques minutes de conversation, je me suis rendu compte qu'il n'en avait jamais lu une seule ligne. Il était préoccupé par les conséquences de la guerre du Sud-Est asiatique sur le marché obligataire.

Le repas expédié, chacun est parti de son côté. Nous n'avions même pas pensé à nous faire un cadeau.

Le jour de Noèl, j'ai déjeuné avec BeeBee qui, contrairement à mon père, était heureuse de me voir. Elle avait invité trois de ses amies, des veuves aux cheveux bleus, pour prendre un sherry avec du jambon. Après deux ou trois verres, tout le monde était pompette. J'ai fait pour les distraire le récit de quelques anecdotes ayant pour cadre le comté de Ford, certaines exactes, d'autres largement enjolivées. À force de fréquenter Baggy et Harry Rex, je devenais expert dans l'art de conter des histoires.

À 3 heures de l'après-midi, nous étions tous assoupis. Le lendemain matin, de bonne heure, j'ai repris la route de Clanton.

25

Un jour glacial de la fin janvier, des coups de feu ont retenti sur la grand-place. Assis à mon bureau, je tapais tranquillement un article sur le voyage de Lamar Farlowe à Chicago, où il participait à une réunion de son ancien bataillon de parachutistes, quand une balle a fracassé une vitre à cinq mètres de ma tête. Une semaine creuse s'animait d'un seul coup.

Ma balle était la deuxième ou la troisième de plusieurs coups de feu tirés en rafale. Je me suis jeté au sol tandis que les questions se bousculaient dans ma tête. Où était mon revolver ? Les Padgitt attaquaient-ils la ville ? Le sergent Durant et ses deux garçons voulaient-ils me faire la peau ? Je me suis dirigé à quatre pattes vers ma serviette tandis que de nouvelles détonations se faisaient entendre. Elles semblaient venir de l'autre côté de la rue mais j'étais trop terrifié pour en être sûr. Depuis que ma vitre était brisée, elles paraissaient beaucoup plus fortes.

Après avoir vidé ma serviette par terre, je me suis souvenu que le revolver était dans ma voiture ou dans mon appartement. J'étais sans arme et je m'en voulais de ne pas pouvoir me défendre. À quoi avaient servi les séances d'entraînement avec Harry Rex et Rafe ?

J'avais tellement peur que je ne pouvais pas bouger. Il m'est revenu à l'esprit que Davey Bass était dans son bureau, au rez-de-chaussée. Comme la plupart des hommes – les vrais – de Clanton, il avait un arsenal sous la main. Des pistolets dans un tiroir de son bureau et deux fusils de chasse accrochés au mur, pour le cas où l'envie lui prendrait subitement de sauter dans sa voiture pour aller tuer un cerf pendant la pause de midi. Ceux qui essaieraient de s'en prendre à moi rencontreraient une résistance farouche de la part de mes employés. C'est du moins ce que j'espérais.

La fusillade s'est interrompue ; j'ai entendu un tumulte sur la place, des cris d'affolement. Il était un peu moins de 14 heures et il y avait du monde en ville. J'ai rampé sous mon bureau, comme on apprend à le faire dans les exercices d'alerte pour les tornades. J'ai entendu Bass hurler : « Restez dans vos bureaux ! » Je l'imaginais, un fusil dans une main, une boîte de cartouches dans l'autre, tapi dans l'embrasure d'une porte, impatient d'en découdre. Un cinglé n'aurait pu choisir pire endroit pour se mettre à canarder. Autour de la grand-place de Clanton, il y avait des milliers d'armes à feu. Chaque pick-up avait deux carabines sur le râtelier de la lunette arrière et un fusil de chasse sous le siège. Tout le monde ne demandait qu'à se servir de ces armes.

Ils n'allaient pas tarder à riposter et les choses se gâteraient sérieusement.

La fusillade a repris. Comme les coups de feu ne se rapprochaient pas, j'ai essayé de reprendre une respiration normale et d'analyser la situation. J'ai compris que l'attaque n'était pas dirigée contre moi ; simplement, j'avais une fenêtre qui donnait sur la place. J'ai entendu des hurlements de sirènes, d'autres détonations, des cris terrifiés. Que se passait-il ?

Un téléphone a sonné en bas ; quelqu'un a décroché très vite.

— Tout va bien, Willie ? s'écria Bass, au pied de l'escalier.

— Oui.

— Il y a un tireur embusqué en haut du tribunal !

— Génial !

— Restez allongé !

— Ne vous en faites pas !

Je me suis un peu détendu et j'ai passé le bras sur mon bureau pour prendre le téléphone. J'ai appelé Wiley Meek chez lui ; il était déjà en route. J'ai traversé la pièce en rampant jusqu'à l'une des portes-fenêtres que j'ai ouverte. Le mouvement a naturellement attiré l'attention du tireur. Une vitre a volé en éclats à un mètre au-dessus de moi, projetant des morceaux de verre partout sur le parquet. Je me suis aplati sur le plancher et j'ai retenu mon souffle pendant ce qui m'a semblé durer une heure. Le mitraillage se poursuivait. Le tireur devait être sérieusement perturbé.

Encore huit détonations, bien plus fortes maintenant que la porte-fenêtre était ouverte. Un silence de quinze secondes pendant que le forcené rechargeait, puis une nouvelle rafale de huit coups. J'ai entendu des bruits de vitres fracassées, des projectiles qui ricochaient en sifflant sur les murs de brique ou se fichaient dans des montants de bois. Pendant ce tir de barrage, toutes les voix s'étaient tues.

Dès que j'ai pu faire un geste, j'ai tiré doucement vers moi un des fauteuils à bascule, je l'ai couché sur le côté et je me suis mis à l'abri derrière. Avec la balustrade de fer forgé qui fermait le balcon et le dossier du fauteuil, j'étais bien protégé. Je ne sais pas pourquoi, mais je me sentais obligé de me rapprocher du tireur embusqué. J'avais vingt-quatre ans, j'étais le patron du journal et il ne faisait aucun doute que je ferais un long papier sur ces événements dramatiques.

Quand je me suis enfin décidé à passer la tête au-dessus du dossier du fauteuil, j'ai distingué le forcené à travers la balustrade. Le tribunal avait un toit en dôme curieusement aplati, surmonté d'une petite coupole percée de quatre ouvertures. C'est là que s'était niché le tireur. Quand je l'ai aperçu, il passait la tête par-dessus le rebord d'une des ouvertures. Il semblait avoir le visage noir et les cheveux blancs, ce qui m'a fait frissonner des pieds à la tête. Nous avions affaire à un dangereux déséquilibré.

Dès qu'il a eu fini de recharger, il s'est légèrement levé et s'est mis à tirailler au hasard. Il semblait être torse nu, ce qui était d'autant plus étrange qu'il gelait et que la neige était annoncée pour l'après-midi. J'étais frigorifié malgré mon complet pure laine – assez seyant – de chez Mitlo. Sa poitrine était blanche, rayée de bandes noires, un peu comme la robe d'un zèbre. C'était un Blanc qui s'était peint en noir.

Plus un véhicule ne circulait. La police avait bloqué tous les accès à la grand-place et des hommes en uniforme couraient en tout sens, pliés en deux, ou restaient tapis à l'abri de leurs voitures. Dans les vitrines, une tête apparaissait de loin en loin et se retirait aussitôt. Quand la fusillade a cessé, le tireur s'est baissé et a disparu. Trois hommes de la police du comté ont filé le long du trottoir pour s'engouffrer dans le tribunal. De longues minutes se sont écoulées.

Wiley Meek a grimpé l'escalier menant à mon bureau pour venir s'accroupir près de moi. Il était hors d'haleine, comme s'il avait couru d'une traite de chez lui au journal.

— Il a tiré sur nous ! souffla-t-il, comme si le forcené pouvait entendre, en examinant les éclats de verre qui jonchaient le sol.

— Deux fois, précisai-je en indiquant de la tête les deux vitres brisées.

— Où est-il ? poursuivit Wiley, qui plaçait sur un trépied un appareil muni d'un téléobjectif.

— Dans la coupole. Soyez prudent : il a tiré sur la porte-fenêtre quand je l'ai ouverte.

— Vous l'avez vu ?

— Sexe masculin, race blanche, bandes noires.

— Je vois.

— Gardez la tête baissée.

Nous sommes restés plusieurs minutes accroupis, serrés l'un contre l'autre. Des policiers couraient sur les trottoirs ; ils donnaient l'impression d'être très excités de se trouver là mais de ne pas bien savoir quoi faire.

— Il y a des blessés ? lança Wiley, brusquement inquiet à l'idée d'avoir raté du sang.

— Comment voulez-vous que je le sache ?

De nouveaux coups de feu, tirés rapidement, nous ont fait sursauter. En levant la tête, nous l'avons vu jusqu'aux épaules, tiraillant à tout-va. Wiley a fait sa mise au point et a commencé à prendre des photos au téléobjectif.

Baggy et sa bande de soiffards se trouvaient dans le Bar, au deuxième étage, pas directement au-dessous de la coupole mais pas très loin. Ils étaient probablement les plus proches du tireur fou quand il avait commencé à canarder dans tous les azimuts. Voyant que le mitraillage n'en finissait pas, ils avaient cédé à l'affolement et, convaincus qu'ils allaient se faire massacrer, ils avaient pris les choses en main et réussi à ouvrir la fenêtre réfractaire de leur petit repaire. Nous avons vu un câble électrique passer par l'ouverture et se dérouler presque jusqu'au sol, à une douzaine de mètres en contrebas. Puis la jambe droite de Baggy est apparue ; il a enjambé le rebord de la fenêtre et fait passer en se tortillant son corps grassouillet dans l'ouverture. Il avait évidemment fait en sorte d'être le premier.

— Seigneur ! s'exclama Wiley avec jubilation, en braquant son objectif sur la fenêtre. Ils sont ronds comme des queues de pelle !

Agrippé au câble, les dents serrées, Baggy a franchi le rebord de la fenêtre et amorcé sa descente. Sa stratégie n'était pas évidente. Au lieu de donner du mou, il gardait les mains crispées juste au-dessus de sa tête. Il devait rester une bonne longueur de câble dans le Bar et ses acolytes étaient censés le dérouler jusqu'en bas.

Quand il a élevé les mains sur le câble, les jambes de son pantalon sont remontées. Elles sont bientôt arrivées juste au-dessous des genoux, découvrant une longue zone de peau blanche, des chaussettes noires entortillées autour de ses chevilles. Baggy, par bonheur, ne se souciait pas des apparences.

La fusillade a cessé et Baggy est resté suspendu au câble plaqué contre le mur du bâtiment, un mètre au-dessous de la fenêtre. Je voyais Major à l'intérieur, retenant le câble de toutes ses forces ; comme il n'avait qu'une jambe valide, je me suis pris à redouter qu'il ne lâche. Je distinguais derrière lui deux autres silhouettes, probablement celles de Wobble Tackett et de Chick Elliot, ses partenaires habituels au poker.

Wiley est parti d'un long rire silencieux qui lui secouait tout le corps.

À chaque moment d'accalmie, on respirait, on jetait furtivement un coup d'œil en direction du tribunal et on se prenait à espérer que c'était enfin terminé. Et chaque nouvelle rafale nous laissait plus terrifiés qu'avant.

Deux détonations ont retenti. Baggy a tressauté comme s'il avait été touché, mais, d'où il se trouvait, le forcené ne pouvait absolument pas le voir. La brusquerie de ce mouvement a été trop forte pour la jambe valide de Major. Elle a lâché, le câble lui a échappé des mains et Baggy est tombé comme une pierre en hurlant dans une bordure de buis plantée par les Sœurs des États confédérés. Les arbustes ont amorti le choc et, à la manière d'un trampoline, ont projeté Baggy sur le trottoir où il s'est écrasé comme une pastèque, ce qui a fait de lui l'unique victime de ces événements.

J'ai entendu des rires s'élever au loin.

Sans une once de pitié, Wiley a fait de ce spectacle affligeant une série de photographies qui circuleraient sous le manteau pendant des années.

Baggy est resté un long moment immobile. J'ai entendu un policier crier : « Laissez-le où il est ! »

— La chance sourit aux ivrognes, lâcha Wiley.

Baggy a fini par se mettre à quatre pattes. Lentement, péniblement, comme un chien heurté par une voiture, il s'est traîné à l'abri des buis qui lui avaient sauvé la vie pour se remettre de ses émotions.

Le forcené a pris pour cible une voiture de police garée à quelques mètres du Tea Shoppe. Quand le réservoir d'essence a explosé, plus personne n'a pensé à Baggy. Une épaisse fumée est sortie de dessous le véhicule et des flammes sont apparues. Le fou a manifestement trouvé cela divertissant : pendant plusieurs minutes, il n'a plus tiré que sur des voitures. J'étais sûr que ma Spitfire était une cible tentante – à moins qu'il ne la juge trop petite.

Enfin, la police a riposté. Deux hommes du shérif Coley avaient pris position sur les toits. Dès qu'ils ont commencé à canarder, le forcené a cessé le feu.

— Je l'ai eu ! s'écria un des adjoints au shérif.

Nous avons attendu vingt minutes ; tout était calme. De Baggy, on ne voyait plus que les chaussures et les chaussettes noires, qui dépassaient de la bordure de buis ; de temps en temps, Major, un verre à la main, passait la tête par la fenêtre pour lui crier quelque chose, sans savoir s'il était encore en vie.

Un petit groupe de policiers s'est engouffré dans le tribunal. Rassurés, nous avons pris place dans les fauteuils à bascule, sans quitter des yeux la coupole. Bass, Margaret et Hardy sont montés nous rejoindre sur le balcon. Ils avaient assisté du rez-de-chaussée à la chute de Baggy ; seule Margaret s'inquiétait d'éventuelles blessures.

La voiture de police a continué de brûler jusqu'à ce que les pompiers actionnent leurs lances d'incendie. Les portes du tribunal se sont ouvertes ; des employés sont sortis et ont allumé fébrilement une cigarette. Deux adjoints du shérif ont sorti Baggy de ses buis. Il avait du mal à marcher et souffrait manifestement. Ils l'ont fait monter dans une voiture de police pour le conduire à l'hôpital.

Quand nous avons vu un uniforme apparaître dans la coupole, tout le monde a poussé un grand soupir de soulagement. Je me suis précipité, suivi de mon équipe et de la moitié de la ville vers le tribunal. L'accès au deuxième étage était interdit au public. Le shérif Coley nous a ouvert la salle d'audience en promettant une réunion d'information imminente. En entrant, j'ai vu Major, Chick Elliot et Wobble Tackett escortés par un adjoint du shérif. Visiblement ivres, ils riaient comme des bossus et avaient du mal à se tenir sur leurs jambes.

Wiley est parti voir ce qui se passait en bas. Le corps du forcené allait bientôt être transporté hors du bâtiment ; il ne voulait pas rater ce cliché. Des cheveux blancs, un visage noir et des rayures noires… Que de questions sans réponse !

Les tireurs d'élite avaient manifestement raté leur cible. L'homme avait été identifié : c'était Hank Hooten, l'avocat qui avait assisté Ernie Gaddis lors du procès Padgitt. Il était indemne et sous bonne garde.

Quand le shérif Coley est venu annoncer cela dans la salle d'audience, tout le monde est resté abasourdi. Nous avions déjà les nerfs à fleur de peau, mais cette nouvelle était proprement incroyable.

— Nous avons trouvé Me Hooten dans la cage de l'escalier qui conduit à la coupole, expliqua Coley. Nous avons procédé à son arrestation sans qu'il oppose de résistance.

J'étais trop hébété pour prendre des notes.

— Que portait-il ? demanda quelqu'un.

— Rien.

— Rien ?

— Absolument rien. Il avait ce qui semble être du cirage noir sur le visage et la poitrine ; sinon, il était nu comme un ver.

— Quel genre d'armes avait-il ? demandai-je.

— Nous avons trouvé deux fusils de gros calibre. Je n'ai rien à ajouter.

— A-t-il dit quelque chose ?

— Pas un mot.

Wiley nous a appris que les policiers avaient enveloppé Hank Hooten dans des draps avant de le faire monter dans une de leurs voitures. Il avait pris quelques photos mais n'était pas très optimiste quant au résultat : il y avait une dizaine d'hommes en uniforme autour du prisonnier.

Nous nous sommes rendus à l'hôpital pour voir Baggy. Sa femme avait passé la nuit au service des urgences. Tirée du sommeil par un coup de téléphone, elle était aussitôt partie pour l'hôpital. Elle était d'une humeur de chien.

— Il n'a qu'un bras cassé, lâcha-t-elle, visiblement déçue que ce ne soit pas plus grave. Des égratignures et des contusions. Qu'a-t-il encore fait, cet abruti ?

J'ai échangé avec Wiley un regard de connivence.

— Il était ivre ? insista-t-elle.

Baggy était toujours ivre.

— Je ne sais pas, répondis-je. Il est tombé d'une fenêtre du tribunal.

— Pas possible ! Alors, il était bourré !

J'ai raconté en quelques phrases la tentative de fuite de Baggy en essayant de donner l'impression qu'il avait accompli un exploit.

— Du deuxième étage ?

— Oui.

— Alors, il jouait au poker en picolant et il a sauté par la fenêtre !

— En gros, c'est ça, fit Wiley, qui se contenait difficilement.

— Pas exactement…

Elle avait déjà tourné les talons et s'éloignait d'un pas décidé.

Baggy ronflait quand nous sommes retournés dans sa chambre. Le mélange des médicaments et du bourbon l'avait plongé dans un état comateux.

— Il va regretter de se réveiller, murmura Wiley.

Il avait raison. Clanton ferait pendant bien longtemps des gorges chaudes de l'histoire de Baggy accroché à son câble. Wobble Tackett jurerait ses grands dieux que Chick Elliot avait lâché le câble le premier, ce à quoi Chick répliquerait que la jambe valide de Major n'avait pas résisté au poids de Baggy, provoquant, quand elle avait cédé, une réaction en chaîne. Tout le monde aurait rapidement la conviction que les trois compères de Baggy l'avaient intentionnellement laissé tomber dans la bordure de buis.

Deux jours plus tard, Hank Hooten était interné dans l'hôpital psychiatrique de Whitfield où il devait passer plusieurs années. Il avait d'abord été accusé d'avoir voulu massacrer la moitié de la ville, puis les charges avaient été levées. Il aurait confié à Ernie Gaddis qu'il n'avait tiré sur personne en particulier et qu'il ne voulait de mal à personne ; simplement, il n'avait pas supporté que les jurés soient incapables de voter la mort de Danny Padgitt.

Nous devions apprendre plus tard qu'il était atteint de schizophrénie.

Jamais, dans l'histoire du comté de Ford, personne n'avait perdu la raison d'une manière aussi spectaculaire.

26

Un an après l'acquisition du journal, j'ai envoyé à BeeBee un chèque de cinquante-cinq mille dollars, le montant de son prêt, auquel j'avais ajouté un intérêt de dix pour cent. Nous n'avions pas abordé le sujet quand elle m'avait donné l'argent, pas plus que nous n'avions signé de billet à ordre. Dix pour cent était un taux un peu élevé ; j'espérais que cela l'inciterait à me renvoyer le chèque. J'ai guetté le facteur ; huit jours plus tard, il y avait au courrier une lettre de Memphis.

Très cher William,

Je joins à cette lettre ton chèque que je n'attendais pas et dont je n'ai que faire dans l'immédiat. Dans l'éventualité improbable où j'en aurais besoin plus tard, nous en reparlerions. Ta décision de me rembourser me rend fière de toi et de ton intégrité. Ce que tu as accompli en un an est une source de satisfaction pour moi et je prends grand plaisir à parler à mes amies de ta réussite.

Je dois avouer que j'ai eu des inquiétudes, à ton retour de Syracuse. Tu semblais manquer de motivation, avoir du mal à trouver ta voie. Et tu avais les cheveux trop longs. Tu as prouvé que j'avais tort et tu as même fait couper (un peu) tes cheveux. Avec tes nouveaux habits, tu as maintenant tout du gentleman.

Tu es tout ce que j'ai au monde, William, et je t'aime profondément. Essaie d'écrire plus souvent.

Affectueusement, BeeBee

P.-S. Ce pauvre homme était-il vraiment tout nu quand il s'est mis à tirer sur tout le monde ? Vous avez de drôles de numéros, à Clanton.

Après la mort de son premier mari, en 1924, BeeBee avait épousé en secondes noces un négociant en coton – divorcé – avec qui elle avait eu un enfant, une fille unique, ma pauvre mère. Le second mari, mon grand-père, était mort en 1938, lui laissant un joli paquet. Elle ne s'était plus remariée, préférant passer les trente dernières années à compter son argent, jouer au bridge et voyager. J'étais son héritier unique, appelé par la loi à recueillir sa succession, mais j'ignorais à combien s'élevait sa fortune.

Si BeeBee souhaitait que je lui écrive plus souvent, je le ferais.

Après avoir déchiré le chèque, je suis allé voir Stan Atcavage à la banque pour emprunter cinquante mille dollars de plus. Hardy avait déniché à Atlanta une presse offset presque neuve que j'ai achetée cent huit mille dollars. La disparition de notre antique presse mécanique a marqué l'entrée du journal dans le XXe siècle. La présentation du *Times* a changé : impression plus précise, photographies plus nettes, mise en pages plus claire. Le journal tirait à six mille exemplaires et je prévoyais une augmentation continue de nos ventes. Les élections de 1971 nous ont assurément été profitables.

J'étais stupéfié par le nombre de citoyens qui se présentaient aux élections de la fonction publique dans l'État du Mississippi. Chaque comté était divisé en cinq districts qui avaient chacun un *constable* élu. Le fonctionnaire avait une plaque, une arme de service, un uniforme payé de ses deniers. Quand il en avait les moyens, ce qui était toujours le cas, il installait des feux clignotants sur le toit de sa voiture. Il était habilité à contraindre n'importe qui à s'arrêter, n'importe quand et pour n'importe quelle raison. Aucune formation n'était exigée, aucune éducation. Il n'avait à rendre compte de ses actes ni au shérif du comté, ni au chef de la police municipale, seulement aux électeurs, une fois tous les quatre ans. Cet officier de police était chargé en théorie de signifier les actes judiciaires mais, le plus souvent, il ne pouvait résister à l'envie de passer un pistolet à sa ceinture pour se mettre en quête d'automobilistes à arrêter.

Plus il verbalisait, plus il gagnait d'argent. C'était un poste à temps partiel avec un salaire insignifiant, mais, dans chaque comté, il y en avait toujours au moins un qui essayait d'en vivre.

Chaque district avait également un juge de paix – un officier d'administration judiciaire – sans la moindre formation juridique, du moins à cette époque. Aucun niveau d'étude n'était exigé pour occuper ce poste, aucune expérience, juste les suffrages des électeurs. Il était chargé de juger tous ceux que le *constable* lui amenait. Leurs relations d'intérêt mutuel étaient suspectes. Un automobiliste venu d'un autre État qui s'était fait prendre par un *constable* était en général malmené par le juge de paix.

Chaque comté avait cinq superviseurs, cinq petits rois qui détenaient le pouvoir réel. Ils distribuaient du gravier, faisaient paver les routes et entretenir les caniveaux pour leurs partisans. Pour leurs adversaires, ils ne faisaient pas grand-chose. Les arrêtés en vigueur dans le comté étaient promulgués par le conseil des superviseurs.

Il y avait encore dans chaque comté un shérif élu, un percepteur et un contrôleur des contributions, un greffier de la chancellerie et un coroner. Les comtés ruraux partageaient un sénateur et un député. Les autres postes à pourvoir en 1971 étaient ceux de commissaire aux Ponts et Chaussées, au service public et à l'agriculture, de trésorier, de procureur général, de vice-gouverneur et de gouverneur.

J'avais toujours trouvé le système ridicule et pesant jusqu'à ce que les candidats commencent à payer des annonces dans le *Times*. Un *constable* particulièrement mal vu dans le Quatrième District avait déjà onze adversaires déclarés à la fin janvier. La plupart de ces pauvres bougres entraient timidement dans nos bureaux avec l'« annonce » que leur épouse avait rédigée à la main sur une feuille de cahier d'écolier. Je lisais attentivement, je corrigeais, je décodais, je traduisais. Puis je prenais leur argent et je publiais leur texte qui, presque toujours, commençait soit par : « Après des mois de prière… », soit par : « De nombreuses personnes m'ont demandé de me présenter… »

L'élection avait lieu en août mais, dès la fin février, le comté était en fièvre. Le shérif Coley avait deux adversaires déclarés et deux autres sur le point de se déclarer. La date butoir pour les candidats était fixée au mois de juin et Coley ne s'était toujours pas inscrit. Des rumeurs laissaient entendre qu'il ne se représenterait pas.

Il en faut peu, en matière d'élections locales, pour alimenter les rumeurs les plus contradictoires.

Miss Callie professait que manger au restaurant était un gaspillage d'argent, donc un péché. Sa liste de péchés potentiels était plus longue que celle de la plupart des gens, surtout la mienne. Il a fallu près de six mois pour la convaincre d'aller chez Claude pour notre déjeuner du jeudi. J'ai proposé de payer afin qu'elle ne gaspille pas son argent. Pas question pour elle de contrevenir aux volontés divines. Je n'étais pas à une faute près : un repas au restaurant serait une peccadille.

Être vu sur la grand-place en compagnie d'une Noire ne me dérangeait pas le moins du monde. Je me moquais du qu'en-dira-t-on. Peu m'importait d'être le seul Blanc chez Claude. Mon unique sujet de préoccupation – il avait failli m'empêcher de lui proposer de déjeuner au restaurant – était de savoir comment procéder pour faire monter et descendre miss Callie de ma Triumph Spitfire. La petite voiture n'était pas conçue pour des gens de sa corpulence.

Les Ruffin avaient une vieille Buick dans laquelle ils avaient transporté leurs huit enfants. Même avec quarante-cinq kilos de plus, elle pouvait aisément tenir sur le siège avant.

Elle continuait de prendre du poids. Son hypertension et son taux de cholestérol inquiétaient vivement ses enfants. À soixante ans, elle était encore bien portante mais le danger rôdait.

En sortant de chez elle, nous nous sommes dirigés vers ma voiture garée le long du trottoir. C'était un jeudi du mois de mars, il y avait du vent, la pluie menaçait. La capote relevée, le cabriolet paraissait encore plus petit.

— Je ne suis pas sûre d'y arriver, déclara miss Callie.

Il avait fallu six mois pour l'amener jusque-là ; pas question de faire marche arrière. J'ai ouvert la portière côté passager et elle s'est avancée prudemment.

— Avez-vous une idée ?

— Essayez le derrière d'abord.

C'était la bonne méthode. Quand j'ai mis le moteur en marche, nous étions épaule contre épaule.

— Vous autres, les Blancs, vous avez de drôles de voitures, affirma miss Callie, aussi terrifiée que si on l'avait obligée à passer son baptême de l'air sur un coucou.

J'ai enclenché la première, fait patiner l'embrayage et nous avons démarré sur les chapeaux de roue dans un grand éclat de rire.

Je me suis garé devant le journal, puis j'ai aidé ma passagère à descendre. Je l'ai présentée à Margaret Wright et Davey Bass avant de lui faire faire le tour du propriétaire. La presse offset a excité sa curiosité ; elle trouvait le papier bien plus agréable à l'œil.

— Qui s'occupe de la correction des épreuves ? demanda-t-elle.

— Vous, répondis-je.

Il n'y avait plus, selon elle, que trois fautes par semaine en moyenne. Elle m'en remettait la liste le jeudi, avant notre déjeuner.

Nous avons fait à pied le tour de la grand-place pour nous rendre chez Claude, le restaurant noir attenant à la teinturerie. Ouvert depuis de nombreuses années, cet établissement était la meilleure table de Clanton. Il n'y avait pas de menus : le client mangeait ce que Claude cuisinait ce jour-là. Le mercredi était le jour du poisson-chat, le vendredi celui des grillades, mais les quatre autres jours, on ne savait pas ce qu'on aurait dans son assiette avant d'en être informé par Claude. Il nous a accueillis avec son tablier sale et nous a indiqué une table le long de la devanture. La salle n'était qu'à moitié pleine ; j'ai surpris quelques regards curieux.

Aussi bizarre que cela pût paraître, miss Callie ne connaissait pas Claude. Je croyais que tous les Noirs de

Clanton s'étaient rencontrés à un moment ou à un autre ; miss Callie m'a affirmé que ce n'était pas le cas. Claude vivait loin de là et, à en croire la rumeur qui courait dans la ville basse, il n'allait pas à l'église. Elle n'avait jamais cherché à faire sa connaissance. Ils avaient assisté ensemble à un service funèbre, il y avait bien longtemps, mais ne s'étaient pas parlé.

J'ai fait les présentations.

— La famille Ruffin, dit Claude en faisant le rapprochement. Tous les professeurs.

— Les docteurs, rectifia miss Callie.

Claude était brusque et parlait fort, il faisait payer sa cuisine et n'allait pas à l'église, de quoi s'attirer d'emblée l'antipathie de miss Callie. Claude l'a senti ; il s'est éloigné pour aller crier contre quelqu'un, à l'arrière. Une serveuse nous a apporté du thé glacé et du pain de maïs. Miss Callie n'a pas aimé. Le thé était trop léger et très peu sucré. Le pain, pas assez salé, était servi à la température de la pièce, une faute impardonnable.

— C'est un restaurant, miss Callie, glissai-je à mi-voix. Essayez de vous détendre.

— Je fais ce que je peux.

— Je ne crois pas. Comment pourrons-nous apprécier le repas si vous critiquez tout ?

— Vous avez un joli nœud papillon.

— Merci.

Ma nouvelle garde-robe avait énormément plu à miss Callie. Elle m'avait expliqué que les nègres – elle employait encore ce mot en parlant d'elle – aimaient s'habiller avec recherche, qu'ils suivaient la mode.

Sous l'influence du Mouvement pour les droits civiques et des questions épineuses qu'il avait soulevées, il était difficile de savoir exactement comment appeler les Noirs.

Les anciens, ceux qui, comme miss Callie, avaient de

la dignité, préféraient le mot « nègre ». Un cran plus bas on trouvait les gens « de couleur ».

Je n'avais jamais entendu miss Callie employer le mot avec cette nuance, mais il n'était pas rare que des Noirs des couches supérieures qualifient de « nègres » ceux qui étaient tout au bas de l'échelle sociale.

Incapable de m'y retrouver dans ces subtilités, je m'en tenais au mot « Noir ». De mon côté de la voie ferrée, les épithètes ne manquaient pas pour décrire les Noirs.

J'étais le seul non-Noir chez Claude, ce à quoi personne ne semblait attacher d'importance.

— Qu'est-ce que vous mangez ? cria Claude, du bar.

Une ardoise proposait du poulet grillé et des côtelettes de porc. Miss Callie savait que le poulet et le porc seraient décevants ; nous avons commandé deux chilis texans, un ragoût pimenté de viande hachée.

Elle m'a rendu compte de l'état du potager. Les légumes verts d'hiver lui donnaient toute satisfaction ; elle s'apprêtait à semer la récolte d'été. *L'Almanach du fermier* prédisait, comme tous les ans, un été doux avec des pluies modérées ; miss Callie attendait avec impatience le retour du beau temps et des déjeuners sous le porche, comme il se devait. J'ai demandé pour commencer des nouvelles d'Alberto, l'aîné ; une demi-heure plus tard, elle en était arrivée à Sam, le benjamin. Il était reparti à Milwaukee, chez Roberto, avait trouvé du travail et suivait des cours du soir. Enfants et petits-enfants, tout le monde allait bien.

Elle avait envie de parler du « pauvre M. Hank Hooten ». Elle se souvenait très bien de lui, même s'il ne s'était jamais adressé au jury. Je lui ai fait part des dernières nouvelles. Il était enfermé dans une cellule capitonnée où il resterait un certain temps.

La salle de restaurant s'était rapidement remplie. En passant près notre table, les bras chargés d'assiettes,

Claude nous a lancé : « Si vous avez fini, vous pouvez y aller. » Miss Callie a fait mine de s'en offenser, mais tout le monde savait que Claude avait coutume de demander à ses clients de partir dès qu'ils avaient terminé. Le vendredi, quand des Blancs s'aventuraient chez lui pour manger une grillade et que la salle était bondée, il regardait l'heure et annonçait à voix haute à ses clients : « Vous avez vingt minutes. »

Miss Callie a fait comme si tout lui avait déplu : l'idée de ce déjeuner, le restaurant, la nappe bon marché, la nourriture, le patron, les prix, la foule, tout. Mais elle était secrètement ravie d'avoir été invitée à déjeuner par un jeune homme blanc bien mis. Ce n'était arrivé à aucune de ses amies.

Au moment où j'allais l'aider à descendre de voiture, elle a sorti un petit bout de papier de son sac à main. Seulement deux coquilles dans le dernier numéro, toutes les deux dans la rubrique des petites annonces, domaine réservé de Margaret.

Je l'ai accompagnée jusqu'à sa maison.

— Alors, ce n'était pas si mal ? demandai-je devant la porte.

— Cela m'a fait très plaisir. Merci. Venez-vous jeudi prochain ?

Elle posait la même question toutes les semaines. Et je faisais la même réponse.

27

Le 4 juillet 1971, à midi, la température a atteint 37 °C et l'humidité de l'air est devenue difficilement supportable. La parade était conduite par le maire, qui ne se présentait encore officiellement à aucun poste. Les élections locales et celles de l'État du Mississippi se tenaient en 1971. La présidentielle aurait lieu en 1972, les élections judiciaires en 1973 et les municipales en 1974. Les habitants du Mississippi aimaient voter presque autant qu'assister à un match de football.

Assis à l'arrière d'une Corvette de 1962, le maire lançait des friandises aux enfants entassés sur les trottoirs de la grand-place. Suivaient les fanfares des lycées de Clanton et de Karaway, les scouts de Clanton, une voiture de pompiers flambant neuve, une douzaine de chars, un petit groupe de cavaliers, des anciens combattants de toutes les guerres du siècle, une sélection de voitures rutilantes présentées par le concessionnaire Ford et trois tracteurs John Deere dont un était conduit par Mo Teale, le huitième juré. Une file de voitures parfaitement briquées de la police municipale et du comté fermait la marche.

J'ai suivi la parade depuis le balcon du deuxième

étage de la Security Bank. Stan Atcavage y donnait tous les ans une petite fête. Comme je devais maintenant à la banque une somme rondelette, j'avais été convié à suivre les festivités en buvant une citronnade.

Pour une raison qui était sortie de la tête de tout le monde, les membres du Rotary avaient la charge des discours. Ils avaient garé une longue remorque découverte devant la statue de la sentinelle sudiste puis l'avaient décorée de balles de foin et de banderoles bleues, blanches et rouges. À la fin de la parade, la foule s'est agglutinée autour de la remorque en attendant la suite avec impatience. Une bonne vieille pendaison n'aurait pas suscité plus de fébrilité.

Mervin Beets, président du Rotary Club local, s'est emparé du micro pour souhaiter la bienvenue à tous. Aucune manifestation ne pouvant se dérouler à Clanton sans une prière, il avait invité, dans un esprit de déségrégation, le révérend Thurston Small, le pasteur de miss Callie, à donner le coup d'envoi. À en croire mon banquier, les Noirs étaient sensiblement plus nombreux, cette année.

Devant une telle foule, le révérend Small ne pouvait pas faire court. Il a demandé au Seigneur, au moins deux fois, de bénir tout et tout le monde. Des haut-parleurs suspendus à des mâts plantés autour du tribunal répercutaient sa voix dans tout le centre-ville.

Le premier candidat, un jeune homme pétrifié de terreur du nom de Timmy Joe Bullock, se présentait pour le poste de *constable* dans le Quatrième District. Après avoir traversé la remorque comme s'il marchait sur une échelle de coupée, il a pris le micro et a failli tourner de l'œil en regardant la foule. Il a péniblement articulé son nom avant de fouiller dans sa poche pour prendre le texte de son discours. Il ne lisait pas très bien mais il a quand même passé dix longues minutes à donner son point de vue sur l'augmentation de la criminalité, le procès qui avait récemment défrayé la chronique et l'épisode du forcené. Il n'aimait pas les assassins et vouait une haine particulière à ceux qui tirent sur tout ce qui bouge. Il s'engageait à faire tout ce qui serait en son pouvoir pour nous protéger de ces deux dangers.

De maigres applaudissements ont salué la fin de son laïus, mais il avait eu le mérite de s'exprimer en public. Sur les vingt-deux candidats pour les cinq postes de *constable* à pourvoir, sept seulement ont eu le courage de s'adresser aux électeurs. Après les candidats au poste de juge de paix, Woody Gates et les Country Boys ont joué quelques airs de *bluegrass*, pour le plus grand plaisir de l'assistance.

Des amuse-gueules et des rafraîchissements étaient servis sur des tables dressées sur la pelouse du tribunal. Le Lions Club proposait des tranches de pastèque. Les dames du club de jardinage vendaient de la crème glacée maison. Les membres de la jeune chambre de commerce faisaient griller des côtelettes. La foule s'est regroupée sous les chênes centenaires pour se protéger du soleil.

Mackey Don Coley avait attendu la fin du mois de mai pour faire acte de candidature. Il avait trois adversaires dont le mieux placé semblait être un policier municipal de Clanton, du nom de T.R. Meredith. Quand Mervin Beets a annoncé que l'on allait passer aux candidats au poste de shérif, la foule a quitté l'ombre des chênes pour s'entasser autour de la remorque.

Freck Oswald se présentait pour la quatrième fois ; il avait toujours fini bon dernier. Il semblait parti pour réitérer son score mais prenait visiblement les choses du bon côté. Il n'aimait pas le président Nixon et disait des choses très dures sur sa politique étrangère, en particulier sur les relations des États-Unis avec la Chine. La foule écoutait mais paraissait quelque peu désorientée.

Tryce McNatt se présentait pour la deuxième fois. Sa première phrase a été : « Je n'ai rien à foutre de la Chine. » C'était drôle, peut-être, mais parfaitement stupide. Jurer en public, surtout devant des dames, allait lui coûter de nombreuses voix. McNatt ne supportait pas la manière dont les criminels étaient dorlotés par le système. Il était contre l'idée de construire une nouvelle prison dans le comté de Ford : c'était gaspiller l'argent du contribuable. Il voulait des peines plus lourdes, des prisons en plus grand nombre et des travaux forcés.

Je n'avais pas connaissance d'un projet de nouvelle prison.

À en croire McNatt, depuis l'affaire Kassellaw et la crise de démence d'Hank Hooten, le comté de Ford était en proie à une vague de violence sans précédent. Il fallait un nouveau shérif, quelqu'un qui traque les criminels au lieu de faire ami-ami avec eux. « Nettoyons ce comté ! » tel était son leitmotiv. L'assistance approuvait.

T.R. Meredith avait trente ans d'ancienneté sous l'uniforme. Il parlait comme un cochon mais, d'après Stan Atcavage, il était apparenté à la moitié de la population. Stan s'y connaissait : il était apparenté à l'autre moitié. Il a prédit que Meredith gagnerait avec mille voix d'avance au second tour. Cette déclaration a provoqué des remous chez ses invités.

Mackey Don Coley était le dernier à prendre la parole. Il occupait le poste de shérif depuis 1943 et se présentait pour la dernière fois. « Il dit ça depuis vingt ans », glissa Stan. Coley a commencé à mettre en valeur son expérience, sa connaissance des lieux et des gens. Il a reçu des applaudissements polis mais pas très encourageants.

Ils étaient deux candidats au poste de percepteur, assurément le moins populaire de tous. Quand on leur a passé le micro, la foule s'est lentement dirigée vers les stands de crème glacée et de pastèques. Je suis descendu pour me rendre au cabinet d'Harry Rex, qui servait des rafraîchissements sur le trottoir. Les discours se sont poursuivis tout au long de l'après-midi. C'était l'été 1971 ; déjà cinquante mille jeunes Américains avaient perdu la vie au Vietnam. Dans n'importe quelle autre région, un si grand rassemblement aurait dégénéré en une virulente manifestation contre la guerre. Les politiciens auraient été hués. Des drapeaux et des ordres d'incorporation auraient été brûlés.

En ce 4 juillet, à Clanton, personne n'a parlé du Vietnam.

À Syracuse, j'avais pris beaucoup de plaisir à manifester sur le campus et dans les rues, mais ces activités étaient inconnues du Sud profond. C'était une guerre : les vrais patriotes soutenaient ceux qui la faisaient. Nous combattions le communisme ; les hippies, les gauchistes et les pacifistes du Nord et de la Californie avaient tout simplement peur de se battre. Tandis que je déambulais autour du tribunal en dégustant une glace à la fraise, j'ai entendu des acclamations. Par une fenêtre du deuxième étage, celle du Bar, un plaisantin avait fait descendre une effigie de Baggy. Le mannequin restait suspendu, les mains au-dessus de la tête, exactement dans la position de Baggy. Pour être sûr que tout le monde le reconnaissait, on avait fait dépasser des deux poches de son pantalon une bouteille vide de Jack Daniel's.

Je n'avais pas encore vu Baggy et je ne devais pas le voir de la journée. Il a prétendu par la suite ne pas être au courant de cet incident. Wiley a évidemment pris quantité de photos de l'effigie.

— Theo est là ! s'écria quelqu'un.

Un frisson d'excitation a parcouru la foule. Theo Morton était notre inamovible représentant au sénat de l'État. Sa circonscription s'étendait en partie sur quatre comtés. Il vivait à Baldwin mais son épouse était originaire de Clanton. Il était propriétaire de deux maisons de retraite et d'un cimetière, et il avait la particularité d'être sorti indemne de trois accidents d'avion. Il ne pilotait plus. Theo était un personnage haut en couleur : sarcastique, comique, totalement imprévisible à la tribune, il ne mâchait pas ses mots. Son adversaire, Warren, était un jeune homme qui venait de terminer son droit et dont on disait qu'il était tenté par le poste de gouverneur. Warren a commis l'erreur d'attaquer Theo sur un texte voté « en douce » lors de la dernière session, qui augmentait les aides publiques aux pensionnaires des maisons de retraite.

L'attaque était virulente. Debout dans la foule, j'écoutais Warren marteler ses critiques et, juste au-dessus de son épaule gauche, je voyais l'effigie de Baggy suspendue dans le vide.

Theo a commencé par présenter sa femme, Rex Ella, une Mabry, de la bonne ville de Clanton. Il a parlé de ses parents, de ses grands-parents, de ses oncles et tantes ; en quelques minutes, la moitié de l'assistance avait été mentionnée. Clanton était sa seconde patrie, sa circonscription, la ville de ses électeurs pour qui il travaillait si dur à Jackson.

Theo était le président de la commission des Ponts et Chaussées ; il a encore passé quelques minutes à se vanter d'avoir construit quantité de nouvelles routes dans le nord du Mississippi. Sa commission déposait quatre cents projets de loi pendant chaque session. Oui, quatre cents projets de loi ! Il lui incombait en sa qualité de président d'une commission de rédiger ces textes. Voilà ce que faisaient les sénateurs. Ils rédigeaient de bonnes lois et supprimaient les mauvaises.

Son jeune adversaire venait de terminer ses études de droit, une belle réussite. Lui, Theo, n'avait pas eu la possibilité de faire des études supérieures ; il se battait au loin contre les Japonais, pendant la Seconde Guerre mondiale. Mais son jeune adversaire avait à l'évidence quelque peu négligé ses études, sinon, il aurait réussi l'examen du barreau du premier coup.

— Oui, mesdames et messieurs, il a été recalé à l'examen du barreau !

— C'est un mensonge ! s'écria aussitôt quelqu'un qui se tenait juste derrière Warren.

La foule a regardé Warren comme s'il avait perdu la tête. Theo s'est tourné vers l'endroit d'où venait la voix.

— Un mensonge ? lança-t-il, l'air incrédule.

Il a plongé la main dans sa poche pour prendre une feuille de papier pliée en deux.

— J'ai la preuve devant les yeux.

Il a pris la feuille par un coin et a commencé à l'agiter sans avoir lu un seul mot de ce qui était écrit.

— Comment pouvons-nous confier la rédaction de nos lois à un homme qui n'est pas capable de réussir l'examen du barreau ? Nous sommes, M. Warren et moi, sur un pied d'égalité : nous n'avons réussi ni l'un ni l'autre l'examen du barreau. Le problème est qu'il a suivi trois années d'études avant de se faire recaler.

Les partisans de Theo étaient écroulés de rire. Warren s'efforçait de faire bonne figure.

— S'il avait fait ses études de droit dans le Mississippi plutôt que dans le Tennessee, poursuivit implacablement Theo, peut-être comprendrait-il nos lois !

Il était célèbre pour ces massacres en public. Il avait un jour humilié un adversaire au point que celui-ci avait quitté la tribune sous les huées. Sortant une déclaration sous serment de sa poche, il avait affirmé détenir la preuve que son adversaire, un « ex-pasteur », avait une liaison avec l'épouse d'un diacre.

Theo s'est ensuite lancé dans une suite de promesses :

il allait réduire les impôts, lutter contre la gabegie et faire quelque chose pour que les assassins soient condamnés plus souvent à la peine capitale. Quand le souffle a commencé à lui manquer, il a remercié la foule pour le soutien indéfectible qu'elle lui apportait depuis vingt ans. Il a rappelé que lors des deux derniers scrutins les électeurs du comté de Ford lui avaient apporté – à lui et à Rex Ella – près de quatre-vingts pour cent de leurs suffrages.

Des applaudissements nourris ont salué la fin de son laïus. Warren en a profité pour s'éclipser. Moi aussi : j'en avais assez des discours et de la politique.

Quatre semaines plus tard, le premier mardi du mois d'août, à la tombée de la nuit, une grande partie de cette même foule s'est rassemblée devant le tribunal pour le dépouillement des votes. Le temps s'était sensiblement rafraîchi : il ne faisait plus que 33 °C, avec quatre-vingt-dix-huit pour cent d'humidité.

Les derniers jours de la campagne avaient été une aubaine pour le journaliste que j'étais. Il y avait eu une bagarre à coups de poing devant une église noire entre deux candidats au poste de juge de paix. Deux plaintes avaient été déposées, accusant toutes deux la partie adverse de calomnies, de diffamations et de sondages truqués. Un homme avait été interpellé pour avoir peint à la bombe des obscénités sur un des panneaux électoraux de Theo. (Nous avons appris après l'élection que l'homme avait été recruté par un nervi du sénateur pour barbouiller le panneau, mais Warren en a subi les conséquences.) « Le coup est classique », affirma Baggy. Le procureur général avait ouvert une enquête au sujet du nombre élevé de votes par correspondance. « Comme à chaque élection », fut le commentaire de Baggy. La tension était à son comble, ce mardi du début août, où toute la population du comté allait aux urnes.

À 19 heures, une heure après la fermeture des bureaux de vote, même rassemblement sur la grand-place ; il y avait de l'électricité dans l'air. Les gens venus de la campagne formaient de petits groupes autour de leur candidat ; certains brandissaient des panneaux pour marquer leur territoire. Ils avaient apporté à boire et à manger et on voyait quantité de chaises pliantes de jardin, comme s'ils étaient venus assister à un match de base-ball. Deux énormes tableaux noirs avaient été disposés côte à côte, près de l'entrée du tribunal : c'est là que serait porté le décompte des voix.

— Nous venons de recevoir les résultats de Karaway Nord.

L'annonce faite au micro était si forte qu'on devait l'entendre à dix kilomètres à la ronde. L'atmosphère est aussitôt devenue plus grave.

— On commence toujours par Karaway Nord, affirma Baggy.

Il était près de 20 h 30 ; la nuit tombait sur le balcon de mon bureau. Nous avions décidé de retarder de vingt-quatre heures la mise sous presse afin de publier le jeudi un « Spécial élections ». Il a fallu un certain temps pour énumérer le total des suffrages recueillis par chaque candidat pour chaque poste à pourvoir. Quand on est arrivé au poste de shérif, plusieurs milliers de personnes ont retenu leur souffle.

— Mackey Don Coley : quatre-vingt-quatre. Tryce McNatt : vingt et un. T.R. Meredith : soixante-deux. Freck Oswald : onze.

Des acclamations se sont élevées du côté de la pelouse où étaient rassemblés les partisans de Coley.

— Coley est toujours en tête, à Karaway, déclara Baggy. Mais il sera battu.

— Il sera battu ?

Les résultats du premier des vingt-huit bureaux de vote étaient à peine connus mais Baggy avait déjà son idée sur l'issue du scrutin.

— Oui. Si Meredith fait un bon score là où il n'a pas de soutien populaire, cela veut dire que les gens en ont ras le bol de Coley. Attendez les résultats de Clanton.

Les chiffres arrivaient lentement, d'endroits dont je n'avais jamais entendu parler : Pleasant Hill, Shady Grove, Klebie, Three Corners, Clover Hill, Green Alley, Possum Ridge, Massey Mill, Calico Ridge. Woody Gates et les Country Boys, qui semblaient toujours disponibles, jouaient un ou deux airs de *bluegrass* dans les intervalles.

Les Padgitt avaient voté dans le petit bureau de Dancing Creek. À l'annonce des résultats – trente et une voix pour Coley, huit au total pour les trois autres –, des huées se sont élevées de toutes parts. On est enfin passé à Clanton Est, le plus gros bureau de vote, celui où j'étais inscrit. Coley avait recueilli deux cent quatre-vingt-cinq voix et McNatt quarante-sept. Quand on a annoncé six cent quarante-quatre voix pour Meredith, il y a eu une explosion de joie dans la foule.

Baggy m'a pris par le cou et nous avons fêté cela comme le reste de la population. Coley allait perdre dès le premier tour.

Dès qu'ils savaient à quoi s'en tenir, les battus et leurs partisans se retiraient discrètement. À 23 heures, il y avait déjà beaucoup moins de monde sur la place. Vers minuit, je suis sorti faire un tour pour m'imprégner des sons et des images de cette belle soirée électorale.

J'étais fier de mes concitoyens. Après un meurtre odieux et un verdict incompréhensible, nous avions redressé la tête et déclaré à voix haute que nous ne tolérerions pas la corruption. Le désaveu cinglant infligé à

Coley était une manière de vengeance contre les Padgitt. Pour la deuxième fois en un siècle, le shérif ne serait pas à leur solde.

T.R. Meredith a rassemblé soixante et un pour cent des suffrages, une victoire aussi inattendue qu'écrasante. Theo Morton a atteint quatre-vingt-deux pour cent, infligeant une mémorable déculottée à son jeune adversaire. Le *Times* a tiré à huit mille exemplaires son numéro « Spécial élections ». Il n'en est pas resté un seul. Je suis devenu un farouche partisan des élections annuelles : la démocratie portée à son paroxysme.

28

Une semaine avant Thanksgiving, en cette année 1971, la population de Clanton a été secouée par une triste nouvelle : un de ses enfants venait d'être tué au Vietnam. Le sergent-chef Pete Mooney, âgé de dix-neuf ans, avait été capturé dans une embuscade ; on avait retrouvé son corps quelques heures plus tard.

Je ne connaissais pas les Mooney, mais Margaret si. Après avoir appris la nouvelle, elle m'a dit qu'elle avait besoin de prendre quelques jours de congé. Sa famille vivait dans la même rue que les Mooney depuis des années. Son fils et Pete étaient très liés depuis l'enfance.

En fouillant dans les archives du journal, je suis tombé sur un article publié dans un numéro de 1966. Il était consacré à Marvin Lee Walker, un jeune Noir qui avait été la première victime du comté au Vietnam. C'était avant que mon prédécesseur s'intéresse à ce genre de chose ; la couverture du *Times* était étonnamment succincte. Rien à la une. Un article de cent mots en page trois, sans photo. À l'époque, personne, à Clanton, ne savait où se trouvait le Vietnam.

Un jeune homme qui ne pouvait fréquenter les

meilleures écoles, qui ne pouvait probablement pas voter et qui devait avoir trop peur pour boire à la fontaine publique du tribunal avait perdu la vie dans un pays qu'une infime minorité de ses concitoyens auraient été capables de trouver sur une carte. Et sa mort n'avait pas de quoi choquer : il fallait combattre le communisme partout où il se trouvait.

Margaret m'a discrètement remis la matière d'un article sur Pete. Le jeune homme avait achevé ses études secondaires en 1970. Il avait fait partie pendant trois ans des équipes de football et de base-ball de son lycée, se distinguant dans les deux sports. Reçu avec mention, il avait prévu de travailler deux ans pour mettre de l'argent de côté avant de s'inscrire en faculté. Il avait eu la malchance d'être appelé sous les drapeaux en décembre 1970.

D'après Margaret, mais je ne pouvais pas en parler dans mon article, Pete avait manifesté une grande réticence à faire ses classes. Il s'était disputé pendant des semaines à ce sujet avec son père. Pete voulait partir au Canada pour échapper à la guerre. Le père était horrifié à l'idée que son fils soit porté réfractaire : il déshonorerait sa famille. Il l'avait traité de lâche. M. Mooney père avait combattu en Corée et ne supportait pas le mouvement pacifiste. La mère avait essayé de jouer le rôle de conciliatrice mais, en son for intérieur, elle n'avait pas envie de voir son fils partir pour une guerre si impopulaire. Pete avait fini par céder ; il revenait dans un cercueil.

Le service funèbre a eu lieu dans la Première Église baptiste que fréquentaient les Mooney depuis de longues années. Pete y avait été baptisé à l'âge de onze ans, ce qui constituait un grand réconfort pour ses proches. Il était maintenant auprès du Seigneur. Mais si jeune…

Assis à côté de Margaret et de son mari, j'assistais

pour la première et la dernière fois à un service célébré à la mémoire d'un soldat de dix-neuf ans. En me concentrant sur le cercueil, je parvenais plus ou moins à faire abstraction des sanglots et des gémissements qui se faisaient entendre autour de moi. L'éloge funèbre prononcé par l'entraîneur de son équipe de football a encore aggravé les choses : les larmes ont monté aux yeux de toute l'assistance, les miens y compris.

J'apercevais le dos de M. Mooney, au premier rang ; le pauvre homme était manifestement en proie à un chagrin indicible.

Nous sommes sortis au bout d'une heure pour nous rendre au cimetière, où Pete a été inhumé avec les honneurs militaires. Quand le clairon a joué la sonnerie aux morts, un cri déchirant poussé par la mère de Pete m'a fait frissonner jusqu'à la moelle des os. Elle s'est agrippée au cercueil jusqu'au moment où il a fallu le descendre dans la fosse.

Quel gâchis, me suis-je répété en revenant à pied, seul, du cimetière au bureau. La nuit venue, toujours seul, je m'en suis voulu de mon silence et de ma lâcheté. J'étais le propriétaire du journal et, même si je ne méritais pas cette position, il n'y avait personne d'autre. Lorsqu'un sujet me tenait à cœur, il m'incombait d'exprimer mon opinion dans les colonnes de mon journal.

Pete Mooney avait suivi dans la tombe plus de cinquante mille de ses compatriotes, même si les autorités militaires rechignaient à donner des chiffres précis.

En 1969, le président Nixon et son conseiller en matière de sécurité nationale, Henry Kissinger, avaient décidé que la guerre du Vietnam ne pouvait plus être gagnée ou, plus exactement, que les États-Unis renonçaient à la gagner. Ils n'en avaient fait part à personne. L'incorporation s'était poursuivie. Ils avaient même continué cyniquement à donner l'impression de croire à une issue favorable.

Entre le jour où cette décision avait été prise et la fin de la guerre, dix-huit mille Américains de plus, au nombre desquels figurait Pete Mooney, étaient tombés au champ d'honneur.

J'ai publié mon éditorial à la une, sur une demi-page, sous une photographie du jeune soldat en uniforme. Le texte était le suivant :

La mort de Pete Mooney devrait nous inciter à poser la seule et unique question qui vaille la peine d'être posée : que foutons-nous au Vietnam ? Un élève brillant, un sportif talentueux, un jeune homme pétri de qualités a été abattu au bord d'une rivière qui nous est inconnue, dans un pays qui nous est indifférent.

La raison officielle, qui remonte à une vingtaine d'années, est que nous sommes partis y combattre le communisme. Pour reprendre les termes de l'ex-président Lyndon Johnson, si nous le voyons se propager, alors il nous incombera de prendre « toutes les mesures nécessaires pour éviter que cette agression se poursuive ». La Corée, le Vietnam. Nous avons aujourd'hui, malgré les dénégations du président Nixon, des troupes au Laos et au Cambodge. Quel sera le prochain pays ? Sommes-nous censés envoyer nos fils aux quatre coins du monde pour nous ingérer dans les guerres civiles des autres nations ?

En 1954, après la défaite des Français, le Vietnam a été divisé en deux. Le Vietnam du Nord est un pays pauvre dirigé par un communiste, Hô Chi Minh. Le Vietnam du Sud est un pays pauvre dirigé par un dictateur sanglant, Ngô Dinh Diêm, qui a trouvé la mort en 1963 pendant un coup d'État. Depuis, l'armée est au pouvoir.

Le Vietnam est en état de guerre depuis 1946, date à laquelle la France a pris l'initiative malheureuse de faire barrage au communisme. Après son échec spectaculaire, nous avons pris le relais pour montrer comment une guerre doit être conduite. Notre échec est encore plus cinglant que celui de la France et ce n'est pas terminé.

Combien de Pete Mooney devront perdre la vie avant que notre gouvernement décide d'abandonner le Vietnam à son sort ?

Dans combien d'autres régions du monde enverrons-nous nos troupes combattre le communisme ?

Que foutons-nous au Vietnam ? Nous continuons d'enterrer des jeunes gens pendant que les politiciens qui mènent cette guerre envisagent de retirer nos troupes.

L'emploi d'un langage un peu cru me vaudrait quelques reproches mais c'était sans importance. Il fallait s'exprimer sans ménagement pour dessiller les yeux des patriotes du comté de Ford. Avant que n'arrive le flot de coups de téléphone et de lettres attendu, je me suis fait un ami.

À mon retour du déjeuner hebdomadaire avec miss Callie (ragoût d'agneau dégusté à l'intérieur, au coin du feu), Bubba Crockett m'attendait dans mon bureau. Il portait un jean, des boots, une chemise de flanelle et les cheveux longs. Il s'est présenté puis m'a remercié pour l'éditorial. Il voulait me dire ce qu'il avait sur le cœur. Comme je m'étais gavé, j'ai posé les pieds sur mon bureau et j'ai écouté.

Bubba avait passé son enfance à Clanton et achevé ses études secondaires en 1966. Son père était propriétaire de la pépinière, à trois kilomètres au sud de la ville ; ils étaient paysagistes. Quand il avait reçu son avis d'incorporation, en 1966, il n'avait eu qu'une hâte : aller faire la guerre aux communistes. Son unité avait pris position dans le sud, juste à temps pour l'offensive du Têt. Deux jours après son arrivée, il avait déjà perdu trois de ses meilleurs camarades.

L'horreur des combats ne pouvait s'exprimer par des mots mais les descriptions de Bubba me suffisaient. Il avait vu des hommes qui brûlaient comme des torches, hurlaient, appelaient au secours, il avait trébuché sur des membres arrachés, traîné des corps pour les éloigner du champ de bataille, il avait passé des heures interminables sans dormir, sans manger, à court de munitions. Il avait vu l'ennemi ramper vers lui dans la nuit. Son bataillon avait perdu cent hommes en cinq jours. « Au bout de la première semaine, j'ai su que j'allais mourir, dit-il, les larmes aux yeux. À partir de ce moment-là, je suis devenu un bon soldat. Il faut passer par là si on veut survivre. »

Il avait été touché deux fois, des blessures sans gravité, soignables dans les hôpitaux de campagne. Pas de quoi le faire rapatrier. Il a parlé du sentiment de frustration éprouvé par ceux qui font une guerre que leur propre gouvernement refuse de les laisser gagner. « Nous étions meilleurs soldats que les Viets et notre équipement était très supérieur. Nos chefs étaient des hommes de grande qualité mais les abrutis de Washington les empêchaient de faire la guerre. »

Bubba connaissait les Mooney ; il avait adjuré Pete de ne pas partir. Il avait suivi l'enterrement de loin en maudissant tous ceux qu'il voyait.

— Quand je pense à tous les imbéciles de chez nous qui sont en faveur de la guerre ! Il y a eu plus de cinquante mille morts, nous commençons à retirer nos troupes et ces gens veulent discuter avec moi pour me soutenir que c'était une grande cause.

— Ils ne discutent pas avec vous.

— Plus maintenant. J'en ai amoché deux ou trois. Vous jouez au poker ?

Je n'y jouais pas mais j'avais entendu des récits savoureux sur des parties de poker qui avaient lieu en divers endroits de la ville. J'ai pensé que cela pourrait être intéressant.

— Un peu, répondis-je en me disant que je pourrais trouver un livre pour apprendre les règles ou que Baggy me les expliquerait.

— Nous jouons le jeudi soir, à la pépinière, dans une remise. Il y a plusieurs types qui se sont battus au Vietnam. Cela pourrait vous amuser.

— C'est ce soir ?

— Oui. Vers 20 heures. Nous ne jouons pas gros jeu. Il y a un peu de bière, un peu de hasch, des histoires de guerre. Mes potes aimeraient faire votre connaissance.

— J'y serai.

Il ne me restait plus qu'à trouver Baggy.

Quatre lettres ont été glissées sous la porte dans l'après-midi. Elles contenaient toutes des critiques virulentes de ma critique de la guerre. E.L. Green, ancien combattant de deux guerres et abonné de longue date au *Times* – mais cela pouvait changer –, écrivait entre autres choses :

Si nous n'arrêtons pas le communisme, il se propagera aux quatre coins de la planète. Un jour, il nous menacera directement et nos enfants et petits-enfants nous demanderont pourquoi nous n'avons pas eu le courage de l'arrêter avant qu'il soit trop tard.

Herbert Gillenwater avait perdu son frère en Corée. Il écrivait ceci :

Sa mort a été une tragédie que j'essaie encore, jour après jour, de surmonter. Mon frère était un soldat, un héros, un Américain fier de son drapeau ; sa mort a contribué à arrêter l'avancée des Nord-Coréens et de leurs alliés communistes chinois et russes. Quand nous aurons trop peur pour marcher au combat, nous serons conquis à notre tour.

Felix Toliver, de Shady Grove, émettait l'hypothèse que j'avais peut-être passé trop de temps dans le Nord, où les gens, c'était bien connu, avaient peur des armes. Les meilleurs soldats, d'après lui, étaient de courageux Sudistes. Si je n'en étais pas convaincu, je n'avais qu'à faire des recherches. En Corée et au Vietnam, le nombre de victimes américaines originaires du Sud était infiniment plus élevé. Il concluait sa lettre sur ces mots :

Notre liberté a été acquise au prix de la vie d'innombrables soldats. Que se serait-il passé si nous avions eu peur de nous battre ? Hitler et les Japonais seraient encore au pouvoir. Une grande partie du monde civilisé serait en ruine. Nous serions isolés et notre destruction ne serait qu'une question de temps.

J'avais l'intention de publier chacune de ces lettres mais j'espérais en recevoir une ou deux favorables à mon éditorial. Les critiques glissaient sur moi ; je savais que j'étais dans le vrai. Je commençais à m'endurcir, un atout indispensable dans mon métier.

Après avoir reçu de Baggy les rudiments du poker, j'ai perdu ce soir-là cent dollars avec Bubba et ses potes. Ils m'ont invité à revenir.

Nous étions cinq autour de la table, tous du même âge. Trois d'entre eux avaient servi au Vietnam : Bubba, Darrell Radke et Cedric Young, un Noir revenu de la guerre avec une grave blessure à la jambe. Le cinquième était David, le frère aîné de Bubba, réformé pour myopie. À mon sens, il n'était là que pour la marijuana.

Nous avons beaucoup parlé de drogue. Aucun des trois anciens soldats n'avait fumé ni même vu un joint avant d'être appelé sous les drapeaux. L'idée que de la drogue puisse avoir été en vente dans les rues de Clanton, dix ans plus tôt, les faisait beaucoup rire. Au Vietnam, elle était omniprésente. On fumait un joint pour tuer le temps et l'ennui, quand on avait le mal du pays ou qu'on était sur les nerfs, au combat. Les hôpitaux de campagne bourraient les blessés d'analgésiques ; au bout de quinze jours, Cedric était accro à la morphine.

À leur demande, j'ai raconté deux ou trois histoires de drogue, de l'époque où j'étais étudiant, mais je n'étais qu'un amateur au milieu de professionnels. Je ne crois pas qu'ils exagéraient. Pas étonnant, dans ces conditions, que nous ayons perdu la guerre : notre armée était défoncée.

Ils ont exprimé leur admiration pour mon éditorial et leur amertume d'avoir été envoyés au Vietnam. Chacun d'eux en était revenu avec de profondes cicatrices. Celles de Cedric étaient apparentes. Pour Bubba et Darrell, elles consistaient en une colère sourde qui couvait en eux, une rage mal contenue, un désir de s'en prendre à quelqu'un, mais à qui ?

Dans le courant de la partie de poker, ils ont échangé quelques souvenirs de combat particulièrement horribles. J'avais entendu dire que la plupart des soldats refusaient de parler de ce qu'ils avaient vécu. Mes trois partenaires ne reculaient pas devant les souvenirs ; c'était une manière de thérapie.

Ils jouaient au poker tous les jeudis soir ou presque ; je pouvais me joindre à eux aussi souvent que je le désirais. Quand je les ai quittés, aux alentours de minuit, ils étaient encore en train de boire, de fumer, de parler du Vietnam. J'en avais assez entendu pour cette journée.

29

J'ai consacré dans le numéro suivant du *Times* une page entière à la controverse sur la guerre. J'avais été noyé sous le courrier des lecteurs, dix-sept lettres en tout dont deux seulement approuvaient plus ou moins ma position. On me traitait de communiste, de gauchiste, de traître, d'opportuniste et même de lâche, sous prétexte que je n'avais jamais été sous l'uniforme. Pas une seule lettre anonyme, cette fois. Elles étaient toutes signées par mes lecteurs, des patriotes convaincus qui ne m'aimaient pas et tenaient à le faire savoir.

Je n'en avais cure. Mon éditorial avait mis le feu aux poudres mais au moins le débat sur la guerre était-il ouvert, même si la plupart des lettres étaient de parti pris.

La réaction à leur publication a dépassé toutes mes espérances. Un groupe de lycéens est venu à mon aide en me remettant en main propre une pile de trente et une lettres. Farouchement opposés à la guerre, ils n'avaient aucunement l'intention d'aller la faire et trouvaient curieux que la plupart des lettres publiées dans le dernier numéro aient été rédigées par des citoyens trop âgés pour endosser l'uniforme. J'aimais beaucoup la formule : « C'est notre sang, pas le vôtre. »

Ils avaient choisi chacun une des dix-sept lettres et s'attachaient à démolir le signataire. Becky Jenkins avait été outrée par une phrase de Robert Earl Huff qui écrivait : « … notre nation s'est bâtie avec le sang de nos soldats. Les guerres nous accompagneront toujours. »

Elle répondait : « Les guerres nous accompagneront aussi longtemps que des hommes ignorants et cupides essayeront d'imposer leur volonté à d'autres. »

Kirk Wallace s'indignait du portrait peu flatteur que Mme Mattie Louise Ferguson faisait de moi. Il écrivait dans le dernier paragraphe de sa lettre : « Malheureusement pour elle, Mme Ferguson n'a jamais rencontré un communiste, un gauchiste, un traître ni un opportuniste. La vie à Possum Ridge la préserve de ces gens-là. »

Dans le numéro suivant, j'ai consacré une pleine page aux lettres des lycéens. J'ai également publié trois autres lettres tardives du clan des va-t'en-guerre. Nos lecteurs ont réagi en envoyant un abondant courrier, intégralement publié.

La controverse sur la guerre s'est poursuivie dans les colonnes du *Times* jusqu'à Noël, date à laquelle tout le monde s'est accordé pour faire la trêve.

Max Hocutt s'est éteint le 1er janvier 1972. Il était très tôt quand Gilma a réussi à me tirer du lit en frappant avec insistance à ma fenêtre. J'avais dormi à peine cinq heures ; il m'aurait fallu vingt-quatre heures de sommeil.

Je l'ai suivie dans la vieille demeure où je n'étais pas entré depuis de longs mois. J'ai été frappé de voir à quel point elle se détériorait. Mais il y avait des préoccupations plus pressantes. Wilma nous a rejoints devant le grand escalier de l'entrée.

— Il est là-haut, déclara-t-elle en pointant son index

crochu et décharné vers le plafond. Première porte sur la droite. Nous sommes déjà montées une fois ce matin.

Elles ne gravissaient pas l'escalier plus d'une fois par jour. Elles allaient sur leurs quatre-vingts ans, suivant de près leur frère aîné.

Max reposait sur un grand lit, un drap blanc sale remonté jusqu'au cou. Sa peau était de la couleur du drap. Je me suis avancé à son chevet pour m'assurer qu'il ne respirait plus. C'était la première fois qu'on faisait appel à moi pour constater un décès. Il y avait peu de chances que je me trompe : Max donnait l'impression d'être mort depuis un mois.

Je suis redescendu. Wilma et Gilma attendaient au pied de l'escalier, là où je les avais laissées. Elles m'ont regardé comme si je pouvais avoir un avis différent du leur.

— Je crains qu'il soit mort, déclarai-je.

— Nous le savons, fit Gilma.

— Dites-nous ce qu'il faut faire, ajouta Wilma.

Jamais je ne m'étais trouvé dans cette situation mais l'étape suivante paraissait évidente.

— Peut-être devrions-nous appeler M. Magargel, au funérarium, suggérai-je.

— Je te l'avais dit ! lança Wilma à Gilma.

Comme elles restaient plantées devant l'escalier, je me suis dirigé vers le téléphone et j'ai appelé.

— C'est le premier de l'an, fit M. Magargel d'une voix ensommeillée.

— Mais M. Hocutt est mort.

— Vous en êtes sûr ?

— J'en suis sûr. Je viens de voir le corps.

— Où est-il ?

— Dans son lit. Il est mort paisiblement.

— Vous savez, il peut arriver qu'un vieux bonhomme dorme si profondément qu'on le croie mort.

Je me suis détourné pour que les jumelles ne m'entendent pas.

— Il ne dort pas, monsieur Magargel. Il est bel et bien mort.

— Je serai là dans une heure.

— Y a-t-il autre chose à faire ? demandai-je.

— Quoi, par exemple ?

— Je ne sais pas. Prévenir la police, quelque chose comme ça.

— A-t-il été assassiné ?

— Non.

— Pourquoi voudriez-vous prévenir la police ?

— Pardonnez-moi d'avoir posé cette question.

Les jumelles m'ont offert une tasse de café soluble dans la cuisine. Il y avait sur la table un paquet de Cream of Wheat et un grand bol de céréales était servi. Les jumelles avaient préparé le petit déjeuner de leur frère ; ne le voyant pas descendre, elles étaient allées voir.

Le café était imbuvable ; il a fallu que je le sucre abondamment. Assises en face de moi, les deux vieilles filles me regardaient avec curiosité. Elles avaient les yeux rouges mais ne pleuraient pas.

— Nous ne pouvons plus vivre ici, déclara Wilma d'un ton exprimant une décision irrévocable, prise après des années de discussion.

— Nous voulons que vous achetiez la maison, ajouta Gilma.

L'une avait à peine terminé sa phrase que l'autre commençait la sienne.

— Nous vous la vendons…

— Cent mille dollars…

— Et nous partons en Floride…

— En Floride ?

— Nous avons une cousine qui vit là-bas…

— Dans une maison de retraite…
— C'est très joli…
— Et on s'occupe bien de nous…
— Et Melberta ne sera pas loin…

Melberta ? Je la croyais dans la maison, rôdant dans l'ombre. Elles m'ont expliqué qu'elles l'avaient placée deux ou trois mois auparavant dans un « foyer », au nord de Tampa. C'est là qu'elles voulaient aller finir leurs jours. Elles n'étaient plus capables d'entretenir leur vaste maison de famille, à laquelle elles tenaient tant. Les hanches, les genoux, les yeux, plus rien n'allait. Elles ne pouvaient plus monter l'escalier qu'une fois par jour – vingt-quatre marches, m'informa Gilma –, elles redoutaient de se fracasser la tête sur le sol en tombant. Elles n'avaient pas assez d'argent pour faire des travaux et ne voulaient pas gaspiller le peu qui leur restait pour payer une femme de ménage, un jardinier et maintenant un chauffeur.

— Nous voulons aussi que vous achetiez la Mercedes…
— Nous ne savons pas conduire, vous savez…
— C'est toujours Max qui nous emmenait en voiture…

Une fois de temps en temps, pour le plaisir, je jetais un coup d'œil au compteur de la voiture de Max ; il parcourait en moyenne mille cinq cents kilomètres par an. Contrairement à la maison, la Mercedes était en parfait état.

Construite sur quatre niveaux et un sous-sol, la maison avait six chambres, quatre ou cinq salles de bains, un salon et une salle à manger, une bibliothèque, une cuisine, de larges porches dont le toit s'affaissait et un grenier rempli, j'en étais sûr, de trésors de famille entassés depuis des siècles. Il faudrait des mois pour le nettoyer.

Cent mille dollars était un prix modique pour cette maison mais il aurait fallu que je vende infiniment plus de journaux pour pouvoir la rénover.

Et que ferais-je de tous les animaux ? Des chats, des oiseaux, des lapins, des écureuils, des poissons rouges, un vrai zoo !

Je cherchais quelque chose à acheter mais, compte tenu du modeste loyer de cinquante dollars par mois que je leur versais, j'avais de la peine à me décider à quitter mon appartement. J'avais vingt-quatre ans, je vivais seul et j'éprouvais un vif plaisir à voir l'argent s'accumuler à la banque. Cette maison serait un gouffre ; pourquoi courir le risque de me retrouver sur la paille ?

Je l'ai achetée deux jours après l'enterrement de Max.

Un jeudi froid et humide de février, j'ai garé ma voiture devant la maison des Ruffin. Esau attendait sous le porche.

— Vous avez changé de voiture ? demanda-t-il.

— Non, j'ai encore la petite. C'est celle de M. Hocutt.

— Je croyais qu'elle était noire.

Il y avait très peu de Mercedes à Clanton ; il n'était pas difficile de les reconnaître.

— Elle avait besoin d'être repeinte.

La Mercedes était maintenant d'un beau bordeaux. À l'origine, je voulais seulement cacher les couteaux que Max avait fait peindre sur les portières, mais j'avais décidé au dernier moment de changer la couleur de la carrosserie.

Une rumeur circulait, d'après laquelle j'avais escroqué les Hocutt. En réalité, je l'avais payée le prix de la cote : neuf mille cinq cents dollars. L'achat avait été homologué par le juge Reuben V. Atlee, le chancelier du comté de Ford. Le magistrat avait également homologué l'achat de la maison pour cent mille dollars, un prix apparemment bas, devenu tout à fait raisonnable après l'estimation de deux experts judiciaires : soixante-quinze et quatre-vingt-cinq mille dollars. L'un d'eux avait mentionné dans son rapport que la rénovation de la maison des Hocutt entraînerait « … des frais élevés et imprévisibles ».

Harry Rex, mon avocat, m'avait montré ce passage.

Esau avait l'air sombre ; à l'intérieur, cela n'était pas mieux.

Dans la maison, comme d'habitude, flottait l'odeur pénétrante du plat que miss Callie était en train de faire cuire au four. Ce jour-là, c'était du lapin.

En la serrant dans mes bras, j'ai tout de suite compris que quelque chose n'allait pas. Esau m'a montré une enveloppe.

— C'est un ordre d'incorporation, pour Sam, annonça-t-il en lançant l'enveloppe sur la table avant de sortir de la cuisine.

À table, la conversation a singulièrement manqué d'entrain. Ils étaient inquiets, abattus, désemparés. Esau hésitait mais il était d'avis que Sam devrait faire honneur aux obligations qu'il avait envers sa patrie. Miss Callie avait l'impression d'avoir déjà perdu son fils une fois ; l'idée de le perdre une seconde fois lui était insupportable.

Le soir venu, j'ai appelé Sam pour lui annoncer la mauvaise nouvelle. Il passait quelques jours chez Max, à Toledo. Nous avons parlé plus d'une heure et j'ai affirmé avec force qu'il n'avait rien à faire au Vietnam. Par bonheur, Max partageait mes convictions.

Dans les jours qui ont suivi, j'ai passé de longues heures au téléphone avec les cinq frères de Sam afin de réfléchir avec eux à ce qu'il devait faire. Ni lui ni aucun de ses aînés ne croyait cette guerre juste, mais Mario et Al estimaient qu'il n'était pas bien de se soustraire à son devoir. J'étais de loin le plus pacifiste du lot, Bobby et Leon restant partagés. Sam était indécis au point de changer sans cesse d'avis. C'était un choix déchirant mais, au fil des jours, il semblait se rapprocher de ma position ; le fait d'avoir vécu en cavale depuis deux ans constituait un élément de poids.

Au bout de quinze jours d'introspection, Sam a pris le maquis avant de refaire surface dans l'Ontario. Il a téléphoné un soir en PCV pour me demander de dire à ses parents que tout allait bien. Le lendemain matin, je me suis rendu dans la ville basse pour annoncer aux Ruffin que leur benjamin avait pris la décision la plus sage de sa vie.

Pour eux, le Canada était à un million de kilomètres. J'ai essayé de les rassurer en leur rappelant que ce n'était pas aussi loin que le Vietnam.

30

Le deuxième entrepreneur à qui je me suis adressé pour la transformation de la maison des Hocutt était Lester Klump, de Shady Grove. Il m'avait été chaudement recommandé par Baggy, qui savait, naturellement, comment restaurer une demeure ancienne. Stan Atcavage avait également recommandé l'entreprise Klump ; comme j'avais emprunté les cent mille dollars à la banque, j'ai écouté Stan.

Le premier entrepreneur avec qui j'avais pris rendez-vous ne s'était pas déplacé. J'ai attendu trois jours avant de l'appeler mais son téléphone était coupé. C'était mauvais signe.

M. Klump et son fils, Lester Klump junior, sont venus plusieurs fois examiner la maison de fond en comble. Ils étaient terrifiés par l'ampleur des travaux et savaient déjà qu'ils tourneraient au cauchemar si je voulais précipiter le mouvement. Posés et méthodiques, ils parlaient encore plus lentement que la plupart des gens du comté de Ford. J'ai vite compris qu'ils faisaient tout au ralenti. J'ai commis l'erreur d'expliquer que j'étais confortablement logé et que je ne me retrouverais pas à la rue s'ils traînaient. Une parole malheureuse qui n'a certainement rien arrangé.

Les Klump avaient la réputation d'être pondérés et de tenir – presque toujours – les délais. Cela suffisait pour les placer au sommet de leur profession.

Après quelques jours d'interrogations et d'hésitations, il a été convenu qu'ils me présenteraient une facture hebdomadaire pour les fournitures et la main-d'œuvre, à laquelle j'ajouterais dix pour cent pour les « frais généraux ». Il m'a fallu une semaine de menaces pour qu'Harry Rex rédige un contrat ad hoc. Dans un premier temps, il avait refusé en me traitant de tous les noms.

Les Klump commenceraient par le nettoyage et la démolition, puis ils referaient le toit et les porches. Quand ce serait terminé, nous réfléchirions ensemble à la deuxième tranche des travaux. Ils ont commencé en avril 1972.

Tous les jours, un des Klump – ou les deux – accompagnait ses ouvriers. Ils ont passé le premier mois à chasser tous les animaux qui avaient élu domicile depuis des décennies dans la propriété.

Une voiture chargée d'élèves de terminale fêtant la fin de leurs études secondaires avait été arrêtée par un gendarme de la police de la route. La voiture était remplie de packs de bière. Le fonctionnaire, un jeune homme frais émoulu de l'école de police, a flairé quelque chose de louche : la drogue faisait son entrée dans le comté de Ford.

Il y avait de la marijuana dans la voiture. Outre l'inculpation de détention de stupéfiants, la police a collé aux six lycéens toutes les infractions possibles. La nouvelle a fait l'effet d'un coup de tonnerre. Comment la drogue avait-elle pu s'infiltrer dans notre petite communauté si respectueuse des lois ? Que faire pour y mettre le holà ? J'ai traité discrètement l'affaire : à quoi bon s'acharner sur six jeunes gens qui avaient commis une erreur ? Le shérif Meredith a déclaré qu'il prendrait des mesures draconiennes pour « extirper ce fléau » de notre territoire. « Nous ne sommes pas en Californie », a-t-il ajouté.

Du jour au lendemain, tout le monde s'est mis à l'affût de revendeurs de drogue, même si on ne savait pas très bien à quoi ils pouvaient ressembler.

Comme la police était sur les dents, prête à saisir la moindre occasion de faire une descente, la partie de poker du jeudi a été déplacée loin de la ville. Bubba et Darrell partageaient une vieille cabane délabrée avec Ollie Hinds, un autre ancien combattant du Vietnam, qui ne jouait pas au poker. Ils l'avaient baptisée le Gourbi. La masure était cachée au fond d'un ravin envahi par la végétation, tout au bout d'un chemin de terre qu'on ne pouvait trouver en plein jour.

Ollie Hinds souffrait de multiples traumatismes consécutifs à la guerre – et probablement d'autres antérieurs à cette époque. Originaire du Minnesota, il avait servi aux côtés de Bubba et survécu aux horreurs des combats. Blessé, brûlé, capturé puis évadé, il avait été renvoyé dans ses foyers après qu'un psychologue de l'armée eut déclaré qu'il avait impérativement besoin d'aide. Une aide apparemment jamais reçue. Le jour où j'ai fait sa connaissance, il était torse nu, la poitrine couverte de cicatrices et de tatouages, le regard vitreux, ce qui, je n'allais pas tarder à l'apprendre, était son état habituel.

Je me suis réjoui qu'il ne joue pas au poker. Il donnait l'impression d'être capable de prendre son M-16 pour remettre les compteurs à zéro.

Ce soir-là, la saisie de drogue et la réaction des bonnes gens du comté ont été abondamment tournées en ridicule. La population se comportait comme si les six adolescents étaient les premiers consommateurs de drogue du comté devenu l'épicentre d'une crise majeure. Comme si, avec de la vigilance et des déclarations intransigeantes, le fléau de la drogue pouvait être détourné vers d'autres terres.

Nixon avait miné le port d'Haiphong et noyait Hanoi sous les bombes. J'attendais de mes partenaires de jeu une réaction mais, cette fois, ils n'ont pas eu l'air intéressés.

Darrell avait entendu dire qu'un jeune Noir de Clanton s'était réfugié au Canada pour éviter l'incorporation. Je me suis tu.

— Un petit malin, déclara Bubba. Oui, un petit malin.

La conversation est vite revenue à la drogue.

— Ça, c'est de la came, fit Bubba en considérant son joint avec satisfaction. On sent tout de suite que ça ne vient pas de chez les Padgitt.

— De Memphis, glissa Darrell. C'est de la mexicaine.

Comme j'ignorais tout des filières locales, je me suis contenté d'écouter. Quand il a été évident que personne n'en dirait plus, je me suis jeté à l'eau.

— Je croyais que les Padgitt en avaient de la bonne.

— Ils devraient s'en tenir à l'alcool, répliqua Bubba.

— On prend ça quand on ne peut pas avoir autre chose, ajouta Darrell. Ils ont fait du fric, il y a quelques années ; ils ont commencé à cultiver bien avant les autres ; maintenant, il y a de la concurrence.

— Il paraît qu'ils vont laisser tomber, reprit Bubba. Ils vont revenir au bourbon et au vol de voitures.

— Pourquoi ? demandai-je.

— À cause de la lutte contre les stupéfiants. La police locale et les fédéraux. Ils ont des hélicos et du matériel de surveillance. C'est pas comme au Mexique où personne n'en a rien à foutre de ce qu'on cultive.

Des détonations ont retenti, pas très loin. Les joueurs de poker n'ont pas eu l'air surpris.

— Qu'est-ce que c'était ? demandai-je.

— C'est Ollie. Il chasse l'opossum. Il s'amuse à faire des cartons avec des lunettes à vision nocturne et son M-16.

J'ai pris pour prétexte trois tours perdus d'affilée pour me retirer discrètement.

La Cour suprême du Mississippi a pris son temps pour confirmer la condamnation de Danny Padgitt. Quatre mois auparavant, elle avait décidé à une majorité de six voix contre trois de valider la condamnation. Lucien Wilbanks s'était pourvu en appel ; sa demande avait été acceptée. Harry Rex avait trouvé cela inquiétant.

L'affaire avait été jugée en appel. Près de deux ans après le procès, la justice tranchait définitivement. Par cinq voix contre quatre, la Cour suprême rendait la condamnation définitive.

Mettant à profit le dissentiment entre les magistrats, Wilbanks avait argué avec véhémence qu'Ernie Gaddis avait bénéficié d'une trop grande liberté lors du contre-interrogatoire de Danny Padgitt. Au moyen de questions déterminantes sur la présence des enfants de Rhoda dans la chambre pendant que le viol avait lieu, il avait présenté au jury des faits hautement préjudiciables à l'accusé sans en apporter la preuve.

Harry Rex m'avait confié avec inquiétude que l'argument de Wilbanks était fondé. Si cinq juges de la Cour suprême étaient de cet avis, l'affaire serait renvoyée au tribunal de Clanton et il y aurait un nouveau procès. D'un côté, l'ouverture d'un nouveau procès serait profitable au journal, de l'autre, je ne voulais pas que les Padgitt sortent de leur île.

En fin de compte, quatre juges seulement avaient suivi Wilbanks et l'affaire avait été définitivement réglée. Une manchette à la une du *Times* avait annoncé la bonne nouvelle. J'espérais ne plus jamais entendre parler de Danny Padgitt.

Troisième partie

31

La rénovation de la maison des Hocutt s'est achevée cinq ans et deux mois après la première visite des Klump. Le résultat de ces interminables travaux était magnifique.

Ayant accepté de me plier à leur rythme de travail et sachant que celui-ci serait lent, il me fallait vendre de l'espace publicitaire. Au cours de la dernière année, j'avais fait deux tentatives imprudentes pour m'installer au milieu des gravats. J'avais supporté la poussière, les émanations de peinture, les couloirs bouchés, les coupures d'électricité et d'eau chaude, l'absence de chauffage et de climatisation mais je n'avais jamais pu me faire aux horaires des ouvriers. Contrairement aux habitudes de la profession, ils n'étaient pas particulièrement matinaux mais tout de même, à 8 h 30, ils se mettaient sérieusement au boulot. J'aimais dormir jusqu'à 10 heures. Ces deux tentatives s'étaient donc soldées par un échec ; chaque fois, j'avais dû me résoudre à réintégrer mon appartement, où le bruit était plus supportable.

Une seule fois en cinq ans, j'avais été dans l'impossibilité de régler rubis sur l'ongle la facture des Klump. Je refusais d'emprunter pour les travaux de l'argent que

Stan Atcavage était toujours disposé à me prêter. Tous les vendredis, à la fin de sa journée de travail, je retrouvais Lester Klump, le plus souvent dans un couloir, devant une plaque de contre-plaqué faisant office de table, et nous calculions en buvant une bière les coûts de la main-d'œuvre et des matériaux pour la semaine. J'ajoutais dix pour cent, je lui faisais un chèque et je classais la facture. Cela m'a permis, les deux premières années, d'anticiper le coût total des travaux de rénovation. Au bout de deux ans, j'ai arrêté : je préférais ne pas savoir ce que tout cela coûterait.

Je n'avais pas d'argent devant moi, mais peu importait. Pendant cinq ans, j'ai englouti tout ce que je gagnais dans ces travaux. Enfin, après avoir été au bord de la ruine, j'ai pu recommencer à amasser de l'argent.

Et j'avais quelque chose de magnifique à montrer, qui valait ce temps passé, ces efforts et cet investissement. Bâtie au début du siècle par le Dr Miles Hocutt, la demeure était de style victorien, avec deux hauts pignons en façade, une tourelle en encorbellement sur trois niveaux et deux porches profonds qui s'étendaient de part et d'autre du bâtiment. Au fil des décennies, les Hocutt l'avaient peinte en bleu, puis en jaune ; l'entrepreneur avait même trouvé du rouge brillant sous les couches plus récentes de peinture. Je n'ai pas voulu prendre de risques ; j'ai choisi du blanc et du beige, le tout rehaussé d'une bordure marron clair. J'aurais des années pour égayer son aspect un peu austère.

Les parquets avaient retrouvé leur lustre d'antan. Des murs avaient été abattus, des couloirs et de nouvelles pièces créés. Les Klump avaient été obligés de démolir l'ancienne cuisine pour en construire une autre à partir du sous-sol. La cheminée du salon s'était effondrée sous les assauts incessants des marteaux-piqueurs. J'avais transformé la bibliothèque et supprimé des cloisons, de sorte qu'en arrivant dans le hall d'entrée, on découvrait d'un coup d'œil un salon prolongé par la cuisine, tout au fond. J'avais fait percer de nouvelles fenêtres ; la maison était trop sombre à mon goût.

M. Klump a avoué qu'il n'avait jamais bu de champagne mais il a vidé son verre de bon cœur. Je lui avais remis ce que j'espérais être son dernier chèque et nous nous étions serré la main en posant pour la photo que prenait Wiley Meek. Nous avions ouvert la bouteille de champagne pour terminer notre petite cérémonie.

La plupart des pièces étaient encore nues. Des années seraient nécessaires pour décorer convenablement la demeure ; il me faudrait le concours de quelqu'un de qualifié, ayant un goût plus sûr que le mien. Cependant, même à demi vide, la maison avait de l'allure. J'allais y donner une grande fête !

J'ai emprunté deux mille dollars à Stan pour commander du vin et du champagne à Memphis. J'avais trouvé le traiteur qui convenait à Tupelo (celui de Clanton avait des spécialités de grillades et de poisson-chat ; je voulais quelque chose d'un peu plus classe).

La liste officielle des invités comptait trois cents noms ; tous les gens de Clanton que je connaissais plus quelques-uns que je ne connaissais pas. À ceux-là s'ajoutait une autre liste comprenant ceux qui m'avaient entendu dire : « Nous ferons une grande fête quand ce sera terminé. » J'avais invité BeeBee et trois de ses amies, mon père aussi, mais il était trop préoccupé par les effets de l'inflation sur le marché obligataire. J'avais invité miss Callie et Esau, le révérend Thurston Small, Claude, trois employés du tribunal, deux instituteurs, l'assistant de l'entraîneur d'une équipe de basket, un caissier de ma banque et un avocat qui venait de s'installer, ce qui faisait un total de douze Noirs. J'en aurais invité plus si j'avais pu, mais je n'en connaissais pas d'autres. J'étais décidé à faire de ma pendaison de crémaillère une fête de l'intégration.

Harry Rex a apporté de l'eau-de-vie de pêche et un grand plat de boyaux de porc, qui a failli gâter les festivités. Bubba Crockett et ses potes du Gourbi sont arrivés défoncés. M. Mitlo était le seul à porter un smoking. Piston a fait une courte apparition ; quelqu'un l'a vu sortir par la porte de derrière avec un sac rempli d'amuse-gueules assez coûteux. Woody Gates et les Country Boys ont joué pendant des heures sous un porche. Les Klump étaient venus avec tous leurs ouvriers ; c'était un grand moment pour eux et je les ai remerciés publiquement. Lucien Wilbanks est arrivé en retard et s'est aussitôt lancé dans une discussion politique animée avec le sénateur Theo Morton dont l'épouse, Rex Ella, m'a confié que c'était la plus belle réception qu'elle avait vue à Clanton depuis vingt ans. Notre nouveau shérif, Tryce McNatt, est passé avec quelques adjoints en uniforme (T.R. Meredith était mort d'un cancer du côlon l'année précédente). Le juge Ruben V. Atlee, entouré d'un auditoire attentif, racontait dans le salon de savoureuses anecdotes sur le Dr Miles Hocutt. Le révérend Millard Stark, de la Première Église baptiste, n'est resté que dix minutes ; il s'est éclipsé dès qu'il a vu de l'alcool circuler. Le révérend Cargrove, de la Première Église presbytérienne, a bu du champagne et donné l'impression d'y prendre goût. Baggy est tombé ivre mort dans une chambre du premier étage ; je l'ai trouvé le lendemain après-midi. Les jumeaux Stuke, qui tenaient la quincaillerie, sont arrivés avec un bleu de travail tout neuf. Ils avaient soixante-dix ans, vivaient ensemble, ne s'étaient jamais mariés et portaient tous les jours de leur vie des combinaisons identiques. La tenue de soirée n'était pas obligatoire ; chacun venait habillé comme il le souhaitait.

Deux grandes tentes blanches occupaient la majeure partie de la pelouse ; à certains moments, la foule débordait. Commencée à 13 heures, le samedi, la fête se serait prolongée au-delà de minuit si le vin et la nourriture n'avaient manqué. À 22 heures, Woody Gates et ses musiciens ont montré des signes d'épuisement ; il ne restait plus que quelques bières tièdes à boire, quelques chips de maïs épicées à manger et il n'y avait plus rien à voir. La maison avait été visitée dans ses moindres recoins.

Le lendemain, en fin de matinée, j'ai préparé des œufs brouillés pour BeeBee et ses amies. Nous nous sommes installés sous le porche avant pour boire notre café devant la pelouse en pagaille. Il m'a fallu une semaine pour tout nettoyer.

Au long des années passées à Clanton, j'avais entendu quantité d'histoires horribles sur le pénitencier d'État de Parchman. L'établissement se trouvait dans une vaste plaine du delta du Mississippi, la plus riche région agricole de l'État, à deux heures de voiture de Clanton. Les conditions de vie y étaient atroces : locaux surpeuplés, étouffants en été, glacials en hiver, nourriture infecte, soins médicaux réduits au minimum, corvées astreignantes, brutalités sexuelles, gardiens sadiques. La liste était interminable et poignante.

Quand je pensais à Danny Padgitt, ce qui m'arrivait souvent, je trouvais rassurant de savoir qu'il n'avait que ce qu'il méritait. Il pouvait s'estimer heureux de ne pas avoir fini dans une chambre à gaz.

Je me trompais.

À la fin des années 60, pour lutter contre le surpeuplement du pénitencier, l'administration avait construit deux prisons satellites, baptisées « camps ». L'idée était d'offrir à un millier de délinquants non violents des conditions de détention plus civilisées. Ils suivaient une formation professionnelle et bénéficiaient d'un régime de semi-liberté pour travailler à l'extérieur.

L'une de ces prisons satellites avait été construite près de la petite ville de Broomfield, au sud de Clanton, à trois heures de route.

Le juge Loopus était mort en 1972. Pendant le procès Padgitt, il avait eu comme sténographe une jeune femme nommée Darla Clabo. Elle avait travaillé quelques années avec Loopus et quitté la région à sa mort. Quand elle est entrée dans mon bureau, un après-midi de l'été 1977, sa tête m'a dit quelque chose.

Darla s'est présentée ; la mémoire m'est revenue. Pendant les cinq journées du procès Padgitt, je l'avais vue assise au pied de l'estrade, près de la table où étaient placées les pièces à conviction, prenant en sténo tout ce qui se disait. Elle vivait à présent dans l'Alabama ; elle venait de faire cinq heures de route pour me faire une révélation. Elle m'a d'abord conjuré de garder le secret.

Darla habitait à Broomfield. Quinze jours auparavant, en se rendant chez sa mère, à l'heure du déjeuner, elle avait croisé sur le trottoir quelqu'un qu'elle avait aussitôt reconnu. C'était Danny Padgitt, en compagnie d'un inconnu. La surprise de Darla avait été telle qu'elle avait trébuché sur le bord du trottoir et failli s'étaler sur la chaussée.

Les deux hommes étaient entrés dans un petit restaurant et s'étaient assis à une table. Darla les avait aperçus par la vitre mais n'était pas entrée. Il y avait des chances que Padgitt la reconnaisse ; elle ne savait pas pourquoi, cela lui faisait peur.

L'homme qui accompagnait Danny portait un uniforme qu'on voyait souvent dans les rues de Broomfield : pantalon marine et chemisette blanche où se lisaient les mots « Établissement pénitentiaire de Broomfield » brodés en toutes petites lettres sur la poche de poitrine. Il portait des santiags et n'était pas armé. Darla a expliqué que certains des gardiens qui accompagnaient les prisonniers en semi-liberté avaient la possibilité de sortir sans leur pistolet. Il était difficile d'imaginer dans le Mississippi un Blanc refusant de porter une arme si on lui laissait le choix mais, d'après Darla, Padgitt préférait peut-être que son gardien attitré n'ait pas son arme de service.

Danny était vêtu d'une salopette et d'une chemise blanche, peut-être une tenue fournie par le camp. Les deux hommes avaient pris leur temps pour déjeuner, semblaient être les meilleurs amis du monde. De sa voiture, Darla les avait regardés sortir et elle les avait suivis de loin. Ils avaient parcouru d'un pas tranquille quelques centaines de mètres, puis Danny était entré dans un bâtiment abritant l'Office régional des Ponts et Chaussées du Mississippi. Le gardien était monté dans un véhicule de fonction et avait disparu.

Le lendemain matin, la mère de Darla s'était rendue dans le bâtiment en question sous prétexte d'adresser une plainte au sujet du mauvais état d'une route. On l'avait informée sans ménagement que cette procédure n'existait pas. Dans le brouhaha du bureau, elle avait aperçu le jeune homme dont Darla lui avait donné un signalement précis. Chargé d'un classeur, il ressemblait aux autres gratte-papier.

La mère de Darla avait une amie dont le fils travaillait au secrétariat du camp de Broomfield. Il avait confirmé que Danny Padgitt y était entré dans le courant de l'été 1974.

— Allez-vous dénoncer le scandale ? demanda Darla à la fin de son récit.

J'étais encore sous le choc mais j'imaginais déjà le gros titre.

— Je vais aller enquêter. Cela dépend de ce que je découvrirai.

— Je vous en prie. Ce n'est pas acceptable.

— C'est même absolument incroyable.

— Cette petite ordure aurait dû être exécutée.

— Je partage votre avis.

— J'ai fait huit procès criminels avec le juge Loopus et celui-là m'est resté en travers de la gorge.

— À moi aussi.

Elle m'a de nouveau fait jurer de garder le secret et m'a laissé son adresse. Elle voulait que je lui envoie un exemplaire du journal si un article était publié.

Le lendemain matin, je n'ai eu aucun mal à me lever à 6 heures pour me rendre à Broomfield accompagné de Wiley Meek. Comme la Spitfire ou la Mercedes risquait d'attirer l'attention dans une petite ville, nous avons pris le pick-up Ford de Wiley. Nous avons facilement trouvé le camp, à cinq kilomètres de la ville, et le bâtiment des Ponts et Chaussées. À midi, nous avons pris position dans la grand-rue. Comme Padgitt pouvait nous reconnaître facilement, la difficulté était de rester cachés de lui sans éveiller les soupçons des badauds. Wiley s'était baissé derrière son volant, l'appareil photo à la main. J'avais pris place sur un banc, un journal ouvert devant moi.

Nous ne l'avons pas vu, ce jour-là. Nous sommes rentrés à Clanton et avons repris le lendemain matin la route de Broomfield. À 11 h 30, un véhicule de l'établissement pénitentiaire s'est arrêté devant le bâtiment des Ponts et Chaussées. Le gardien qui le conduisait est entré. Il est ressorti avec son prisonnier et les deux hommes sont partis déjeuner à pied.

À la une du numéro du 17 juillet 1977 du *Times* s'étalaient quatre photographies de grand format. L'une d'elles montrait Danny Padgitt sur un trottoir, rigolant avec son gardien, une autre les deux hommes entrant dans un restaurant, le City Grill, la troisième le bâtiment des Ponts et Chaussées, la dernière le portail du camp de Broomfield. La manchette annonçait : PAS DE PRISON POUR PADGITT. IL EST DANS UN CAMP.

Mon article commençait ainsi :

Quatre ans après avoir été condamné pour le viol et le meurtre de Rhoda Kassellaw à la réclusion criminelle à perpétuité dans le pénitencier d'État de Parchman, Danny Padgitt a été transféré dans le tout nouveau camp de Broomfield. Il y jouit à présent de tous les avantages d'un détenu privilégié : un emploi de bureau à l'Office des Ponts et Chaussées, un gardien personnel et de longs déjeuners au restaurant (cheeseburgers et milk-shakes), au milieu de clients qui n'ont jamais entendu parler de ses crimes.

Un article venimeux, présenté avec tout le parti pris possible. J'avais rudoyé la serveuse du City Grill pour qu'elle me révèle que Padgitt venait de manger un cheeseburger accompagné de frites, qu'il prenait ses repas là trois fois par semaine et qu'il réglait toujours l'addition. Après une dizaine de coups de téléphone aux Ponts et Chaussées, j'avais fini par trouver un chef de service qui savait qui était Padgitt. Comme il avait refusé de répondre à mes questions, je l'ai présenté lui-même comme un criminel. Je n'avais pas eu plus de succès au camp de Broomfield. Je faisais le récit détaillé de mes vaines tentatives en donnant l'impression que tous ces bureaucrates couvraient Padgitt. Personne, à Parchman, ne savait rien; si quelqu'un savait quelque chose, il refusait d'en parler. J'avais appelé le directeur des Ponts et Chaussées (un officier d'administration élu), celui du pénitencier de Parchman (nommé par les pouvoirs publics), le procureur général, le vice-gouverneur et le gouverneur en personne. Comme ils étaient évidemment tous très occupés, je m'étais entretenu avec des subalternes – que j'ai présentés comme des crétins.

Le sénateur Theo Morton a paru choqué quand je l'ai eu au téléphone. Il a promis de faire une enquête approfondie et de me rappeler. Au moment de mettre sous presse, j'attendais toujours.

À Clanton, les réactions étaient partagées. La plupart de ceux qui téléphonaient ou m'interpellaient dans la rue étaient furieux et exigeaient que l'on fasse quelque chose. Ils croyaient sincèrement que, lorsque Padgitt avait été condamné à perpétuité et emmené menottes aux poignets, il allait passer le reste de ses jours dans l'enfer de Parchman. Certains semblaient indifférents ; ils préféraient oublier Padgitt et le procès. C'était de l'histoire ancienne.

D'autres encore ne se montraient pas surpris. Ils imaginaient, non sans cynisme, que les Padgitt, par un de ces tours de passe-passe dont ils étaient coutumiers, avaient su trouver des pattes à graisser. Harry Rex était de ceux-là. « Pourquoi en faire toute une histoire ? Ce ne serait pas le premier gouverneur qu'ils achètent ! »

La photographie de Danny dans la rue, libre comme l'air, a considérablement effrayé miss Callie. « Elle n'a pas fermé l'œil de la nuit, m'a glissé Esau quand je suis arrivé le jeudi midi. J'aurais préféré que vous ne le retrouviez pas. »

Par chance, les quotidiens de Memphis et de Jackson ont repris mon article et fait monter la pression jusqu'à ce que les politiciens ne puissent plus se défiler. Le gouverneur, le procureur général et le sénateur Morton se sont bousculés pour monter au créneau afin de renvoyer Danny à Parchman.

Deux semaines après la publication de mon article, Danny Padgitt réintégrait le pénitencier.

Le lendemain, j'ai reçu deux coups de téléphone, un au bureau, l'autre chez moi, pendant que je dormais. Des voix différentes mais le même message : j'étais un homme mort.

J'ai prévenu le FBI ; deux agents du bureau d'Oxford sont venus me voir. J'ai discrètement informé de leur visite un journaliste de Memphis ; toute la ville a bientôt su que j'avais reçu des menaces et que le FBI avait ouvert une enquête. Pendant le mois qui a suivi, le shérif McNatt a fait stationner dans la journée une voiture de police devant le journal. Un autre véhicule restait toute la nuit sur l'allée de mon domicile.

Après une interruption de sept années, j'ai recommencé à porter une arme.

32

Il n'y a pas eu de sang versé. Les menaces sont restées présentes dans mon esprit puis, au fil du temps, elles se sont estompées. Le revolver restait à portée de ma main mais je n'y pensais plus. En supprimant le rédacteur en chef de l'hebdomadaire local, les Padgitt s'exposeraient à une réaction brutale ; j'avais de la peine à croire qu'ils oseraient courir ce risque. Contrairement à mon prédécesseur que tout le monde avait à la bonne, je n'étais pas en odeur de sainteté, dans certains foyers, mais ma disparition aurait déclenché un véritable tumulte. Les Padgitt se sont donc repliés encore un peu plus sur eux-mêmes. Après la défaite de Mackey Don Coley en 1971, ils avaient fait une fois de plus la preuve de leur capacité à changer de tactique. Danny avait trop attiré l'attention sur eux ; ils faisaient marche arrière. Ils s'étaient retranchés dans leur île, renforçant les mesures de sécurité dans la vaine crainte que les deux shérifs qui s'étaient succédé, T.R. Meredith d'abord, puis Tryce McNatt, ne s'en prennent à eux. Ils avaient continué à cultiver le cannabis et fait sortir leurs récoltes de l'île par avion ou bateau, sur des pick-up ou des camions chargés de grumes.

Sentant avec leur perspicacité habituelle que le commerce de la marijuana pouvait devenir dangereux, ils avaient commencé à injecter de l'argent dans des entreprises parfaitement légales. Ils avaient fait l'acquisition d'une société de travaux publics, rapidement en mesure de répondre à des appels d'offres pour des projets gouvernementaux. Ils avaient acheté une usine d'asphalte, une fabrique de béton précontraint et des carrières. Le milieu des BTP était notoirement corrompu, dans le Mississippi ; les Padgitt se trouvaient en terrain connu.

Je suivais ces activités d'aussi près que possible, mais c'était avant la loi sur la liberté d'information. Si je connaissais le nom de certaines des sociétés rachetées par les Padgitt, il était pratiquement impossible d'obtenir des informations assez précises pour fournir la matière d'un article : en apparence, tout était parfaitement légal.

J'attendais, sans bien savoir quoi. Danny Padgitt reviendrait un jour ; il se pouvait qu'il disparaisse dans l'île et qu'on ne le revoie plus jamais. Il se pouvait aussi qu'il ait une autre idée en tête.

Rares étaient les habitants de Clanton qui n'allaient pas à l'église. Ceux qui assistaient au culte semblaient savoir exactement qui ne le faisait pas. La formule d'adieu « À dimanche » était presque aussi courante que « Passez donc nous voir ».

Pendant toute ma première année à Clanton, j'ai croulé sous les invitations à « venir prier avec nous ». Quand il a été établi que le propriétaire et rédacteur en chef du *Times* n'était pas pratiquant, je suis devenu l'impie le plus fameux de la ville. J'ai décidé de remédier à cette situation.

Chaque semaine, Margaret préparait notre page « Religion », qui incluait une liste quasi complète des églises, classées par dénominations. Il y avait aussi des annonces payées par les congrégations les plus aisées. Et des avis de *revivals*, d'assemblées, de pique-niques et d'innombrables autres activités.

À partir de cette page et de l'annuaire téléphonique, j'ai recensé toutes les églises du comté de Ford. Il y en avait quatre-vingt-huit, mais ce total était fluctuant ; des congrégations se divisaient, apparaissaient et disparaissaient sans cesse. Je m'étais fixé comme objectif de rendre visite à chacune, ce qui, j'en étais sûr, n'avait jamais été fait. Un tour de force qui me placerait dans une catégorie à part, chez les pratiquants.

J'étais dérouté par le nombre et la variété de ces lieux de culte. Comment des protestants proclamant leur croyance dans la même doctrine pouvaient-ils être divisés de la sorte ? Ils s'accordaient sur les articles de foi suivants. 1. Jésus était le fils unique de Dieu. 2. Il était né d'une mère vierge. 3. Il avait vécu une vie parfaite. 4. Il avait été persécuté par les Juifs, arrêté et crucifié par les Romains. 5. Il était ressuscité le troisième jour et s'était élevé dans le ciel quarante jours plus tard. 6. Certains croyaient – avec de nombreuses nuances – qu'il fallait recevoir le baptême pour suivre Jésus et gagner sa place au ciel.

La doctrine était simple mais, comme toujours, le diable se trouvait dans les détails.

Il n'y avait ni catholiques, ni épiscopaliens, ni mormons. Les baptistes étaient largement majoritaires mais très divisés. Suivaient les pentecôtistes qui s'étaient manifestement déchirés autant que les baptistes.

J'ai donné en 1974 le coup d'envoi de cette aventure épique qui consistait à visiter toutes les églises du comté, une à une. J'ai commencé par celle de Calvary Full Gospel, une assemblée pentecôtiste située au bord d'une route empierrée, à trois kilomètres de Clanton.

Comme annoncé, l'office débutait à 10h30; j'ai trouvé une place sur un banc, au fond de l'église. Le bruit s'est vite répandu qu'il y avait un visiteur de marque; l'accueil a été chaleureux. Je n'ai reconnu personne dans l'assistance. Le révérend Bob portait un complet blanc et une cravate blanche sur une chemise bleu marine. Son épaisse chevelure noire était tirée en arrière, plaquée à la base du crâne. Les fidèles ont commencé à crier dès qu'il a pris la parole. Pendant les cantiques, ils agitaient les mains en hurlant. Une heure plus tard, quand le révérend Bob a commencé son prêche, j'étais prêt à partir. Il a duré trois quarts d'heure, me laissant épuisé et déboussolé. Le martèlement des pieds des fidèles était si fort qu'il faisait trembler les murs de l'édifice; les vitres vibraient sous la violence de leurs cris d'allégresse. Le révérend Bob a imposé les mains à trois fidèles souffrant de vagues maladies; ils ont proclamé qu'ils étaient guéris. Puis un diacre s'est avancé pour se mettre à parler dans une langue que je ne connaissais pas. Les poings serrés, les yeux fermés, il a émis un flot ininterrompu de paroles. Il ne jouait pas la comédie, il ne trichait pas. Au bout de quelques minutes, une jeune choriste a entrepris de traduire en anglais ce qu'il disait. C'était une vision que Dieu envoyait par le truchement du diacre : il y avait dans l'assemblée des fidèles en état de péché.

— Repentez-vous ! rugit le révérend Bob.

Certains ont baissé la tête.

Le diacre parlait-il de moi ? En me retournant, j'ai constaté que la porte était fermée et que deux autres diacres montaient la garde de chaque côté.

La tension a fini par retomber. Je suis sorti précipitamment. Deux heures s'étaient écoulées depuis mon arrivée; j'avais besoin de boire un coup.

J'ai publié dans la page Religion un article bien

troussé sur ma visite. Je parlais dans mon papier de l'atmosphère chaleureuse, de la voix ravissante de la soliste, miss Helen Hatcher, du prêche vigoureux du révérend Bob et ainsi de suite.

Inutile de dire que mon récit a eu beaucoup de succès.

Au moins deux fois par mois, j'allais à l'église. Aux côtés de miss Callie et d'Esau, j'ai écouté le prêche du révérend Thurston Small. Il a duré deux heures et douze minutes – je mesurais précisément la durée de chaque discours. Le plus court a été celui du révérend Phil Bish, de l'Église méthodiste unifiée de Karaway : dix-sept minutes. Ce lieu du culte était le plus froid de ceux que j'avais visités. La chaudière était en panne, ce qui, en ce mois de janvier, a peut-être contribué à réduire la durée du sermon. J'ai accompagné Margaret à la Première Église baptiste de Clanton, où le révérend Millard Stark faisait son prêche annuel sur les méfaits de l'alcool. Ce matin-là, j'avais la gueule de bois ; le pasteur n'a pas cessé de me regarder.

J'ai trouvé le Harvest Tabernacle à l'arrière d'une station-service désaffectée de Beech Hill. En compagnie de six fidèles, j'ai écouté un prédicateur à l'œil hagard, qui se faisait appeler Peter le Prophète, nous couvrir d'invectives pendant près d'une heure. Mon compte rendu a été succinct.

L'Église du Christ de Clanton n'avait pas d'instruments de musique, un interdit fondé sur l'Évangile, m'a-t-on expliqué par la suite. J'ai entendu un magnifique solo *a cappella*, sur lequel je me suis longuement étendu dans mon article. L'office était dépourvu de toute émotion. Pour compenser, la fois suivante, je me suis rendu dans la chapelle du Mont-Pisgah, dans la ville basse, où la chaire était entourée d'une batterie, de guitares, de cuivres et d'amplis. En hors-d'œuvre, avant l'homélie, nous avons eu droit à un concert ; toute l'assemblée s'est mise à chanter et à danser. Miss Callie qualifiait la chapelle du Mont-Pisgah d'« église de bas étage ».

Le numéro soixante-quatre de ma liste était l'Église indépendante de Calico Ridge, nichée dans les collines, à l'extrémité nord-est du comté. Les archives du *Times* rapportaient qu'en 1965 un paroissien du nom de Randy Bovee avait été mordu à deux reprises par un serpent à sonnette pendant l'office du dimanche soir. Il s'en était sorti et les crotales avaient été éloignés pendant un moment. La légende s'était perpétuée et, à mesure que le succès de ma nouvelle rubrique grandissait, on me demandait de plus en plus souvent si j'avais l'intention de me rendre à Calico Ridge. « Je compte visiter toutes les églises », répondais-je invariablement. Baggy m'avait prévenu qu'ils n'aimaient pas avoir de la visite.

J'avais été si bien accueilli partout, que l'assemblée fût noire ou blanche, grande ou petite, citadine ou rurale, que je ne pouvais imaginer être indésirable.

On ne s'est pas montré impoli, à Calico Ridge, mais pas très heureux de ma visite non plus. Je voulais voir les serpents, mais de loin. J'y suis allé un dimanche soir, essentiellement parce que, selon la légende, on ne montrait pas les serpents à la lumière du jour. J'ai vainement cherché dans la Bible s'il était fait mention de cette restriction.

Nulle trace de serpents. Quelques transes pendant que le prédicateur en chaire nous exhortait à « expier nos péchés dans les soupirs et les lamentations ». Le chœur a fredonné au rythme d'une guitare électrique et d'une batterie jusqu'à ce que j'aie l'impression d'assister à une danse tribale traditionnelle, un truc à donner la chair de poule. J'aurais d'autant plus aimé partir qu'il n'y avait pas de serpents.

Un peu plus tard, j'ai aperçu dans l'assistance un

visage qui me disait quelque chose. Très particulier, long, pâle, émacié, couronné de cheveux gris. Un visage sur lequel j'étais incapable de mettre un nom mais que j'avais déjà vu. L'homme était assis au deuxième rang, du côté opposé où je me trouvais. Il semblait insensible au chaos ambiant. Il donnait parfois l'impression de s'absorber dans une prière, puis restait assis pendant que tout le monde était debout. Ses voisins semblaient accepter sa présence sans lui prêter attention.

Il s'est retourné et m'a regardé dans les yeux. C'était Hank Hooten, l'ex-avocat, le forcené qui avait terrorisé la ville en 1971, à qui on avait passé la camisole pour le conduire à l'hôpital psychiatrique de l'État. J'avais entendu dire quelques années plus tard qu'il avait été remis en liberté, mais personne ne l'avait vu.

Le surlendemain, j'ai essayé de retrouver sa trace. J'ai appelé l'établissement où il avait été interné mais je n'ai pu recueillir aucun renseignement. Hank avait un frère à Shady Grove ; il a refusé de me parler. Je suis reparti fureter à Calico Ridge : comme je m'y attendais, personne n'a voulu parler à un étranger.

33

La plupart de ceux qui assistaient avec zèle au culte du dimanche matin ne montraient pas le même empressement à suivre le service religieux du soir. Pendant ma tournée des églises, j'avais entendu quantité de pasteurs inciter vigoureusement leurs ouailles à revenir quelques heures plus tard pour une stricte observance de la loi du Seigneur. La moitié d'entre elles faisaient la sourde oreille, au moins. J'avais assisté à quelques services religieux du soir, le plus souvent dans l'espoir d'être témoin d'un rite pittoresque tel que la présentation de serpents ou l'imposition des mains. Il m'avait été ainsi donné de suivre une assemblée au cours de laquelle un paroissien devait être jugé et certainement condamné pour avoir convoité la femme d'un autre. Ma présence les ayant perturbés, la brebis égarée avait obtenu un sursis.

Mon étude comparée des églises s'est donc limitée aux offices de jour.

D'autres avaient leurs propres rites du dimanche soir, sans rapport avec la religion. Harry Rex avait aidé un Mexicain du nom de Pepe à louer un bâtiment pour y ouvrir un restaurant tout près de la grand-place. L'établissement, Chez Pepe, connaissait un certain succès ;

on y mangeait bien, un peu trop épicé. Pepe ne pouvait s'empêcher de forcer sur les piments. Tant pis pour la gorge des gringos.

Le dimanche, l'alcool était interdit dans le comté de Ford. On ne pouvait ni en acheter au détail ni en consommer dans les restaurants. Pepe avait une arrière-salle avec une longue table et une porte qui fermait à clé. Cette salle était à la disposition d'Harry Rex et de ses invités. Ils y mangeaient et buvaient ce qu'ils voulaient. Les margaritas étaient particulièrement appréciées. Bien tassées, elles faisaient passer les plats trop épicés de Pepe. Nous étions en général une douzaine, des hommes jeunes dont la moitié étaient mariés. Harry Rex menaçait de nous tuer si nous parlions à quiconque de l'arrière-salle de Pepe.

Un soir, la police municipale a fait une descente. D'un seul coup, Pepe a oublié son anglais. La porte de l'arrière-salle était verrouillée et partiellement cachée. Pepe avait éteint les lumières ; nous avons attendu vingt minutes dans le noir en buvant et en écoutant les flics qui s'évertuaient à communiquer avec le Mexicain. Je ne vois pas pourquoi nous aurions été inquiets : le juge de Clanton, Harold Finkley, assis au bout de la table, descendait sa quatrième ou cinquième margarita.

Après les dîners dominicaux chez Pepe, souvent longs et animés, nous n'étions plus en état de conduire. J'allais donc à pied au journal et je dormais sur le canapé de mon bureau. Un soir, bien après minuit, je cuvais mon vin quand le téléphone a sonné. C'était un journaliste du grand quotidien de Memphis, que je connaissais assez bien.

— Couvrez-vous la réunion de la commission de libération conditionnelle de demain ?

Tout se brouillait dans ma tête ; je ne savais pas quel jour on était.

— Demain ? articulai-je avec difficulté, la langue pâteuse.

— Lundi 18 septembre.

J'étais à peu près sûr qu'on était en 1978.

— Pour qui ?

J'avais toutes les peines du monde à rassembler mes idées.

— Pour la libération conditionnelle de Danny Padgitt. Vous n'êtes pas au courant ?

— Bien sûr que non !

— La réunion est fixée à 10 heures du matin, à Parchman.

— C'est une blague ?

— Pas du tout. Je viens de l'apprendre. Vous pensez bien qu'ils ne vont pas le crier sur les toits.

Je suis resté un long moment dans l'obscurité à pester intérieurement contre les fonctionnaires rétrogrades qui traitaient d'une manière si ridicule des sujets si importants. Comment pouvait-on envisager la libération conditionnelle de Danny Padgitt ?

Huit années s'étaient écoulées depuis le meurtre et le procès. Il avait écopé de deux condamnations à la réclusion criminelle à perpétuité, représentant au moins dix ans chacune. Cela aurait dû faire un minimum de vingt ans.

Vers 3 heures du matin, je suis rentré chez moi, où j'ai dormi deux heures d'un sommeil agité. Puis je suis allé réveiller Harry Rex qui était dans un état épouvantable. J'ai emporté des biscuits à la saucisse et du café fort, et je l'ai retrouvé dans son cabinet, à 7 heures du matin. Nous étions tous deux d'une humeur de chien. Tandis que nous nous plongions dans ses ouvrages de droit, nous avons débité sans retenue des insultes dirigées contre le système de libération conditionnelle voté trente ans auparavant par le corps législatif du Mississippi.

Les directives étaient vagues, tout restait assez flou pour que les politiciens et leurs représentants agissent à leur guise.

Comme la plupart des citoyens respectueux des lois n'étaient aucunement concernés, le système de libération conditionnelle n'était pas une priorité pour le pouvoir législatif de l'État. Et comme la plupart des prisonniers étaient soit pauvres, soit Noirs – donc incapables de tourner le système à leur avantage –, il était facile de leur infliger de lourdes peines et de les garder derrière les barreaux. Si par hasard le détenu avait des relations et un peu d'argent, le labyrinthe des règlements contradictoires permettait à la commission de libération conditionnelle d'accorder des faveurs.

À la confluence des systèmes judiciaire et pénal, les deux condamnations à perpétuité « consécutives » de Danny Padgitt avaient été transformées en une seule par confusion des peines. Harry Rex a essayé de m'expliquer qu'elles ne s'additionnaient pas.

— Quel est l'intérêt ?

— On utilise ce système en cas de pluralité d'infractions. Le cumul des peines pourrait atteindre quatre-vingts ans de réclusion alors que la peine encourue est de dix ans. Dans ce cas, le condamné bénéficie d'une confusion.

J'ai secoué la tête d'un air dégoûté, ce qui l'a visiblement irrité.

Quand j'ai eu le shérif McNatt au téléphone, il m'a paru avoir aussi mal aux cheveux que nous mais je savais qu'il ne buvait jamais d'alcool. Il n'avait pas été informé de la réunion de la commission. Je lui ai demandé s'il comptait y assister ; son emploi du temps était surchargé.

J'aurais bien appelé le juge Loopus mais il était mort depuis six ans. Ernie Gaddis avait pris sa retraite et pêchait dans les Smoky Mountains. Son successeur, Rufus Buckley, vivait dans le comté de Tyler et était sur liste rouge.

À 8 heures du matin, j'ai sauté dans ma voiture avec un biscuit et un gobelet de café froid.

Après une heure de route en direction de l'ouest, je me suis engagé dans un pays plat qui marquait le début du delta du Mississippi. C'était une riche région agricole où le niveau de vie des petits agriculteurs restait bas. Je n'étais d'humeur ni à apprécier les paysages ni à me lancer dans des considérations sociologiques. J'étais trop impatient d'arriver par surprise dans une réunion quasi clandestine.

J'étais aussi impatient de voir de plus près l'enfer du pénitencier de Parchman.

Deux heures plus tard, j'ai aperçu des clôtures au milieu des champs, puis des barbelés. Un panneau est apparu au bord de la route et je me suis arrêté devant l'entrée du pénitencier. J'ai informé le gardien dans sa cabine que j'étais un journaliste venu assister à une réunion de la commission de libération conditionnelle. « Tout droit et à gauche après le deuxième bâtiment », expliqua-t-il pendant que j'inscrivais mon nom sur le registre.

Il y avait un groupe de constructions tout près de la nationale et des maisons à charpente de bois peintes en blanc, comme on pouvait en voir dans n'importe quelle rue du Mississippi. J'ai choisi le bâtiment administratif A ; je suis entré au pas de course, à la recherche d'une secrétaire. On m'a expédié dans le bâtiment voisin, deuxième étage. Il était tout près de 10 heures.

J'ai vu des gens au fond du couloir, attendant devant une porte. Il y avait un surveillant, un policier en uniforme, un troisième homme en complet froissé.

— Je viens pour la commission de libération conditionnelle, annonçai-je.

— C'est là, fit le surveillant en montrant la porte.

Je suis entré sans frapper, comme fait un journaliste intrépide. Tout le monde était installé ; on ne s'attendait certainement pas à cette arrivée fracassante.

Les membres de la commission étaient au nombre de cinq. Assis derrière une table légèrement surélevée, chacun avait devant lui une plaque portant son nom. À une autre table, le long d'un mur, avait pris place le clan des Padgitt : Danny, son père, sa mère, un oncle et Lucien Wilbanks. Face à eux, plusieurs secrétaires et employés de la commission et du pénitencier étaient assis à une autre table.

Ils ont tous eu un mouvement de surprise en me voyant entrer. Mes yeux se sont fixés sur Danny Padgitt et, pendant une fraction de seconde, nos regards ont exprimé le mépris dans lequel nous nous tenions mutuellement.

— Que puis-je faire pour vous ? lança d'une voix revêche un homme mûr et mal habillé, assis au milieu de la table de la commission. C'était le président, Barrett Ray Jeter. Comme les quatre autres membres, il avait été nommé par le gouverneur en récompense des suffrages qu'il lui avait apportés.

— Je suis venu assister à la réunion de votre commission pour Danny Padgitt.

— C'est un journaliste ! s'écria Lucien Wilbanks en se dressant d'un bond.

L'espace d'un instant, j'ai cru qu'on allait m'arrêter et m'enfermer jusqu'à la fin de mes jours dans cette prison.

— Quel journal ? demanda Jeter.

— Le *Ford County Times*.

— Votre nom ?

— Willie Traynor, répondis-je en me tournant vers Wilbanks qui me lançait des regards noirs.

— C'est une réunion à huis clos, monsieur Traynor, déclara Jeter.

Comme il n'était pas précisé dans les textes si le public était admis ou non, ces réunions restaient traditionnellement secrètes.

— Qui a le droit d'y assister ?

— Outre les membres de la commission, le principal intéressé, ses proches, ses témoins, son avocat et les témoins de la partie adverse.

« La partie adverse » signifiait les proches de la famille qui, en l'occurrence, étaient présentés comme les méchants.

— Et le shérif du comté ? demandai-je.

— Il est invité, lui aussi.

— Notre shérif n'a pas été informé de cette réunion ; je lui ai parlé il y a trois heures. En réalité, personne dans le comté de Ford n'a été au courant avant minuit.

Cette déclaration a provoqué un embarras visible. Les Padgitt se sont rapprochés de Lucien Wilbanks.

En procédant par élimination, j'ai vite compris que, si je voulais rester, il faudrait que je le fasse en tant que témoin.

— Eh bien, déclarai-je d'une voix forte et claire, puisqu'il n'y a personne du comté de Ford pour représenter la partie adverse, je suis un témoin.

— Vous ne pouvez être témoin et journaliste, protesta Jeter.

— Où cela figure-t-il dans le code pénal du Mississippi ? demandai-je en brandissant les ouvrages de droit qu'Harry Rex m'avait prêtés.

D'un signe de tête, Jeter a donné la parole à un jeune homme en complet noir.

— Je suis l'avocat de cette commission, monsieur

Traynor, fit-il courtoisement. Vous pourrez apporter votre témoignage, mais vous ne pourrez rendre compte de ce que vous aurez entendu.

J'étais fermement décidé à rendre compte de la réunion dans ses moindres détails et à me retrancher derrière le Premier Amendement.

— Comme vous voudrez. C'est vous qui faites les règles.

En moins d'une minute, une ligne avait été tracée. Je me trouvais d'un côté ; tous les autres étaient dans le camp adverse.

— Commençons, déclara Jeter.

J'ai pris place sur une chaise, avec une poignée d'autres spectateurs.

L'avocat de la commission a distribué un rapport. Il est revenu sur les condamnations de Padgitt en évitant soigneusement les mots « cumul » et « confusion » des peines. Le comportement « exemplaire » du détenu au long de son incarcération le mettait en position de bénéficier d'une libération conditionnelle pour « bonne conduite », un vague concept mis en place par le système de libération conditionnelle et non par le législateur. En ajoutant le temps passé par le détenu dans la prison du comté dans l'attente de son procès, il pouvait se présenter devant la commission.

L'assistante sociale qui avait suivi Danny s'est lancée dans un long récit de sa relation avec le détenu. Elle a émis en conclusion l'opinion gratuite qu'il était « plein de remords » et voulait « se racheter », qu'il ne présentait plus « aucun danger pour la société » et qu'il était même prêt à devenir un « citoyen modèle ».

Combien tout cela avait-il coûté ? Cette question me revenait sans cesse à l'esprit. Combien ? Et combien de temps avait-il fallu aux Padgitt pour trouver ceux qu'ils devaient arroser ?

Wilbanks a pris la parole à son tour. Sans personne – ni Gaddis, ni McNatt, ni le pauvre Hank Hooten – pour le contredire ni pour lui sauter à la gorge, il a entrepris de retracer en les déformant les circonstances du crime, insistant particulièrement sur la déposition d'un témoin, Lydia Vince, qui avait fourni à l'accusé un alibi en béton. Selon sa version défigurée du procès, le jury avait hésité à rendre un verdict d'acquittement. J'ai failli me mettre à hurler. Cela l'aurait peut-être incité à un peu d'honnêteté. J'avais envie de crier : « Comment un innocent peut-il être plein de remords ? »

Wilbanks a poursuivi en critiquant le manque d'impartialité du procès. Il a noblement assumé la responsabilité de ne pas avoir réussi à obtenir un changement de juridiction, afin que le procès se déroule dans une autre partie du Mississippi, plus éclairée. À la fin de son intervention, deux membres de la commission semblaient s'être endormis.

Mme Padgitt a ensuite parlé des lettres échangées avec son fils au long des huit dernières années, des années interminables. À travers ses lettres, elle avait vu son fils mûrir, sa foi se renforcer et avait senti son impatience d'être libéré pour se mettre au service de ses semblables.

Pour leur fournir de la marijuana plus forte ? Ou un bourbon plus fin ?

On attendait d'une mère qu'elle verse des pleurs ; Mme Padgitt s'est mise à pleurer à chaudes larmes. Cela faisait partie de son numéro et n'a pas semblé influencer les membres de la commission. En étudiant leur visage, j'ai eu l'impression que leur décision était prise depuis longtemps.

Danny est passé le dernier. Il s'est habilement sorti de l'exercice délicat qui consiste à nier ses crimes tout en manifestant du remords.

— J'ai tiré la leçon de mes fautes, déclara-t-il, comme si un viol suivi d'un meurtre n'était qu'une peccadille dont il suffisait de s'excuser. Elles m'ont mûri.

Il avait été pendant sa détention d'une énergie inépuisable – volontaire pour la bibliothèque, membre de la chorale, participant à la préparation du rodéo, organisant les groupes de détenus qui faisaient la tournée des écoles pour dissuader les jeunes de commettre des délits.

Deux membres de la commission écoutaient. Un troisième dormait. Les deux derniers semblaient être en méditation transcendantale.

Danny n'a pas versé de larmes mais il a conclu par une supplique vibrante pour demander sa libération.

— Combien de témoins s'y opposent ? demanda Jeter.

Je me suis levé, j'ai regardé autour de moi, je n'ai vu personne d'autre du comté de Ford.

— Je pense que je suis le seul.

— Nous vous écoutons, monsieur Traynor.

Je n'avais pas la moindre idée de ce que j'allais dire, pas plus que je ne savais ce qui était acceptable à cette tribune. Des discours qui avaient précédé, j'ai déduit que je pouvais dire ce que bon me semblait. Le gros Jeter me taperait sur les doigts si je m'aventurais en territoire interdit.

J'ai regardé les membres de la commission en m'efforçant de ne pas m'occuper des regards meurtriers que me lançaient les Padgitt et je me suis lancé dans une description très crue du viol et du meurtre. J'ai rappelé tout ce dont je me souvenais en insistant sur le fait que les enfants avaient assisté à une partie de l'agression.

J'attendais que Wilbanks formule des objections mais le camp des Padgitt restait silencieux. Les membres de la commission que j'avais crus dans un état comateux étaient revenus à la vie et m'observaient avec attention, sans rien perdre des détails horribles dont je les abreuvais. J'ai décrit les blessures, j'ai évoqué la scène poignante de la mort de Rhoda dans les bras de son voisin et ses dernières paroles : « Danny Padgitt. C'est Danny Padgitt. »

J'ai traité Wilbanks de menteur et je me suis moqué de la version du procès qu'il avait inventée. J'ai expliqué qu'il avait fallu moins d'une heure au jury pour déclarer l'accusé coupable.

Avec une précision dont je ne revenais pas moi-même, j'ai fait le récit de la déposition pitoyable de Danny à la barre. De ses mensonges pour couvrir d'autres mensonges.

— Il aurait dû être poursuivi pour faux témoignage, déclarai-je. Après avoir terminé sa déposition, au lieu de retourner s'asseoir, il s'est avancé vers le banc des jurés et leur a dit en levant un doigt menaçant : « Si vous me condamnez, j'aurai votre peau, tous autant que vous êtes. »

Un membre de la commission du nom d'Horace Adler a tressauté sur son siège.

— Est-ce vrai ? demanda-t-il en se tournant vers les Padgitt.

— Vous le trouverez dans le compte rendu du procès, glissai-je vivement pour ne pas laisser à Wilbanks qui se levait l'occasion de proférer un nouveau mensonge.

— Est-ce vrai, maître Wilbanks ? insista Adler.

— Il a menacé le jury ? demanda son voisin.

— J'ai la sténographie du procès, affirmai-je. Je vous la ferai parvenir avec grand plaisir.

— Est-ce vrai ? demanda une troisième fois Adler.

— Il y avait trois cents personnes dans la salle d'audience.

J'ai regardé Wilbanks dans les yeux pour lui dire : ne faites pas ça, ne mentez pas encore une fois.

— Taisez-vous, monsieur Traynor, lança un autre membre de la commission.

— C'est dans le compte rendu du procès.

— Suffit ! rugit Jeter.

Wilbanks était debout ; il cherchait quoi répondre. Tout le monde attendait.

— Je ne me souviens pas de tout ce qui s'est dit, commença-t-il d'une voix lente tandis que je ricanais bruyamment. Il se peut que mon client ait dit quelque chose d'approchant, mais c'était sous le coup de l'émotion et, dans de telles circonstances, les paroles dépassent parfois la pensée. Si on examine les faits dans leur contexte…

— Contexte, mon cul ! m'écriai-je.

J'ai fait un pas en direction de l'avocat, comme si je voulais lui balancer mon poing dans la figure. Un surveillant s'est avancé pour m'empêcher d'aller plus loin.

— C'est écrit noir sur blanc dans le compte rendu du procès ! lançai-je d'un ton furieux en me tournant vers les membres de la commission. Comment pouvez-vous le laisser mentir comme cela ? Vous refusez donc d'entendre la vérité ?

— Autre chose, monsieur Traynor ? demanda Jeter.

— Oui ! J'espère que cette commission ne tournera pas notre système en ridicule en remettant cet homme en liberté au bout de huit ans. Il peut s'estimer heureux d'être ici et non dans la cellule d'un condamné à mort. J'espère aussi que la prochaine fois – s'il y a une prochaine fois – que vous aurez à vous prononcer sur sa libération conditionnelle, vous inviterez des gens du comté de Ford. Le shérif, peut-être, ou bien le procureur. Et vous pourrez en aviser les membres de la famille de la victime. Ils ont le droit d'être présents et vous pourrez voir leur visage quand vous rendrez la liberté à ce meurtrier.

Je me suis assis, la rage au ventre. J'ai lancé un regard noir à Wilbanks et décidé de tout faire pour le haïr jusqu'à la fin de mes jours, ou des siens. Jeter a annoncé que la réunion était interrompue quelques minutes. J'imaginais qu'il leur fallait un peu de temps pour se réunir dans une autre salle et compter leur argent. Peut-être pourraient-ils inviter M. Padgitt à se joindre à eux et lui demander une rallonge. Pour embêter l'avocat de la commission, j'ai entrepris de noircir des pages de notes pour l'article qu'il m'avait interdit d'écrire.

Nous avons attendu une demi-heure avant qu'ils reviennent à la file indienne, l'air vaguement coupable d'on ne savait quoi. Jeter a demandé un vote. Il y a eu deux voix pour la libération conditionnelle, deux contre et une abstention.

— La libération conditionnelle est refusée à ce jour, annonça le président.

Mme Padgitt a éclaté en sanglots. Elle a serré Danny dans ses bras avant qu'on le fasse sortir.

Lucien Wilbanks et les Padgitt sont passés tout près de moi en quittant la salle. J'ai fait comme si je ne les voyais pas et j'ai gardé les yeux baissés, épuisé, le crâne en feu.

— Affaire suivante : Charles D. Bowie, annonça Jeter.

Il y a eu du mouvement autour des tables pendant qu'on amenait un détenu plein d'espoir. J'ai cru comprendre qu'il s'agissait d'un délinquant sexuel, mais j'étais trop épuisé pour prêter attention à quoi que ce fût. En marchant dans le couloir, je m'attendais plus ou moins à devoir affronter les Padgitt ; tant mieux, je préférais qu'on en finisse une fois pour toutes.

Mais ils avaient disparu. Je n'ai pas vu trace d'eux ni en sortant du bâtiment ni en franchissant la grille du pénitencier pour reprendre la route de Clanton.

34

La réunion de la commission de libération conditionnelle a fait la une du numéro suivant du *Times*. J'avais mis dans mon article tous les détails qui m'étaient revenus à l'esprit et publié en page cinq un éditorial cinglant. J'ai envoyé un exemplaire à chacun des membres de la commission et à l'avocat. J'étais tellement remonté que tous les membres du gouvernement de l'État, le procureur général, le gouverneur et le vice-gouverneur en ont également reçu un. La plupart d'entre eux n'ont même pas dû le lire ; seul l'avocat de la commission a réagi.

Il m'a écrit une longue lettre dans laquelle il se disait fort préoccupé par ma « violation délibérée des procédures de la commission de libération conditionnelle ». Il envisageait de rencontrer le procureur général afin d'« évaluer la gravité de mes actes », voire d'engager une action qui pourrait avoir de « lourdes conséquences ».

Mon avocat, Harry Rex, m'avait assuré que les réunions secrètes de la commission étaient manifestement contraires à la Constitution et représentaient de toute évidence une violation du Premier Amendement. Il se ferait un plaisir de me défendre devant un tribunal fédéral. Pour des honoraires réduits, cela allait sans dire.

J'ai échangé des lettres virulentes avec l'avocat pendant un mois avant qu'il semble avoir perdu l'envie d'engager des poursuites.

Rafe, le « chasseur d'ambulances » d'Harry Rex, avait un acolyte du nom de Buster, un grand cow-boy au cou de taureau, qui se promenait toujours avec un pistolet dans chaque poche. Pour cent dollars par semaine, j'ai engagé Buster pour qu'il joue les gardes du corps. Il passait quelques heures par jour devant les locaux du journal, assis devant la maison ou sous un porche, toujours bien en vue, afin que tout le monde sache que Willie Traynor était un homme assez important pour se payer un garde du corps. Si les Padgitt s'approchaient assez près pour essayer de me descendre, ils trouveraient à qui parler.

Après avoir régulièrement pris du poids pendant de longues années et refusé d'écouter les mises en garde de ses médecins, miss Callie a fini par fléchir. À la suite d'examens particulièrement mauvais, elle a annoncé à Esau qu'elle se mettait au régime : mille cinq cents calories par jour, sauf – Dieu merci ! – le jeudi. Un mois s'est écoulé sans que je constate aucune perte de poids. Mais le lendemain de la publication de l'article sur la commission de libération conditionnelle, j'ai eu l'impression qu'elle avait perdu vingt kilos d'un seul coup.

Au lieu de faire frire le poulet, elle l'avait fait cuire au four. Au lieu de préparer les pommes de terre en purée avec du beurre et de la crème fraîche, avant de la recouvrir de sauce, elle les a servies en robe des champs. C'était délicieux mais mon organisme s'était accoutumé à sa dose hebdomadaire de lipides. Après la prière, je lui ai remis deux lettres de Sam. Elle les a lues aussitôt, comme d'habitude, pendant que je me jetais sur mon assiette.

Comme d'habitude, elle a souri, elle a ri et essuyé une larme. « Mon fils va bien », dit-elle simplement.

Avec la ténacité propre aux Ruffin, Sam avait obtenu son diplôme de premier cycle de l'enseignement supérieur, en économie, et mettait de l'argent de côté pour s'inscrire en fac de droit. Il avait le mal du pays, le temps pourri lui était insupportable et, surtout, sa mère lui manquait. Et sa bonne cuisine.

Le président Carter ayant amnistié les insoumis, Sam était écartelé entre deux possibilités : rester au Canada ou revenir aux États-Unis. Quantité d'expatriés avec qui il s'était lié cherchaient à tout prix à obtenir la citoyenneté canadienne et il était influencé par leur position. Il y avait aussi une femme, dont il n'avait rien dit à ses parents.

Notre conversation sur le dernier numéro du journal commençait parfois par l'actualité, mais le plus souvent, par la rubrique nécrologique ou même par les petites annonces. Comme elle ne sautait pas une ligne, miss Callie savait qui vendait une portée de beagles et qui voulait acheter une bonne tondeuse à gazon autotractée d'occasion. Et comme elle ne loupait pas un numéro, elle savait depuis combien de temps une petite ferme ou un mobile home était à vendre. Elle connaissait tous les prix.

— Quel modèle est-ce ? demandait-elle parfois en voyant une voiture passer devant chez elle pendant notre déjeuner.

— Plymouth Duster 1971.

— Si elle est vraiment en bon état, déclarait miss Callie après quelques secondes de réflexion, elle vaut dans les deux mille cinq cents dollars.

Un jour, Stan Atcavage a eu besoin de mettre en vente un bateau de pêche de vingt-quatre pieds qu'il avait fait saisir. J'ai appelé miss Callie.

— Je sais, dit-elle, qu'un monsieur de Karaway en cherchait un il y a trois semaines.

J'ai vérifié dans les annonces classées des numéros précédents du *Times*. Le lendemain, le bateau était vendu.

Miss Callie aimait beaucoup les annonces légales, une rubrique particulièrement lucrative du journal. Actes notariés, saisies, procédures de divorce, successions, avis de dépôt de bilan, la loi exigeait que ces annonces légales soient publiées dans le journal local. Nous le faisions et ce n'était pas donné.

— J'ai vu que la succession de M. Everett Wainwright est ouverte, glissa miss Callie.

— Je me souviens vaguement de sa nécrologie, fis-je, la bouche pleine. Quand est-il mort ?

— Il y a cinq ou six mois. Votre notice était assez brève.

— C'est fonction de ce que la famille me donne. Vous le connaissiez ?

— Il a tenu une épicerie près des rails, pendant de longues années.

J'ai compris aux inflexions de sa voix que M. Wainwright n'était pas en odeur de sainteté chez les Ruffin.

— Ce n'était pas un homme bien ?

— Il avait deux prix, un pour les Blancs, un autre, plus élevé, pour les Noirs. Il n'y avait jamais d'étiquettes sur ses marchandises et il tenait la caisse lui-même. Quand une cliente blanche demandait : « Dites-moi, monsieur Wainwright, combien coûte cette boîte de lait condensé ? », il criait du fond de sa boutique : « Trente-huit *cents.* » Une minute plus tard, je demandais à mon tour : « S'il vous plaît, monsieur Wainwright, combien coûte cette boîte de lait concentré ? » Il répondait sèchement : « Cinquante-quatre *cents.* » Il ne s'en cachait pas ; c'était comme cela.

Pendant près de neuf ans, j'avais entendu ces histoires de l'ancien temps. Je croyais que miss Callie me les avait toutes racontées, mais sa réserve paraissait inépuisable.

— Pourquoi alliez-vous faire vos achats chez lui ?

— Nous n'avions pas le choix. M. Monty Griffin tenait une autre épicerie, mieux fournie, derrière l'ancien cinéma, mais nous ne pouvions pas en ce temps-là, il y a plus de vingt ans, y faire nos courses.

— Qu'est-ce qui vous en empêchait ?

— M. Griffin. Il ne voulait pas voir de Noirs dans son magasin, même s'ils avaient de quoi payer. Il s'en fichait.

— Pas M. Wainwright ?

— Il ne voulait pas de nous mais il prenait notre argent.

Elle m'a raconté l'histoire d'un gamin noir que M. Wainwright avait chassé à coups de balai parce qu'il traînait autour de sa boutique. Pour se venger, le gamin avait cambriolé la boutique une ou deux fois par an pendant de longues années, sans jamais se faire prendre. Il volait des cigarettes et des bonbons, et il brisait tous les manches à balai.

— Est-il vrai qu'il a laissé tout ce qu'il possédait à l'Église méthodiste ? poursuivit-elle.

— C'est ce qu'on dit.

— Combien ?

— Une centaine de milliers de dollars.

— On raconte qu'il a voulu acheter sa place au paradis.

J'avais depuis longtemps cessé de m'étonner de tous les racontars que miss Callie entendait sur ce qui se passait de l'autre côté de la voie ferrée, où nombre de ses amies travaillaient. Les domestiques sont au courant de tout.

Elle avait réussi une fois de plus à orienter la conversation sur le sujet de la vie après la mort ; elle était très inquiète pour le salut de mon âme. Elle redoutait que je ne sois pas véritablement devenu un chrétien, que je ne sois pas sauvé. Le baptême que j'avais reçu tout petit lui paraissait totalement insuffisant. Quand une personne arrive à un certain âge, dit « âge de raison », afin d'être sauvée de la damnation éternelle, elle doit se rendre dans une église (laquelle choisir était le sujet d'un éternel débat) et faire une déclaration publique de sa foi en Jésus-Christ.

Miss Callie était accablée à l'idée que je ne l'avais pas fait.

Après m'être rendu dans soixante-dix-sept églises différente, je devais reconnaître qu'une vaste majorité des habitants du comté de Ford partageait son avis. Avec quelques nuances. L'Église du Christ constituait une secte puissante. Ses adeptes se raccrochaient à l'idée pour le moins curieuse qu'eux, et eux seuls, connaîtraient le salut éternel. Dans une église sur deux on prêchait une « doctrine sectaire ». On croyait aussi qu'une mauvaise conduite pouvait compromettre le salut de celui qui l'avait obtenu. Les baptistes, les plus nombreux, croyaient fermement que « celui qui est sauvé est sauvé à jamais ».

De quoi rassurer, apparemment, certains baptistes de ma connaissance qui n'observaient plus les pratiques de leur religion.

Mais il y avait de l'espoir pour moi. Miss Callie était heureuse de savoir que j'allais à l'église écouter la parole de Dieu. Elle était convaincue – elle priait pour moi – que le Seigneur toucherait bientôt mon cœur. Je déciderais de le suivre et nous passerions, elle et moi, l'éternité côte à côte.

Miss Callie vivait au plus profond d'elle-même pour le jour où elle retrouverait le Seigneur dans le séjour de gloire.

— Le révérend Small célébrera l'Eucharistie dimanche prochain, annonça-t-elle.

C'était son invitation hebdomadaire à l'accompagner à l'église. Je ne supportais pas les prêches interminables du pasteur.

— Je vous remercie, mais je poursuis ma tournée des églises.

— Ce sera laquelle, dimanche ?

— L'église baptiste primitive de Maranatha.

— Jamais entendu parler.

— Elle est dans l'annuaire.

— Où se trouve-t-elle ?

— Près de Dumas, si je ne me trompe.

— Noire ou blanche ?

— Je ne sais pas.

L'église baptiste primitive de Maranatha, le numéro soixante-dix-huit sur ma liste, était un petit bijou dressé au pied d'une colline, au bord d'un ruisseau, sous un bouquet de chênes séculaires. C'était une petite construction à charpente de bois, peinte en blanc, longue et étroite, avec un toit pointu et une flèche rouge si longue qu'elle se perdait dans le feuillage des arbres. Le portail grand ouvert invitait le passant à venir assister au culte. Sur une pierre était gravée une date : 1813.

J'ai trouvé une place au fond de l'édifice, comme à mon habitude, à côté d'un homme bien mis qui devait être aussi vieux que l'église. J'ai compté ce matin-là cinquante-six autres fidèles. Par les fenêtres ouvertes je sentais une brise qui faisait frissonner le feuillage des arbres. Depuis un siècle et demi, des êtres humains s'assemblaient dans cette église, s'asseyaient sur les même bancs, regardaient par les mêmes fenêtres et adoraient le même Dieu. Les huit choristes ont entonné un cantique et j'ai eu le sentiment de remonter dans le temps.

Le pasteur était un homme jovial du nom de J.B. Cooper. J'avais déjà eu l'occasion de le rencontrer deux fois pour des notices nécrologiques. Ma tournée des églises m'avait permis de faire la connaissance de tous les ministres du culte, un avantage pour le journal ; cela me valait de glaner des détails qui pimentaient mes nécros.

En regardant ses ouailles, le pasteur a constaté que j'étais le seul étranger. Il m'a souhaité la bienvenue avant d'ajouter en souriant qu'il espérait que le *Times* ferait un bon papier sur son église. Au bout de quatre ans et de soixante-dix-sept chroniques pleines de couleur et plutôt bienveillantes, il m'était devenu impossible d'assister à un service religieux incognito. Je ne savais jamais à quoi m'attendre dans ces églises de campagne. Les prêches étaient le plus souvent longs et virulents. Je m'étais maintes fois demandé comment faisaient tous ces braves gens pour supporter semaine après semaine les remontrances de leur pasteur. Certains frisaient le sadisme dans leur condamnation des péchés commis dans la semaine par leurs brebis. Dans le Mississippi la liste des péchés possibles dépassait de loin celle du Décalogue. J'avais entendu jeter l'anathème sur la télévision, le cinéma, les jeux de cartes, les magazines populaires, les rencontres sportives, les uniformes des pom-pom girls, la déségrégation, la mixité raciale dans les églises, Disney – qui passait le dimanche soir –, la danse, l'alcool entre amis, le sexe, tout.

Le pasteur Cooper n'était pas de ceux-là. Son prêche, d'une durée de vingt-huit minutes, avait pour thèmes la tolérance et l'amour. L'amour était le message primordial ; aimez-vous les uns les autres, avait dit le Christ.

Comme à mon habitude, je suis resté un moment après le service religieux pour échanger quelques mots avec le pasteur.

Je l'ai assuré que j'avais pris plaisir à suivre la cérémonie, ce que je disais toujours que je le pense ou non, et j'ai demandé le nom des choristes, pour ma chronique. À la sortie des églises, les fidèles se montrent spontanément aimables et chaleureux ; au fil de mes chroniques, ils devenaient plus avides de discuter ou de narrer une anecdote qu'ils espéraient retrouver dans le journal. « Mon grand-père a refait le toit de l'église en 1902 », ou bien « la tornade de 1938 est passée juste au-dessus de nous pendant le *revival* d'été ».

En m'éloignant, j'ai vu un homme dans un fauteuil roulant que l'on poussait sur la rampe pour les handicapés. Je connaissais ce visage ; je suis allé le saluer. L'état de Lenny Fargarson, le juré numéro sept ou huit au procès Padgitt, avait visiblement empiré. En 1970, il marchait, même si ce n'était pas beau à voir. Huit ans plus tard, il était dans un fauteuil. Son père s'est présenté ; sa mère était occupée à faire ses adieux à un petit groupe de paroissiennes.

— Vous avez une minute ? demanda Fargarson.

Dans le Mississippi, cette question signifiait en réalité : « Il faut que nous parlions et cela peut prendre un certain temps. » Je me suis assis sur un banc, sous un grand chêne. Le père de Lenny a placé le fauteuil roulant à côté de moi et nous a laissés discuter.

— Je lis votre journal toutes les semaines, commença-t-il. Croyez-vous que Padgitt sortira ?

— Oui. Ce n'est qu'une question de temps. Il peut demander sa libération conditionnelle une fois par an, tous les ans.

— Il reviendra ici ?

J'ai haussé les épaules ; je n'en savais rien.

— Probablement. Les Padgitt ne quittent pas facilement leur île.

Lenny a réfléchi un moment. Il était émacié, courbé comme un vieillard. Si j'avais bonne mémoire, Lenny était âgé de vingt-cinq ans à l'époque du procès. Nous avions à peu près le même âge mais il faisait deux fois plus vieux que moi. On m'avait raconté d'où venait son infirmité : un accident, dans une scierie.

— Cela vous fait peur, Lenny ?

— Rien ne me fait peur, monsieur Traynor, répondit-il en souriant. Le Seigneur est mon berger.

J'ai approuvé, encore sous l'effet du prêche. À cause de son état et du fauteuil, il était difficile de savoir ce que pensait Lenny. Il avait tant souffert. Sa foi était forte, mais j'ai cru percevoir un soupçon d'appréhension.

J'ai vu Mme Fargarson se diriger vers nous.

— Serez-vous là quand on le remettra en liberté ? reprit Lenny.

— J'aimerais, mais je ne sais pas comment cela se passe.

— Voulez-vous m'appeler quand vous saurez qu'il est sorti.

— Entendu.

Mme Fargarson avait un rôti au four pour le déjeuner dominical ; elle a insisté pour m'inviter. Je me suis rendu compte que j'avais faim et, comme d'habitude, il n'y avait rien de bon à manger à la maison. Le dimanche midi, je me contentais en général d'un sandwich arrosé d'un verre de vin pris sous un porche, que je faisais suivre d'une longue sieste.

Lenny vivait chez ses parents, à quelques kilomètres de l'église. Son père était facteur, sa mère institutrice. Il avait une sœur aînée qui vivait à Tupelo. En savourant le rôti accompagné de pommes de terre et un thé glacé presque aussi sucré que celui de miss Callie, nous avons évoqué le procès Padgitt et la réunion de la commission de libération conditionnelle. Lenny n'était peut-être pas inquiet de la possible mise en liberté de Danny mais ses parents, eux, se faisaient un sang d'encre.

35

Grande nouvelle pour Clanton au printemps 1978 : Bargain City annonçait son arrivée ! Dans le sillage de McDonald's et des autres fast-foods, Bargain City était une chaîne nationale qui essaimait dans les petites villes du Sud. La majorité de la population se réjouissait de sa venue, mais nous étions quelques-uns à avoir le sentiment que c'était le début de la fin.

La société écrasait la concurrence avec ses magasins de vente à prix discount. Spacieux et propres, ils abritaient des cafés, des pharmacies, des banques et même des opticiens et des agences de voyages. Une petite ville sans un Bargain City était un trou perdu.

La chaîne avait pris une option d'achat sur vingt hectares de terrain, le long de la rue du Marché, à quinze cents mètres de la grand-place. Quelques voisins ayant protesté, le conseil municipal s'était réuni en séance publique pour décider s'il autorisait la construction du magasin. Bargain City s'était déjà trouvé dans cette situation ; la société avait une stratégie bien huilée et particulièrement efficace.

La salle du conseil était bourrée de gens qui tenaient des pancartes rouge et blanc – les couleurs de Bargain

City. BARGAIN CITY – UN BON VOISIN ET NOUS VOULONS DES EMPLOIS. Des ingénieurs, des architectes, des avocats et des entrepreneurs étaient présents avec leurs secrétaires et leur famille au grand complet. Leur porte-parole a brossé un tableau idyllique de la croissance économique de la ville, des taxes locales perçues par la municipalité, des cent cinquante emplois promis à la population locale et des meilleurs produits en vente aux prix les plus bas.

Mme Dorothy Hockett s'est exprimée au nom des opposants au projet. Sa propriété était contiguë au site choisi, elle ne voulait pas être victime des nuisances sonores et lumineuses. Les conseillers municipaux lui ont prêté une oreille attentive mais l'issue du scrutin était arrêtée depuis longtemps. Voyant que personne d'autre ne voulait manifester son opposition au projet, j'ai demandé la parole.

J'avais la conviction que, pour préserver le centre-ville de Clanton, il nous fallait protéger les petits commerces, les cafés et les bureaux qui entouraient la grand-place. Si nous commencions à nous étaler, le processus serait sans fin. La ville se développerait dans toutes les directions, chacune engloutissant sa petite portion du vieux Clanton.

La plupart des emplois promis seraient au salaire minimal. L'augmentation des taxes locales sur le chiffre d'affaires serait compensée par la baisse de celles des petits commerçants que Bargain City ne tarderait pas à mettre sur la paille. Les habitants du comté n'allaient pas se réveiller du jour au lendemain avec l'envie irrépressible d'acheter des bicyclettes et des réfrigérateurs sous prétexte que Bargain City avait des étalages alléchants.

J'ai pris l'exemple de Titus, une petite ville située à une heure de route, au sud de Clanton, où Bargain City avait ouvert une succursale deux ans auparavant.

Depuis, quatorze petits commerces et un café avaient fermé boutique ; la grand-rue était quasi déserte.

J'ai pris l'exemple de Marshall, une ville du Delta. En trois ans, depuis l'ouverture d'un Bargain City, on avait fermé deux pharmacies, deux petits magasins d'alimentation, la graineterie, la quincaillerie, une boutique pour dames, une boutique de cadeaux, une librairie et deux cafés sur trois. J'avais déjeuné dans le troisième ; la serveuse, qui y travaillait depuis trente ans, m'avait confié que le chiffre d'affaires avait chuté de moitié.

La grand-place de Marshall ressemblait beaucoup à celle de Clanton, avec cette différence que la plupart des places de stationnement étaient libres et qu'on voyait très peu de monde sur les trottoirs.

J'ai pris l'exemple de Tackerville, dont la population était équivalente à celle de Clanton. Un an après l'ouverture d'une succursale Bargain City, la municipalité avait été forcée de dépenser un million deux cent mille dollars pour améliorer le réseau routier autour du nouveau centre commercial.

J'ai remis au maire et à ses conseillers des copies d'un rapport réalisé par un professeur d'économie à l'université de Géorgie. Depuis six ans qu'il suivait l'expansion de Bargain City dans le Sud, il avait pu évaluer l'impact financier et social de la société à succursales multiples dans les villes de moins de dix mille habitants. Les taxes locales sur le chiffre d'affaires restaient équivalentes ; on observait seulement un glissement des recettes depuis les petits commerces vers le grand magasin. Les chiffres de l'emploi n'avaient guère varié. Les vendeurs des boutiques du centre-ville avaient été remplacés par les employés de Bargain City. La chaîne n'avait pas réalisé d'autres investissements d'importance depuis l'achat du terrain et la construction de ses locaux. Elle ne faisait même pas travailler les succursales bancaires locales ;

tous les soirs, à minuit, la recette journalière était virée à la maison mère, à Gainesville, Floride.

L'auteur de l'étude affirmait en conclusion que cette expansion était manifestement une bonne affaire pour les actionnaires de Bargain City mais que, dans la plupart des petites villes, elle avait des effets dévastateurs sur l'économie. Les dommages les plus profonds étaient culturels. Avec la fermeture des commerces de proximité et la baisse de fréquentation qu'elle entraînait, c'est la vie qui se retirait du centre des villes.

Une pétition en faveur de l'implantation de Bargain City avait recueilli quatre cent quatre-vingts signatures. La nôtre en avait douze. Le conseil a donné son accord à l'unanimité de ses cinq membres.

J'ai publié un éditorial véhément et reçu pendant un mois un courrier assez méchant dans lequel, pour la première fois de ma vie, je me faisais traiter d'« écolo ».

À la fin de ce même mois, les bulldozers avaient rasé les vingt hectares. Les trottoirs et les caniveaux étaient déjà en place. Une grande inauguration était prévue pour le 1er décembre, juste avant les fêtes de Noël. Bargain City ne perdait pas de temps ; la société avait la réputation de conduire une politique habile et résolue.

Le centre commercial et le parking couvraient huit hectares. Le reste avait rapidement été revendu à d'autres sociétés à succursales multiples ; en peu de temps, le conseil municipal a approuvé l'implantation d'une station d'essence avec seize pompes en libre service, de trois fast-foods, d'un magasin de chaussures discount, d'un magasin de meubles discount et d'une grande épicerie.

Je ne pouvais refuser de vendre des espaces publicitaires à Bargain City. Je n'avais pas besoin de son argent mais le *Times* était le seul journal diffusé sur l'ensemble du comté. En réaction à la dénonciation que j'avais faite en 1977 d'un scandale immobilier, un torchon d'extrême droite portant le nom de *Clanton Chronicle* avait vu le jour, mais il avait le plus grand mal à joindre les deux bouts.

Je me suis entretenu à la mi-novembre avec un représentant de la société et nous avons réglé les détails d'une coûteuse campagne publicitaire pour l'ouverture du magasin. Je les faisais payer aussi cher que possible ; jamais ils ne se sont plaints.

Le 1er décembre, le maire, le sénateur Morton et d'autres personnalités ont procédé à l'inauguration. Une foule excitée s'est engouffrée dans le magasin et a commencé à piller les rayons comme une bande d'affamés se jetant sur la nourriture. Des bouchons se sont formés sur tous les axes routiers.

J'ai refusé d'en faire la une du journal. J'ai publié un article pas bien long, en page sept, ce qui n'a pas plu au maire, ni au sénateur, ni aux autres personnalités. Ils s'attendaient à voir leur photo à la une, pleine page.

Le mois de décembre a été catastrophique pour les commerces du centre-ville. Trois jours après Noël, une première victime était signalée : Western Auto annonçait sa fermeture. La boutique, qui occupait les mêmes locaux depuis quarante ans, vendait des bicyclettes, de l'électroménager et des postes de télévision. Hollis Barr, le propriétaire, m'a révélé qu'il essayait de vendre cinq cent dix dollars, après plusieurs remises, un téléviseur couleurs de marque Zenith qu'il avait payé quatre cent trente-huit dollars. Le même modèle était en vente à Bargain City à trois cent quatre-vingt-dix-neuf dollars.

La fermeture de Western Auto a naturellement fait la une du *Times*.

Elle a été suivie en janvier par celle de la pharmacie Swain, à côté du Tea Shoppe, puis de Maggy's Gifts, une boutique de cadeaux attenante au magasin de M. Mitlo.

J'ai traité chacune de ces fermetures comme s'il s'agissait d'un décès, du ton que j'aurais pris pour une notice nécrologique.

J'ai passé un après-midi avec les jumeaux Stuke, dans leur quincaillerie. C'était un endroit merveilleux, avec ses planchers poussiéreux, ses étagères croulant sous une multitude d'articles, un poêle à bois tout au fond, autour duquel ils allaient discuter avec les clients quand il n'y avait pas grand monde. On ne trouvait jamais rien, dans la quincaillerie ; c'était fait pour. Il était d'usage de s'adresser à un des jumeaux pour demander s'il avait « le petit machin plat qui se visse au bout de la tringle qui loge dans le truc qui fait marcher la chasse d'eau ». Il disparaissait entre les amoncellements d'objets dont l'organisation demeurait mystérieuse au profane et reparaissait quelques minutes plus tard avec ce qu'il fallait pour faire fonctionner la chasse d'eau. On ne procédait pas de la même manière, à Bargain City.

Assis près du poêle par cet après-midi d'hiver, nous avons écouté le radotage du commandant Cecil Clyde Poole, une vieille baderne qui, s'il avait été aux commandes du pays, aurait balancé la bombe atomique sur tout le monde, sauf les Canadiens. Il en aurait aussi lancé une sur Bargain City. Dans un langage cru et imagé, avec une verve époustouflante, il a taillé en pièces la société et sa politique. Nous avions tout le temps de parler ; il n'y avait presque pas de clients. Un des Stuke m'a avoué que leur chiffre d'affaires était en baisse de soixante-dix pour cent.

Le mois suivant, ils ont fermé le magasin ouvert par leur père en 1922 ; j'ai publié en première page une photo de 1938, le montrant assis derrière son comptoir. Elle était accompagnée d'un éditorial rappelant mes prophéties – du genre « Je vous l'avais bien dit » –, pour ceux qui continuaient à lire mes petites diatribes.

« Vous leur faites la morale, me répétait Harry Rex. Et vous prêchez dans le désert. »

La grande pièce donnant sur la rue ne recevait pas grand monde. Il y avait deux ou trois tables sur lesquelles étaient éparpillés quelques exemplaires du dernier numéro du *Times*, un comptoir qui servait parfois à Margaret pour exposer des petites annonces. Du matin au soir les allées et venues étaient pourtant nombreuses. À peu près une fois par semaine, un visiteur s'aventurait à l'étage, où la porte de mon bureau restait la majeure partie du temps ouverte. C'était le plus souvent le parent d'un défunt de fraîche date, venu discuter du texte de la notice nécrologique.

Un jour de mars 1979, j'ai vu apparaître brusquement devant ma porte un monsieur élégamment vêtu. Contrairement à Harry Rex qui annonçait son arrivée depuis la rue et dont personne, dans nos locaux, ne pouvait ignorer qu'il montait me voir, l'inconnu avait gravi l'escalier sans le moindre bruit.

C'était un consultant de Nashville, du nom de Gary McGrew, dont la spécialité était les périodiques des petites villes. Tandis que je préparais un café, il a expliqué qu'un de ses clients au portefeuille bien garni avait l'intention d'acheter dans le courant de l'année plusieurs journaux dans le Mississippi. J'avais sept mille abonnés, pas de dettes, une presse offset, nous nous chargions de l'impression de six modestes publications hebdomadaires, sans compter nos propres guides des achats ; son client était très intéressé par le *Ford County Times*.

— À quel point ? demandai-je.

— Extrêmement intéressé. S'il nous était possible de jeter un coup d'œil sur votre comptabilité, nous pourrions faire une estimation de la valeur de votre journal.

Après son départ, j'ai passé quelques coups de fil

pour m'assurer de sa crédibilité. Tout allait bien ; j'ai demandé l'état de mes comptes. Trois jours plus tard, nous nous sommes revus, en début de soirée, cette fois. Je ne voulais pas que Baggy, Wiley ou quelqu'un d'autre traîne encore au journal. Si la nouvelle se répandait que le *Times* allait changer de mains, les cafés ouvriraient à 3 heures du matin, au lieu de 5 heures.

McGrew étudiait les chiffres comme un analyste financier chevronné. J'attendais, étrangement nerveux, comme si son verdict pouvait renverser le cours de ma vie.

— Vous dégagez des bénéfices de l'ordre de cent mille dollars après impôts, auxquels s'ajoute votre salaire de cinquante mille dollars. Plus vingt mille d'amortissements. Pas d'intérêts, vous n'avez pas de dettes. Ce qui fait un cash-flow de cent soixante-dix mille, que l'on multiplie par six années pour arriver à un total d'un million vingt mille dollars.

— Et les murs ?

Il a regardé autour de lui comme si le plafond risquait à tout moment de lui tomber sur la tête.

— Des locaux de ce genre ne valent pas grand-chose.

— Cent mille ? lançai-je.

— D'accord. Ajoutons cent mille pour la presse offset et le reste du matériel. La valeur totale se situe aux alentours d'un million deux cent mille dollars.

— Est-ce une offre ? demandai-je, de plus en plus nerveux.

— Peut-être. Il faut que j'en discute avec mon client.

Je n'avais aucunement l'intention de vendre le *Times*. Je m'étais lancé un peu par hasard dans cette aventure, j'avais réussi quelques beaux coups et j'avais travaillé dur. Au bout de neuf ans, ma petite entreprise valait plus d'un million de dollars.

J'étais jeune, encore célibataire, mais je commençais à me lasser de vivre seul dans la grande maison des Hocutt avec trois chats qui refusaient de mourir. J'avais accepté le fait de ne jamais trouver la femme de ma vie dans le comté de Ford. Les plus jolies étaient prises à vingt ans et j'étais trop âgé pour me mettre sur les rangs. J'étais sorti avec toutes les jeunes divorcées qui, pour la plupart, ne rechignaient pas à passer la nuit dans ma belle maison et rêvaient de dépenser tout l'argent que la rumeur me prêtait. La seule qui me plaisait vraiment et que j'avais fréquentée de manière plus ou moins régulière pendant un an avait trois enfants en bas âge sur les bras.

C'est drôle ce qu'un million de dollars peut faire à un homme. À partir du jour où ce chiffre avait été lancé, il restait présent dans mon esprit. Le travail est devenu plus fastidieux. Je trouvais ridicule la rédaction des notices nécrologiques et je supportais de plus en plus difficilement la pression imposée par les délais à tenir. Je me disais au moins une fois par jour qu'il n'était plus nécessaire de me démener pour chercher des annonceurs. Je pouvais cesser d'écrire mes éditoriaux : plus de courrier de lecteurs mécontents adressé au rédacteur en chef.

Une semaine plus tard, j'ai informé Gary McGrew que le *Times* n'était pas à vendre. Il m'a dit que son client avait décidé d'acheter trois journaux avant la fin de l'année, ce qui me laissait le temps de réfléchir.

Étonnamment, aucune rumeur sur nos discussions n'a jamais circulé.

36

Un jeudi après-midi, au début du mois de mai, j'ai reçu un coup de téléphone de l'avocat de la commission de libération conditionnelle. Elle devait se réunir le lundi suivant pour se prononcer sur le cas Padgitt.

— Vous avez bien choisi votre jour pour appeler.

— Pourquoi dites-vous ça ?

— Le journal sort le mercredi. Je n'ai donc pas le temps de faire un papier avant la réunion de la commission.

— Nous ne connaissons pas le jour de publication de votre journal, monsieur Traynor.

— Je n'en crois rien, répliquai-je.

— Peu importe ce que vous croyez. En tout état de cause, la commission a décidé de ne pas vous autoriser à assister à cette réunion. En rendant compte de la précédente, vous avez violé nos règles.

— Je suis mis sur la touche ?

— Précisément.

— Je viendrai quand même.

J'ai raccroché et appelé aussitôt le shérif McNatt. Il avait, lui aussi, été informé de la réunion mais n'était pas sûr de pouvoir y assister. Il était à la recherche d'un enfant disparu et ne tenait visiblement pas à se mêler des affaires des Padgitt.

Notre procureur, Rufus Buckley avait un procès pour vol à main armée prévu le lundi dans le comté de Van Buren. Il a promis d'envoyer une lettre pour s'opposer à la libération conditionnelle de Danny Padgitt, mais elle n'est jamais arrivée. Le juge Omar Noose dirigeait les débats du même procès, ce qui lui ôtait une épine du pied. J'ai commencé à croire que personne ne serait présent pour s'opposer à la libération de Danny Padgitt.

Pour m'amuser, j'ai demandé à Baggy de s'y rendre. Il a eu un hoquet de surprise et s'est trouvé en peu de temps une ribambelle d'excuses.

Je suis allé voir Harry Rex pour lui annoncer la nouvelle. Il allait le lundi matin au tribunal de Tupelo pour un jugement de divorce, sinon il m'aurait accompagné.

— Il va être remis en liberté, Willie, soupira-t-il.

— Nous avons réussi à empêcher cela, l'an dernier.

— Quand un dossier est présenté à la commission, ce n'est plus qu'une question de temps.

— Il faut s'y opposer.

— À quoi bon ? Un jour ou l'autre, il sera libre. Pourquoi provoquer les Padgitt ? Vous ne trouverez pas de volontaire.

En effet, tout le monde semblait vouloir se défiler. J'avais imaginé une foule en colère entassée dans la salle pour perturber la réunion.

En guise de foule, nous étions trois.

Wiley Meek avait accepté de m'accompagner mais il ne voulait pas prendre la parole. Si on m'interdisait réellement l'accès à la salle de réunion, il y assisterait et me donnerait tous les détails. Le shérif McNatt m'avait fait la surprise de venir aussi.

Un service de sécurité était en place dans le couloir menant à la salle de réunion. Quand l'avocat de la commission m'a vu arriver, il est devenu rouge de colère et nous avons eu des mots. Des surveillants en uniforme m'ont entouré. Je n'ai pas opposé de résistance quand on m'a fait sortir du bâtiment et asseoir dans ma voiture, où deux gardiens au cou de taureau ne m'ont pas quitté des yeux.

D'après Wiley, la réunion s'est déroulée avec la précision d'un mécanisme bien huilé. Lucien Wilbanks était là, accompagné de plusieurs Padgitt. L'avocat de la commission a donné lecture d'un rapport de la direction du pénitencier qui présentait Danny comme un agneau. L'assistante sociale a abondé dans son sens. Wilbanks a blablaté dix minutes. Le père de Danny, le dernier à s'exprimer, a imploré la clémence pour son fils. Sa famille avait vraiment besoin de lui. Elle avait des intérêts dans le bois, le gravier, l'asphalte, le camionnage et les travaux publics. Danny aurait tellement à faire qu'il lui serait impossible d'avoir de nouveaux ennuis.

Le shérif McNatt a courageusement pris la parole au nom des habitants du comté de Ford. Il était nerveux et n'avait pas le don de la parole mais il a su retracer assez habilement les circonstances du crime. Il a bizarrement négligé de rappeler aux membres de la commission que le jury choisi parmi les électeurs qui l'avaient porté à son poste avait été menacé par Danny après sa déposition.

Par quatre voix contre une, Danny Padgitt a été mis en liberté anticipée.

À Clanton, la déception a été discrète. À l'issue du procès, l'amertume avait été grande quand le jury n'avait pas condamné Danny à mort. Mais neuf années s'étaient écoulées et, depuis la première réunion de la commission, on avait accepté le fait qu'il serait libéré un jour. Personne ne s'attendait à ce que cela se produise si tôt.

Deux facteurs avaient joué pour faire avaler la pilule

aux habitants de Clanton. D'abord, Rhoda Kassellaw n'avait pas de famille dans la région. Pas de parents écrasés par le chagrin pour susciter la sympathie et demander justice. Pas de frères et sœurs pour relancer l'affaire. Ses enfants étaient loin et tout le monde les avait oubliés. Elle avait mené une vie solitaire, sans amis proches qui auraient gardé rancune à son meurtrier.

Le second facteur était que les Padgitt vivaient dans un autre monde. On les voyait si rarement en public qu'il n'était pas difficile de se convaincre que Danny retournerait dans son île pour n'en plus sortir. La prison ou l'île, qu'est-ce que cela changerait pour les honnêtes gens du comté ? Si on ne le voyait plus, rien ne rappellerait ses crimes. En neuf ans, depuis le procès, je n'avais jamais aperçu un seul Padgitt à Clanton. Dans l'éditorial assez virulent publié deux jours après sa libération, j'ai écrit : « Un tueur sans pitié est de retour parmi nous. » Ce n'était pas tout à fait vrai.

Malgré un article à la une et mon éditorial, je n'ai pas reçu une seule lettre. On a parlé de sa mise en liberté anticipée, mais ni très longtemps ni très fort.

Un matin, une semaine après la libération de Danny, Baggy est entré dans mon bureau et a fermé la porte, ce qui était toujours bon signe ; il avait appris quelque chose de si sensationnel qu'il voulait m'en faire part à l'abri des oreilles indiscrètes.

J'arrivais en général au journal vers 11 heures du matin et Baggy commençait à picoler vers midi. Cela nous laissait une heure pour parler des sujets à traiter et faire le tri parmi les rumeurs.

Avant de parler, Baggy a fait du regard le tour de la pièce, comme s'il craignait qu'il y ait des micros cachés.

— La libération de Danny a coûté cent mille dollars aux Padgitt.

Je n'ai été surpris ni par la somme ni par le principe de la corruption, mais par le fait que Baggy ait réussi à dénicher cette information.

— Non ? fis-je avec une moue dubitative, ce qui l'incitait toujours à en dire plus.

— Tu peux me faire confiance, poursuivit-il du ton suffisant qu'il prenait quand il avait un scoop.

— Qui a touché l'argent ?

— C'est là que l'histoire se corse. Tu ne vas jamais le croire.

— Qui ?

— Cela va te faire bondir.

— Qui ?

Il a entrepris avec lenteur d'allumer une cigarette, une suite de gestes rituels qui, dans les premiers temps, me mettaient sur des charbons ardents dans l'attente des révélations fracassantes à venir. Au fil des ans, j'avais appris que mon impatience ne faisait que retarder les choses ; je me suis remis à écrire.

— Cela ne devrait pas être une grande surprise, reprit Baggy en tirant sur sa cigarette. Enfin, ça ne l'a pas été pour moi.

— Tu vas parler, oui ou non ?

— Theo.

— Le sénateur ?

— Eh oui !

J'étais choqué et il fallait que je le montre, sinon Baggy allait en rester là.

— Le sénateur ? répétai-je.

— Morton est vice-président de la commission de l'administration pénitentiaire au Sénat. Il connaît tout le monde et c'est lui qui tire les ficelles. Il voulait cent mille dollars, les Padgitt étaient disposés à raquer. Ils se sont mis d'accord et Danny est sorti. Pas plus compliqué que ça.

— Je croyais Theo incapable de se laisser corrompre.

J'étais sincère ; Baggy a longuement ricané.

— Ne sois donc pas si naïf, fit-il du ton de celui qui sait tout.

— Qui t'a raconté ça ?

— Je ne peux rien dire.

Il était possible que sa bande de soiffards eût forgé cette histoire de toutes pièces, juste pour voir combien de temps il lui faudrait pour faire le tour de la grand-place avant de leur revenir aux oreilles. Mais il était tout autant possible que Baggy eût mis le doigt sur quelque chose. Au fond, cela n'avait pas grande importance ; on ne pourrait jamais rien prouver.

Au moment où je cessais de rêver à une retraite précoce – vendre le journal, quitter Clanton, visiter l'Europe et traverser l'Australie sac au dos – pour retomber dans la routine des articles, des nécros et de la vente d'espace, Gary McGrew a fait sa réapparition. Cette fois, il était accompagné de son client.

Ray Noble était un des trois dirigeants d'une société qui possédait déjà trente hebdomadaires dans le Sud profond et voulait encore se développer. Comme Nick Diener, mon camarade d'université, il avait été élevé dans le milieu de la presse régionale et il savait de quoi il parlait. Après m'avoir fait jurer de garder le secret, il a exposé son projet. Sa société était désireuse d'acquérir le *Times* ainsi que deux autres hebdomadaires dans les comtés de Tyler et de Van Buren. Ils vendraient le matériel des deux autres et feraient toute l'impression typographique à Clanton ; notre presse était la meilleure. Ils consolideraient les comptes et grouperaient la majeure partie de la publicité. L'offre d'un million deux cent mille était dans le haut de la fourchette.

Ils proposaient maintenant un million trois cent mille. Cash.

— Après impôt sur la plus-value, conclut-il, il vous restera un gros million.

— Merci, je sais compter, fis-je, comme si je brassais régulièrement des sommes de cette importance.

Les mots « un gros million » résonnaient dans ma tête.

Ils ont insisté. Ils avaient fait une offre aux deux autres journaux, mais j'ai eu l'impression que les choses ne se passaient pas exactement comme ils l'auraient souhaité. L'élément clé était le *Times*. Nous avions le meilleur matériel et des ventes légèrement supérieures.

J'ai décliné leur nouvelle offre. Nous savions tous les trois que ce ne serait pas notre dernière conversation.

Onze ans après son départ, Sam Ruffin est revenu à Clanton dans les conditions qui avaient été celles de sa fuite : à bord d'un autocar, en pleine nuit. Je n'ai appris la nouvelle que deux jours plus tard. En arrivant chez les Ruffin pour mon déjeuner hebdomadaire, j'ai découvert Sam sous le porche, assis dans un rocking-chair, avec un sourire aussi épanoui que celui de sa mère. Miss Callie semblait avoir rajeuni de dix ans maintenant que son benjamin avait regagné la maison familiale. Elle avait fait du poulet frit accompagné de tous les légumes de son potager. Esau s'est joint à nous et nous avons fait bombance pendant trois heures.

Sam avait décroché son diplôme et se préparait à entrer en fac de droit. Il avait failli épouser une Canadienne mais l'opposition farouche de la famille de la jeune femme avait fait capoter le projet. Miss Callie en était profondément soulagée ; jamais Sam ne lui avait parlé de cette liaison dans ses lettres.

Il comptait rester quelques jours et ne s'aventurer

hors de la ville basse qu'à la nuit tombée. J'ai promis de parler à Harry Rex et de me renseigner sur le sergent Durant et ses fils. Je savais, pour l'avoir publié dans le journal, que Durant s'était remarié et qu'il avait divorcé une seconde fois.

Sam voulait revoir la ville ; après le repas, je l'ai fait monter dans ma Spitfire. Le visage caché par une casquette de base-ball des Tigres de Detroit, il a dévoré des yeux la petite ville de son enfance. Je lui ai montré les locaux du journal, ma maison, Bargain City et l'extension des faubourgs à l'ouest de la ville. Nous avons fait le tour du tribunal ; je lui ai raconté l'histoire du forcené et l'épisode de la fuite de Baggy par la fenêtre. Miss Callie lui en avait déjà longuement parlé dans ses lettres.

Quand je l'ai déposé devant la maison des Ruffin, il a voulu savoir si Danny Padgitt était vraiment sorti de prison.

— Personne ne l'a vu, affirmai-je. Mais je suis sûr qu'il est retourné dans l'île.

— Croyez-vous qu'il vous causera des ennuis ?

— Je ne pense pas.

— Moi non plus. Mais j'ai de la peine à en convaincre maman.

— Il n'arrivera rien, Sam.

37

La balle qui avait tué Lenny Fargarson avait été tirée par un fusil de chasse de calibre 7,65. Le tueur avait pu prendre position à près de deux cents mètres du porche où se trouvait l'infirme. Un bois dense s'étendait jusqu'au bord de la pelouse qui faisait le tour de la maison. Celui qui avait pressé la détente était certainement perché dans un arbre d'où il avait pu tranquillement viser le pauvre Lenny sans risquer de se faire surprendre.

Personne n'avait rien entendu. Lenny était sous le porche, dans son fauteuil roulant, en train de lire un des nombreux ouvrages qu'il empruntait chaque semaine à la bibliothèque de Clanton. Son père faisait sa tournée, sa mère des achats à Bargain City. Selon toute vraisemblance, Lenny n'avait pas souffert ; il était mort sur le coup. La balle avait fracassé le crâne dans la région temporale droite avant de ressortir au-dessus de l'oreille gauche.

Quand sa mère l'avait découvert, il était mort depuis un certain temps. Elle avait réussi à se retenir de ne rien toucher, ni le corps ni le reste. Il y avait sur le plancher du porche une mare de sang qui dégoulinait sur les marches.

Wiley avait appris le meurtre sur la fréquence de la police. Il avait aussitôt appelé pour m'annoncer la nouvelle, qui avait de quoi faire froid dans le dos.

— Ça commence. Fargarson a été tué.

Wiley s'est arrêté devant le journal. J'ai sauté dans son pick-up et nous avons filé vers le lieu du crime. Nous n'avons ouvert la bouche ni l'un ni l'autre, mais nous pensions la même chose.

Le corps de Lenny n'avait pas bougé. L'impact de la balle l'avait fait basculer de son fauteuil ; il était sur le côté, la tête tournée vers la maison. Le shérif McNatt nous a demandé de ne pas prendre de photos ; nous nous sommes conformés à ses désirs. De toute façon, elles n'auraient pas été publiées.

Des amis et des proches qui se rassemblaient devant la maison ont été éloignés par des adjoints du shérif. Ses hommes faisaient écran pour cacher le corps. J'ai pris du recul pour avoir une meilleure vision de la scène – les policiers penchés sur Lenny pendant que ceux qui l'avaient aimé essayaient de l'apercevoir une dernière fois avant d'aller consoler ses parents.

On a enfin chargé le corps sur un brancard et on l'a transporté dans une ambulance. Le shérif est venu vers moi ; il s'est adossé au pick-up.

— Vous croyez ce que je crois ? lança-t-il.

— Oui.

— Pouvez-vous me trouver la liste des jurés ?

Nous n'avions jamais publié les noms, mais je les avais gardés dans un vieux dossier.

— Bien sûr.

— Combien de temps ça va vous prendre ?

— Donnez-moi une heure. Que comptez-vous faire ?

— Il faut les avertir.

Quand nous sommes repartis, les hommes du shérif passaient au peigne fin le petit bois voisin.

J'ai apporté la liste des jurés au bureau du shérif ; nous l'avons parcourue ensemble. J'avais rédigé en 1977 la notice nécrologique de Fred Bilroy, le juré numéro cinq, un garde forestier à la retraite, emporté par une pneumonie. Les dix autres, à ma connaissance, étaient encore de ce monde.

McNatt a remis la liste à trois de ses adjoints, qui se sont dispersés pour aller annoncer ce que personne ne voulait entendre. J'ai proposé d'avertir Callie Ruffin.

Assise sous son porche, elle regardait Esau et Sam jouer aux échecs. Ils ont été ravis de me voir, mais leur joie est vite retombée.

— J'ai de mauvaises nouvelles, miss Callie, annonçai-je, la mine sombre.

Ils m'ont regardé, attendant la suite.

— Lenny Fargarson, le jeune infirme qui faisait partie du jury, a été assassiné cet après-midi.

Elle a porté la main à sa bouche et s'est enfoncée dans son rocking-chair. Sam l'a aidée à se redresser en lui tapotant l'épaule. J'ai fait le récit succinct de l'événement.

— C'était un bon jeune homme et un bon chrétien, affirma miss Callie. Nous avons prié ensemble avant de commencer à délibérer.

Elle ne pleurait pas, mais les larmes n'étaient pas loin. Esau est allé chercher une pilule pour sa tension. Il s'est assis près d'elle, à côté de Sam pendant que je prenais place sur la balancelle. Serrés les uns contre les autres sous le petit porche, nous n'éprouvions pas le besoin de parler. Miss Callie s'est absorbée dans ses réflexions.

C'était une chaude soirée de printemps ; la lune dans son déclin brillait au firmament. On voyait passer des enfants à vélo, on entendait les voix des voisins qui se parlaient par-dessus les clôtures, on distinguait les bruits plus lointains d'une partie de basket-ball. Une bande de gamins d'une dizaine d'années s'est intéressée de près à ma Spitfire ; Sam a fini par les chasser. Ce n'était que la deuxième fois que je me trouvais dans la ville basse après la tombée de la nuit.

— C'est comme cela tous les soirs ? demandai-je à Sam en rompant le silence.

— Oui, quand il fait beau. C'était merveilleux de grandir ici. Tout le monde se connaît. Un jour, quand j'avais neuf ans, j'ai fait éclater un pare-brise en lançant une balle de base-ball. J'ai pris peur, je suis rentré en courant à la maison. Quand je suis arrivé, maman m'attendait sous le porche : elle savait déjà tout. Elle m'a obligé à repartir sur le lieu de l'accident, à avouer ma faute et à promettre de rembourser les dégâts.

— Et tu l'as fait, glissa Esau.

— Il m'a fallu travailler six mois pour mettre de côté les cent vingt dollars.

Cette anecdote a failli arracher un sourire à miss Callie mais elle était trop préoccupée par le meurtre de Lenny. Elle ne l'avait pas revu depuis neuf ans, cependant elle avait gardé un excellent souvenir de lui. Elle était profondément attristée par sa mort, et terrifiée aussi.

Esau est allé préparer un thé au citron bien sucré. À son retour, il a discrètement placé un fusil à deux coups derrière le rocking-chair, à portée de sa main mais hors de vue de miss Callie.

À mesure que les heures passaient, les piétons se faisaient plus rares et les voisins se retiraient. Je me suis dit que si miss Callie restait chez elle, elle serait une cible difficile à atteindre. De chaque côté et en face il y avait des maisons ; ni élévation de terrain, ni immeuble, ni terrain vague à proximité.

Je n'ai pas fait de commentaires mais je suis sûr que Sam et Esau poursuivaient les mêmes réflexions. Quand est venue l'heure du coucher, j'ai pris congé et je suis retourné au bureau du shérif. Les locaux grouillaient d'hommes en uniforme dans une atmosphère d'excitation que seul un bon meurtre pouvait créer. Des souvenirs de la nuit où Danny Padgitt avait été arrêté et entraîné dans la prison, la chemise couverte de sang, me sont remontés à la mémoire.

Seuls deux jurés n'avaient pas été retrouvés. Ils avaient déménagé ; le shérif se renseignait pour savoir où ils habitaient. Il a demandé si j'avais vu miss Callie. J'ai répondu qu'elle était en sécurité ; je n'ai pas parlé de Sam.

Il a fermé la porte de son bureau en disant qu'il avait un service à me demander.

— Pourriez-vous, demain dans la journée, aller voir Lucien Wilbanks ?

— Pourquoi moi ?

— Je pourrais le faire, mais je ne peux pas sentir ce type et il me le rend bien.

— Tout le monde le déteste.

— Sauf…

— Sauf… Harry Rex.

— Voilà. Si vous alliez tous les deux parler à Wilbanks ? Voir s'il accepterait de servir d'intermédiaire avec les Padgitt. Il faudra bien, un jour ou l'autre, que je voie Danny. Vous ne croyez pas ?

— Sans doute. Vous êtes le shérif.

— Je vous demande seulement d'avoir une petite conversation avec Wilbanks. De tâter le terrain. Si tout se passe bien, j'irai peut-être le voir. C'est différent, quand le shérif débarque sans s'être fait annoncer.

— Je préférerais recevoir dix coups de fouet, fis-je, sans plaisanter.

— Vous le ferez ?

— Je vais réfléchir.

Harry Rex n'était pas plus enthousiaste que moi. Pourquoi nous mêler tous les deux à cette histoire ? Nous en avons discuté en prenant le petit déjeuner au Coffee Shop. Ce n'était pas dans nos habitudes mais nous ne voulions pas manquer la première vague de rumeurs qui allait déferler dans l'établissement. Comme il fallait s'y attendre, l'endroit grouillait d'experts qui avaient leur mot à dire sur le meurtre du jeune Fargarson. Nous avons beaucoup écouté, peu parlé et nous sommes partis vers 8 h 30.

Le cabinet de Wilbanks était à deux pas du café. « Allons-y », fis-je au moment où nous passions devant.

Avant Lucien, la famille Wilbanks était un des piliers de la bonne société de Clanton. À l'âge d'or du siècle précédent, les Wilbanks possédaient des terres et des banques ; tous les hommes de la famille avaient fait leur droit, certains dans les meilleures universités de la côte Est. Mais leur déclin était déjà ancien. Lucien était le dernier de la dynastie et il y avait de fortes chances qu'il soit bientôt radié du barreau.

Ethel Twitty, sa fidèle secrétaire, nous a accueillis froidement en adressant un sourire narquois à Harry Rex.

— Quelle garce, celle-là ! me souffla-t-il à l'oreille.

Je crois qu'elle l'a entendu. Il sautait aux yeux que ces deux-là se donnaient des coups de griffe depuis des années.

Me Wilbanks était là. Que voulions-nous ?

— Le voir, répondit Harry Rex. Pour quelle autre raison serions-nous là ?

Elle l'a prévenu et nous a laissés poireauter.

— Je n'ai pas que ça à faire ! lança Harry Rex au bout de quelques minutes.

— Allez-y, fit la secrétaire, plus pour se débarrasser de nous qu'autre chose.

Nous avons monté l'escalier. Le bureau de Lucien était vaste – au moins quatre-vingts mètres carrés – et haut de plafond, avec une rangée de portes-fenêtres donnant sur la grand-place. Il était orienté au sud, juste en face des bureaux du *Times*. Par chance, de mon balcon je ne voyais pas le sien.

Il nous a accueillis avec indifférence, comme si nous venions d'interrompre une longue et profonde méditation. Malgré l'heure matinale, son bureau encombré de paperasse donnait l'impression qu'il avait travaillé toute la nuit. Il avait des cheveux poivre et sel qui descendaient jusqu'au cou, une barbiche passée de mode et l'œil rouge de celui qui aime la bouteille.

— Qu'est-ce qui me vaut l'honneur ? demanda-t-il très lentement.

Nous avons échangé un regard dur, exprimant le mépris dans lequel nous nous tenions l'un l'autre.

— Quelqu'un a été assassiné hier, Lucien, fit Harry Rex. Lenny Fargarson, l'infirme qui faisait partie du jury.

— J'imagine que cette conversation restera entre nous, lança Wilbanks à mon intention.

— Absolument. Le shérif McNatt m'a demandé de passer vous voir. J'ai invité Harry Rex à m'accompagner.

— Vous êtes donc venus pour bavarder ?

— Si l'on veut. Nous voulons juste parler un peu du meurtre.

— On m'a donné tous les détails.

— Avez-vous vu Danny Padgitt récemment ? demanda Harry Rex.

— Pas depuis sa mise en liberté anticipée.

— Est-il revenu dans le comté ?

— Il est quelque part dans le Mississippi, je ne sais

pas exactement où. S'il franchit la frontière de l'État sans autorisation, ce sera une violation de la loi.

Pourquoi ne l'avait-on pas mis en liberté anticipée dans le Wyoming, par exemple ? Il semblait curieux qu'on exige de lui qu'il reste près de l'endroit où il avait commis ses crimes. Il aurait fallu se débarrasser de lui.

— Le shérif aimerait parler à Danny, expliquai-je.

— Vraiment ? En quoi cela nous concerne-t-il, vous et moi ? Dites au shérif d'aller le voir.

— Ce n'est pas simple, Lucien, vous le savez, glissa Harry Rex.

— Le shérif a-t-il une preuve contre mon client ? Des présomptions, un indice quelconque. Il ne suffit pas de rassembler les suspects habituels. C'est un peu plus compliqué.

— Il y a eu des menaces proférées contre les jurés, maître Wilbanks.

— Cela remonte à neuf ans.

— C'étaient quand même des menaces et tout le monde s'en souvient. Et maintenant, quinze jours après la mise en liberté de Danny, un des jurés est assassiné.

— Ce n'est pas suffisant, messieurs. Apportez-moi quelque chose de tangible et je verrai si je dois m'entretenir avec mon client. Pour l'instant, ce ne sont que des conjectures. Abondantes, certes, mais cette ville n'a jamais manqué de ragots. Elle en charrie des tonnes.

— Vous ne savez vraiment pas où il est, Lucien ? insista Harry Rex.

— J'imagine qu'il est dans l'île, avec les autres.

Il avait dit « les autres », comme s'il parlait d'une bande de rats.

— Et si un deuxième juré se fait descendre ? poursuivit Harry Rex.

Wilbanks a lâché le calepin qu'il tenait et posé les coudes sur son bureau.

— Que voulez-vous que je fasse, Harry Rex ? Que je l'appelle pour lui dire : « Salut, Danny. Je suis sûr que ce n'est pas toi qui tues les jurés, mais si jamais c'est toi, sois gentil, arrête ! » Croyez-vous qu'il m'écoutera ? Rien de tout cela ne serait arrivé si cet imbécile m'avait écouté. Je ne voulais pas qu'il dépose pour sa défense. C'est un imbécile, je suis d'accord. Vous êtes avocat, Harry Rex, vous savez ce que c'est d'avoir des imbéciles comme clients. Il est impossible de leur faire entendre raison.

— Et si un autre juré se fait descendre ? répéta Harry Rex.

— Disons que cela fera un mort de plus.

Je me suis levé d'un bond et je me suis dirigé vers la porte.

— Vous me dégoûtez ! lançai-je par-dessus mon épaule.

— Pas un mot de cette conversation dans votre journal ! riposta Wilbanks d'un ton hargneux.

— Allez vous faire foutre ! m'écriai-je en claquant la porte.

En fin d'après-midi, j'ai reçu un coup de téléphone de M. Magargel qui me demandait de passer au funérarium. M. et Mme Fargarson étaient en train de choisir un cercueil et de régler les derniers détails. Je les ai rejoints dans le salon C, le plus petit, rarement utilisé.

Le pasteur Cooper, de l'Église baptiste primitive de Maranatha, accompagnait les parents du défunt, qui s'en remettaient à toutes ses décisions.

Au moins deux fois par an, je retrouvais une famille endeuillée au funérarium. C'était presque toujours un accident de la circulation ou une blessure du travail. Les proches étaient trop bouleversés pour avoir les idées claires, trop malheureux pour prendre des décisions. Les plus forts traversaient l'épreuve comme des somnambules. Les plus faibles étaient trop hébétés pour faire autre chose que pleurer. Mme Fargarson était la plus forte des deux mais, depuis qu'elle avait découvert son fils avec la moitié du crâne arraché, elle ne cessait de frissonner. Son mari gardait obstinément les yeux baissés.

Le pasteur Cooper les a interrogés avec douceur ; il savait déjà l'essentiel sur la vie de Lenny. Depuis sa blessure à la colonne vertébrale, qui remontait à quinze ans, Lenny rêvait d'aller au ciel, de retrouver l'intégrité de son corps et de marcher la main dans la main avec son Sauveur. Nous avons préparé quelques phrases dans ce sens. Très émue, Mme Fargarson m'a remis une photographie de Lenny, assis au bord d'une mare, une canne à pêche à la main. J'ai promis de la publier en première page.

Comme tous les parents éplorés, les Fargarson m'ont remercié avec effusion et ont tenu à me serrer dans leurs bras avant de partir.

Je suis passé chez Pepe pour acheter un assortiment de plats mexicains à emporter et je me suis rendu dans la ville basse, où j'ai trouvé Sam en train de jouer au basket-ball. Miss Callie se reposait et Esau gardait la maison, le fusil à portée de la main. Le soir venu, nous avons dîné sous le porche ; miss Callie a grignoté du bout des dents cette cuisine étrangère. Elle n'avait pas faim. Esau a dit qu'elle n'avait presque rien mangé de la journée. J'avais apporté mon jeu de backgammon ; j'ai appris à Sam à jouer. Esau préférait les échecs. Miss Callie était convaincue que toute activité incluant le maniement des dés était un péché, mais elle n'avait pas la force de nous faire la leçon. Nous sommes restés de longues heures sous le porche, bien avant dans la nuit, à l'écoute des bruits de la ville basse. Les grandes vacances venaient de commencer, les jours étaient plus longs et plus chauds.

Buster, mon garde du corps à temps partiel, passait en voiture toutes les demi-heures devant la maison des Ruffin, au ralenti. Je faisais un signe de la main pour dire que tout allait bien, il accélérait et repartait monter la garde devant la maison des Hocutt. Une voiture de police s'est arrêtée à quelques dizaines de mètres de nous pendant un long moment. Le shérif McNatt avait recruté trois adjoints noirs; deux d'entre eux avaient pour mission de surveiller la maison des Ruffin.

D'autres étaient sur le qui-vive. Quand miss Callie s'est retirée dans sa chambre, Esau a tendu le doigt vers l'autre côté de la rue, en direction du porche des Braxton plongé dans l'obscurité.

— Tully est là-bas, expliqua-t-il. Il surveille tout ce qui se passe.

— Il m'a dit qu'il allait y rester pour la nuit, ajouta Sam.

Il ne ferait pas bon sortir une arme à feu dans la ville basse.

Je suis parti à 11 heures. Après avoir traversé la voie ferrée, j'ai roulé dans les rues désertes de Clanton. La tension était perceptible : ce qui venait de commencer était loin d'être terminé.

38

Miss Callie avait insisté pour se rendre au service funèbre de Lenny. Sam et Esau avaient essayé de l'en dissuader mais, comme toujours, quand sa décision était prise, il ne servait à rien de discuter. J'en avais parlé au shérif qui avait parfaitement résumé la situation d'une phrase : « Elle est assez grande pour savoir ce qu'elle a à faire. » Aucun autre juré, à sa connaissance, ne devait assister à la cérémonie, mais il était difficile de savoir exactement à quoi s'en tenir.

J'avais appelé le pasteur Cooper pour le prévenir. « Elle est la bienvenue dans notre église, avait-il dit. Mais soyez là en avance. »

Dans le comté de Ford, à de rares exceptions près, les Noirs et les Blancs n'assistaient pas ensemble au culte. Ils croyaient avec la même ferveur dans le même Dieu mais avaient des manières très différentes de l'adorer. La majorité des Blancs voulaient être sortis de l'église à midi pour se mettre à table à midi et demi. Les Noirs ne se préoccupaient guère de savoir à quelle heure s'achèverait l'office, ni même à quelle heure il commençait. À l'occasion de ma tournée des églises noires, j'avais assisté à vingt-sept services religieux sans en voir un seul se terminer avant 13 h 30. La moyenne était 15 heures. Certains duraient la journée entière, avec une courte interruption pour se restaurer.

Tant de ferveur aurait mis un chrétien blanc sur le flanc.

Il n'en allait pas de même pour un service mortuaire. Quand miss Callie, accompagnée de Sam et d'Esau, est entrée dans l'église baptiste primitive de Maranatha, quelques regards se sont tournés vers eux, sans insister. Si la même scène avait eu lieu un dimanche matin, la tension aurait été perceptible.

Nous sommes arrivés quarante-cinq minutes en avance ; la jolie petite église était déjà presque pleine. J'ai regardé par les hautes fenêtres les voitures qui continuaient d'affluer. Quand la salle a été bondée, la foule des nouveaux arrivants s'est rassemblée autour d'un haut-parleur suspendu à une branche d'un des vieux chênes. Le chœur a entonné un cantique ; les larmes ont commencé à couler. Le message réconfortant du révérend Cooper nous invitait à ne pas nous demander pourquoi le malheur frappait des êtres qui ne le méritaient pas. La volonté du Seigneur ne se discutait pas ; nous n'étions pas en mesure de comprendre Sa sagesse infinie mais, un jour, Il se révélerait à nous. Lenny était maintenant à Ses côtés, comme il avait toujours aspiré à l'être.

Il a été inhumé derrière l'église, dans un petit cimetière bien propre, entouré par une grille de fer forgé. Miss Callie a agrippé ma main et s'est mise à prier avec ferveur quand on a descendu le cercueil dans la fosse. Après un dernier chant d'action de grâces, le pasteur nous a remerciés de notre présence. Dans la salle paroissiale, du punch et des cookies étaient servis ; une partie de l'assistance est restée un moment, pour présenter ses condoléances aux parents de Lenny.

Le shérif McNatt a attiré mon attention ; d'un signe de tête, il m'a fait comprendre qu'il voulait me parler. Nous avons fait le tour de l'église jusqu'à ce que personne ne puisse nous entendre. Il était en uniforme, un cure-dents au coin de la bouche, comme à son habitude.

— Du nouveau avec Wilbanks ? lança-t-il.

— Pas depuis notre première rencontre. Harry Rex y est retourné hier mais cela n'a rien donné.

— Je crois que je vais être obligé de lui parler.

— Vous pouvez le faire mais vous n'obtiendrez rien de lui.

McNatt a fait passer son cure-dents de l'autre côté de sa bouche, comme le faisait Harry Rex avec son cigare, sans que cela l'empêche de parler.

— Nous n'avons aucune piste. Nous avons fouillé les bois autour de la maison : pas une trace de pas, pas le moindre indice. Vous n'allez pas publier ça, hein ?

— Non.

— Il y a un tas de pistes de forestiers qui s'enfoncent dans les bois. Nous les avons toutes suivies sans rien trouver.

— Votre seul indice est la balle.

— Oui.

— Quelqu'un a vu Danny Padgitt ?

— Personne. J'ai posté des hommes dans deux voitures sur la 401, à l'endroit où la route tourne en direction de l'île. Ils ne voient pas tout mais les Padgitt savent au moins que nous sommes là. Il y a des quantités d'endroits pour entrer et sortir de l'île ; les Padgitt sont seuls à les connaître.

Les Ruffin s'avançaient lentement vers nous en devisant avec un adjoint noir.

— Elle est probablement la mieux protégée, observa McNatt.

— Croyez-vous qu'un seul des jurés soit en sécurité ?

— Nous verrons bien. Il va recommencer, Willie. J'en suis convaincu.

— Moi aussi.

Ned Ray Zook possédait mille six cents hectares à l'est du comté. Il cultivait du coton et du soja ; son exploitation était assez importante pour lui rapporter de l'argent. On disait de lui qu'il était un des derniers fermiers à bien vivre de sa terre. C'est sur sa propriété, dans une zone boisée où s'élevait une ancienne étable, qu'Harry Rex m'avait emmené voir, neuf ans auparavant, mon premier et dernier combat de coqs.

Au petit matin du 14 juin, un vandale avait pénétré dans le hangar de Zook et partiellement vidé l'huile des moteurs de deux de ses gros tracteurs. L'huile avait été cachée dans des bidons enfouis sous l'amoncellement du matériel ; lorsque les ouvriers agricoles étaient arrivés à 6 heures du matin, ils n'avaient rien remarqué. L'un d'eux avait vérifié le niveau d'huile de son engin, comme il le faisait régulièrement. Constatant qu'il en manquait beaucoup, il avait trouvé cela bizarre mais n'avait rien dit. Il avait ajouté quatre litres. L'autre avait vérifié la veille le niveau d'huile du moteur de son véhicule. Il n'avait donc aucune raison de recommencer. Une heure plus tard, son tracteur s'immobilisait brusquement, moteur serré. Le conducteur avait fait un kilomètre à pied pour revenir à la ferme informer son employeur de la panne.

Deux heures plus tard, une camionnette de dépannage vert et jaune a suivi en bringuebalant un chemin défoncé et s'est arrêtée en bordure du champ où le tracteur était immobilisé. Les deux dépanneurs sont lentement descendus de leur véhicule, ils ont levé le nez au ciel pour inspecter le ciel sans nuage dans lequel brillait un soleil déjà chaud, puis ils ont fait le tour du tracteur pour voir de quoi il retournait. Sans se presser, ils ont ouvert les portes de la camionnette et ont entrepris de décharger des outils. Le soleil tapait dur ; ils ont rapidement été en sueur.

Pour se donner du cœur à l'ouvrage, ils ont mis la radio et monté le son. La voix de Merle Haggard s'est propagée dans le champ de soja. La musique a couvert le bruit lointain de la détonation. Le projectile a frappé Mo Teale dans le dos, entre les omoplates ; il a transpercé les poumons avant de ressortir par la poitrine.

Red, son collègue, déclarerait par la suite qu'il avait entendu une sorte de grognement brusque une ou deux secondes avant que Mo s'effondre sous l'essieu avant. Il avait d'abord cru qu'une pièce du tracteur, en cédant, avait blessé Mo. Red l'avait traîné jusqu'à la camionnette. Il avait démarré en trombe, très inquiet pour son camarade, sans chercher à savoir ce qui avait pu le mettre dans cet état. Le fermier avait aussitôt appelé une ambulance, mais il était trop tard : Mo Teale avait rendu l'âme sur le sol cimenté du petit bureau poussiéreux. Pendant le procès, nous l'avions surnommé « John Deere ». Au banc des jurés, il était assis au milieu du deuxième rang.

Au moment du meurtre, Mo portait la chemise jaune vif de sa tenue de travail, la même que celle que nous avions vue sur lui au long du procès. Il faisait évidemment une cible facile.

J'ai aperçu le corps de loin, par la porte ouverte du bureau. Le shérif McNatt nous a permis d'entrer dans le hangar en nous interdisant – cela devenait une habitude – de prendre des photos. Wiley avait laissé son appareil dans son pick-up.

C'est lui encore qui avait appris la nouvelle sur le scanner de la police. « Un blessé par balle chez Ned Ray Zook ! » Wiley restait l'oreille collée à la radio ; il n'était pas le seul, en ces temps troublés. La tension était telle dans le comté que tout le monde était à l'écoute ; il n'en fallait pas beaucoup pour sauter dans son pick-up et aller jeter un coup d'œil sur place.

McNatt nous a rapidement demandé de partir. Ses hommes avaient découvert les bidons contenant l'huile des tracteurs et une fenêtre forcée par laquelle le vandale était entré. Ils allaient chercher des empreintes et ne trouveraient rien. Ils allaient chercher des traces de pas sur le sol gravillonné et ne trouveraient rien. Ils fouilleraient les bois autour du champ de soja et ne trouveraient aucune trace du tueur. Ils ont quand même retrouvé le projectile, près du tracteur : une balle de fusil de chasse de calibre 7,65, tirée par la même arme que celle qui avait servi à tuer Lenny.

Je suis resté dans le bureau du shérif bien après la tombée de la nuit. L'endroit grouillait d'hommes en uniforme qui comparaient des hypothèses, ajoutaient des détails. Les téléphones sonnaient sans discontinuer. Et il y avait un autre sujet d'agacement. Des habitants incapables de refréner leur curiosité entraient dans les locaux pour demander à tous ceux qu'ils croisaient s'il y avait du nouveau.

Il n'y en avait pas. McNatt s'était barricadé dans son bureau avec son état-major. Le shérif donnait la priorité à la protection des jurés survivants. Trois étaient déjà mort : Fred Bilroy (d'une pneumonie), Lenny Fargarson et Mo Teale, tous deux abattus d'une balle de fusil. Un quatrième s'était établi en Floride deux ans après le procès. Une voiture de police stationnait devant le domicile des huit autres.

En quittant le bureau du shérif, je voulais me rendre au journal pour travailler sur l'article traitant du meurtre de Mo Teale, mais j'ai vu de la lumière dans le cabinet d'Harry Rex en passant sous ses fenêtres. Il était dans la salle de réunion, jusqu'au cou dans la paperasse dont la vue m'a donné instantanément la migraine. Nous avons pris deux bières dans le petit réfrigérateur de son bureau et nous sommes partis faire un tour en voiture.

À Coventry, un quartier ouvrier de la ville, en suivant une rue étroite, nous sommes passés devant une maison dont le jardin était envahi de voitures garées en tous sens.

— C'est le domicile de Maxine Root, expliqua Harry Rex. Une des jurées.

J'avais gardé de vagues souvenirs de Maxine Root. Sa petite maison de brique n'ayant pas de porche, ses voisins s'étaient éparpillés dans des fauteuils de jardin installés autour de l'abri à voiture. Des fusils de chasse étaient visibles. Toutes les lumières de la maison étaient allumées. Une voiture de police était garée près de la boîte aux lettres ; appuyés sur le capot, deux adjoints du shérif fumaient une cigarette. Ils nous ont regardés passer au ralenti d'un air méfiant. Harry Rex s'est arrêté.

— Bonsoir, Troy.

— Salut, Harry Rex, fit l'un des policiers en s'avançant vers nous.

— C'est la fête ici, on dirait.

— Faudrait être complètement cinglé pour venir leur chercher noise.

— On passait voir, c'est tout.

— Feriez mieux de repartir, fit Troy. Ils ont le doigt sur la gâchette.

— Ouvrez l'œil.

Nous sommes repartis et avons tourné au nord de la ville, près du château d'eau, dans une longue ruelle obscure qui se terminait en cul-de-sac. Sur la moitié de sa longueur, la ruelle était bordée de voitures.

— Qui habite là ?

— Earl Youry. Un juré assis au dernier rang.

On se bousculait sous le porche ; des hommes étaient assis sur les marches ou sur des fauteuils de jardin. Earl Youry se cachait dans cette foule d'amis et de voisins venus le défendre.

Miss Callie, elle aussi, était bien protégée. Les voitures étaient si nombreuses dans sa rue que l'on pouvait à peine passer. Des groupes d'hommes étaient assis sur les véhicules ; certains fumaient, d'autres tenaient un fusil. En face de chez elle et de chaque côté les porches étaient pleins. La moitié de la ville basse semblait s'être rassemblée pour la rassurer. Il y avait une atmosphère festive, le sentiment de prendre part à un événement exceptionnel.

Une voiture transportant deux Blancs ne pouvait que faire l'objet d'une attention particulière. Nous avons attendu de voir les deux policiers de faction pour nous arrêter. Ils nous ont reconnus ; la meute qui nous entourait s'est écartée. J'ai poussé le portillon de miss Callie et Sam est venu à ma rencontre. Harry Rex est resté discuter avec les deux adjoints du shérif.

Elle était dans sa chambre, où elle lisait la Bible avec une amie. Deux ou trois diacres tenaient compagnie à Sam et à Esau ; tous étaient avides d'avoir des détails sur le meurtre de Mo Teale. Je leur ai raconté ce que je savais, c'est-à-dire pas grand-chose.

Vers minuit, la foule a commencé à se disperser. Sam et les policiers avaient organisé un tour de garde ; des sentinelles armées seraient postées sous les deux porches de la maison. Les volontaires ne manquaient pas. Miss Callie n'avait jamais imaginé que sa coquette petite maison deviendrait une forteresse mais, du fait des circonstances, elle ne pouvait s'en plaindre.

Après avoir traversé la ville basse où régnait une nervosité perceptible, nous avons pris la direction de la maison des Hocutt, où nous avons trouvé Buster endormi dans sa voiture. Nous nous sommes installés sous un porche avec une bouteille de bourbon pour faire le point. De temps en temps, nous écrasions un moustique.

— Il est très patient, observa Harry Rex. Attendez quelques jours que tous ces braves gens se lassent de passer la moitié de la nuit sous un porche. Les jurés ne pourront pas rester longtemps cloîtrés chez eux. Il attendra.

Un détail n'avait pas été rendu public. Le distributeur de tracteurs avait reçu un premier appel quelques jours plus tôt. À la ferme Anderson, au sud de la ville, un tracteur avait été mis hors d'état de marche dans des circonstances similaires, mais Mo Teale n'avait pas été envoyé réparer le véhicule immobilisé. Celui qui tenait le fusil avait vu dans sa lunette que la chemise jaune n'était pas celle de Mo Teale.

— Patient et méticuleux, ajoutai-je.

Onze jours s'étaient écoulés entre les deux meurtres et il n'y avait toujours pas le moindre indice. Si Danny Padgitt était bien le tueur, il existait un contraste frappant entre son premier meurtre, celui de Rhoda Kassellaw, et des deux derniers. D'un crime sanguinaire inspiré par la passion, il était passé à des exécutions commises de sang-froid. Telle était peut-être la conséquence de neuf années de détention. Il avait eu tout le temps de graver dans son esprit les douze visages des hommes et des femmes qui l'avaient privé si longtemps de sa liberté.

— Il n'a pas fini, reprit Harry Rex après un silence.

Un meurtre pouvait passer pour un acte isolé. Un deuxième était la marque d'un plan criminel. Un troisième enverrait une petite armée de policiers et des groupes d'autodéfense sur l'île des Padgitt pour déclencher une guerre sans merci.

— Il attendra, affirma Harry Rex. Probablement longtemps.

— J'envisage de vendre le journal, Harry Rex.

— Pour quelle raison ? demanda-t-il en prenant une goulée de bourbon.

— L'argent. Une société basée en Géorgie me fait une offre alléchante.

— Combien ?

— Beaucoup. Au-delà de mes rêves les plus fous. Pendant très longtemps, je n'aurais pas à travailler. Peut-être plus jamais.

Pour Harry Rex dont le quotidien était fait de dix heures d'une activité fébrile, de rapports tendus, de manifestations émotives de clients en instance de divorce, l'idée de ne plus avoir à travailler était pour le moins déroutante. Il travaillait souvent le soir, quand le calme lui permettait de réfléchir. Il gagnait confortablement sa vie, mais c'était de l'argent bien mérité.

— Depuis combien de temps êtes-vous propriétaire du journal ?

— Neuf ans.

— Difficile d'imaginer qu'il pourra continuer sans vous.

— C'est peut-être une raison de plus pour le vendre. Je ne veux pas devenir un deuxième Wilson Caudle.

— Que ferez-vous ?

— Autre chose. Voyager, découvrir le monde, trouver une fille bien, l'épouser et lui faire des enfants. La maison est grande.

— Vous ne partiriez pas ?

— Pour aller où ? Je me sens chez moi, ici.

Harry Rex a vidé son verre de bourbon et s'est levé.

— Je ne sais pas. Laissez-moi le temps d'y réfléchir.

Sur ce, il s'est dirigé vers sa voiture.

39

Avec les cadavres qui s'entassaient, il était inévitable que l'affaire prenne une nouvelle dimension. Le lendemain matin, un journaliste du quotidien de Memphis a débarqué dans mon bureau. Vingt minutes plus tard, un autre, venu de Jackson, se joignait à nous. Ils couvraient tous deux le nord du Mississippi, où il ne se passait en général pas grand-chose de marquant.

J'ai fait l'historique des événements : la mise en liberté anticipée de Padgitt, les deux meurtres, la peur qui avait saisi la population. Nous n'étions pas en concurrence ; ils travaillaient pour de grands quotidiens et la plupart de mes abonnés lisaient le journal de Memphis ou celui de Jackson. Le quotidien de Tupelo se vendait bien également.

Pour être franc, mon intérêt commençait à s'émousser. Pas pour la crise que nous traversions ; c'était plutôt mon inclination pour le journalisme qui vacillait. Le vaste monde s'offrait à moi. En échangeant des anecdotes devant un café avec ces deux vieux briscards qui gagnaient dans les quarante mille dollars par an, j'avais vraiment de la peine à croire qu'il suffisait d'un mot pour que j'empoche un million de dollars. Difficile, dans ces conditions, de rester concentré.

Les deux journalistes m'ont quitté pour aller fureter chacun de son côté. Quelques minutes plus tard, le téléphone a sonné : c'était Sam. « Il faut que vous veniez », fit-il d'un ton pressant, sans explication.

Une petite unité composée de quatre hommes aux yeux creusés était encore en faction sous le porche des Ruffin. Sam m'a conduit dans la cuisine où miss Callie épluchait des haricots beurre, une tâche qu'elle préférait effectuer sous le porche arrière. Elle m'a accueilli avec un sourire éclatant et m'a serré dans ses bras, mais je la sentais préoccupée. Elle a fait un signe de tête à Sam et nous l'avons suivie dans sa petite chambre. Elle a fermé la porte et s'est enfoncée dans un placard. Nous avons attendu, un peu gênés, pendant qu'elle farfouillait à l'intérieur.

Quand elle s'est retournée, elle tenait un vieux cahier à spirale, que, manifestement, elle avait bien caché.

— Il y a quelque chose que je ne comprends pas, fit-elle en s'asseyant au bord du lit.

Sam a pris place à côté d'elle ; je me suis assis dans un vieux fauteuil à bascule pendant qu'elle tournait les pages noircies de son écriture régulière.

— Voilà ce que je cherchais, reprit-elle. Nous avons fait le serment dans la salle du jury de ne jamais rien dire des délibérations. Mais c'est trop important pour ne pas en parler aujourd'hui. Quand nous avons jugé M. Padgitt coupable, le vote a été unanime et rapide. Mais quand il a été question de savoir s'il devait être condamné à la peine capitale, nous n'étions plus d'accord. Je n'étais pas désireuse d'envoyer quelqu'un à la mort mais je m'étais engagée à respecter la loi. Le ton est monté, nous avons même échangé des accusations et des menaces. C'était une expérience très déplaisante.

Chacun a fini par choisir son camp : trois d'entre nous étaient opposés à la peine de mort et il a été impossible de les faire changer d'avis.

Elle m'a montré une page du cahier. Elle présentait deux colonnes, l'une composée de neuf noms tracés d'une écriture nette, l'autre de trois. Lenny Fargarson, Mo Teale, Maxine Root. J'en suis resté bouche bée, comme si j'avais devant les yeux la liste du tueur.

— Quand avez-vous écrit cela ? demandai-je.

— J'ai pris des notes pendant le procès.

Pourquoi Danny Padgitt éliminerait-il ceux qui n'avaient pas voulu le condamner à la peine capitale ? Ceux qui lui avaient littéralement laissé la vie sauve ?

— Il ne tue pas les bons, observa Sam. Quand on veut se venger, on ne s'attaque pas aux gens à qui on doit la vie.

— Comme je l'ai dit, coupa miss Callie, c'est à n'y rien comprendre.

— Vous allez trop loin, glissai-je. Comme s'il pouvait savoir comment chaque juré a voté. À ma connaissance – et, croyez-moi, j'ai passé du temps à fureter partout –, aucun juré n'a jamais rien révélé de la répartition des voix. Peu après le procès, l'intérêt du public s'est porté sur la déségrégation. Padgitt a été transféré à Parchman le jour même où il a été déclaré coupable. À mon avis, il y a de fortes chances qu'il ait commencé par les plus faciles : Lenny Fargarson et Mo Teale étaient sans doute plus vulnérables.

— Ce serait une étrange coïncidence, glissa Sam.

Nous avons réfléchi un long moment. L'hypothèse était plausible mais je n'étais sûr de rien. Une autre idée m'est venue.

— N'oubliez pas que les jurés l'ont tous les douze déclaré coupable, et cela après qu'il a proféré ses menaces.

— Sans doute, fit miss Callie, visiblement peu convaincue.

Nous nous efforcions de donner un sens à l'absurde.

— Il faut que j'aille en informer le shérif, déclarai-je.

— Nous avions promis de ne jamais rien dire.

— C'était il y a neuf ans, maman, glissa Sam. Personne n'aurait pu prévoir ce qui se passe aujourd'hui.

— C'est particulièrement important pour Maxine Root, ajoutai-je.

— Vous ne pensez pas que d'autres jurés auraient pu divulguer le secret ? demanda Sam.

— Peut-être, mais cela remonte à bien longtemps. Et je doute qu'ils aient pris des notes.

Soudain, toute la maison a été en émoi : Bobby, Leon et Al venaient d'arriver. Ils s'étaient donné rendez-vous à Saint Louis et avaient roulé toute la nuit jusqu'à Clanton. Pendant que nous prenions un café dans la cuisine, je les ai mis au courant des derniers développements. Miss Callie a retrouvé son entrain ; elle composait des menus, établissait pour Esau une liste des légumes à ramasser.

Le shérif McNatt était occupé à faire la tournée des domiciles des jurés. Il fallait que je trouve quelqu'un d'autre à qui confier ce que j'avais appris. Je suis passé voir Harry Rex à son cabinet et j'ai attendu impatiemment qu'il ait fini de prendre une déposition. Dès que nous avons été seuls, je lui ai parlé des deux listes de jurés établies par miss Callie. Il venait de passer deux heures à se chicaner avec une poignée de confrères et son humeur était massacrante.

Il avait une autre théorie, infiniment plus cynique.

— Les trois qui figurent sur cette liste étaient payés par Padgitt pour empêcher le jury de voter la culpabilité à l'unanimité. Pour une raison ou pour une autre, ils se sont dégonflés. Ils ont dû estimer qu'ils en faisaient assez en lui évitant la chambre à gaz, mais Padgitt ne voit évidemment pas les choses de la même manière. Il a passé neuf ans derrière les barreaux à cause des trois jurés à sa solde qui ne se sont pas opposés au verdict de culpabilité. Il a décidé de les descendre d'abord et de s'occuper des autres ensuite.

— Lenny Fargarson, à la solde des Padgitt ?

— Pourquoi pas ? À cause de son infirmité ?

— Parce qu'il était un chrétien fervent.

— Il n'avait pas de boulot, Willie. Et il savait que son état ne ferait qu'empirer avec le temps. Peut-être avait-il besoin d'argent. Les Padgitt en ont à ne savoir qu'en faire.

— Vous ne me ferez pas croire ça.

— C'est plus plausible que vos théories fumeuses. Que voulez-vous dire exactement… Que quelqu'un d'autre est en train d'éliminer les jurés ?

— Je n'ai pas dit ça.

— Heureusement. Sinon, je vous aurais traité de pauvre couillon.

— Vous m'avez déjà amplement servi.

— Pas ce matin.

— D'après votre théorie, Mo Teale et Maxine Root auraient eux aussi touché de l'argent des Padgitt. Ils l'auraient trahi en votant la culpabilité, avant de se rattraper sur la peine de mort et ils paieraient maintenant le prix fort parce qu'ils n'ont pas empêché le jury de le déclarer coupable. C'est bien ce que vous dites, Harry Rex ?

— Et comment !

— Eh bien, c'est vous le pauvre couillon ! Pourquoi un honnête homme, travailleur et pratiquant comme Mo Teale aurait-il accepté de l'argent des Padgitt ?

— Peut-être l'ont-ils menacé ?

— Peut-être, peut-être…

— Avez-vous une meilleure explication ?

— Padgitt, tout simplement. Par hasard, il se trouve que les deux premiers qu'il a abattus faisaient partie de ceux qui ont refusé de le condamner à mort. Il ne sait pas qui a voté pour quoi. Il a été enfermé à Parchman quelques heures après le verdict. Il a fait sa propre liste. Il a commencé par Fargarson qui faisait une cible vraiment facile. Mo Teale était le deuxième, parce qu'il pouvait choisir le lieu.

— Qui sera le troisième ?

— Je n'en sais rien, mais ces pauvres gens ne pourront rester indéfiniment cloîtrés chez eux. Padgitt va prendre son temps, attendre que les choses se calment et préparer le prochain meurtre.

— Il n'est peut-être pas seul.

— Exact.

Pendant toute notre conversation, le téléphone n'avait pas cessé de sonner.

— J'ai du travail, déclara Harry Rex en lançant un regard noir en direction de l'appareil.

— Je vais aller voir si le shérif est revenu. À plus tard.

— Hé ! Willie ! s'écria-t-il au moment où je franchissais la porte de son bureau. Encore une chose.

Je me suis retourné.

— Vendez le journal, empochez l'argent et prenez du bon temps. Vous l'avez bien mérité.

— Merci.

— Mais ne partez pas de Clanton, d'accord ?

— Promis.

Earl Youry conduisait une niveleuse pour les services techniques du comté. Il aplanissait les chemins vicinaux qui desservaient les endroits les plus reculés, de Possum Ridge à Shady Grove et au-delà. Comme il travaillait seul, il avait été décidé qu'il resterait quelques jours au garage, où se tenaient ses nombreux amis, tous avec un fusil chargé dans leur voiture. McNatt avait eu une discussion avec Youry et son supérieur pour mettre tout cela au point.

Un peu plus tard, Youry avait téléphoné au shérif ; il avait quelque chose d'important à lui communiquer. Ses souvenirs n'étaient pas très précis mais il était certain que l'infirme et Mo Teale avaient refusé catégoriquement de voter la peine de mort. Il se rappelait qu'il y avait eu une troisième voix contre, une des femmes, lui semblait-il, peut-être la Noire. Il ne savait plus exactement ; cela remontait à neuf ans. Il avait posé à McNatt la question à laquelle nous n'avions pu apporter de réponse : pourquoi Padgitt tuerait-il les jurés qui avaient refusé de le condamner à mort ?

Quand je suis entré dans le bureau du shérif, Youry venait de raccrocher et McNatt était perplexe. Je lui ai fait part de ma conversation avec miss Callie. « J'ai vu ses notes, shérif. La troisième voix était celle de Maxine Root. »

Nous avons retourné la question en tous sens pendant une heure sans trouver d'explication. Il ne croyait pas que les Padgitt aient acheté ou intimidé Lenny ni Mo Teale mais il avait un doute pour Maxine Root, issue d'un milieu plus fruste. Il était plus ou moins d'accord avec moi pour dire que les deux premiers meurtres n'étaient qu'une coïncidence – Padgitt, selon toute vraisemblance, ne savait pas comment les jurés avaient voté. McNatt affirmait avoir découvert un an après le procès qu'il y avait eu neuf voix pour et trois contre la peine de mort, et que Mo Teale, en particulier, s'y était violemment opposé.

Nous avons pourtant dû reconnaître que, grâce à Lucien Wilbanks, il était possible que Padgitt en sache plus long que nous sur les délibérations. Tout était possible.

Et aucune hypothèse ne tenait debout.

Il a appelé Maxine Root pendant que je me trouvais dans son bureau. Comptable dans une fabrique de chaussures, au nord de la ville, elle avait tenu à aller travailler. McNatt s'était rendu à l'usine en début de matinée ; il avait inspecté le bureau de Maxine, s'était entretenu avec le directeur et ses collègues pour s'assurer que tout irait bien. Deux adjoints postés devant l'établissement attendaient de raccompagner Maxine chez elle.

Ils ont discuté quelques minutes au téléphone comme de vieux amis, puis le shérif s'est lancé :

— Voilà, Maxine, je sais que le petit Fargarson, Mo Teale et vous avez été les trois seuls à voter contre la peine de mort pour Danny Padgitt…

Il s'est interrompu pour la laisser répondre.

— Peu importe comment je l'ai su, reprit-il. Ce qui compte, c'est votre sécurité. Je suis inquiet. Extrêmement inquiet.

Il a écouté quelques minutes, l'interrompant de loin en loin pour glisser une ou deux phrases.

— Non, Maxine, je ne peux pas foncer là-bas et interpeller Danny Padgitt… Dites à vos frères de laisser les fusils dans leurs voitures… Je mène l'enquête, Maxine. Quand je disposerai de preuves suffisantes, je demanderai un mandat d'arrêt… Il est trop tard pour le condamner à mort, Maxine. Vous avez fait ce que vous croyiez devoir faire.

À la fin de la conversation téléphonique, elle était en pleurs.

— La pauvre, soupira McNatt. Elle est à bout de nerfs.

— Je la comprends, fis-je. J'évite moi-même de rester devant une fenêtre.

40

Le service funèbre de Mo Teale a eu lieu dans l'église méthodiste de Willow Road, numéro trente-six sur ma liste, et une de mes préférées. Comme je n'avais pas connu le défunt, je n'ai pas assisté à ses obsèques ; pourtant, dans la foule, se trouvaient beaucoup de gens qui ne l'avaient jamais rencontré.

Une crise cardiaque survenue à l'âge de cinquante et un ans – mort brutale et tragique – aurait déjà attiré du monde. Un meurtre, fruit d'une vengeance accomplie par un assassin mis depuis peu en liberté anticipée, était irrésistible. Il y avait là d'anciens copains de lycée des quatre enfants de Mo Teale, quelques veuves mûres qui n'auraient raté un bon enterrement pour rien au monde, une poignée de journalistes venus des villes voisines et des hommes qui ne connaissaient Mo Teale que pour lui avoir acheté un tracteur John Deere.

Je me suis enfermé dans mon bureau pour rédiger sa notice nécrologique. Son fils aîné avait eu la gentillesse de passer me voir pour me donner tous les détails utiles. Il avait trente-trois ans – Mo et sa femme avaient fondé leur famille très jeunes –, et vendait des voitures neuves à Tupelo. Nous avions passé près de deux heures ensemble ; il tenait à ce que je l'assure que Danny Padgitt allait être arrêté et lynché.

L'inhumation a eu lieu au cimetière de Clanton. Le cortège funèbre, qui s'étirait sur plusieurs centaines de mètres, a longé la grand-place avant de descendre Jackson Avenue en passant devant les locaux du *Times*. Il n'a en aucune manière perturbé la circulation : toute la ville suivait le convoi.

Harry Rex avait servi d'intermédiaire pour mettre sur pied une rencontre entre Lucien Wilbanks et le shérif McNatt. Lucien avait exigé que je ne sois pas présent. Aucune importance : Harry Rex a pris des notes, étant entendu que pas une ligne ne serait publiée dans le *Times*.

À la réunion, qui se tenait dans le bureau de Wilbanks participait également Rufus Buckley, le procureur qui avait succédé à Ernie Gaddis en 1975. Buckley aimait monopoliser l'attention ; lui qui n'avait pas voulu intervenir devant la commission de libération conditionnelle était maintenant impatient de monter en première ligne pour pendre Padgitt haut et court. Harry Rex n'avait que mépris pour Buckley ; la réciproque était vraie.

Wilbanks méprisait aussi le procureur, mais il détestait tout le monde ou presque et tout le monde le détestait. Le shérif haïssait Wilbanks, supportait Harry Rex, et détestait le procureur, même si, par la force des choses, ils se trouvaient dans le même camp.

Compte tenu de cette situation conflictuelle, je me réjouissais de ne pas avoir été invité à la réunion.

Wilbanks avait annoncé d'entrée de jeu qu'il s'était entretenu avec Danny Padgitt et son père, Gil. La rencontre avait eu lieu en terrain neutre, à mi-chemin entre Clanton et l'île. Danny se débrouillait bien ; il travaillait tous les jours dans les bureaux de l'entreprise de travaux publics, commodément situés dans l'île.

Danny avait évidemment nié être pour quoi que ce soit dans les deux meurtres. Il était surpris par ces événements et furieux d'être tenu par tous pour le suspect numéro un. Wilbanks l'avait longuement cuisiné, au point de lui faire perdre patience. Jamais il n'avait pu le prendre en flagrant délit de mauvaise foi.

Lenny Fargarson avait été abattu l'après-midi du 23 mai. À ce moment-là, Danny se trouvait dans son bureau ; quatre personnes pouvaient se porter garantes de sa présence. La maison des Fargarson se trouvait à une bonne demi-heure de voiture de l'île des Padgitt ; les quatre témoins se déclaraient certains que Danny était resté tout l'après-midi dans son bureau ou à proximité.

— Combien de ces témoins portent le nom de Padgitt ? demanda McNatt.

— Le moment n'est pas encore venu de donner des noms, répondit évasivement Wilbanks.

Onze jours plus tard, le 3 juin, Mo Teale avait été abattu à 9 h 15. À ce moment-là, Danny était dans le comté de Tippah, au bord d'une route fraîchement revêtue, en train d'étudier des documents signés par un des contremaîtres de l'entreprise des Padgitt. Le contremaître ainsi que deux ouvriers étaient disposés à témoigner pour confirmer où se trouvait Danny à l'heure du meurtre. Le chantier se trouvait au moins à deux heures de route de la ferme de Ned Ray Zook.

Wilbanks avait présenté deux alibis en béton, mais ses interlocuteurs demeuraient sceptiques. Il leur paraissait évident que les Padgitt nieraient tout. Avec les moyens dont ils disposaient, il leur serait facile de trouver des témoins pour déclarer ce qu'ils voulaient.

McNatt a fait part de son incrédulité à Wilbanks. Il a déclaré qu'il poursuivait son enquête et attendait de disposer d'indices suffisants pour demander un mandat d'arrêt et faire une descente dans l'île des Padgitt. Il s'était entretenu à plusieurs reprises avec le chef de la police du Mississippi qui l'avait assuré qu'il mettrait, si nécessaire, une centaine d'hommes à sa disposition pour forcer Danny à sortir de sa cachette.

Wilbanks a affirmé que ce ne serait pas nécessaire. Si un mandat d'arrêt était délivré, il ferait son possible pour livrer en personne Danny à la police.

McNatt a ajouté que, s'il y avait un nouveau meurtre, la ville allait exploser. Un millier d'hommes prendraient leur fusil pour envahir l'île et massacrer tous les Padgitt qui se trouveraient sur leur route.

Buckley a déclaré qu'il avait eu deux conversations avec le juge Omar Noose au sujet des meurtres et qu'il pouvait dire avec une quasi-certitude que le juge était « presque prêt » à délivrer un mandat d'arrêt contre Danny Padgitt. Au feu roulant de questions de Wilbanks sur l'absence de preuves et la quasi-certitude de la culpabilité de Danny, Buckley a répliqué en affirmant que les menaces proférées par Padgitt pendant son procès constituaient une raison amplement suffisante pour le soupçonner des meurtres.

L'atmosphère de la réunion s'est singulièrement dégradée quand ils se sont lancés avec passion dans des arguties juridiques. Le shérif a fini par déclarer qu'il en avait assez entendu et il a quitté le bureau de Wilbanks. Buckley l'a suivi. Harry Rex est resté seul avec Wilbanks ; ils ont discuté un moment dans un climat plus serein.

— Des menteurs qui protègent d'autres menteurs ! lâcha Harry Rex d'un air dégoûté en allant et venant dans mon bureau. Wilbanks ne dit la vérité que lorsqu'elle l'arrange, ce qui, pour lui et la racaille qu'il défend, n'arrive pas souvent. Les Padgitt n'ont aucune notion de ce que peut être la vérité.

— Vous vous souvenez de Lydia Vince ?

— Qui ?

— La traînée que Wilbanks a fait déposer pendant le procès. Celle qui a déclaré sous serment que Danny était dans son lit à l'heure où Rhoda était assassinée. Les Padgitt ont acheté sa complicité et ont laissé Wilbanks s'occuper du reste. Une bande de menteurs, de pourris !

— Et son mari s'est fait descendre…

— Peu après le procès. Sans doute par un des hommes de main des Padgitt. Deux balles, pas d'indices, pas de suspect. Cela ne vous rappelle rien ?

— McNatt n'a pas cru un mot de ce que disait Wilbanks. Buckley non plus.

— Et vous ?

— Pareil. J'ai déjà vu Wilbanks verser une larme devant des jurés. Il peut être très persuasif. Pas souvent, mais cela arrive de temps à autre. J'ai eu l'impression qu'il cherchait trop à nous convaincre. Je pense que c'est Danny et qu'il n'est pas tout seul.

— McNatt est de cet avis ?

— Oui, mais il n'a aucune preuve. Arrêter Danny ne servirait à rien.

— À l'ombre, il ne ferait plus de mal à personne.

— Provisoirement. Sans preuves, on ne peut le garder indéfiniment en prison. Il est patient. Il a attendu neuf ans.

Les farceurs n'ont jamais été identifiés et ils n'ont jamais révélé leur secret à personne. Au long des mois qui ont suivi, les soupçons se sont essentiellement portés sur les deux fils du maire. On avait vu deux jeunes gens s'éloigner en courant, mais ils allaient trop vite pour être rattrapés. Les fils du maire avaient à leur actif une kyrielle de plaisanteries d'un goût douteux.

Mettant l'obscurité à profit, ils avaient traversé une large haie distante d'une quinzaine de mètres de l'angle du porche de la maison d'Earl Youry. De ce poste d'observation, ils avaient écouté tous les amis et voisins venus le protéger, qui avaient pris position sur la pelouse. Les deux garnements attendaient patiemment le moment propice pour déclencher leur attaque.

Un peu après 23 heures, ils ont lancé un chapelet de quatre-vingt-quatre pétards Black Cat en direction du porche. Quand ceux-ci ont commencé à éclater, tout le monde a cru à une fusillade. Les hommes se sont mis à crier, les femmes à hurler. Earl Youry s'est jeté par terre pour rentrer chez lui à quatre pattes. Les sentinelles ont sauté de leur fauteuil de jardin pour saisir leur arme et se plaquer au sol dans la pétarade fumante des Black Cat. Pendant les trente secondes où se sont succédé les explosions, une douzaine d'hommes armés se sont précipités vers les arbres, le fusil pointé dans toutes les directions, prêts à faire feu sur tout ce qui bougeait.

Le vacarme a réveillé en sursaut un adjoint du shérif à temps partiel prénommé Travis, qui sommeillait sur le capot de sa voiture. Il a dégainé son Magnum .44 et a foncé dans la direction des détonations. Des voisins armés couraient en tous sens sur la pelouse. Son geste n'a jamais fait l'objet d'explication officielle, si tant est qu'il y en eût une, toujours est-il que Travis a tiré un coup de feu en l'air. Une détonation assez forte pour couvrir le bruit des pétards. Quelqu'un d'autre, qui devait avoir les nerfs à fleur de peau mais n'a jamais avoué avoir appuyé sur la détente, a tiré dans les arbres. Il ne fait aucun doute que d'autres auraient ouvert le feu au risque de faire des victimes si le collègue de Travis, adjoint à temps partiel du nom de Jimmy, n'avait hurlé à pleins poumons : « Ne tirez pas, bande d'imbéciles ! »

Les coups de feu ont cessé mais il restait encore quelques pétards. Quand le dernier a explosé, tous les membres du groupe d'autodéfense se sont rassemblés autour du carré de pelouse fumant et ont inspecté le terrain. Le bruit a circulé que ce n'étaient que des pétards. Earl Youry a entrouvert sa porte et a fini par sortir.

Un peu plus bas dans la rue, alertée par le vacarme, Alice Wood s'est précipitée vers l'arrière de sa maison pour donner un tour de clé à la porte. Elle a vu passer les deux chenapans, courant à toutes jambes et riant comme des bossus. Elle a déclaré par la suite à la police qu'ils étaient blancs et âgés d'une quinzaine d'années.

Quinze cents mètres plus loin, dans la ville basse, je venais de descendre les marches du porche de miss Callie quand j'ai entendu les explosions assourdies par la distance. Les hommes de quart – Sam, Leon et deux diacres – se sont levés d'un bond et ont regardé au loin. La détonation du Magnum a retenti dans la nuit comme un tir d'obus. Nous avons attendu un long moment.

— On aurait dit des pétards, fit Leon quand le silence a été revenu.

Sam était entré pour s'assurer que sa mère allait bien.

— Elle dort, fit-il en revenant.

— Je vais voir de quoi il retourne, déclarai-je. S'il s'est produit quelque chose d'important, je vous appelle.

La rue d'Earl Youry était illuminée par les feux clignotants rouge et bleu d'une dizaine de voitures de police. Des curieux essayaient de s'approcher de la maison. J'ai vu la voiture de Buster garée dans un renfoncement. Je suis tombé sur lui quelques minutes plus tard et il m'a tout raconté.

— Une sale blague de gamins, conclut-il.

Je la trouvais amusante, mais peu de gens partageaient mon avis.

41

Au long des neuf années où j'avais été propriétaire du *Times*, je ne m'étais jamais absenté plus de quatre jours. Mis sous presse le mardi, le journal était publié le mercredi ; dès le jeudi commençait une nouvelle course contre la montre.

Une des raisons du succès du journal était que j'écrivais beaucoup sur quantité de gens, dans une ville où il ne se passait pas grand-chose. Sur les trente-six pages que comptait chaque numéro, cinq étaient consacrées aux petites annonces, trois aux annonces légales et l'équivalent d'une demi-douzaine à la publicité. La tâche à laquelle je m'attelais semaine après semaine consistait donc à remplir vingt-deux pages avec les nouvelles locales.

Je rédigeais l'intégralité des nécrologies, qui occupaient au moins une page. Davey Bass en prenait deux pour les nouvelles sportives mais je lui donnais souvent un coup de main pour faire le résumé d'une rencontre de football scolaire ou un papier urgent sur l'exploit d'un gamin de douze ans qui avait abattu un cerf. Margaret s'occupait de la page Religion, des avis de mariage et des annonces classées. Baggy, dont la production avait toujours été restreinte, ne tenait plus l'alcool ; il n'était plus bon qu'à rédiger un article hebdomadaire, qu'il voulait naturellement voir à la une. Des journalistes stagiaires allaient et venaient avec une régularité décourageante. Nous en avions en général un ou deux dans notre effectif ; ils créaient plus souvent des complications qu'ils ne rendaient service. J'étais obligé de relire et de corriger leurs articles au point qu'il aurait été plus simple de les rédiger moi-même.

Je passais donc mon temps à écrire. J'avais certes fait des études de journalisme, mais je n'avais jamais remarqué chez moi une propension à aligner un maximum de mots en un minimum de temps. Dès que j'ai pris les rênes du journal et que je me suis trouvé au pied du mur, je me suis découvert une étonnante capacité à trousser un article d'une plume alerte sur n'importe quel sujet ou presque. Un sujet à la une sur un accident de la route n'ayant occasionné que de la tôle froissée était truffé de citations de témoins oculaires. L'extension d'une petite usine était présentée comme une aubaine pour le produit intérieur brut de la nation. Le compte rendu d'une vente de gâteaux organisée par les dames de l'Église baptiste pouvait atteindre huit cents mots. Une arrestation pour détention de stupéfiants donnait à croire que les Colombiens faisaient des ravages dans la jeunesse de Clanton. Trois pick-up volés dans la même semaine, et le crime organisé était aux portes de la ville.

J'écrivais aussi sur la population du comté. L'article sur miss Callie avait été le premier d'une série consacrée aux habitants présentant un intérêt particulier sur le plan humain. J'avais essayé au fil des ans d'en publier au moins un par mois. J'avais découvert un survivant de la bataille Bataan, le dernier ancien combattant du comté de la Première Guerre mondiale, un marin en poste à Pearl Harbor, un pasteur qui avait exercé pendant quarante-cinq ans son ministère dans une petite congrégation rurale, un vieux missionnaire qui avait vécu trente et un ans au Congo, un étudiant fraîchement diplômé qui dansait dans un music-hall de Broadway, une femme qui avait vécu dans vingt-deux États, un homme qui avait eu sept épouses et se montrait désireux de partager son expérience avec des nouveaux mariés, M. Mitlo, notre immigré de service, un entraîneur de basket-ball à la veille de sa retraite, le cuisinier du Tea Shoppe qui faisait cuire des œufs au plat depuis des décennies, et ainsi de suite. Ces reportages étaient extrêmement populaires.

Au bout de neuf ans, la liste des habitants du comté dignes d'intérêt s'était pourtant réduite comme une peau de chagrin.

J'en avais assez d'écrire. Vingt pages par semaine, cinquante-deux semaines par an.

Tous les matins, en me réveillant, je pensais à un nouvel article ou à la manière de traiter différemment un sujet déjà abordé. La nouvelle la plus insignifiante, le moindre événement inhabituel étaient montés en épingle et trouvaient leur place dans les colonnes du *Times*. J'avais fait des papiers sur des chiens, des pick-up antédiluviens, une tornade légendaire, une maison hantée, la disparition d'un poney, un trésor de la guerre de Sécession, la légende d'un esclave sans tête, une mouffette enragée. Et il y avait tout le reste : les affaires judiciaires, les élections, les actes de délinquance, l'ouverture de nouveaux commerces, les dépôts de bilan, les nouveaux arrivants. Oui, j'étais las d'écrire.

Et j'étais las de Clanton. Non sans réticence, on avait fini par m'accepter, surtout à partir du moment où il était devenu évident que je ne repartirais pas. Mais c'était une toute petite ville et il m'arrivait d'étouffer. Je passais la plupart des week-ends à la maison, sans rien d'autre à faire que lire et écrire ; j'en éprouvais un sentiment de frustration. J'avais essayé les soirées poker avec Bubba Crocket et la bande du Gourbi, j'avais essayé les soirées barbecue avec Harry Rex et ses potes mais je ne m'étais jamais senti à ma place.

Clanton changeait et cette évolution ne me plaisait pas. Comme la plupart des petites villes du Sud, elle se développait d'une manière anarchique. Bargain City continuait de prendre de l'essor et toutes les franchises imaginables de fast-foods s'installaient à la périphérie de la grande surface. Même si le tribunal et les bureaux de l'administration du comté attiraient encore du monde, l'activité du centre-ville déclinait. Clanton avait besoin de chefs, de dirigeants ayant une vision de l'avenir ; ils manquaient cruellement.

J'avais par ailleurs le sentiment qu'on se lassait de moi. En raison de mon opposition à la guerre du Vietnam et du ton moralisateur de mes articles, je serais à jamais considéré comme un gauchiste ; je ne faisais pas grand-chose pour changer cette réputation. À mesure que les ventes croissaient, que les profits augmentaient et que, par voie de conséquence, je devenais moins sensible aux critiques, j'exprimais mes opinions avec plus de force. Je fulminais contre les réunions à huis clos du conseil municipal et du conseil des superviseurs du comté. J'intentais des actions pour avoir accès aux archives municipales. J'ai passé un an à pester contre l'absence presque totale de réglementation pour fixer les conditions de l'utilisation du sol ; quand Bargain City s'était établi à Clanton, j'étais allé trop loin. J'avais tourné en ridicule les lois de financement des campagnes électorales, conçues pour permettre aux riches d'élire les candidats de leur choix. Quand Danny Padgitt avait été remis en liberté, j'avais violemment critiqué le système de libération conditionnelle.

Au long des années 1970, je n'avais cessé de haranguer mes lecteurs, ce qui rendait certes la lecture du journal plus intéressante et me permettait d'augmenter les ventes, mais faisait de moi un personnage à part. On me tenait pour un perpétuel insatisfait qui avait la chance de disposer d'une tribunc. Je ne pense pas en avoir abusé – du moins je m'efforçais de ne pas le faire. Avec un peu de recul, j'ai certainement engagé certaines polémiques par ennui autant que par conviction.

En prenant de l'âge, j'ai eu envie de devenir un citoyen comme les autres. Je serais toujours un étranger, mais cela ne me dérangeait plus. Je voulais disposer d'une plus grande liberté, vivre à Clanton quand cela me chantait, puis m'absenter pendant de longues périodes quand l'ennui me gagnerait. La perspective de devenir riche peut changer la vision de l'avenir.

Je ne rêvais plus que de partir, de prendre un congé sabbatique dans un endroit où je n'étais jamais allé, de découvrir le monde.

J'avais rendez-vous avec Gary McGrew dans un restaurant de Tupelo. Il était déjà passé plusieurs fois au journal ; une visite de plus et on commencerait à jaser. Nous avons revu la comptabilité, parlé des projets de son client, réglé tel ou tel point de détail. Si je vendais, je voulais que l'acquéreur honore les contrats de travail de cinq ans que je venais de faire signer à Davey Bass, Hardy et Margaret. Baggy, quant à lui, allait bientôt prendre sa retraite – s'il ne succombait pas à une cirrhose. Wiley avait toujours travaillé à mi-temps et son intérêt pour la recherche de sujets à photographier s'émoussait. Il était le seul à qui j'avais parlé de la négociation en cours ; il m'avait encouragé à prendre l'argent et à partir.

Le client de McGrew voulait que je reste encore un an – avec un salaire très élevé – afin de former le rédacteur en chef qui me succéderait. Je ne pouvais accepter. Si je partais, ce serait pour de bon. Je ne voulais ni avoir quelqu'un au-dessus de moi ni pâtir des réactions que provoquerait la vente du journal à une grosse société basée dans un État voisin.

Leur offre était toujours d'un million trois cent mille dollars.

Un consultant de Knoxville avait estimé la valeur du *Times* à un million trois cent cinquante mille.

— Je vous le dis en confidence, monsieur Traynor, déclara McGrew à la fin de notre déjeuner, nous avons acheté les périodiques des comtés de Tyler et de Van Burren. Les choses se mettent en place.

Ce n'était pas tout à fait exact. Le propriétaire de l'hebdomadaire du comté de Tyler avait donné son accord de principe mais les papiers n'étaient pas encore signés.

— Il y a un élément nouveau, reprit McGrew. Il se pourrait que le journal du comté de Polk soit à vendre. Nous nous y intéresserons de près si nous ne faisons pas affaire ; il est beaucoup moins cher.

— Ah ! on me met la pression !

Le *Polk County Herald* avait quatre mille lecteurs et une gestion calamiteuse. Je le constatais toutes les semaines.

— Je n'essaie pas de vous forcer la main, protesta McGrew. Je préfère seulement que l'on joue cartes sur table.

— J'en veux vraiment un million cinq.

— C'est excessif, Willie.

— C'est cher, mais vous vous y retrouverez. Voyez les choses à une échéance de dix ans.

— Je ne pense pas que nous puissions aller jusque-là.

— Si vous voulez le journal, il le faudra.

McGrew s'est fait plus insistant ; il y avait nécessité d'agir vite.

— Nous discutons depuis plusieurs mois, déclara-t-il, et mon client est impatient de conclure l'affaire. Si tout n'est pas réglé à la fin du mois, il ira voir ailleurs.

Ce changement de tactique ne me dérangeait aucunement. Je commençais, moi aussi, à me lasser de ces discussions. Je vendais ou je ne vendais pas. Le moment était venu de prendre une décision.

— Il reste vingt-trois jours, observai-je.

— Exact.

— Cela devrait suffire.

Les jours se sont allongés, la chaleur et l'humidité insupportables ont fait leur apparition annuelle. Je poursuivais mes tournées habituelles : les églises qui restaient sur ma liste, les terrains de softball, le tournoi annuel de golf, la cueillette des pastèques. Mais Clanton vivait dans l'attente.

Les mesures de sécurité prises pour protéger les jurés survivants se sont inévitablement relâchées. Ils se sont lassés d'être prisonniers dans leur propre maison, de devoir modifier leurs habitudes, d'avoir des groupes de voisins dans leur jardin, toutes les nuits. Ils ont commencé à s'aventurer hors de chez eux, se sont efforcés de reprendre une vie normale.

La patience du tueur était difficilement supportable ; le temps jouait pour lui. Il savait que les jurés en auraient assez d'être protégés jour et nuit, qu'ils baisseraient leur garde, qu'ils commettraient une erreur. Nous le savions aussi.

Après avoir manqué pour la première fois de sa vie l'office dominical trois fois de suite, miss Callie a décidé que cela suffisait. Escortée par Esau, Sam et Leon, elle est entrée dans l'église d'un pas décidé ; elle a prié comme si elle ne l'avait pas fait depuis un an. Ses frères ont prié pour elle avec la même ferveur. Le révérend

Small a changé le sujet de son prêche pour parler de la protection que Dieu apportait à ses fidèles. Sam m'a confié que cela avait duré près de trois heures.

Le surlendemain, miss Callie a pris place à l'arrière de ma Mercedes ; Esau s'est assis à côté d'elle, Sam à l'avant. Nous avons quitté Clanton à vive allure, suivis par une voiture de police qui s'est arrêtée à la limite du comté. Une heure plus tard, nous arrivions à Memphis. Un nouveau centre commercial venait de s'ouvrir à l'est de la ville. Il avait énormément de succès ; miss Callie rêvait de le voir. Plus de cent commerces sous le même toit ! Pour la première fois de sa vie, elle a mangé une pizza et elle a vu une patinoire, deux hommes se tenant par la main et une famille mixte. Seule la patinoire lui a plu.

Guidés par Sam, il nous a fallu une heure pour trouver le cimetière de Memphis-Sud. En nous servant d'un plan prêté par un gardien, nous avons localisé la sépulture de Nicola Rossetti-DeJarnette. Miss Callie a placé sur la pierre tombale un bouquet de fleurs de son jardin. Voyant qu'elle avait l'intention de se recueillir un moment, nous l'avons laissée seule.

Pour honorer la mémoire de Nicola, elle voulait manger italien. J'avais réservé une table chez Grisanti, un haut lieu gastronomique de Memphis. Nous nous sommes régalés de lasagnes et de raviolis au fromage de chèvre. Elle a réussi à surmonter sa prévention contre la nourriture qu'on achetait. Pour lui éviter de commettre un péché, j'ai réglé l'addition.

Nous n'avions pas envie de quitter Memphis. Pendant quelques heures, nous avions échappé à la peur de l'inconnu et à l'angoisse de l'attente. Clanton semblait à des milliers de kilomètres et ce n'était pas encore assez loin. La nuit venue, sur la route du retour, je me suis surpris à conduire de plus en plus lentement.

Nous n'en avions pas parlé mais il y avait toujours un tueur en liberté dans le comté de Ford. Et miss Callie était sur sa liste. S'il n'y avait déjà eu deux victimes, il eût été impossible de le croire.

D'après Baggy – les archives du *Times* l'avaient confirmé –, depuis le début du siècle, toutes les affaires criminelles avaient été élucidées. Il s'agissait pour la plupart d'actes impulsifs ; des témoins avaient vu l'arme encore fumante. Arrestations, procès, condamnations avaient promptement suivi. Cette fois, le tueur qui sévissait était particulièrement rusé et déterminé. Les prochaines victimes sur sa liste étaient connues. Pour notre communauté profondément croyante et respectueuse des lois une telle situation était inconcevable.

Bobby, Al, Max et Leon s'étaient efforcés à tour de rôle de convaincre miss Callie de venir passer un mois chez eux. Sam, Esau et moi-même lui avions demandé instamment d'accéder à leurs prières, mais elle restait inébranlable. Elle était très proche de Dieu ; il la protégerait.

Un jour, pour la seule et unique fois en neuf ans, j'ai perdu mon calme avec miss Callie ; elle m'en a fait le reproche. Nous essayons de la convaincre d'aller passer un mois chez Bobby, à Milwaukee. « Les grandes villes sont dangereuses », a-t-elle déclaré. « En ce moment, ai-je répliqué, il n'y a pas d'endroit plus dangereux que Clanton. »

J'avais élevé le ton. Elle m'avait dit qu'elle n'appréciait pas ce manque de respect ; je n'avais plus ouvert la bouche.

Au moment où nous avons franchi dans la nuit la limite du comté de Ford, j'ai commencé à jeter des coups d'œil dans mon rétroviseur. C'était idiot, bien sûr, mais comment s'en empêcher ? La maison des Ruffin était gardée par un adjoint du shérif dans une voiture de police et un ami d'Esau en faction sous le porche.

La sentinelle a déclaré que la nuit était calme. Autrement dit, il n'y avait pas de nouvelle victime.

J'ai joué aux échecs avec Sam sous le porche, en attendant que miss Callie s'endorme.

L'attente a repris.

42

En 1979, il y a eu des élections locales. Les troisièmes depuis que je m'étais inscrit sur les listes électorales. Elles ont été bien plus calmes que les deux précédentes ; personne – c'était une première – ne se présentait contre le shérif McNatt. Le bruit avait couru que les Padgitt avaient acheté un nouveau candidat mais, après le fiasco de la libération conditionnelle, ils avaient laissé tomber. Theo Morton avait trouvé un adversaire qui m'avait apporté une annonce au titre racoleur : POURQUOI LE SÉNATEUR MORTON A-T-IL AUTORISÉ LA MISE EN LIBERTÉ ANTICIPÉE DE DANNY PADGITT ? LA RÉPONSE EST SIMPLE : POUR DE L'ARGENT ! Je brûlais de la publier mais je n'avais ni le temps ni l'énergie de faire face à un procès en diffamation.

Dans le quatrième district, on se bousculait pour le poste de *constable* – treize candidats étaient sur les rangs. Pour le reste, la campagne était plutôt léthargique. L'attention générale restait fixée sur les meurtres des deux jurés et tout le monde se posait la question cruciale : qui serait le prochain ? McNatt et les enquêteurs de la police de l'État et du laboratoire de la police criminelle avaient vainement exploré toutes les pistes. Il n'y avait plus rien d'autre à faire qu'attendre.

À l'approche du 4 juillet, la fièvre précédant habituellement à Clanton la célébration de la fête nationale était absente. Seule une poignée d'habitants pouvaient se sentir en danger, mais une atmosphère de menace pesait sur la ville. On donnait à entendre qu'il pourrait se passer quelque chose quand la population serait rassemblée devant le tribunal. En ce mois de juin, les rumeurs les plus folles se propageaient à la vitesse de l'éclair.

Le 25 juin, dans un cabinet juridique très chic de Tupelo, j'ai signé une pile de documents transmettant la propriété du *Times* à un groupe de presse dont Ray Noble, d'Atlanta, était un des administrateurs. Il m'a remis un chèque d'un million cinq cent mille dollars. Quelque peu nerveux, j'ai marché jusqu'à l'immeuble de la Merchants Bank où Stu Holland, un ami de fraîche date, m'attendait dans son bureau spacieux. Si j'avais déposé le chèque à Clanton, toute la ville aurait été au courant en quelques heures ; j'avais préféré la discrétion de l'agence de Stu Holland.

Il n'y avait qu'une heure de trajet jusqu'à Clanton mais elle a été une des plus longues de ma vie. J'étais dans un état d'euphorie indescriptible. Un acheteur honorable avait acquis mon journal au prix fort sans intention d'y changer grand-chose. J'entendais l'appel de l'aventure et j'avais maintenant les moyens d'y répondre.

Mais j'éprouvais aussi une profonde tristesse à l'idée de mettre un terme à une longue et enrichissante page de ma vie. Nous nous étions développés et nous étions arrivés à maturité ensemble, le journal et moi. J'étais devenu adulte ; il constituait une entreprise prospère. Il était devenu ce que devait être un hebdomadaire d'une petite ville : un observateur attentif de l'actualité, un dépositaire de l'histoire locale, un commentateur occasionnel des questions politiques et sociales. Pour ma part, j'étais un homme encore jeune qui, avec une obstination aveugle, avait bâti quelque chose en partant de zéro. J'imagine que j'aurais dû me sentir dans la force de l'âge, mais je n'avais qu'une idée en tête : trouver une plage. Puis une fille.

De retour au journal, je suis allé voir Margaret dans son bureau pour l'informer de la vente du journal. Elle a éclaté en sanglots ; au bout d'un moment, j'avais, moi aussi, les larmes aux yeux. Sa loyauté absolue avait toujours fait mon admiration – même si, comme miss Callie, elle se préoccupait trop du salut de mon âme, Margaret m'était sincèrement attachée. J'ai expliqué que les nouveaux propriétaires étaient des gens merveilleux, qu'ils ne voulaient rien bouleverser et qu'ils avaient approuvé son nouveau contrat de cinq ans, avec augmentation de salaire. Ses pleurs ont redoublé.

Hardy n'a pas pleuré ; il imprimait le journal depuis près de trente ans. Il était lunatique, irascible et buvait trop, comme la plupart des typos ; si cela ne plaisait pas aux nouveaux propriétaires, il leur filerait sa démission et il irait à la pêche. Il m'a remercié pour son nouveau contrat.

Davey Bass aussi. La nouvelle lui a donné un coup mais il s'est consolé en se disant qu'il allait gagner plus.

Baggy était en vacances quelque part sur la côte Ouest avec son frère, pas sa femme. Ray Noble n'avait pas voulu renouveler le contrat de travail de Baggy, dont le rendement était vraiment trop faible ; je ne pouvais en conscience imposer sa présence. Baggy était livré à lui-même.

Nous avions cinq autres employés. L'un après l'autre, je les ai personnellement informés de la situation. Il m'a fallu tout un après-midi ; à la fin, j'étais épuisé. J'ai rejoint Harry Rex dans l'arrière-salle du restaurant de Pepe et nous avons fêté la vente du journal avec force margaritas.

J'étais impatient d'entreprendre un voyage mais il était impossible de quitter la ville tant qu'il y aurait des meurtres.

Au long du mois de juin, les enfants Ruffin n'ont cessé de faire des allers et retours entre leur domicile et Clanton. Ils jonglaient avec leurs cours et les vacances, essayaient d'être en permanence au moins deux ou trois auprès de miss Callie. Sam quittait rarement la maison. Il restait dans la ville basse pour protéger sa mère mais aussi pour ne pas se faire remarquer. Le sergent Durant constituait toujours une menace, même s'il s'était remarié et si ses deux fils n'habitaient plus la région.

Sam passait des heures sous le porche à dévorer des livres, à jouer aux échecs avec Esau ou ceux qui venaient monter la garde. Il a joué au backgammon avec moi jusqu'à ce qu'il ait compris la stratégie, après quoi il a insisté pour intéresser les parties. J'ai vite perdu cinquante dollars. Il m'a fait promettre de garder le secret, de ne jamais révéler à miss Callie qu'on jouait de l'argent sous son porche.

Une réunion de famille a été précipitamment mise sur pied pour la semaine du 4 juillet. Comme il y avait chez moi cinq chambres libres et une cruelle absence d'activité, j'ai invité les Ruffin à s'y installer.

La famille s'était considérablement agrandie depuis notre première rencontre, en 1970. À part Sam, ils étaient tous mariés ; les petits-enfants étaient au nombre de vingt et un. Sans compter miss Callie, Esau et Sam, on arrivait au total de trente-cinq Ruffin. Trente-quatre avaient fait le voyage jusqu'à Clanton ; la femme de Leon était restée à Chicago, au chevet de son père.

Vingt-trois d'entre eux sont venus s'installer quelques jours dans la maison des Hocutt. Ils venaient des quatre coins du pays, surtout du Nord, et chaque famille était accueillie avec cérémonie. Quand Carlota, son mari et leurs deux jeunes enfants sont arrivés de Los Angeles à 3 heures du matin, toutes les lumières de la maison se sont allumées et Bonnie, la femme de Bobby, a fait des crêpes.

Elle avait pris possession de la cuisine et m'envoyait trois fois par jour à l'épicerie avec une liste de produits à acheter. Je rapportais des kilos de crème glacée ; les enfants ont vite compris que j'étais capable d'aller leur en chercher à n'importe quelle heure.

Mes porches longs, profonds et rarement utilisés attiraient les Ruffin. En fin d'après-midi, Sam amenait ses parents en voiture pour des visites qui se prolongeaient. Miss Callie était impatiente de quitter la ville basse ; sa jolie petite maison était devenue une prison.

En différentes occasions, j'ai entendu les enfants Ruffin parler de leur mère sans cacher leur inquiétude. Sa santé les préoccupait plus que le risque pourtant évident de recevoir une balle. Elle avait réussi en quelques années à perdre une trentaine de kilos, mais elle les avait repris et son hypertension redevenait inquiétante. Le prix du stress. D'après Esau, elle avait un sommeil agité, ce qu'elle mettait sur le compte des médicaments. Elle avait perdu de son entrain, ne souriait plus autant et avait visiblement moins d'énergie.

C'était à cause de Padgitt. Dès qu'il serait arrêté et que sa vie ne serait plus menacée, miss Callie reprendrait le dessus.

Telle était la vision optimiste, celle que partageaient la plupart de ses enfants.

Le 2 juillet, un lundi, Bonnie et ses aides-cuisiniers ont préparé pour le déjeuner un repas léger composé de salades et de pizzas. Tous les Ruffin ont pris place sous un vaste porche. Les ventilateurs en osier qui tournaient au ralenti ne servaient pratiquement à rien ; il faisait plus de 30 °C mais une légère brise nous a permis de profiter pleinement de ce long moment de détente.

Je n'avais pas encore trouvé le moment opportun pour annoncer à miss Callie que j'avais vendu le journal. Elle serait surprise, certainement très déçue, mais je ne voyais pas en quoi cela empêcherait notre déjeuner rituel du jeudi de se perpétuer. Il pourrait même être encore plus amusant de faire le compte des coquilles et des fautes commises par quelqu'un d'autre.

En neuf ans, nous n'en avions raté que sept, pour cause de maladie ou de soins dentaires.

La discussion à bâtons rompus qui suivait le repas s'est brusquement interrompue. Des hurlements de sirènes se faisaient entendre au loin.

Le colis faisait trente centimètres de long sur douze de large ; le papier était blanc avec des étoiles et des rayures rouges et bleues. Le colis provenant de la Bolan Pecan Farm, à Hazelhurst, Mississippi, était adressé à Mme Maxine Root par sa sœur domiciliée à Concord, Californie. De véritables noix de pécan américaines offertes à l'occasion de la fête nationale. Il avait été déposé par le facteur dans la boîte aux lettres de Maxine, vers midi. La sentinelle en faction sous un arbre l'avait transporté dans la cuisine où Maxine l'avait découvert.

Cela faisait près d'un mois que le shérif McNatt l'avait interrogée sur son vote pendant les délibérations du jury. Elle avait fini par reconnaître qu'elle ne s'était pas prononcée en faveur de la peine de mort. Elle se souvenait que les deux jurés qui avaient voté comme elle étaient

Lenny Fargarson et Mo Teale. Comme ils avaient tous deux été tués, le shérif lui avait annoncé qu'elle pourrait être la prochaine victime.

Pendant des années, le verdict du jury avait hanté Maxine. Il était resté en travers de la gorge de la population et elle percevait une hostilité. Par chance, les jurés avaient tenu leur promesse de ne rien divulguer et, pas plus que Lenny et Mo, elle n'avait eu à pâtir de son vote. Avec le temps qui apaise toute chose, elle avait réussi à prendre du recul.

Et maintenant, tout le monde savait à quoi s'en tenir. Un fou furieux la traquait. Elle avait demandé à son employeur la permission de prendre un congé de longue durée. Elle était à bout de nerfs et n'arrivait plus à trouver le sommeil. Elle en avait par-dessus la tête de se terrer chez elle, par-dessus la tête de ses voisins qui se réunissaient tous les soirs dans son jardin comme pour faire la fête, par-dessus la tête de devoir se baisser pour passer devant ses fenêtres. Elle prenait tellement de médicaments que leurs effets se neutralisaient.

En voyant le colis contenant les noix de pécan, elle n'a pu se retenir de pleurer : il y avait quand même quelqu'un qui l'aimait. Sa sœur pensait à elle. Comme elle aurait aimé être en Californie avec Jane !

Maxine a commencé à ouvrir le colis, puis une idée lui est venue. Elle s'est dirigée vers le téléphone et a composé le numéro de Jane. Elles ne s'étaient pas parlé depuis une semaine.

Sa sœur était au travail ; elle a étouffé un cri de joie en reconnaissant sa voix. Elles ont bavardé de choses et d'autres avant d'en venir à la situation, toujours aussi tendue.

— Tu es un amour d'avoir envoyé ces noix de pécan ! lança Maxine.

— Quelles noix de pécan ?

— Le colis que j'ai reçu de la ferme Bolan Pecan, à Hazelhurst, reprit Maxine après un silence. Un gros, de trois livres.

— Ce n'est pas moi, Maxine. Sans doute quelqu'un d'autre.

Après avoir raccroché, Maxine a examiné le colis. Une étiquette autocollante portait l'inscription : un cadeau de Jane Parham. Elle ne connaissait pas d'autre Jane Parham.

Elle a soulevé tout doucement le colis ; il paraissait un peu lourd pour une boîte de trois livres de noix de pécan.

Travis, l'adjoint du shérif, est arrivé sur ces entrefaites. Il était accompagné de Teddy Ray, un jeune homme boutonneux qui flottait dans son uniforme et portait à la ceinture une arme de service qu'il n'avait jamais utilisée. Maxine les a entraînés dans la cuisine où le colis au papier blanc, bleu et rouge attendait tranquillement sur la table. La sentinelle est venue se joindre à eux ; pendant une ou deux minutes, tout le monde a regardé le colis sans s'approcher. Maxine a rapporté mot pour mot sa conversation avec Jane.

Après bien des hésitations, Travis a pris le colis et l'a secoué légèrement.

— Cela paraît un peu lourd pour des noix de pécan, observa-t-il.

Il s'est tourné vers Teddy Ray, qui avait perdu ses couleurs, puis vers le voisin armé d'un fusil, prêt à prendre la poudre d'escampette.

— Vous croyez que c'est une bombe ? demanda le voisin.

— Mon Dieu ! souffla Maxine, sur le point de défaillir.

— Possible, répondit Travis.

Il a baissé un regard horrifié sur ce qu'il tenait.

— Mettez-le dehors, suggéra Maxine.

— Il vaudrait mieux appeler le shérif, articula Teddy Ray.

— Sans doute, fit Travis.

— Et s'il y a un minuteur ou quelque chose comme ça ? demanda le voisin.

Travis a hésité un moment.

— Je sais ce qu'il faut faire, déclara-t-il enfin d'une voix trahissant un manque total d'expérience.

Ils sont sortis par la porte de la cuisine qui donnait sur un porche étroit courant sur tout l'arrière de la maison. Travis a précautionneusement déposé le colis tout au bord, à un mètre au-dessus du niveau du sol. Puis il a sorti son Magnum 11 millimètres de son étui.

— Qu'est-ce que vous allez faire ? demanda Maxine.

— Nous allons voir si c'est une bombe, répondit Travis.

Teddy Ray et le voisin ont quitté précipitamment le porche pour se mettre en sûreté dans le jardin, à une quinzaine de mètres.

— Vous allez tirer sur mes noix de pécan ? lança Maxine.

— Vous avez une meilleure idée ? répliqua Travis.

— Je ne crois pas.

En gardant la majeure partie de son corps à l'intérieur de la cuisine, Travis a tendu son bras droit musculeux et avancé la tête par la porte pour viser. Maxine était juste derrière lui, accroupie, légèrement penchée pour regarder sur le côté du ventre du policier.

La première balle a complètement raté la cible mais le bruit a fait hoqueter Maxine.

— Bien visé ! s'écria Teddy Ray en se mettant à rigoler avec le voisin.

Travis a tiré une deuxième balle.

L'explosion a arraché le porche de la maison, ouvert un trou béant dans le mur de la cuisine et projeté des éclats de métal à près de cent mètres. Elle a fracassé les vitres, détaché des panneaux du revêtement extérieur et blessé les quatre observateurs. Teddy Ray et le voisin ont reçu des éclats de métal dans la poitrine et les jambes, Travis a eu le bras droit labouré par les projectiles, Maxine a été touchée deux fois à la tête – un morceau de verre lui a déchiré le lobe de l'oreille droite et un petit clou s'est fiché dans sa mâchoire.

Ils sont restés un moment inconscients, hébétés par l'explosion d'une charge de trois livres de plastic bourré de clous, de verre et de roulements à billes.

Tandis que les sirènes continuaient à hurler à l'autre bout de la ville, je suis allé téléphoner à Wiley Meek. Il s'apprêtait à m'appeler.

— On a essayé de plastiquer la maison de Maxine Root, annonça-t-il.

J'ai dit aux Ruffin qu'il y avait eu un accident et j'ai sauté dans ma voiture. Autour du lotissement où demeurait Maxine, tous les accès étaient bloqués et les véhicules étaient déviés. J'ai pris la direction de l'hôpital où je suis tombé sur un jeune médecin que je connaissais. Il m'a appris qu'il y avait quatre blessés mais que leur vie ne semblait pas en danger.

Le juge Omar Noose se trouvait ce jour-là dans la salle d'audience du tribunal de Clanton. Il a déclaré par la suite avoir entendu l'explosion. Le shérif McNatt et Rufus Buckley se sont entretenus avec lui plus d'une heure dans son bureau ; la teneur de leur conversation n'a jamais été révélée. Tandis que nous attendions impatiemment, Harry Rex et la plupart des autres avocats présents se sont déclarés certains qu'ils discutaient de l'opportunité de délivrer un mandat d'arrêt contre Danny Padgitt alors qu'il y avait si peu de preuves.

Mais il fallait faire quelque chose. Il fallait arrêter quelqu'un. Le shérif avait une population à protéger, il était tenu de prendre des mesures, même si elles n'étaient pas parfaitement justifiées.

Nous avons appris que Travis et Teddy Ray avaient été transportés dans un hôpital de Memphis pour y subir une intervention chirurgicale. Maxine et son voisin passaient au même moment sur le billard. Les médecins répétaient que la vie des quatre blessés n'était pas en danger, mais Travis risquait de perdre son bras droit.

Combien d'habitants du comté de Ford savaient fabriquer un colis piégé ? Qui pouvait se procurer des explosifs ? Qui avait un mobile ? Autant de questions que nous agitions dans la salle d'audience et qui devaient être débattues dans le bureau du juge. Noose, Buckley et McNatt étaient tous trois des officiers d'administration élus ; les bonnes gens de Clanton avaient besoin de leur protection. Danny Padgitt étant le seul suspect potentiel, le magistrat a fini par délivrer un mandat d'arrêt contre lui.

Quand il en a été informé, Lucien Wilbanks n'a pas protesté. Même l'avocat de Padgitt ne pouvait s'opposer à son arrestation ; il pourrait toujours être relâché par la suite.

Quelques minutes après 17 heures, un cortège de voitures de police a quitté Clanton à vive allure pour prendre la direction de l'île des Padgitt. Harry Rex avait acheté un scanner réglé sur la fréquence de la police. Il y en avait maintenant un certain nombre en ville. Assis dans son bureau, une bière à la main, nous avons écouté les grésillements furieux de l'appareil. L'arrestation la plus excitante dans l'histoire du comté allait avoir lieu ; nous tenions à ne pas la manquer. Les Padgitt allaient-ils bloquer la route pour éviter l'arrestation de Danny ?

Y aurait-il des échanges de coups de feu ? Une bataille rangée ?

Nous avons réussi à suivre en grande partie ce qui se passait. Sur la nationale 42, McNatt et ses hommes étaient attendus par dix « unités » de la police de l'État. Nous avons supposé qu'« unité » signifiait un véhicule mais le mot avait des résonances guerrières. Ils ont gagné la nationale 401 puis se sont engagés sur la route de campagne qui menait à l'île. Devant le pont, là où tout le monde s'attendait à un affrontement sans merci, ils ont vu Danny Padgitt dans une voiture, assis à côté de son avocat.

Les voix captées sur le scanner étaient nerveuses.

— Il est avec son avocat !

— Wilbanks ?

— Oui.

— Il n'y a qu'à les abattre tous les deux !

— Ils descendent de leur voiture.

— Wilbanks lève les mains. Pas fou, le bavard !

— C'est bien Danny Padgitt. Il a les mains en l'air.

— J'aimerais effacer ce sourire d'une bonne mandale…

— Ça y est ! On lui a passé les menottes !

— Et merde ! rugit Harry Rex. J'aurais préféré une fusillade, comme au bon vieux temps.

Une heure plus tard, nous attendions devant la prison quand le cortège de véhicules aux feux clignotants a déboulé au bout de la rue. Le shérif McNatt avait sagement décidé de faire monter Danny Padgitt dans un véhicule de la police de l'État. Il redoutait que ses hommes le malmènent pendant le trajet ; deux de leurs collègues étaient à l'hôpital, ils avaient les nerfs à vif.

La petite foule rassemblée devant la prison a hué et insulté Padgitt pendant qu'on le conduisait dans les locaux de la police. Le shérif s'est adressé à elle sans ménagement pour ordonner aux excités de rentrer chez eux.

Voir Danny Padgitt menottes aux poignets a été un grand soulagement ; son incarcération a mis du baume au cœur à toute la population. Le nuage d'angoisse qui pesait sur Clanton s'est dissipé et la vie a repris son cours normal.

Quand je suis revenu chez moi à la nuit tombée, la tribu des Ruffin était d'humeur festive. Je n'avais pas vu miss Callie aussi détendue depuis bien longtemps. Nous sommes restés un bon moment sous le porche à raconter des histoires en riant avec Aretha Franklin et les Temptations pour musique de fond. De temps en temps, une pièce de feu d'artifice éclatait au loin.

43

Pendant les heures fiévreuses qui avaient précédé l'arrestation, Lucien Wilbanks et le juge Noose avaient conclu un accord secret. Le juge s'inquiétait de ce qui pourrait se produire si Padgitt choisissait de se terrer dans l'île ou, pire encore, de résister par les armes aux forces de l'ordre. Tout le comté était comme un baril de poudre que la moindre étincelle risquait de faire exploser. La police était avide de vengeance après l'hospitalisation de Teddy Ray et de Travis – dont le comportement stupide était mis entre parenthèses. Maxine Root venait d'une famille de bûcherons connue pour sa violence, un clan nombreux, farouche, des chasseurs qui se nourrissaient des produits de leurs terres et ne laissaient jamais un affront impuni.

Ayant évalué la situation, Wilbanks avait accepté de remettre son client entre les mains de la police mais il avait posé une condition : qu'il comparaisse sans délai devant le juge pour demander sa mise en liberté sous caution. L'avocat disposait d'une douzaine de témoins prêts à fournir à Danny des alibis en béton ; il voulait que la population de Clanton entende leurs dépositions. Il croyait sincèrement qu'il y avait quelqu'un d'autre derrière les meurtres et qu'il était important d'en convaincre l'opinion publique.

Wilbanks savait qu'il allait être radié du barreau – pour une autre affaire – dans les semaines qui venaient. La fin était proche ; la demande de mise en liberté sous caution de Danny serait une de ses dernières apparitions dans un prétoire.

Noose a fixé l'audience au lendemain matin. 10 heures, le 3 juillet.

La scène rappelait étrangement celle qui avait eu lieu neuf ans auparavant. La salle d'audience du tribunal du comté de Ford était pleine à craquer, l'atmosphère hostile, la foule avide de voir le prévenu, espérant peut-être qu'on allait lui passer la corde au cou sur-le-champ. La famille de Maxine Root était arrivée de bonne heure et avait pris place aux premiers rangs. Des malabars au visage mangé de barbe, aux yeux étincelants de colère. Nous étions censés être dans le même camp, et pourtant ils me faisaient peur. Maxine était encore à l'hôpital, au repos ; elle ne rentrerait chez elle que quelques jours plus tard.

Les Ruffin n'ayant pas grand-chose d'autre à faire, ils n'avaient pas voulu manquer le spectacle. Miss Callie avait tenu à arriver tôt pour avoir une bonne place. Elle était heureuse de sortir de chez elle et se montrait ravie de se trouver au milieu de cette nombreuse assistance, entourée de sa famille, dans ses habits du dimanche.

Il y avait du bon et du moins bon dans les dernières nouvelles en provenance de l'hôpital de Memphis. Teddy Ray avait été recousu et se remettait de l'opération. Travis avait passé une mauvaise nuit ; son bras donnait des inquiétudes aux médecins. Leurs collègues étaient venus en nombre assister à l'audience pour montrer à l'expéditeur du colis piégé ce qu'ils pensaient de lui.

J'ai vu les parents de Lenny au fond de la salle, à

l'avant-dernier rang ; je me suis demandé ce qu'ils pensaient.

Les Padgitt avaient eu assez de bon sens pour ne pas se montrer. La vue d'un seul d'entre eux aurait déclenché une émeute. Harry Rex m'a confié qu'ils étaient au deuxième étage, bouclés dans la salle des délibérations. Personne ne les a vus.

Rufus Buckley, le représentant du ministère public, a fait son entrée avec sa suite. N'étant plus propriétaire du *Times*, je n'aurais heureusement pas à le côtoyer. Arrogant, pontifiant, il n'agissait et ne parlait qu'en vue de conquérir le poste de gouverneur.

En regardant la salle se remplir, je me suis dit que c'était la dernière fois que je couvrais une audience pour le *Times*. Je n'en ai pas éprouvé de tristesse. J'avais déjà décroché, déjà dépensé mentalement une partie de l'argent. J'avais d'autant plus hâte, maintenant que Danny Padgitt était retourné sous les verrous, de partir découvrir le monde.

Il y aurait un nouveau procès dans quelques mois, mais je doutais fort qu'il ait lieu dans le comté de Ford. Cela ne me faisait ni chaud ni froid : quelqu'un d'autre en rendrait compte.

À 10 heures, il ne restait plus une place libre et une rangée de spectateurs était disposée le long des murs. Un quart d'heure plus tard, des bruits de pas se sont fait entendre et la porte du fond s'est ouverte. Quand Lucien Wilbanks est entré, tout le monde a eu envie de le huer, un peu comme un joueur de l'équipe adverse arrivant sur un stade. Deux huissiers lui emboîtaient le pas.

— Messieurs, la cour ! annonça l'un d'eux.

Le juge Noose a fait son entrée dans l'enceinte du tribunal et pris place sur l'estrade.

— Veuillez-vous asseoir, ordonna-t-il en se penchant vers le micro.

Il a parcouru la salle du regard, apparemment surpris de voir une telle affluence.

Le juge a incliné la tête ; un huissier a ouvert une porte latérale. Menotté, les chaînes aux pieds, encadré par trois adjoints du shérif, vêtu de la combinaison orange qu'il avait déjà portée en pareilles circonstances, Danny Padgitt a fait son apparition. Il a fallu plusieurs minutes pour le libérer de ses entraves. Il s'est aussitôt penché vers Wilbanks pour lui murmurer quelque chose à l'oreille.

— L'audience est ouverte, déclara le juge.

Le silence s'est fait dans la salle.

— Nous allons examiner la demande de mise en liberté sous caution de M. Danny Padgitt, poursuivit le magistrat. Il n'y a aucune raison que ce ne soit pas fait d'une manière judicieuse et rapide.

Ce devait être encore plus rapide qu'il ne le pensait.

Une déflagration a retenti au-dessus de nos têtes ; l'espace d'un instant, j'ai cru que nous allions tous mourir. Dans cette salle où tout le monde avait les nerfs à fleur de peau, la détonation a été suivie d'une fraction de seconde d'horreur incrédule. Puis Danny Padgitt a poussé un grognement, comme s'il réagissait à retardement, et une confusion indescriptible s'est emparée de la salle. Des femmes ont poussé des cris stridents. Des hommes ont hurlé. « Baissez-vous ! » rugissait une voix. La moitié de l'assistance s'est jetée au sol. « On a tiré sur Padgitt ! » s'écriait quelqu'un d'autre.

J'ai baissé la tête, mais seulement de quelques centimètres ; je ne voulais rien rater. Tous les policiers présents ont dégainé leur arme de service en cherchant dans toutes les directions quelqu'un à abattre. Devant, derrière, sur les côtés.

D'aucuns ont soutenu le contraire pendant des années,

mais la deuxième détonation ne s'est pas produite plus de trois secondes après la première. La balle a atteint Danny dans la cage thoracique. Elle n'était pas nécessaire : la première lui avait transpercé le crâne. Le second coup de feu a attiré l'attention d'un adjoint du shérif. J'avais encore la tête baissée mais je l'ai vu montrer le balcon du doigt.

Les portes de la salle d'audience se sont ouvertes et la cavalcade a commencé. Dans l'affolement général, je suis resté à ma place en essayant de suivre tout ce qui se passait. J'ai vu Lucien Wilbanks penché sur son client et Rufus Buckley qui passait à quatre pattes devant le banc des jurés pour gagner une des sorties. Je n'oublierai jamais le visage du juge Noose, les lunettes perchées sur le bout du nez, observant calmement la scène, comme si sa salle d'audience était toutes les semaines le théâtre d'un tel chaos.

Chaque seconde semblait durer une minute.

Les coups de feu avaient été tirés du plafond du balcon. Les gens qui s'y entassaient n'avaient pas vu le fusil, trois mètres au-dessus d'eux. Comme tout le monde, ils ne pensaient qu'à regarder la tête de Danny Padgitt.

Au fil des décennies, par petites tranches de travaux, quand les caisses n'étaient pas vides, les autorités du comté avaient rénové et modernisé le tribunal. À la fin des années 60, quand des travaux avaient été entrepris pour améliorer l'éclairage, on avait aménagé un faux plafond sur le balcon. Le tireur avait trouvé l'endroit idéal, à cheval sur une canalisation de chauffage, au-dessus d'un panneau du plafond. Il avait attendu patiemment dans la pénombre, observant la salle d'audience par une fente de dix centimètres qu'il avait dégagée en soulevant un des panneaux.

Quand j'ai pensé que la fusillade était terminée, je me suis dirigé vers la barre. Les policiers hurlaient à qui mieux mieux, demandant à tout le monde de sortir. Ils poussaient les gens, aboyaient des instructions contradictoires. Étendu sous la table de la défense, Danny Padgitt était entouré de son avocat et de plusieurs adjoints du shérif. Je voyais ses pieds ; ils ne remuaient pas. Une minute ou deux se sont écoulées et le calme est revenu. Soudain, d'autres détonations ont éclaté, dehors cette fois. J'ai vu par une fenêtre des silhouettes courir sur les trottoirs et se réfugier dans les boutiques de la grand-place. Un vieux monsieur a levé le bras pour montrer, dans ma direction, quelque chose sur le toit du tribunal.

McNatt venait de découvrir la cachette du tireur quand d'autres coups de feu ont retenti, venant de l'étage supérieur. Accompagné de deux adjoints, il a grimpé les marches menant au deuxième étage, puis l'escalier en spirale qui donnait accès à la coupole. La trappe était bloquée, mais, au-delà, ils entendaient les pas nerveux du tireur. Et les douilles qui tombaient sur le sol.

Il avait pris pour cible les fenêtres du cabinet de Lucien Wilbanks, plus particulièrement celles du premier étage. Posément, il les faisait voler en éclats l'une après l'autre. Ethel Twitty s'était jetée sous son bureau et hurlait à s'en crever les tympans.

Je suis descendu dans la salle des pas perdus où attendait une foule indécise. Le chef de la police demandait à tout le monde de rester dans le bâtiment. De loin en loin, des détonations en rafale couvraient le bruit des conversations inquiètes. Quand la fusillade reprenait, nous nous regardions en nous demandant combien de temps cela allait durer.

Je suis allé rejoindre les Ruffin. Miss Callie s'était évanouie quand la première détonation avait fait trembler les murs de la salle d'audience. Max et Bobby la serraient dans leurs bras, impatients de la ramener chez elle.

Après avoir fait régner la terreur pendant une heure, le tireur, à court de munitions, a gardé la dernière balle pour lui. Il a pressé la détente et s'est pesamment effondré sur la trappe. McNatt a attendu quelques minutes, puis il a réussi à soulever la trappe et à dégager l'ouverture. Cette fois encore, Hank Hooten était nu. Et mort.

Un adjoint a dévalé les marches en hurlant :

— C'est fini ! Il est mort ! C'est Hank Hooten !

J'ai vu se peindre sur les visages qui m'entouraient une expression de stupeur qui a failli me faire sourire. Hank Hooten ? Tout le monde prononçait le nom mais les mots ne sortaient pas. Hank Hooten ?

— L'avocat qui est devenu fou.

— Je croyais qu'on l'avait interné.

— Il n'est pas à Whitfield ?

— Je le croyais mort.

— Qui est Hank Hooten ? demanda Carlota en tournant les yeux vers moi.

J'avais les idées trop embrouillées pour répondre. Nous sommes sortis du tribunal et nous sommes restés un moment à l'ombre des grands arbres, ne sachant s'il valait mieux attendre un peu, pour le cas où il se produirait encore un événement incroyable, ou rentrer chez nous pour essayer d'y voir clair dans ce que nous venions de vivre. Les Ruffin sont partis assez vite ; miss Callie ne se sentait pas bien.

Un peu plus tard, une ambulance transportant le corps de Danny Padgitt est sortie du tribunal à faible allure. Descendre de la coupole celui de Hank Hooten a demandé plus d'efforts mais la police est parvenue à le traîner jusqu'en bas. Il a été placé sur un brancard et recouvert d'un drap blanc de la tête aux pieds.

J'ai traversé la place pour aller au journal où Margaret et Wiley m'attendaient en buvant un café. Nous étions encore trop bouleversés pour dire quoi que ce soit d'intelligent. Tout le monde était abasourdi.

J'ai passé quelques coups de téléphone, obtenu ce que je demandais et quitté les locaux du journal vers midi. En faisant le tour de la place en voiture, j'ai vu Dex Pratt, le vitrier qui passait toutes les semaines une annonce dans le *Times*, au travail sur le balcon du cabinet de Wilbanks. Il démontait les portes-fenêtres et remplaçait les vitres brisées. J'étais sûr que l'avocat était déjà chez lui, un verre à la main, sous son porche d'où il voyait le dôme et la coupole du tribunal.

Whitfield se trouvait au sud de Clanton, à trois heures de route. Je ne savais pas si je ferais tout le trajet. Je pouvais à tout moment prendre une route vers l'ouest, traverser le Mississippi à Greenville ou Vicksburg et me trouver au fin fond du Texas à la tombée du jour. Ou bien je tournais à gauche, je filais vers l'est et j'arrivais en fin de soirée à Atlanta.

Quelle folie ! Comment une petite ville si agréable avait-elle pu donner naissance à un tel cauchemar ? Je n'en pouvais plus. Ce n'est qu'à la hauteur des faubourgs de Jackson que j'ai repris contact avec la réalité.

L'hôpital psychiatrique de l'État du Mississippi se trouvait à une trentaine de kilomètres à l'est de Jackson, en bordure d'une autoroute. Devant le gardien dans sa guérite, j'y suis allé au culot, en utilisant le nom d'un médecin que j'avais trouvé en passant mes coups de téléphone.

Le Dr Vero était très pris ; j'ai patienté une heure devant son bureau en feuilletant des revues. Quand j'ai informé sa secrétaire que je ne partirais pas et que je le suivrais jusqu'à son domicile si besoin était, il a réussi à trouver un petit créneau pour me recevoir.

Le Dr Vero avait les cheveux longs et une barbe poivre

et sel. Il avait aussi l'accent du Middle-West. Deux diplômes accrochés au mur indiquaient qu'il était passé par l'Iowa et l'université Johns Hopkins de Baltimore, mais dans ce bureau en pagaille et mal éclairé, je ne distinguais pas les détails.

J'ai raconté par le menu ce qui s'était passé dans la matinée, à Clanton.

— Je ne puis parler de M. Hooten, déclara-t-il à la fin de mon récit. Comme je l'ai expliqué au téléphone, je suis tenu de respecter le secret professionnel.

— Vous étiez tenu.

— Non, monsieur Traynor. Il survit au décès du patient et je crains de ne rien pouvoir divulguer sur M. Hooten.

J'avais fréquenté assez longtemps Harry Rex pour ne pas baisser les bras. Je me suis lancé dans le récit détaillé de l'affaire Padgitt, du procès à la mise en liberté anticipée jusqu'à la tension qui avait régné ces derniers temps à Clanton. J'ai dit que j'avais vu Hank Hooten à Calico Ridge, un dimanche soir, après l'office, et que personne ne semblait avoir eu de ses nouvelles pendant les dernières années de sa vie.

J'ai fait comprendre au médecin que la population du comté avait besoin de savoir ce qui lui avait fait perdre le contact avec la réalité. Quelle était la gravité de sa maladie ? Pourquoi l'avait-on laissé sortir ? Les questions étaient nombreuses et, avant de pouvoir oublier les événements tragiques, il nous fallait connaître la vérité. J'ai imploré l'aide du Dr Vero.

— Que publierez-vous de ce que je vous confierai ? demanda-t-il à la fin de mon plaidoyer.

— Ce que vous me direz de publier. Si nous abordons des sujets interdits, il suffira de me le préciser.

— Allons faire un tour.

Sur un banc en ciment, dans une petite cour ombragée, nous avons bu un café dans un gobelet en carton.

— Voici ce que vous pourrez publier, commença le Dr Vero. M. Hooten a été admis dans notre établissement en janvier 1971. Il était atteint de schizophrénie. Il a été interné ici et soigné ici. Il a été autorisé à sortir en octobre 1976.

— Qui a établi le diagnostic ?

— Cela doit rester confidentiel. D'accord ?

— D'accord.

— J'insiste, monsieur Traynor. Il faut que vous me donniez votre parole.

— Je jure sur la Bible que rien de ce que vous allez dire ne sera publié.

Il a hésité un long moment en prenant plusieurs petites gorgées de café. J'ai cru qu'il allait se fermer comme une huître et me demander de partir. Puis il s'est légèrement détendu.

— C'est moi qui ai soigné M. Hooten à son arrivée. Il y avait dans sa famille des antécédents de schizophrénie. Sa mère et peut-être sa grand-mère en avaient été atteintes ; l'hérédité joue souvent un rôle dans cette maladie. Il avait déjà fait un séjour dans un établissement psychiatrique quand il était à l'université mais il a réussi à terminer son droit. Après son deuxième divorce, au milieu des années 60, il s'est établi à Clanton pour recommencer de zéro. Un troisième divorce a suivi. Il adorait les femmes mais ne pouvait supporter une relation suivie. Il était très épris de Rhoda Kassellaw et prétendait lui avoir demandé sa main à plusieurs reprises. Je pense que la jeune femme commençait à se lasser de lui. Son meurtre a été un véritable traumatisme pour M. Hooten. Quand le jury a refusé de condamner son assassin à la peine de mort, il a, disons, pété les plombs.

— Merci d'employer des termes simples.

— Il entendait des voix, la principale étant celle de Mme Kassellaw. Celles des deux petits aussi, qui lui demandaient de protéger leur mère, de la sauver. Ils disaient qu'ils l'avaient vue se faire violer et assassiner dans son lit, et qu'ils en voulaient à M. Hooten de ne pas l'avoir sauvée. L'assassin, M. Padgitt, le tourmentait aussi en lançant des sarcasmes du fond de sa prison. Il m'a été donné de voir en plusieurs occasions, sur un moniteur de télévision en circuit fermé, M. Hooten invectiver Danny Padgitt de sa chambre.

— Parlait-il des jurés ?

— Tout le temps. Il savait que trois d'entre eux – M. Fargarson, M. Teale et Mme Root – avaient refusé de voter la mort. Il hurlait leurs noms en pleine nuit.

— C'est surprenant. Les jurés avaient fait le serment de ne jamais rien révéler des délibérations. Nous ne savons que depuis un mois comment ils ont voté.

— Il était l'assistant du procureur, si je ne me trompe.

— En effet.

Je me souvenais parfaitement d'Hank Hooten pendant le procès, assis aux côtés d'Ernie Gaddis, ne disant jamais un mot, suivant les débats avec détachement.

— Exprimait-il le désir de se venger ?

Une gorgée de café, un silence, pendant que le médecin se demandait s'il devait répondre.

— Oui, il les haïssait. Il voulait les voir morts, comme l'assassin.

— Alors, pourquoi a-t-il été autorisé à sortir ?

— Je ne puis aborder ce sujet, monsieur Traynor. Je n'étais pas là à l'époque et il se pourrait que la responsabilité de notre établissement soit engagée.

— Vous n'étiez pas là ?

— Je suis allé enseigner deux années à Chicago. À mon retour, M. Hooten était parti.

— Vous avez étudié son dossier ?

— Oui. Son état s'était amélioré de manière spectaculaire en mon absence. Mes confrères avaient trouvé le bon dosage d'antipsychotiques et les symptômes s'étaient sensiblement atténués. Il a d'abord été traité dans un établissement de Tupelo, puis nous avons en quelque sorte perdu sa trace. Inutile de préciser, monsieur Traynor, que le traitement des maladies mentales n'est pas une priorité dans notre État, pas plus que dans quantité d'autres. Nous manquons cruellement de moyens et de personnel.

— L'auriez-vous autorisé à sortir ?

— Je ne puis répondre à cette question, monsieur Traynor. Je pense en avoir dit assez.

Je l'ai remercié pour le temps qu'il m'avait consacré et pour sa franchise, et j'ai de nouveau promis de ne pas trahir sa confiance. Il m'a demandé de lui envoyer un exemplaire du numéro dans lequel mon article serait publié.

Je me suis arrêté à Jackson pour manger un cheeseburger. J'ai appelé le journal d'une cabine téléphonique en me demandant si je n'avais pas raté une autre fusillade. Margaret a été soulagée d'entendre ma voix.

— Vous devez revenir, Willie, et vite.

— Pourquoi ?

— Callie Ruffin a eu une crise cardiaque. Elle est à l'hôpital.

— C'est grave ?

— Je le crains.

44

En 1977, l'émission d'un emprunt par le comté avait permis de financer la rénovation de notre hôpital. Au rez-de-chaussée se trouvait une chapelle moderne mais un peu sombre où j'avais accompagné Margaret et sa famille, quand sa mère était à la dernière extrémité. C'est là que j'ai rejoint les Ruffin, les huit enfants, les vingt et un petits-enfants et tous les conjoints à l'exception de la femme de Leon. Le révérend Thurston Small était venu avec une importante délégation de paroissiens. Seul Esau était resté dans le service de réanimation.

Alors qu'elle se réveillait d'un petit somme, m'a raconté Sam, miss Callie avait ressenti une douleur aiguë dans le bras gauche, puis un engourdissement dans une jambe ; peu après, elle avait commencé à prononcer des phrases incohérentes. Une ambulance l'avait transportée à l'hôpital. Le médecin pensait qu'il s'était produit une hémorragie cérébrale qui avait précipité une crise cardiaque. Elle était en soins intensifs et sous surveillance constante. Ils avaient vu le médecin vers 20 heures ; il décrivait son état comme « sérieux mais stable ».

Les visites n'étant pas autorisées, il n'y avait pas

grand-chose d'autre à faire qu'attendre, prier et échanger quelques mots avec les amis qui passaient. Au bout d'une heure, je me suis préparé à aller me coucher. Max, le troisième dans l'ordre des naissances mais le chef incontestable de la tribu, a organisé un tour de garde pour la nuit. Il y aurait à tout moment au moins deux des enfants de miss Callie dans les locaux de l'hôpital.

Nous sommes allés revoir le médecin vers 23 heures ; il paraissait raisonnablement optimiste et pensait que son état s'était stabilisé. Après avoir déclaré dans un premier temps qu'elle était « endormie », il a fini par reconnaître qu'ils l'avaient bourrée de médicaments pour éviter une nouvelle hémorragie cérébrale. « Rentrez chez vous et reposez-vous, a-t-il conclu. La journée de demain sera longue. » Nous avons laissé Mario et Gloria dans la chapelle et pris le chemin de la maison des Hocutt, où nous avons mangé une glace sous le porche avant. Sam avait reconduit Esau dans sa maison de la ville basse. J'étais ravi de voir que le reste de la famille préférait rester dormir chez moi.

Sur les treize adultes présents, seuls Leon et Sterling, le mari de Carlota, buvaient de l'alcool. J'ai ouvert une bouteille de vin pour nous trois.

Tout le monde était épuisé, surtout les enfants. La journée avait commencé par cette audience au tribunal où ils étaient allés pour voir de près l'homme qui terrorisait la ville. L'événement semblait vieux d'une semaine. Vers minuit, Al a rassemblé la famille dans le salon pour une dernière prière, « une chaîne », comme il disait, au cours de laquelle chaque adulte et chaque enfant remerciait Dieu tour à tour et lui demandait de protéger miss Callie. Assis sur le canapé, tenant avec ferveur les mains de Bonnie et de la femme de Mario, j'ai senti la présence du Seigneur. J'ai su que tout irait bien pour mon amie très chère, la mère et la grand-mère de tous ceux qui étaient réunis.

Deux heures plus tard, je n'avais toujours pas trouvé le sommeil. Les yeux grands ouverts dans mon lit, je revivais la détonation de l'arme à feu dans la salle d'audience, le son mat de la balle atteignant le crâne de Danny Padgitt, l'affolement qui avait gagné l'assistance. Je passais et repassais dans mon esprit les paroles du Dr Vero et je me demandais dans quel enfer le pauvre Hank Hooten avait vécu ces dernières années. Pourquoi lui avait-on permis de sortir ?

Et je me faisais du souci pour miss Callie, même si elle était en de bonnes mains.

Après avoir réussi à dormir deux heures, je suis descendu dans la cuisine où Mario et Leon buvaient un café. Mario avait quitté l'hôpital une heure auparavant : pas de changement. Ils étaient en train d'établir les mesures rigoureuses que la famille mettrait en œuvre pour permettre à leur mère de perdre du poids, dès qu'elle serait de retour chez elle. Elle prendrait de l'exercice, sous la forme d'une longue promenade quotidienne dans la ville basse. Il y aurait aussi des bilans de santé réguliers, des vitamines, une nourriture allégée.

Ils étaient tout à fait sérieux mais tout le monde savait que miss Callie n'en ferait qu'à sa tête.

Quelques heures plus tard, je me suis attelé à la corvée consistant à emballer tout ce que j'avais accumulé en neuf ans dans mon bureau pour y faire le ménage. La nouvelle rédactrice en chef était une femme sympathique de Meridian, Mississippi, qui voulait se mettre au travail dès le prochain week-end. Margaret m'a proposé son aide, mais je préférais prendre mon temps, laisser les souvenirs affluer pendant que je vidais les tiroirs et les dossiers. Un moment intime, en quelque sorte.

Les livres de Wilson Caudle ont enfin disparu des étagères poussiéreuses où on les avait placés bien longtemps avant mon arrivée. J'envisageais de les entreposer chez moi, pour le cas où un de ses ancêtres viendrait à les réclamer. J'étais partagé entre des sentiments contradictoires. Tout ce que je touchais évoquait un souvenir, un article, un déplacement pour suivre une piste, interroger un témoin ou rencontrer quelqu'un que j'espérais assez intéressant pour en faire le portrait. Plus vite j'aurais terminé, plus vite je pourrais quitter les locaux du journal et sauter dans un avion.

Bobby Ruffin a téléphoné à 9 h 30. Miss Callie était réveillée ; elle buvait du thé assise dans son lit et les visites étaient autorisées – pas plus de quelques minutes. Je me suis rendu séance tenante à l'hôpital. Sam m'attendait dans le hall pour me guider dans le labyrinthe du service de réanimation.

— Ne dites pas un mot sur ce qui s'est passé hier, fit-il. Vous voulez bien ?

— D'accord.

— Rien qui puisse provoquer une excitation. Les enfants n'ont pas le droit d'aller la voir ; ils doivent avoir peur que son cœur s'emballe. Elle a surtout besoin de calme.

Elle était réveillée, en effet, mais pas beaucoup. Je m'attendais à retrouver ses yeux pétillants et son sourire éclatant ; en fait, elle était à peine consciente. Elle m'a reconnu, je l'ai serrée contre moi et je lui ai tapoté la main droite. La gauche était perfusée. Esau et Gloria étaient déjà dans la chambre.

J'aurais voulu rester seul quelques minutes avec elle pour lui annoncer que j'avais vendu le journal, mais elle n'était pas en état de l'entendre. Elle n'avait pas dormi depuis deux heures et avait manifestement besoin de repos. Nous en parlerions quelques jours plus tard.

Après un quart d'heure de visite, le médecin est venu nous demander de partir. Nous avons fait dans la journée des allers et retours entre la maison et l'hôpital, sans avoir accès au service de réanimation.

Le maire avait décidé qu'il n'y aurait pas de feu d'artifice pour célébrer la fête nationale ; nous avions eu notre compte d'explosions. Le défilé a eu lieu, avec les fanfares et les chars ; les discours politiques se sont succédé, avec des candidats en nombre plus restreint. L'absence du sénateur Morton a été remarquée. Il y avait des crèmes glacées, de la citronnade, des grillades, de la barbe à papa, tous les stands habituels dressés sur la pelouse du tribunal.

Je trouvais que ça manquait d'entrain mais peut-être était-ce moi. Peut-être en avais-je assez de cette ville au point que plus rien ne m'y plaisait. Je connaissais le remède.

J'ai quitté la grand-place à la fin des discours pour me rendre à l'hôpital, un trajet qui devenait monotone. J'ai échangé quelques mots avec Fuzzy, qui balayait le parking, et Ralph qui lavait les vitres du hall. J'ai fait un crochet par le réfectoire pour acheter une citronnade à Hazel, puis j'ai fait la causette avec Esther Ellen Trussel qui assurait à l'accueil la permanence des « Dames en rose », les auxiliaires médicales de l'établissement. J'ai retrouvé Bobby et la femme d'Al dans la salle d'attente du premier étage ; ils regardaient la télévision comme deux zombies. Je venais d'ouvrir une revue quand Sam est arrivé en courant.

— Elle vient d'avoir une autre crise cardiaque !

Nous avons bondi de nos sièges.

— Cela vient d'arriver. Le réanimateur est là !

— Je vais prévenir les autres, fis-je en me dirigeant vers le téléphone du couloir.

Max a décroché dès la première sonnerie. Un quart d'heure plus tard, les Ruffin entraient à la file indienne dans la chapelle.

On a mis un temps fou à nous donner des nouvelles. Il était près de 20 heures quand le médecin traitant de miss Callie a fait son entrée dans la chapelle. Il est souvent difficile de savoir ce que pense un médecin, mais ses paupières tombantes et son front creusé de rides ne laissaient guère de place au doute. Quand il a prononcé les mots « arrêt du cœur prolongé », les épaules des huit enfants Ruffin se sont abaissées. Miss Callie était sous respiration assistée.

En moins d'une heure, ses amis ont rempli la chapelle. Le révérend Thurston Small dirigeait près de l'autel un groupe de prière auquel on pouvait se joindre quand on le désirait. Sur un banc, au fond de la chapelle, Esau était prostré ; ses petits-enfants l'entouraient dans un silence respectueux.

Nous avons encore attendu des heures. Nous nous efforcions de sourire, de faire montre d'optimisme mais nous nous étions déjà résignés à l'inéluctable.

Margaret est passée ; nous avons discuté un moment dans le couloir. Un peu plus tard, les Fargarson sont venus me demander s'ils pouvaient parler à Esau. Je les ai conduits dans la chapelle où tous les Ruffin ont exprimé leurs condoléances.

À minuit, on a commencé à perdre la notion du temps. Chaque minute semblait durer une éternité, puis, quand je levais les yeux vers la pendule murale, j'avais l'impression que la dernière heure s'était écoulée comme un souffle. J'avais envie de sortir, ne fût-ce que pour respirer de l'air pur. Mais le médecin nous avait demandé de ne pas nous éloigner.

Le moment le plus pénible est venu quand il a annoncé que miss Callie allait passer « ses derniers instants avec la famille ». Il y a eu des cris étouffés, puis des larmes. Je n'oublierai jamais la voix de Sam quand il a répété : « ses derniers instants ? »

— C'est la fin ? demanda Gloria, glacée de terreur.

Apeurés, hébétés, nous avons suivi le médecin qui nous a fait tourner dans le couloir et prendre une volée de marches que nous avons gravies d'un pas lourd, comme des condamnés se dirigeant vers le lieu de leur propre exécution. Sur le visage des infirmières qui nous aidaient à nous orienter dans les couloirs nous lisions ce que nous redoutions plus que tout au monde.

Au moment d'entrer dans la petite chambre, le médecin m'a pris par le bras.

— Seulement la famille, s'il vous plaît, fit-il à mi-voix.

— D'accord.

— Laissez-le entrer, glissa Sam. Il fait partie de la famille.

Nous nous sommes entassés autour de miss Callie ; la plupart des appareils étaient débranchés. Les deux petits-enfants les plus jeunes ont pris place au pied du lit tandis qu'Esau se rapprochait d'elle et lui caressait doucement le visage. Les yeux fermés, elle semblait ne pas respirer.

Elle reposait en paix. Son mari et chacun de ses enfants avaient placé une main sur une partie de son corps et les larmes coulaient à flots. Dans un angle de la pièce, coincé entre le mari de Gloria et la femme d'Al, je ne savais plus où j'étais ni ce que je faisais.

Quand Max est parvenu à contenir son émotion, il a posé la main sur le bras de miss Callie et nous a invités à prier. Nous avons baissé la tête et séché nos larmes, du moins pour quelque temps.

— Seigneur tout-puissant, que votre volonté soit faite. Nous vous recommandons l'âme de cette fidèle enfant de l'Église. Préparez-lui aujourd'hui une place dans votre royaume céleste. Amen.

J'ai vu le soleil se lever du balcon de mon bureau. J'avais envie d'être seul pour pleurer tout mon soûl. Je n'avais pu supporter les larmes et les lamentations qui emplissaient la maison.

Quand je rêvais de parcourir le monde, je me voyais toujours revenir à Clanton les bras chargés de cadeaux pour miss Callie. Je lui apportais un vase en argent d'Angleterre, du linge d'Italie, des parfums de Paris, des chocolats de Belgique, une urne égyptienne, un petit diamant d'une mine d'Afrique du Sud. Je les lui offrais sous son porche, avant notre déjeuner, puis nous parlions longuement des pays d'où ils provenaient. Je lui envoyais une carte postale de chacune de mes escales. Nous regardions attentivement les photographies que j'avais prises. Elle découvrait ainsi le monde par procuration. Elle était toujours là, attendant impatiemment mon retour, avide de découvrir ce que je lui avais rapporté. Sa maison se remplissait de petits fragments de la planète et elle possédait ce qu'aucun Blanc ni aucun Noir de Clanton n'avait jamais possédé.

Je souffrais de la perte de ma très chère amie. La brutalité de sa disparition était cruelle, comme l'est toute disparition. La douleur était si profonde que je ne pouvais imaginer m'en remettre un jour.

Quand la ville a lentement commencé à s'animer, je me suis dirigé vers mon bureau. J'ai écarté un ou deux cartons et je me suis assis. J'ai pris mon stylo et j'ai fixé longuement la feuille blanche posée devant moi. Enfin, avec des gestes lents, étreint par une douleur atroce, j'ai entrepris de rédiger ma dernière notice nécrologique.

Imprimé en France par

CPI
BRODARD & TAUPIN

à La Flèche (Sarthe)
en juin 2012

POCKET – 12, avenue d'Italie - 75627 Paris cedex 13

N° d'impression : 69503
Dépôt légal : juin 2007
Suite du premier tirage : juin 2012
S20483/03